KB208905

프랑켄슈타인

세계교양전집 22

프랑켄슈타인

메리 셸리 지음

윤영 옮김

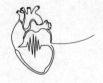

올리버

메리 셸리Mary Wollstonecraft Shelley

• 차례 •

편지 1

잉글랜드의 샤빌 부인에게
상트페테르부르크에서
17××년 12월 11일

누이가 그토록 불길하게 여기던 이번 일이 무탈하게 시작되었다는 소식을 전해. 누이가 무척이나 기뻐하겠지. 나는 어제 여기 도착했어. 그리고 제일 먼저 사랑하는 누이에게 편지를 써. 성공에 대한 자신감도 커지고 있고, 나도 잘 지내고 있다는 걸 알리려고.

난 이미 런던에서 한참 먼 북쪽에 와 있어. 상트페테르부르크의 거리를 걷노라면 차가운 북풍이 내 뺨을 스치는데, 그러면 정신이 번쩍 들고 기쁨으로 충만해져. 누이는 이 기분을 이해할까? 내가 다가가고 있는 지역에서부터 불어온 바람이기에 그곳의 싸늘한 기후를 맛볼 수 있어. 이 약속의 바람에 힘을 얻어, 나의 백일몽은 더 강렬하게 선명해지고 있어. 사람들은 북극이 얼음으로 뒤덮인 황량한 곳이라며 나를 설득하려 하지만 소용없어. 내 상상 속 그곳은 언제나 아름다움과 즐거움이 가득한 곳이니까. 그곳은, 마거릿, 태양이 영원히 지지 않는 곳이야. 그 커다란 원반 모양이 수평선에 걸쳐진 채로 끊임없는 광채를 뿜어내는 곳이라고. 누이가 허락해준 만큼 나는 앞선 항해자들을 어느 정도 믿어볼까 해. 그곳은 눈과 얼음이 싹 사라진 곳일 거야. 잔잔한 바다를 항해하다 보면 여태껏 사람이 살던 곳에서 발견된 모든 경이로움과 아름다움을 능가할 곳에 다다를 수 있을 거야. 그곳에서 나는 것과 그곳의 생김새는 전례를 찾아볼 수 없겠지. 원래 경이로운 천체 현상은 세상에 드러나지 않은 고독 속에서 일어나는 것이니까. 영원한 빛이 있는 땅에서 무엇인들 기대할 수 없을까? 그곳에서 바늘을 끌어당기는 신기한 힘을 발견할 수도 있을 거야. 천체 관측을 천 번쯤 하게 되어 겉보기에 신기하고 별난 일들이 실은 끊임없이 일어나는 현상이라는 걸 알게 될 수도 있겠지. 나는 사람이 한 번도 방문하지 않은 세상을 보면서 나의 열렬한 호기심을 만족시킬 거야. 사람의 발자국이 한 번도 찍히지 않은 땅을 밟을 거야. 바로 이런 것들이 나를 유혹해. 그리고 이런 유혹은 위험과 죽음의 공포를 극복하게 만들기에 충분해. 그래서 어린아이가 휴일에 동네 강에서 친구들과 작은 배를 타고 항해를 떠날 때처럼 기쁜 마음으로 이 고된 여행을 시작할 수 있게 된 거야. 하지만 이런 추측이 모두 거짓이라고 가정해도, 내가 이 인류의 마지막 세대에까지 이루 헤아릴 수 없는 혜택을 전해주리라는 것에 이의를 제기할 수는 없을 거야. 지금은 몇 달이나 걸려서 도착할 나라에 쉽게 닿을 수 있는 북극 주변의 항로를 발견할 수도 있고, 자석의 비밀을 알아낼 수도 있잖아. 그런 것들은 결국 나의 이 항해를 통해서만 가능한 일일 테니까.

편지를 쓰기 시작할 때만 해도 마음이 불안했는데, 이런 것들을 상상하다 보니 불안이 싹 사라졌어. 하늘로 날아오를 것 같은 열정에 가슴이 이글이글 타는 것 같아. 확고한 목표만큼 사람의 마음을 진정시키는 건 없으니까. 영혼은 그 지적인 눈을 목표에만 집중할 테니까. 이번 탐험은 어릴 때부터 늘 나의 꿈이었어. 사람들은 북극을 둘러싸고 있는 바다를 통해 북태평양에 도달할 수 있을 거라는 가능성을 품고 항해했고, 나는 그 다양한 항해 이야기를 열정적으로 읽으며 자랐어. 누이도 기억하고 있겠지. 발견을 목표로 이루어진 모든 항해의 역사가 우리 멋진 토마스 삼촌의 서재에 가득했었다는 것을. 난 공부에는 소홀했지만, 독서는 열렬히 좋아했지. 서재에 있던 책들을 밤낮으로 읽었어. 어릴 적 아버지가 돌아가시면서 내게 절대 항해생활을 허락하지 말라고 삼촌에게 유언을 남기셨다지. 하지만 책을 읽으며 항해에 점점 익숙해졌던 나로서는 그 사실을 알고 안타까운 마음이 커질 수밖에 없었어. 하지만 시가 토로하는 감정에 내 영혼이 도취하고, 하늘로 날아오를 것 같은 경험을 처음 한 후로 항해에 대한 꿈은 희미해졌어. 나 역시 시인이 되었고 1년 동안 나만의 창작 낙원 속에 살았지. 호머와 셰익스피어처럼 나 역시도 명예의 전당에 이름을 남길 거라 상상했어. 하지만 나의 실패는 누이도 잘 알 거야. 내가 얼마나 심각하게 실망했었는지도. 하지만 바로 그때 사촌에게서 유산을 물려받게 되었고, 내 생각은 어릴 적 몰두했던 그 방향으로 흘러가게 되었지.

지금 이 일을 하기로 결심한 지도 6년이 흘렀네. 이 위대한 일에 나를 바치기로 한 그 순간이 지금도 기억나. 나는 역경에 몸을 단

런시키는 일부터 시작했어. 그래서 포경하는 어부들과 함께 북해에 몇 차례 다녀왔지. 나는 자발적으로 추위, 기근, 갈증, 수면 부족을 견뎠어. 낮에는 다른 보통 선원들보다 더 열심히 일했고, 밤에는 수학, 의학 이론, 바다에서의 모험에 실용적으로 사용할 수도 있을 여러 물리학 분야 공부에 전념했어. 실제로 그린란드 포경선에 이등 항해사로 고용된 적도 두 번 있고, 꽤 명성을 얻었지. 선장이 배에서 두 번째로 중요한 자리를 내어주면서 배에 남아달라고 너무 진지하게 부탁할 때는 제법 우쭐한 기분도 들었어. 선장이 내가 하는 일을 꽤 소중하게 여겼다는 뜻이니까.

자, 사랑하는 마거릿, 나는 위대한 목표를 성취할 자격이 없는 걸까? 지금까지 내 삶은 편하고 호화롭게 흘러왔을지 모르지만, 나는 내 길 앞에 놓인 모든 유혹보다 명예를 택하기로 했어. 오, 누군가 격려하는 목소리로 긍정적인 대답을 해줄 것만 같아. 나의 용기와 결심은 단호해. 하지만 나의 희망은 수시로 오르락내리락 변하고, 때로는 기분이 우울해지기도 해. 나는 이제 길고 힘든 항해를 시작하려 해. 그 여정에 갑작스러운 일이 생겨 불굴의 용기가 필요할지도 모르겠어. 난 다른 이들의 정신력을 끌어올려야 할 뿐만 아니라, 남들이 힘들 때는 나의 정신력도 지켜야 할 거야.

지금이 러시아를 여행하기에는 가장 좋은 시기야. 러시아 사람들은 썰매를 타고 눈 위를 재빨리 날아다녀. 그 모습에 참 기분이 좋아지지. 내 생각엔 잉글랜드의 마차보다도 더 경쾌해 보여. 털옷을 껴입기만 하면 추위도 그리 과하지 않아. 털옷에 이미 익숙해졌고. 또 갑판 위를 걸어 다니는 것과 꼼짝하지 않고 몇 시간씩 앉아 있는 건 상당히 차이가 있어. 운동을 전혀 하지 않으면 혈관 속의 피가 실제로 얼어버릴 수 있거든. 상트페테르부르크와 아르한겔스크 사이 역로에서 목숨을 잃고 싶은 생각은 전혀 없어.

2주나 3주 안에 아르한겔스크로 떠날 거야. 거기에서 배를 구할 생각이야. 배 주인에게 보험금을 내면 배를 쉽게 구할 수 있을 거야. 또 포경에 익숙한 선원들도 필요한 수만큼 고용할 수도 있을 거고. 6월이 될 때까지는 항해하지 않을 생각이야. 그러면 언제쯤 돌아올 거냐고? 아, 사랑하는 누이, 내가 그 질문에 어떻게 대답할 수 있을까? 이번 일에 성공한다면, 몇 달 혹은 몇 년이 지난 후에 만날 수 있겠지. 실패한다면 곧 만날 수도 있고, 영영 보지 못하게 될 수도 있고.

잘 있어, 나의 누이, 훌륭한 마거릿. 하늘이 부디 누이에게 축복을 내려주길, 그리고 날 지켜주길. 그래서 누이의 사랑과 친절에 대해 몇 번이고 감사를 표할 수 있게 기회를 주길.

누이의 다정한 형제,
R. 월튼

편지 2

잉글랜드의 샤빌 부인에게

17××년 3월 28일

아르한겔스크

얼음과 눈에 둘러싸여 있는 이곳에서는 시간이 얼마나 느리게 가는지 모르겠어! 그래도 내 계획을 향한 두 번째 단계에 들어섰어. 배는 이미 한 척 빌렸고, 선원들을 모으느라 바빠. 이미 선발한 몇 명은 확실히 대담한 용기를 가지고 있는, 내가 의지할 수 있는 사람들이야.

하지만 지금까지 절대 채워지지 않는 욕망이 하나 있어. 지금 이 존재가 없어서 이 상황이 심각한 불행처럼 느껴지기도 해. 바로 친구가 한 명도 없다는 거야, 마거릿. 성공에 대한 열망으로 불타고 있을 때, 내 기쁨을 함께 나눌 사람이 한 명도 없어. 내가 실망감에 괴로워할 때도, 낙담한 나를 격려해줄 사람이 아무도 없어.

내 생각을 종이에 옮겨 적을 수야 있겠지. 하지만 그걸로 감정의 상호작용을 할 수는 없잖아. 내 눈빛에 역시나 눈빛으로 응답하며, 나를 지지해줄 동료가 간절히 필요해. 나를 로맨틱하다고 여길지도 모르겠지만, 소중한 누이여, 나는 그저 친구를 격렬하게 원하고 있을 뿐이야. 온화하면서도 용감하고, 마음이 넓은 만큼 교양이 있으며, 나와 취향이 비슷하고, 내 계획에 찬성하거나 내 계획을 수정해줄 사람이 아무도 없단 말이지. 그런 친구가 있다면 불쌍한 이 형제의 잘못을 바로잡아줄 텐데! 나는 일을 실행할 땐 너무 열정적이지만, 어려움이 닥치면 너무 조급해해. 그러나 그보다 훨씬 큰 문제는 내가 독학했다는 거야. 태어나서 14년 동안은 집 주위를 마구 뛰어다니고 토마스 삼촌의 여행책을 읽는 게 다였어. 그리고 열네 살이 되었을 때 우리나라의 유명한 시인들을 알게 되었지. 하지만 시인을 아는 것으로는 더 이상 중요한 이득을 얻어낼 수 없다는 것을 알게 되고서야 나는 내 모국의 언어보다 더 많은 언어에 익숙해져야 할 필요성을 인지하게 되었어. 지금 나는 스물여덟 살이지만 사실 열다섯 살의 학생들보다 더 모르는 상태야. 학생들보다 내가 생각도 더 많이 하고, 그들보다 더욱 장대하고 확장된 백일몽을 꾸는 것도 사실이지만, 내 생각은 (화가들이 말하는 표현대로) '관리'가 필요해. 나를 로맨틱하다고 멸시하지 않을 정도로 분별력이 있고, 내 마음을 다스리려고 노력할 만큼 내게 애정이 있는 친구가 절실해.

뭐, 이것들은 다 쓸모없는 불평이겠지. 넓은 바다에서 혹은 아르한겔스크의 상인들과 뱃사람들 사이에서 친구를 찾을 수는 없을 테니까. 하지만 인간 본성의 찌꺼기와는 아무런 관계가 없는 어떤 감정이 이 거친 가슴속에도 요동쳐. 이를테면 나의 부선장은 엄청난 용기와 진취성을 가진 사람이야. 그는 미치도록 영광을 간절히 바라는데, 더 정확하게는 직업적인 성공을 갈망해. 그는 잉글랜드 사람이며, 나라와 직업이라는 편견의 시선으로 보았을 때는 교양 없이 거칠어 보이지만, 인간의 가장 고귀한 자질을 갖추고 있어. 나는 그와 포경선에서 처음 알게 되었는데, 그가 이 도시에서 일자리를 찾고 있다는 걸 알고 곧바로 내 일을 도와달라며 그를 고용했지.

갑판장은 성격이 훌륭하고 배에서의 규율에 너무 얽매이지 않고 온화한 것으로 유명해. 거기에 더해 매우 진실한 데다 불굴의 용기까지 지니고 있어서 나는 그를 꼭 고용하고 싶었어. 고독한 어린 시절, 그리고 누이의 온화하고 여성적인 보살핌 속에서 보낸 시간 덕분에 내 성격의 기틀이 많이 다듬어졌지. 그래서 배 위에서 흔히 볼 수 있는 야만스러움을 극도로 혐오하며 도저히 견디지 못해. 더군다나 그런 것들이 꼭 필요하다고도 생각하지 않기 때문에 그가 친절한 마음씨로 유명하다는 이야기, 또 선원들이 그를 존경하고 그에게 복종했다는 이야기를 듣자 그와 함께 일할 수 있어서 너무나 운이 좋다고 느꼈어. 나는 그에게 인생의 행복을 빚지고 있다는 한 아가씨로부터 그의 로맨틱한 이야기를 처음 들었어. 그의 이야기를 간단히 전해볼게. 몇 년 전 그는 평범한 집안의 젊은 러시아 여인을 사랑했어. 갑판장이 제법 많은 돈을 모았기 때문에, 여자의 아버지는 둘의 만남을 허락했지. 갑판장이 예정된 결혼식 전에 여자를 만난 날, 여자가 눈물을 펑펑 흘리며 그의 발아래에 엎드려 목숨을 살려달라고 간청했다고 해. 사실 자신은 다른 사람을 사랑했지만, 그가 가난하다는 이유로 아버지가 둘의 만남을 허락하지 않았던 거지. 나의 관대한 친구는 애원하는 여자를 달래주고, 그녀가 사랑하는 사람의 이름을 듣자마자 자신은 여자를 포기했어. 그는 여생을 보낼 목적으로 사둔 농장이 있었어. 하지만 가축을 사기 위해 모아둔 돈까지 모두 합하여 자신이 가진 모든 걸 경쟁자에게 넘겨주고, 여자의 아버지에게는 딸이 사랑하는 사람과 결혼할 수 있게 승낙해달라고 간청했지. 하지만 그 노인은 이 친구에게 경의를 표하며 단호하게 거절했어. 노인을 설득할 수 없다는 걸 깨달은 그는 아예 조국을 떠버렸어. 그리고 옛 약혼녀가 사랑하는 사람과 결혼했다는 소식을 들을 때까지 돌아오지 않았다고 해. 그런 고결한 사람이 있다니, 누이는 이렇게 감탄하겠지. 정말 그는 그런 사람이야. 하지만 그는 교육이라고는 받아본 적이 없는 사람이야. 그는 튀르키예 사람만큼 조용하지만, 일종의 무지한 부주의함이 그를 따라다녀. 그런 점이 그의 행동을 더 놀랍게 만드는 한편, 또 그런 점이 그가 받아 마땅한 관심과 동정을 오히려 앗아 가기도 하지.

그러니 내가 조금 불평한다거나 내가 절대 알지 못할 노고에 대해 위안의 마음을 품으려 해도, 내가 결정하지 못하고 흔들리고 있다고 생각하지 말아줘. 나의 결심은 운명처럼 확고하며, 날씨가 승선을 허락할 때까지 항해를 미루고 있는 것뿐이니까. 겨울은 끔찍할 정도로 혹독하지만 봄에는 괜찮아질 거야. 그리고 봄이 상당히 빨리 찾아올 것으로 보이니, 어쩌면 예상보다 빨리 항해를 시작할지도 모르겠어. 그렇다고 절대 성급하게 행동하진 않을 거야. 다른 사람의 안전이 나에게 달려 있을 때, 내가 얼마나 빈틈없고 신중한지 누이도 잘 알잖아.

가까운 미래에 시작될 나의 일에 대해 어떤 감정이 드는지 설명할 길이 없네. 출발을 준비하면서 느끼는, 반은 즐겁고 반은 두려운 이 감각의 개념을 누이에게 전달하는 것은 불가능해. 나는 누구도 탐험하지 않은 지역, '안개와 눈의 땅(새뮤얼 콜리지의 서사시 '늙은 뱃사람의 노래'의 한 구절-역주)'으로 갈 테지만, 결코 단 한 마리의 앨버트로스(슴샛과의 바닷새, '늙은 뱃사람의 노래'에서 늙은 뱃사람은 이 새를 죽인 탓에 저주를 받고 불행에 빠진다-역주)도 죽이지 않을 거야. 그러니 나의 안전 때문에 불안해하지는 마. '늙은 뱃사람'처럼 지치고 비참한 모습으로 돌아온다고 해도 놀라지 마. 나의 비유에 누이가 미소를 지을지 모르겠지만, 비밀 하나를 알려줄까 해. 나는 내가 이렇게 바다의 위험한 미스터리에 애정을 가지고, 열정적으로 열광하는 이유가 현대 시인들이 만들어낸 상상력 풍부한 작품들 때문이라고 종종 생각해. 내 영혼 속에서는 나도 이해할 수 없는 작용이 일어나고 있어. 나는 실제로 근면하며, 끈기와 인내를 가지고 일을 해내는 일꾼이야. 하지만 이런 점 외에도 경이로운 것에 대한 사랑, 경이로운 것에 대한 믿음이 있어. 나의 모든 계획에 이런 것들이 뒤얽혀 있어. 이런 점들이 나를 사람들이 다니는 평범한 길에서 벗어나 거친 바다로, 내가 탐험하려고 하는 곳처럼 아무도 방문하지 않은 지역에 가도록 재촉해.

그러나 더 중요한 사항으로 다시 돌아가볼게. 거대한 바다를 건너, 아프리카나 아메리카의 최남단 곳을 지나 돌아온 뒤 누이를 다시 만날 수 있을까? 감히 그런 성공을 기대하지는 않지만, 그렇다고 그 반대 상황을 견딜 수도 없을 것 같아. 당분간은 기회가

있을 때마다 계속 편지를 보내줘. 내게 응원이 절실할 때 누이의
편지를 받아볼 수도 있는 거니까. 상냥한 마음으로 사랑을 전해.
내게서 다시 소식이 없더라도 부디 애정을 가지고 날 기억해줘.

누이의 다정한 형제,
로버트 월튼

편지 3

잉글랜드의 샤빌 부인에게
17××년 7월 7일

사랑하는 누이,

안전하다는 말을 전하기 위해 급히 몇 줄 써. 여행도 잘 진행 중이야. 아르한겔스크에서 고향으로 돌아가는 길에 있는 상선을 통해 이 편지가 잉글랜드까지 당도하겠지. 상인들은 나보다 운이 좋은 듯해. 나는 앞으로 몇 년 동안 고향을 보지 못할 수도 있으니까. 하지만 지금 나는 기분이 좋아. 선원들은 용감하고 의지가 굳거든. 더군다나 끊임없이 얼음덩이가 우리를 스쳐 지나가면서 우리가 향하고 있는 지역이 얼마나 위험한 곳인지 알려주고 있지만, 선원들을 낙담시키지는 못하는 것 같아. 우리는 이미 가장 높은 위도에 도달했어. 지금은 한여름이야. 잉글랜드만큼 따뜻하지는 않지만, 남쪽에서 불어오는 강풍이 제법 활기찬 온기를 불어주고 있어.

전혀 기대하지 못했는데 말이야. 그리고 우리 배는 이 바람에 날려 내가 열렬히 닿고 싶어 하는 해안을 향해 빠르게 나아가고 있어.

지금까지 편지로 알릴 사고는 전혀 일어나지 않았어. 거센 강풍이 한두 번 불었고 물이 샌 적도 있지만, 이 정도는 경험 많은 항해자들에겐 딱히 기록해놓을 만한 사건도 아니지. 앞으로 여행 내내 이보다 더 나쁜 일이 일어나지만 않으면 참 좋을 것 같아.

안녕, 소중한 마거릿. 누이뿐만 아니라 나 자신을 위해서도 섣불리 위험에 맞닥뜨리지 않을 거야. 냉정하고 끈기 있게 신중히 행동할 거야.

성공이 반드시 내 노력에 왕관을 씌워줄 거야. 안 그럴 이유가 없잖아? 지금까지 나는 전인미답의 바다에서 안전한 길을 찾아 여기까지 왔어. 바로 저 별들이 내 승리에 대한 증인이자 증언이지. 길들지 않았지만, 여전히 순종적인 바다에서 항해를 더 하지 못할 이유가 뭘까? 그 무엇이 인간의 단호한 마음과 결연한 의지를 멈출 수 있을까?

나의 부푼 마음이 본의 아니게 저절로 쏟아져 나오네. 하지만 여기서 끝맺을까 해. 부디 사랑하는 누이에게 축복이 있기를!

R. W.

편지 4

잉글랜드의 샤빌 부인에게
17××년 8월 5일

기록하지 않고는 못 견딜 정도로 너무 이상한 사건이 일어났어. 이 편지가 누이 손에 닿기 전에 우리가 만나게 될 가능성이 매우 크지만 말이야.

지난 월요일(7월 31일), 우리는 얼음으로 거의 둘러싸이고 말았어. 얼음이 사방에서 배를 감싸고 있어서 그냥 물 위에 떠 있을 뿐 나아갈 틈이 없었어. 우리의 상황은 다소 위험했어. 매우 짙은 안개까지 에워싸고 있었기 때문이야. 그런 이유로 대기나 날씨에 변화가 일어나길 기대하며 잠시 항해를 멈추기로 했어.

2시쯤 안개가 걷혔어. 우리는 사방을 둘러보았고, 끝도 없이 펼쳐져 있는 듯한 광활하고 험한 얼음 평원을 발견했어. 몇몇 동료가 낮게 탄성을 질렀고, 내 마음에도 불안한 생각이 점점 커지고 있을 때, 갑자기 이상한 광경이 우리의 눈길을 끌었어. 지금 우리 상황에 대한 걱정을 잠시 잊을 정도로 이상한 광경이었지. 우리는 나지막한 썰매를 보았어. 개들이 끄는 썰매가 우리 배에서 1킬로미터쯤 떨어진 곳에서 북쪽을 향해 가고 있었어. 사람의 형상이긴 하나 덩치가 엄청나게 큰 존재가 썰매에 앉아서 개를 몰고 있었어. 그는 빠르게 달려 저 멀리 울퉁불퉁한 얼음 사이로 사라졌고, 우리는 망원경으로 그 모습을 관찰했지.

그의 출현은 우리에게 큰 놀라움을 안겨줬어. 우리는 육지에서 수백 킬로미터 떨어진 곳에 있다고 믿고 있었어. 그런데 그 유령의 등장으로 실제로는 육지가 우리 생각만큼 멀리 있지 않음을 알려주는 것 같았지. 그러나 얼음에 갇힌 상태였기에 우리는 그를 추적할 수 없었어. 그저 주의 깊게 관찰만 했을 뿐이지.

그 일이 일어나고 두 시간쯤 후, 바다에서 뭔가 부서지는 소리가 들렸어. 다행히 밤이 되기 전 얼음이 다 깨져 우리도 배를 움직일 수 있게 되었어. 그러나 우리는 어둠 속에서 깨어져 둥둥 떠다니던 큰 얼음덩이를 만날까 두려워 아침까지 기다리기로 했지. 나는 이 시간을 이용해 몇 시간 휴식을 취했어.

다음 날 아침 날이 밝아 갑판으로 나간 나는 모든 선원이 배 한쪽에 모여 있는 걸 발견했어. 바다에 떠 있는 뭔가를 향해 말하는 것 같았지. 실제로 그건 전날 보았던 것과 비슷한 썰매였어. 밤새 커다란 얼음 조각 위에 떠 있는 채로 우리 쪽으로 떠밀려 왔던 거야. 살아 있는 개 한 마리가 보였어. 그리고 개 옆에는 사람도 한 명 있었어. 우리 선원들이 그에게 어서 배로 들어오라고 설득하고 있었지. 그는 어제 본 그 사람과는 달리 미지의 섬에 사는 야만적인 주민처럼 보이진 않았어. 내가 갑판에 나타나자, 갑판장이 말했어.

"이분이 우리 선장님입니다. 우리 선장님은 당신이 망망대해에서 목숨을 잃게 놔두지 않을 겁니다."

낯선 사람은 나를 보더니 외국인 억양이 섞인 영어로 말을 걸었어.

"당신 배에 오르기 전에 묻고 싶은 게 있습니다. 이 배가 어디로 향하는 건지 먼저 알려주실 수 있나요?"

죽기 직전의 남자에게 그런 질문을 들었을 때 내가 얼마나 놀랐을지 누이도 상상이 될 거야. 나는 그가 내 배를 이 세상에서 가장 소중한 것과도 바꿀 수 없는 유일한 수단이라고 생각할 줄 알았는데 말이야. 어쨌든 나는 북극을 향해 탐사 항해를 하는 중이라고 대답했어.

내 말을 듣고, 그는 만족한 모습으로 배에 오르기로 동의했어. 세상에! 마거릿, 누이가 자신의 안전을 위해 드디어 저항을 멈춘 그 남자를 직접 보았더라면 아마 말도 못 하게 놀랐을 거야. 그의 팔다리는 거의 얼기 직전이었고, 그의 몸은 피로와 굶주림으로 끔찍할 만큼 수척해 보였어. 그렇게 비참한 상태의 사람을 보는 건 처음이었어. 우리는 그를 선실로 옮겼지만, 신선한 공기가 부족한 선실이었기에 그는 곧바로 기절했어. 우리는 어쩔 수 없이 그를 다시 갑판으로 데리고 나와, 브랜디로 몸을 문지르고 억지로 브랜디를 조금 삼키게 하여 그를 살려냈어. 그가 깨어날 기미를 보이자, 우리는 그를 담요로 감싼 뒤 주방 화로의 굴뚝 옆에 두었어. 그러자 그도 천천히 회복하여 수프를 조금 먹을 수 있게 되었고, 놀랍게도 건강이 나아졌어.

그렇게 이틀이 지나자, 그는 말할 수 있게 되었어. 나는 그가 너무 힘든 나머지 분별력이 떨어지지는 않았는지 걱정이 되곤 했어. 그가 약간 회복하자, 나는 그를 내 선실로 옮겨 시간이 날 때마다 최대한 열심히 보살폈어. 나는 이보다 흥미로운 존재를 본 적이 없었어. 그의 눈은 보통은 야생적이었는데, 어떨 때는 광기가 어려 있기도 했어. 하지만 누군가가 그를 향해 친절을 베풀거나 아주 사소한 것이라도 해주기만 하면 그의 얼굴은 환하게 빛났어. 그렇게 자애롭고 상냥한 웃음은 지금까지 한 번도 본 적 없는 거였어. 하지만 그는 대체로 우울해하거나 절망적인 모습을 보였고, 때로는 자신을 억누르는 고민의 무게를 견딜 수 없는지 이를 악물기도 했어.

이 손님이 어느 정도 회복되자 나는 그에게서 선원들을 떼어놓느라 애를 먹었어. 선원들이 끝도 없이 질문하려고 했거든. 하지만 나는 그가 별 볼 일 없는 호기심에 고통받는 것을 허락하지 않았어. 그의 몸과 마음의 회복은 전적으로 휴식에 달려 있었으니까. 다만 부선장이 왜 그렇게 이상한 썰매를 타고 이렇게 멀리까지 온 건지 물어본 적은 있었어. 한순간 깊은 우울함에 빠진 것 같은 얼굴로 그가 대답했어.

"나에게서 도망친 자를 찾으려고요."

"당신이 찾는 사람도 당신과 비슷한 방식으로 이동했나요?"

"네."

"그렇다면 우리가 그를 본 것 같습니다. 당신을 구하기 전날, 개여러 마리가 썰매를 끌고 가는 걸 보았거든요. 거기에 사람 하나가 탄 채로 얼음 위를 가로지르고 있었어요."

이 말에 낯선 이는 관심을 보였어. 그리고 자신이 쫓던 자를 악마라고 부르며, 그가 지나간 경로에 대해 수없이 질문을 던졌어. 그런 후 나와 둘만 남게 되자, 그가 말했어.

"내가 여기 선량한 사람들뿐만 아니라 당신의 호기심도 분명 자극했을 겁니다. 하지만 당신은 너무 사려 깊은 나머지 질문을 안 하는군요."

"물론입니다. 제 호기심으로 당신을 괴롭히는 것은 너무나 무례하고 비인간적일 짓일 테니까요."

"하지만 당신은 낯설고 위험한 상황에서 저를 구해주셨습니다. 그리고 친절하게도 저를 회복시켜 살려주었고요."

이 이야기 직후 그는 얼음이 깨져 악마의 썰매가 망가졌을 가능성이 있다고 생각하는지 물었어. 나는 거의 자정이 될 때까지는 얼음이 깨지지 않았기 때문에 정확하게 대답할 수 없다고 답했어. 자정 전에 그 여행자가 안전한 곳에 도착했을 수도 있어서 판단할 수 없었거든.

바로 그때부터, 새로운 생명의 정신이 죽어가던 낯선 이에게 생기를 불어넣은 것만 같았어. 그는 전에 나타났던 그 썰매를 찾기 위해 갑판에 나가고 싶다며 강한 열의를 드러냈어. 하지만 나는 아직 거친 기후를 견디기에는 너무 쇠약하다는 이유로 그에게 선실에 머물러 있으라고 설득했어. 그 대신 무언가 새로운 것이 시야에 나타나기만 한다면 곧바로 알려주겠다고 약속했어.

여기까지가 그 이상한 일에 관한 내 기록이야. 낯선 이는 점차 건강을 회복했지만, 굉장히 말수가 적고 나 말고 다른 누군가가 선실에 들어오자면 불편한 기색을 드러냈어. 그의 태도가 매우 온화하고 부드럽기에 선원들은 그와 제대로 대화를 나누지도 못했지만, 모두 그에게 관심을 보이지. 나는 그를 형제처럼 사랑하기 시작했어. 그의 끊임없는 깊은 슬픔이 나를 동정심과 연민으로 가득 채우고 있어. 상황이 좋았더라면 그는 분명 고결한 사람이 되어 있었을 거야. 지금처럼 망가진 상태에서도 너무나 매력적이고 정감 가는 사람인 걸 보면 말이야.

사랑하는 마거릿, 언젠가 편지에서 이런 거친 바다에서는 친구를 찾을 수 없을 거라고 말한 적이 있었지. 하지만 마침내 친구 하나를 찾았어. 그의 정신이 고통으로 망가지기 전이었다면 나는 마음의 형제 같은 그를 얻게 되었다며 무척 기뻐했을 거야.

이 낯선 이와 관련하여 무언가 기록할 만한 새로운 사건이 생긴다면 일기에 계속 쓸 생각이야.

17××년 8월 13일

손님을 향한 나의 애정이 매일 커지고 있어. 그는 놀라울 정도로 나의 감탄과 연민을 불러일으키거든. 이렇게 고결한 존재가 고통으로 파괴되는 것을 보면서 어떻게 가슴 아픈 슬픔을 느끼지 않을 수 있겠어? 그는 너무나 온화하며 또 현명해. 그의 마음은 너무 교양 있으며, 그가 입을 열면 엄선된 단어만 골라서 말하는데도 비할 데 없이 유창하고 빠르게 말을 쏟아내.

그는 이제 꽤 회복하여, 거듭 갑판에 나가 자기보다 먼저 나타났던 썰매를 찾곤 해. 그러나 자신의 상황이 행복하지 않은데도 자신의 고통에만 완전히 사로잡혀 있지 않고, 다른 사람들의 계획에도 깊은 관심을 드러내줘. 그는 종종 나와 이야기를 나누는데, 그럴 때마다 나는 내 모습을 숨기지 않고 그와 대화하고 있어. 그는 나의 궁극적 성공을 위하여 내 모든 이야기에 조심스럽게 참여해. 성공을 얻어내기 위하여 내가 선택했던 모든 수단에 대해서도 세세한 부분까지 관심을 가져줘. 나는 그의 공감에 쉽게 이끌렸어. 그는 내가 마음의 언어를 사용하도록, 내 영혼의 타오르는 열정을 말로 표현하도록, 내 일의 진척을 위해서라면 기꺼이 내 재산, 나의 존재, 내 모든 희망을 다 희생시킬 수 있다는 말을 내 모든 열정을 다해 꺼낼 수 있도록 나를 이끌어줬어. 한 사람의 삶이나 죽음은 내가 추구하는 지식을 손에 넣기 위해, 우리 인류의 근본적인 적에 맞서 우리가 획득하여 물려줘야 할 통치력을 위해 치러야 할 작은 대가에 불과했어. 내가 말할수록, 듣는 이의 얼굴엔 어두운 우울함이 번져갔어. 처음엔 그가 감정을 억누르려 하는 줄 알았지. 그가 두 손으로 자기 눈을 가렸는데, 그의 손가락 사이로 눈물이 흐르는 걸 보자 나는 목소리가 떨려 제대로 말을 할 수 없었어. 그의 들썩이는 가슴에서 신음 소리가 터져 나오자, 나는 이야기를 멈췄어. 마침내 그가 어눌한 억양으로 말했어.

"불쌍한 사람! 당신도 나처럼 미친 건가요? 당신도 나처럼 사람을 취하게 만들고야 마는 술에 입을 댔나요? 그럼 내 말을 들어보세요. 내 이야기를 하게 해주세요. 그러면 당신 입에 댔던 술잔을 내동댕이칠지도 몰라요!"

누이도 상상이 되겠지만, 그의 그런 말들이 나의 호기심을 강하게 자극했어. 하지만 그를 사로잡았던 슬픔의 발작이 그의 쇠약한 몸을 꼼짝 못 하게 만들었지. 그는 몇 시간 동안 누워서 조용히 대화를 나눈 후에야 평정심을 되찾을 수 있었어.

격렬한 감정을 이겨낸 그는 격정의 노예가 되어버린 자기 자신을 경멸하는 듯 보였지. 그는 절망의 암울한 횡포를 가까스로 누그러뜨린 후, 내게 개인적 질문을 하며 다시 대화를 이끌었어. 그가 내 어린 시절 이야기를 물었어. 그에게 대답해주고 나니 여러 생각이 줄줄이 떠올랐어. 나는 친구를 찾으려는 욕망, 동료와의 더욱 친밀한 공감에 대한 갈증에 대해 말했어. 그리고 이런 축복을 즐기지 못하는 사람이라면 아무런 행복감도 느끼지 못할 거라는 나의 신념을 표했어.

"저도 동의합니다."

낯선 이가 대답했어.

"우리보다 더 현명하고, 더 착하고, 더 사랑스러운 존재가, 아마도 친구가 그런 존재여야겠지요. 우리의 약하고 흠결 있는 본성을 완벽하게 만들기 위하여 도와주지 않는다면, 우리는 그저 다듬어지지 않은 존재, 반쯤 완성된 존재일 뿐입니다. 나도 한때 친구가 있었습니다. 인간 존재 중에서 가장 고결한 사람이었지요. 그러니 나는 우정에 관해 평가할 자격이 있습니다. 당신에게는 희망이 있고, 당신 앞에는 세상이 있습니다. 그러니 절망할 이유가 없어요. 하지만 나는, 난 모든 걸 잃어버렸으니, 인생을 새롭게 시작할 수가 없답니다."

이 말을 하는 그의 얼굴에 평온하면서도 잔잔한 슬픔이 드러났고, 그 모습이 내 마음을 움직였어. 이내 그는 조용히 자기 선실로 돌아갔어.

그의 정신이 아무리 망가졌다 한들, 자연의 아름다움에 대해 그보다 더 깊이 느낄 수 있는 사람은 없어. 별이 빛나는 하늘, 바다, 이 멋진 지역이 선사해주는 모든 풍경은 여전히 그의 영혼을 이 땅에서 고양할 능력이 있는 듯해. 그런 사람에게는 두 가지 모습이 있어. 한편으로는 고통을 느끼고 실망감에 압도당하기도 할 거야. 하지만 자기 자신에게 조용히 빠져들면, 그 사람은 후광을 두른 천상의 신령과 같을 거야. 그리고 그의 후광 안에는 슬픔이나 어리석은 모험 따위가 끼어들 틈이 없겠지.

내가 이 신성한 방랑자에 대해 열정적으로 표현하는 걸 보고 누이는 웃음이 나려나? 그를 실제로 보지 않은 이상, 내 마음을 모를 거야. 누이는 가정교사에게 배우고, 책으로 교양을 쌓고, 세상과 단절된 삶을 살고 있으니 까다로운 사람일 거라 생각해. 하지만 그럴수록 이 멋진 남자의 독특한 장점을 더 잘 알아볼 수 있을 거야. 때때로 나는 이유를 찾아보려고 애썼어. 도대체 그에게 어떤 자질이 있기에 지금까지 내가 알고 지냈던 그 어떤 사람보다도 그를 높게 평가하는 건가, 하고 말이지. 나는 그것이 직관적인 분별력, 신속하지만 절대 실패하지 않는 판단력, 사물의 원인을 찾아내는 통찰력, 그 누구와도 필적할 수 없는 명확성과 정확성임을 알아냈어. 여기에 풍부한 표현력, 다양한 억양 때문에 마치 영혼을 잔잔하게 진정시키는 음악 같은 목소리도 추가할 수 있을 거야.

17××년 8월 19일

어제 낯선 이가 말했어.

"내가 누구와도 비할 수 없는 엄청난 불행을 겪었다는 걸 당신은 쉽게 받아들일 것 같군요, 월튼 선장. 한때 이 악마에 대한 기억을 죽을 때까지 간직하기로 결심했지만, 당신이 내 결심을 바꿔놓았습니다. 당신은 내가 한때 그랬듯 지식과 지혜를 추구합니다. 나는 당신의 바람이 충족되었을 때 그것이 뱀처럼 당신을 쏘지 않기를 간절히 소망합니다. 비록 나는 그렇지 못했지만요. 나의 불행이 당신에게 도움 될지는 저도 모르겠습니다. 다만 당신이 나와 같은 길을 가고 있고, 지금의 나를 만들어낸 똑같은 위험에 노출되어 있다는 걸 생각할 때, 내 이야기를 통해 적절한 교훈을 얻어낼 수 있을 거라 상상해봅니다. 만약 당신이 하는 일이 성공한다면 이 이야기는 길잡이가 되어줄 것이고, 실패한다면 당신을 위로해줄 겁니다. 이제 들을 준비를 하세요. 놀라운 이야기가 펼쳐질 테니까요. 우리가 평범한 자연 풍경 속에 있었더라면 나는 당신이 내 이야기를 믿지 않거나, 어쩌면 조롱할 수도 있다는 생각에 두려울 겁니다. 하지만 이런 거칠고 미스터리한 지역에서는 어떤 일이라도 가능할 것 같지요. 변화무쌍한 자연의 힘에 익숙하지 않은 사람들에게는 웃음을 유발할 수 있는 이야기라도 말이죠. 또한 내가 전하는 이야기에는 내적 증거가 충분하다는 사실을 믿어 의심치 않습니다. 이야기 속 사건들이 사실이라는 증거 말이에요."

내가 그의 제안을 듣고 얼마나 기뻐했을지 누이도 쉽게 상상할 수 있을 거야. 하지만 그가 자신의 불행을 늘어놓다가 다시 큰 고통에 빠질까, 걱정되어 견딜 수가 없었어. 그러면서도 약속된 이야기를 듣고 싶다는 강한 열망 또한 느꼈어. 어느 정도는 호기심에서, 또 어느 정도는 내 능력으로 가능하다면 그의 운명을 개선해주고 싶다는 강한 욕구에서 비롯된 열망이었지. 그래서 이런 감정들을 나도 표현했어. 그러자 그가 대답했어.

"당신의 연민에 감사드립니다. 하지만 소용없어요. 나의 운명은 이미 거의 결정이 되었거든요. 나는 오직 한 가지 사건만을 기다리고 있고 그 후에는 편히 쉴 생각입니다. 당신의 감정은 이해합니다."

내가 끼어들고 싶어 하는 걸 눈치챘는지 그가 계속 이어 말했어.

"하지만 당신은 잘못 알고 있어요, 친구, 친구라고 불러도 되는지 모르겠지만요. 그 무엇도 나의 운명을 바꿀 수는 없습니다. 내 이야기를 들어보면 당신도 알게 될 거예요. 내 운명이 얼마나 돌이킬 수 없는 상태인지를 말이에요."

그러더니 그는 내일 한가한 시간에 자신의 이야기를 들려주겠다고 했어. 이 약속에 얼마나 고맙던지. 나는 매일 밤 부득이하게 할 일이 있는 경우가 아니라면 최대한 그가 한 말 그대로 그의 이야기를 기록하기로 결심했어. 꼭 해야 할 일이 있으면 메모라도 해놓을 생각이야. 이 기록은 의심의 여지 없이 누이에게 엄청난 기쁨을 줄 거야. 하지만 그를 알고, 그의 입으로 직접 이야기를 전해 듣는 나로서는, 언젠가 다시 이 글을 읽을 때 어떤 흥미와 연민을 느끼게 될지 모르겠어! 심지어 지금도, 임무를 시작하려는 나의 귓가에 그의 강한 목소리가 울려 퍼지는 듯해. 그의 빛나는 눈이 우울하지만 상냥하게 나를 보고 있는 듯해. 나는 가느다란 손을 무기력하게 올리는 그의 모습을 보고 있어. 그의 얼굴은 그 안의 영혼으로 환하게 빛이 나. 그의 이야기는 분명 이상하고 참혹하겠지. 항로를 지나가던 용맹한 배를 둘러싼 뒤 난파시키는 폭풍우처럼 끔찍하겠지. 바로 이렇게 말이야!

1장

나는 제네바 태생이며 우리 가문은 스위스 명문가 중 하나입니다. 우리 조상들은 오랫동안 변호사와 지방 행정 장관을 지냈고, 아버지는 여러 공직을 지내며 존경을 받고 명성을 얻었습니다. 아버지를 아는 사람이라면 모두 다 아버지의 진실함, 공무에 대한 지칠 줄 모르는 관심 때문에 그를 존경했지요. 젊은 시절은 나랏일에 푹 빠져서 지냈다고 합니다. 여러 상황 때문에 일찍 결혼하지 못했는데, 그렇다고 해서 노년에 접어들고서야 한 가정의 아버지, 남편이 된 건 아니었습니다.

아버지의 결혼을 둘러싼 상황이 그의 성격을 그대로 보여주기 때문에, 관련된 이야기를 하지 않을 수가 없군요. 아버지의 가장 친한 친구 중에 상인이 한 명 있었습니다. 한창 잘나가다가 수많은 불운을 겪으며 가난에 빠진 사람이었죠. 보포르라는 이름의 이 남자는 자존심이 세고 고집스러운 성격이었기에, 한때 자신의 지위와 신분으로 유명했던 나라에서 잊힌 채 가난하게 살아야 한다는 것을 견딜 수가 없었습니다. 그리하여 가장 명예로운 방식으로 빚을 청산한 후, 딸과 함께 루체른으로 사라졌지요. 그리고 그곳에서 알려지지 않은 채 비참하게 살았습니다. 아버지는 진실한 우정으로 보포르를 사랑했고 이런 불운한 환경 속에서 그가 사라졌다는 사실을 굉장히 비통해했습니다. 아버지는 친구가 거짓된 자존심 때문에 둘 사이를 결속시켰던 애정을 무시하는 행동을 했다며 몹시 개탄했습니다. 아버지는 서둘러 친구를 찾아 나섰지요. 자신의 신용과 지원을 통해 친구가 세 삶을 시작하도록 도울 생각이었거든요.

보포르가 자신을 감추기 위하여 적절한 조처를 한 탓에 아버지는 10개월이 지나서야 그의 집을 찾을 수 있었습니다. 집을 찾았다는 사실에 너무 기뻤던 아버지는 로이스 근처 가난한 거리에 자리 잡고 있던 그의 집으로 한달음에 달려갔지요. 하지만 아버지를 반겨주는 것은 고통과 절망뿐이었습니다. 보포르는 파산 후 아주 약간의 돈을 남기긴 했지만, 그건 겨우 몇 달 생계를 유지할 정도밖에 되지 않았습니다. 그는 상인의 집에서 괜찮은 일거리를 구할 수 있을 거라 기대했지만, 결과적으로 그는 아무것도 하지 않고 시간을 보내고 말았던 거예요. 과거를 회상할 시간이 생기자, 보포르의 슬픔은 더욱 깊어져 그의 마음을 괴롭혔습니다. 결국 슬픔이 그의 마음을 장악해버렸고 마지막 석 달 동안 그는 아무런 노력도 해볼 수 없는 상태로 몸져눕고 말았습니다.

보포르의 딸은 그를 극진히 모셨습니다. 하지만 그녀는 남은 돈이 급격히 줄어들고 있으며 이제 더 이상 도움을 받을 곳이 없다는 사실에 절망했지요. 하지만 카롤린 보포르는 흔치 않은 단단한 마음의 소유자였고, 그녀의 용기는 역경 속에서도 그를 지탱해주었습니다. 그녀는 허드렛일을 구했어요. 짚을 엮는 등의 여러 방법으로 생활을 겨우 유지할 수 있을 정도의 적은 돈을 벌었습니다.

이런 상태로 몇 달이 흘렀습니다. 그녀의 아버지 상태는 더욱 나빠졌죠. 그녀는 아버지 간호에 대부분의 시간을 들이게 되었고, 그 결과 생계 수단은 점점 줄어들었습니다. 10개월 후 그녀의 아버지는 딸의 품에서 세상을 떠났습니다. 딸을 고아이자 거지인 채로 남겨두고 말이에요. 마지막 충격에 완전히 압도당한 그녀는 보포르의 관 옆에 무릎을 꿇고 목 놓아 울고 있었습니다. 그리고 바로 그 때 아버지가 그 방에 들어간 거죠. 그 불쌍한 소녀 눈에는 아버지가 수호신 같았기에, 그녀는 아버지의 보살핌에 몸을 맡겼습니다. 아버지는 친구의 매장을 마무리한 후, 그녀를 제네바로 데리고 와서는 친척의 보호 아래 두었습니다. 그로부터 2년 후 카롤린은 아버지의 아내가 되었죠.

부모님은 나이 차이가 상당히 많이 나지만, 오히려 이 차이가 헌신적인 애정의 결속 아래 두 사람을 더 가깝게 만들어주는 듯했습니다. 아버지의 꼿꼿한 마음에는 정의감이 있었기 때문에 그는 아내를 열렬히 사랑해줘야 한다고 생각했습니다. 어쩌면 앞선 몇 년 동안 사랑했던 이의 하찮음을 뒤늦게 발견하고 고통을 받았던 만큼, 믿을 수 있는 가치에 더 큰 의의를 두려는 경향이 있었던 것 같아요. 어머니에 대한 아버지의 애착에는 감사함과 숭배가 드러났습니다. 어린 나이 때문에 맹목적으로 좋아하는 것과는 완전히 달랐지요. 아버지의 애착은 어머니의 선행에 대한 존경, 어머니가 겪었던 슬픔을 어느 정도 보상해주고 싶다는 욕망에서 비롯된 것이었으니까요. 그 때문에 어머니를 향한 아버지의 태도에는 이루 말로 표현할 수 없는 품위가 있었습니다. 모든 것은 어머니의 소망과 편리함에 맞춰졌습니다. 정원사가 이국적인 식물을 보호하듯 아버지는 거친 바람에서 어머니를 보호하려고 애썼고, 그녀의 온화하고 자애로운 마음속에 즐거운 감정만 생길 수 있게 하는 것들로 어머니를 에워싸려고 노력했습니다. 하지만 어머니는 그동안 겪었던 일들 때문인지 건강이 나빠졌고, 지금까지 변함없던 평온한 정신에도 이상이 생겼습니다. 두 분이 결혼하기 전 2년 동안 아버지는 자신의 공직을 차근차근 정리했습니다. 그리고 결혼 직후 두 사람은 온화한 기후의 이탈리아로 떠났습니다. 경이로운 땅을 여행하면서 만나는 풍경의 변화와 관심의 변화를 약해진 어머니의 원기 회복제로 삼았지요.

두 사람은 이탈리아 다음으로 독일과 프랑스를 방문했습니다. 첫 아이였던 나는 나폴리에서 태어나 아기 때부터 부모님과 함께 다녔습니다. 몇 년 동안 나는 유일한 아이였어요. 두 사람은 서로를 사랑하면서도, 사랑의 광산에서 고갈될 줄 모르는 애정을 길어다 나에게 전해주는 듯했습니다. 어머니의 다정한 애정 표현, 나를 바라보던 아버지의 자애로운 기쁨의 미소가 내 첫 기억이라고 할 수 있습니다. 나는 그들의 장난감이자 우상이었으며 그보다 더 나은 어떤 것이었습니다. 나는 하늘에서 그들에게 내려준 순진하고 무력한 생명체였죠. 그들은 내 미래가 행복으로 향할지, 고통으로 향할지는 그들의 손에 달려 있다고 생각했어요. 그들이 나에 대한 의무를 다하느냐에 따라서 내 미래가 달라진다고 생각했죠. 부모님은 온화하면서도 적극적인 정신의 소유자였고, 거기에 덧붙여 자신들이 생명을 전해준 존재에 대해 이렇게 빚을 지고 있다고 깊이 인식하고 있었기 때문에, 어린 시절 나는 매시간 인내, 자비, 자제력에 대한 교훈을 들어야 했습니다. 하지만 두 사람이 실크 끈으로 나를 이끌 듯 부드럽게 대해주었기 때문에 내게는 그 모든 훈련이 즐겁게만 보였습니다.

오랫동안 나는 두 사람의 유일한 관심사였습니다. 어머니는 무척이나 딸을 갖고 싶어 했지만, 아이가 더 생기지는 않았습니다. 내가 대략 다섯 살 때쯤, 이탈리아 국경을 넘어 여행하던 중 코모 호숫가에서 일주일을 보내게 되었습니다. 그들은 자애로운 성격 때문에 종종 가난한 이들의 오두막에 들어가곤 했습니다. 어머니에게 이런 행동은 의무 이상의 의미가 있었어요. 그것은 불가피한 일이자 열정의 대상이었습니다. 자신이 어떤 일을 겪었는지, 어떻게 고통에서 벗어났는지 기억하고 있기에, 고통받는 사람들에게 자신이 수호천사 역할을 해야 한다고 믿었거든요. 한번은 산책하던 중 계곡에 있던 유독 음산해 보이는 오두막 한 채가 두 사람의 눈길을 끌어당겼습니다. 그 앞에 헐벗은 아이들이 모여 있는 걸 보니 얼마나 가난한 집인지 알 수 있었지요. 어느 날 아버지가 혼자 밀라노에 가셨을 때, 어머니는 나를 데리고 그 집에 방문했습니다. 그곳에는 육체적 노동과 근심 때문에 허리가 굽은 채로 열심히 일하는 소작농과 아내가 있었습니다. 그들은 배고픈 다섯 아이에게 보잘것없는 식사를 나눠주고 있었죠. 그런데 그 아이들 중 한 명이 유독 어머니의 눈에 들어왔습니다. 혼자만 혈통이 다른 것 같았죠. 다른 아이들 네 명은 어두운색 눈에 억센 부랑자의 모습이었지만, 이 아이는 혼자 마른 데다 피부가 매우 하얬습니다. 머리카락은 굉장히 밝은 환한 금빛이었고, 옷차림이 남루한데도 머리에 왕관이라도 쓴 듯 남들과 달라 보였지요. 눈썹은 깔끔하면서도 풍성했고 파란 눈은 맑았으며 입술과 얼굴형은 감성과 상냥함을 그대로 보여주고 있었기에, 누구라도 그녀를 보면 뭔가 다른 종족, 하늘이 보낸 존재, 천상의 흔적이 남은 존재로 바라볼 수밖에 없었습니다.

소작농 부인은 나의 어머니가 이 사랑스러운 아이를 놀라움과 감탄의 눈빛으로 지켜보고 있는 걸 눈치채고, 그녀의 과거 이야기를 열심히 들려주었습니다. 그 아이는 그녀의 자식이 아니라 밀라노 귀족의 딸이었습니다. 그 아이의 엄마는 독일 사람으로, 아이를 낳다가 죽었다고 했습니다. 그래서 이 착한 사람들이 아이를 데려와 기르기로 했다고 합니다. 그 당시에는 그들도 형편이 지금보다 나았기 때문이죠. 두 사람은 결혼한 지 오래되지 않아 막 첫아이를 출산한 상황이었습니다. 그들이 맡은 아이의 아버지는 이탈리아의 오랜 영광을 기억하도록 교육을 받은 '영원한 분노의 노예' 중 한 명으로, 이탈리아의 자유를 위해 노력하던 사람이었습니다. 그러다 조국이 약해지자, 희생자가 된 것이지요. 그가 죽었는지, 오스트리아의 지하 감옥에 아직 살아 있는지는 알 수가 없었습니다. 그의 재산은 몰수되었고, 아이는 고아이자 거지가 되었습니다. 그리하여 그녀는 양부모와 함께 살며, 그 조잡한 집에서도 시커먼 이 파리의 가시나무 속에서 피어난 정원의 장미보다 더 아름답게 꽃을 피웠던 겁니다.

밀라노에서 돌아온 아버지는 그림 속 천사보다 더 하얀 아이가 우리 저택 복도에서 나와 놀고 있는 걸 발견하게 되었습니다. 그 아이는 외모에서 빛을 발하는 것 같았고 그 겉모습과 움직임이 언덕 위 영양보다 더 가벼워 보였습니다. 어머니는 곧바로 이 상황을 설명했어요. 그리고 아버지의 허락을 받은 뒤, 시골 후견인들을 설득하여 아이를 데려다 키울 수 있게 되었습니다. 그들은 이 사랑스러운 고아를 좋아했어요. 그녀의 존재가 그들에겐 축복 같았지요. 하지만 신의 섭리에 따라 그녀가 강력한 보호를 받게 되었는데도 이런 가난한 환경에서 아이를 키우는 것은 부당하다고 생각했습니다. 그들은 마을 성직자와 상의한 후, 엘리자베스 라벤자를 우리 부모님 집에 보내기로 결론을 내렸지요. 그리하여 그 아이는 나의 누이 이상의 존재, 나와 모든 일과 즐거움을 함께 나누는 아름답고 사랑스러운 동반자가 되었습니다.

모두가 엘리자베스를 사랑했습니다. 모든 사람이 열정적으로, 거의 숭배에 가까운 애정으로 그녀를 바라보았고, 그것이 나의 자존심이자 나의 기쁨이 되었습니다. 엘리자베스를 집으로 데려오기 전날 저녁, 어머니가 장난스럽게 말했습니다.

"우리 빅토르에게 줄 예쁜 선물이 있어. 내일이면 가질 수 있을 거야."

그리고 정말로 다음 날, 어머니는 약속한 대로 엘리자베스를 내게 선물했습니다. 난 어린아이 같은 진지함으로 어머니의 말을 문자 그대로 해석했고, 엘리자베스를 내 것으로 여겼습니다. 내가 보호하고, 사랑하고, 아껴주어야 할 내 것으로요. 그녀에게 쏟아지는 모든 칭찬을 나는 내 소유물에 대한 칭찬으로 받아들였습니다. 우리는 서로를 사촌이라는 이름으로 친숙하게 불렀습니다. 그 어떤 말, 어떤 표현도 그녀가 내게 어떤 존재인지 구체적으로 나타내지 못했습니다. 그녀는 죽을 때까지 나만의 것이자 누이 이상의 존재였지요.

2장

우리는 같이 자랐습니다. 나이 차이도 1년이 채 나지 않았지요. 우리에게 불화나 분쟁 같은 건 거리가 먼 것이었음을 굳이 말할 필요는 없을 겁니다. 조화는 우리 우정의 정신이었고, 우리 성격에 존재하는 다양성과 차이는 우리를 더 가깝게 만들어주었습니다. 엘리자베스도 차분하고 집중을 잘하는 성격이었지만, 나는 모든 열정을 다해 진지하게 몰두할 수 있는 사람이었기에 지식에 대한 갈망에 훨씬 더 깊이 빠져들었습니다. 그녀는 시인들의 꿈같은 작품을 쫓아다니느라 바빴습니다. 그리고 스위스 집을 둘러싸고 있는 장엄하고 놀라운 풍경 -숭고한 산의 형태, 폭풍 같기도 하고 잔잔하기도 한 계절의 변화, 겨울의 고요함, 여름 알프스의 활기와 소란스러움- 속에는 감탄하고 기뻐할 것들이 충분했습니다. 나의 동료가 진지하고 만족스러운 정신으로 사물의 웅장한 외형을 심사숙고하는 동안, 나는 그것들의 원인을 조사하는 걸 즐겼지요. 나에게 세상은 알아맞히고 싶게 만드는 비밀이었습니다. 호기심, 숨겨진 자연법칙을 배우기 위한 진지한 연구, 그것이 밝혀졌을 때 느껴진 황홀감에 가까운 기쁨은 내가 기억할 수 있는 최초의 감각 중 하나입니다.

나와 일곱 살 차이가 나는 둘째 아들이 태어나자, 부모님은 방황하는 삶을 완전히 포기하고 고향에 자리를 잡았습니다. 우리는 제네바에 집이 한 채 있었고, 도시에서 5킬로미터 이상 떨어진 동쪽 호숫가 벨리브에 별장이 하나 있었어요. 우리는 주로 별장에서 생활했기에 부모님의 생활은 상당히 한적하게 흘러갔습니다. 나 역시도 사람이 붐비는 것을 피하고 몇몇 사람에게만 열렬한 애착을 보였습니다. 그러다 보니 보통 학교 친구들에게는 무관심했지요. 다만 그중에서 단 한 명과 친밀한 우정의 결속을 나누었습니다. 앙리 클레르발은 제네바 상인의 아들이었습니다. 그는 독특한 재능과 상상력을 가진 소년이었죠. 그는 모험, 역경, 심지어 위험 그 자체를 사랑했습니다. 그는 기사도와 로맨스에 관련된 책에 깊이 빠졌습니다. 영웅적인 노래를 작곡하기도 하고 마법과 기사에 관한 모험 이야기를 쓰기도 했어요. 그는 우리에게 연극이나 가면극을 시키기도 했습니다. 등장인물은 론세스바예스의 영웅들, 아서 왕의 원탁의 기사, 이교도의 손에서 성배를 되찾기 위해 피를 흘렸던 기사단이었죠.

그 누구도 나만큼 행복한 어린 시절을 보내진 않았을 겁니다. 부모님은 친절과 관대함이라는 정신에 사로잡혀 있었습니다. 그들은 변덕스럽게 우리의 운명을 통제하려는 폭군이 아니라, 우리가 즐기는 수많은 기쁨의 창조자이자 대리인이었습니다. 우리 가족들과 뒤섞여 있다 보면 내가 얼마나 운이 좋은 건지 또렷하게 알아차릴 수 있습니다. 또 이렇게 감사하는 마음을 갖다 보니 부모님을 향한 사랑도 커졌습니다.

　나의 성미는 때때로 난폭하고, 열정은 격렬했습니다. 하지만 내 기질의 어떤 법칙에 따라, 그것들은 어린애 같은 추구가 아닌 배우고자 하는 간절한 욕망으로 바뀌었습니다. 그렇다고 모든 것을 무차별적으로 배우려 하지는 않았어요. 나는 언어의 구조, 정부의 규범, 다양한 나라의 정치 같은 것에는 전혀 관심이 없었음을 고백합니다. 내가 배우고자 하는 것은 하늘과 땅의 비밀이었습니다. 그것이 사물의 외적 실체이든, 자연의 내적 정신이든, 나를 사로잡은 사람의 신비한 영혼이든 상관없이 나는 여전히 형이상학적인 것 또는 고상한 의미에서 세상의 물리적인 비밀에 관한 것을 연구하고 싶었습니다.

　한편 클레르발은 소위 사물의 도덕적 관계에 푹 빠져 있었어요. 삶이라는 분주한 무대, 영웅들의 미덕, 인간들의 행동이 그의 주제였습니다. 그리고 그의 희망과 꿈은 용감하고 모험심 강한 후원자로서 자신의 이름을 역사에 남기는 것이었지요. 엘리자베스의 성스러운 영혼은 평화로운 우리 집안에서 마치 성지를 밝히기 위해 특별히 만든 램프처럼 빛났습니다. 그녀는 언제나 우리를 지지해주었어요. 그녀의 미소, 부드러운 목소리, 별처럼 빛나는 눈으로 바라보는 달콤한 눈길 모두 우리를 축복해주고 우리에게 생기를 불어넣었습니다. 그녀는 사람을 누그러뜨리고 마음을 끌어당기는 살아 있는 사랑의 정령이었답니다. 공부하다가 침울해지거나 내 열정적인 본성 때문에 거칠어졌을 때, 그녀가 나타나 그 온화한 모습으로 나의 흥분을 가라앉혔지요. 그리고 클레르발, 클레르발의 고결한 정신에 감히 악이 자리 잡을 수 있을까요? 하지만 엘리자베스가 진정한 선행의 사랑스러움을 그에게 보여주지 않았더라면, 그의 엄청난 야망의 최종 목표가 선행이 되도록 만들지 않았더라면, 그역시 그 정도로 완벽하게 자비롭거나, 너그럽고 사려 깊거나, 모험을 향한 열정을 가지고 있으면서도 그렇게 친절하고 온화하지는 못했을 겁니다.

나는 어린 시절을 회상하는 데서 강렬한 즐거움을 느낍니다. 그때는 아직 불행이 내 마음을 더럽히기 전, 폭넓은 유용성에 대한 밝은 통찰력이 나 자신에 대한 우울하고 편협한 반성으로 바뀌기 전이었으니까요. 게다가 어린 시절 모습을 그리다 보면, 나도 알아채지 못하게 서서히, 나를 불행으로 이끌었던 사건들을 기록하게 됩니다. 이후 나의 운명을 지배하게 된 열정의 탄생 순간을 생각하다 보면, 그것이 마치 산속에 흐르는 강처럼, 거의 잊힌 비열한 수원지에서 시작되었음을 깨닫게 됩니다. 하지만 그 강물은 흘러가면서 점점 불어나, 결국 나의 모든 희망과 기쁨을 휩쓸어버린 급류가 되었지요.

자연철학은 나의 운명을 조종한 시대정신입니다. 내가 자연철학을 매우 좋아하게 된 계기를 지금 이야기해보고 싶군요. 열세 살때 우리는 토농 근처 목욕탕으로 다 같이 놀러 간 적이 있습니다. 그곳 날씨가 혹독했던 탓에 우리는 온종일 여관에서 꼼짝 못 하고 있어야 했지요. 여관 안에서 나는 우연히 코르넬리우스 아그리파(16세기 독일의 연금술사-역주)의 책 한 권을 발견하게 되었습니다. 처음엔 무관심하게 책을 펼쳤습니다. 하지만 그가 증명하려고 했던 이론, 그리고 그와 관련된 놀라운 사실이 무관심이라는 감정을 열광으로 바꾸어놓았지요. 새로운 마음이 내 마음을 비친 것 같았어요. 나는 몹시 기뻐하며 내가 발견한 것에 대해 아버지와 이야기를 나누었답니다. 아버지는 내 책의 제목을 대강 훑어보더니 말했습니다.

"아! 코르넬리우스 아그리파! 사랑하는 빅토르, 이런 것에 네 시간을 낭비하지 말거라. 이건 지독한 쓰레기란다."

만약 아버지가 이렇게 말하는 대신, 고대의 과학 체계가 가진 힘은 허무맹랑한 탓에 아그리파의 원리들은 완전히 평판이 뒤엎어졌고, 그 대신 현실적이고 실용적인 현대 과학 체계가 도입되었다고 설명해줬더라면, 나는 분명히 아그리파를 옆에 던져놓고 더 큰 열정을 품은 채 원래 내가 공부하던 것으로 돌아가서 나의 상상력에 만족했을 겁니다. 그러면 결국 줄줄이 이어지는 내 생각이 치명적인 충동을 받아들이지도 않았을 것이고 나도 파멸에 이르지 않았겠지요. 하지만 아버지가 내 책을 대충 훑어보는 걸 보고 나는 그가 내용을 잘 알지 못한다고 확신했기에 계속해서 탐독해 나아갔습니다.

집에 돌아온 내가 가장 먼저 한 일은 작가의 모든 작품을 구하는 것이었어요. 이후 파라켈수스(16세기 스위스의 의학자, 화학자-역주)와 알베르투스 마그누스(13세기 독일의 스콜라철학자, 신학자, 자연과학자-역주)의 작품도 모두 구했지요. 나는 이 작가들의 엉뚱한 공상을 너무나 즐겁게 읽고 연구했습니다. 그것들은 나를 제외한 몇몇 사람에게만 알려진 보물처럼 느껴졌습니다. 나는 늘 나 자신이 자연의 비밀을 꿰뚫어 보고 싶다는 강렬한 열망으로 가득 찬 사람이라고 생각했습니다. 현대 철학자들이 아무리 열심히 노력하고 대단한 발견을 해내도, 그것들을 공부하고 나면 늘 불만족스러웠고 내가 원하는 걸 얻어내지 못한 기분이었어요. 아이작 뉴턴 경은 스스로가 진리라는 광활한 미지의 바닷가에서 조개껍데기를 줍는 어린아이처럼 느껴진다고 고백한 적이 있지요. 자연철학 각 분야에 있는 뉴턴의 후계자들은 어린 내가 보기에도 나와 같은 것을 추구하는 초보자들처럼 보였습니다.

교육을 받지 않은 소작농도 자기 주변의 사물들을 보고 그것들의 실용성을 찾아냅니다. 가장 많이 배운 철학자도 농부보다 더 많이 알지 못했습니다. 철학자는 자연의 얼굴을 부분적으로 살짝 들췄을 뿐, 자연의 제대로 된 생김새는 아직도 경이로움과 미스터리로 남아 있습니다. 철학자는 자연을 해부하고, 분해하고, 이름을 붙여주었지만, 궁극적 원인은 말할 것도 없고 2차, 3차적인 원인도 전혀 알아내지 못했지요. 나는 자연이 요새와 장애물을 만들어놓고 자연의 성채 안에 인간이 함부로 들어오지 못하게 막고 있는 것을 쭉 지켜보았습니다. 그리고 나 역시 성급하게 그리고 무식하게 이 상황을 불평했고요.

그러나 더 깊이 꿰뚫어 보고, 더 많이 알고 있는 사람들과 책이 있었습니다. 나는 그들이 주장하는 모든 것을 그대로 받아들였고, 그들의 제자가 되었습니다. 18세기에 그런 일이 일어난 것이 이상하게 보일 수도 있겠지요. 하지만 나는 제네바의 일반적인 교육 과정을 따랐지만, 상당 부분 내가 좋아하는 것들을 독학으로 터득했습니다. 아버지가 과학적인 사람이 아니었기에, 나는 아무것도 모른 채 혼자 씨름하게 되었고, 지식에 대한 갈증만 점점 커졌지요. 새로운 스승의 지도하에, 나는 철학자의 돌과 불로장생의 약을 찾는 일에 깊이 빠져들었습니다. 하지만 곧 불로장생의 약을 찾는 데 전념하게 되었습니다. 부가 중요한 게 아니었습니다. 인간의 몸에서 질병을 제거할 수만 있다면, 비명횡사를 제외한 모든 죽음에서 인간을 구할 수만 있다면 얼마나 큰 영광이 따르겠습니까!

이건 나만의 상상이 아니었습니다. 유령이나 악마를 불러내는 것은 내가 좋아하는 작가들의 공통된 바람이었고, 나 역시 그것을 성공시키기 위하여 부단히 노력했습니다. 그리고 나의 주문이 늘 성공하지 못하더라도 나는 그 실패를 스승에 대한 충성심이나 기술의 부족보다는 내 경험 부족과 실수 탓으로 돌렸습니다. 그렇게 나는 한동안 이미 버려진 시스템에 사로잡혔습니다. 나는 마치 미숙련자처럼 수천 가지의 상반된 이론을 뒤섞고, 열정적인 상상력과 어린애 같은 추론에 이끌려 다채로운 이론의 구렁텅이에서 절망적으로 몸부림쳤습니다. 그러다 내 생각의 흐름을 바꿀 사건이 일어났던 것이지요.

열다섯 살 무렵 벨리브 근처 별장에서 지내던 중 우리는 엄청나게 격렬하고 끔찍한 뇌우를 목격했습니다. 쥐라산맥 너머에서부터 뇌우가 시작되더니 이곳저곳에서 동시에 끔찍한 소리와 함께 천둥이 쳤습니다. 폭풍우가 사라질 때까지 나는 실내에 머물며 그 신기하고 재미있는 과정을 관찰했어요. 문 앞에 서 있는데 갑자기 우리 집에서 20미터쯤 떨어진 아름다운 참나무 고목에 불줄기가 떨어졌습니다. 번쩍이는 빛이 사라지자마자 참나무는 사라지고 타고 남은 그루터기만 덩그러니 남아 있었죠. 다음 날 아침 나가보니 나무는 신기한 형태로 망가져 있었어요. 벼락을 맞은 충격에 산산이 부서진 게 아니라 가느다란 띠 모양으로 쪼그라들어 있었던 거예요. 나는 무언가가 그 정도로 철저하게 망가진 것은 처음 보았습니다.

이전까지 나는 뻔한 전기법칙을 잘 알지 못했습니다. 당시 자연철학에 깊은 조예가 있는 사람이 우리와 함께 있었기에, 그는 이 재앙에 몹시 흥분하며, 전기와 전기 요법이라는 주제로 자신이 만들어낸 이론을 설명하기 시작했어요. 나로서는 너무나 새롭고 놀라운 이론이었죠. 그가 말한 모든 것은 내 상상력의 주인인 코르넬리우스 아그리파, 알베르투스 마그누스, 파라켈수스를 무색하게 만들었습니다. 운명처럼 벌어진 사건 때문에 이 사람들의 존재가 전복당하자, 나는 익숙하던 학문의 추구가 꺼려지게 되었습니다. 그 무엇도 알 수 없거나, 알아낼 수 없을 것 같은 느낌이었습니다. 오랫동안 나의 관심을 끌던 모든 것이 갑자기 비루하게 보였습니다. 어린 시절 흔히 겪을 수 있는 마음의 변덕 때문에, 나는 한순간에 이전에 몰두하던 것을 포기했고, 자연사와 거기에서 뻗어나온 학문을 모두 기형적이고 실패한 존재로 규정했으며, 진정한 지식의 문턱 안으로 절대 발을 들여놓을 수 없었던 가짜 과학을 심하게 경멸하게 되었습니다. 이런 마음가짐으로 나는 수학 그리고 과학에 속하는 학문 분야에 급히 빠져들었지요. 오로지 그런 것들만 안전한 토대 위에 세워져 있고, 내가 고민할 만한 가치가 있다고 생각했으니까요.

우리의 영혼은 참으로 신기하게 이루어져 있기에, 그런 사소한 연결 고리에 의해서 번영을 맞을 수도, 몰락을 맞을 수도 있습니다. 되돌아보면 나의 성향과 의지가 이렇게 놀라운 변화를 겪게 된 것은 내 인생의 수호천사 덕분이 아닐까, 생각합니다. 수호천사가 최후의 노력으로 별 속에 매달려 있다가 나를 덮칠 준비를 하고 있던 폭풍우의 방향을 틀어준 것이지요. 결국 수호천사가 승리했습니다. 고통스러운 연구를 포기하자 흔치 않은 평온함과 영혼의 기쁨이 찾아왔거든요. 그리하여 나는 과거의 연구를 계속하는 것은 악, 그걸 무시하는 것은 행복이라는 가르침을 얻게 되었어요.

그러나 수호천사가 아무리 필사적으로 노력을 해도 효과가 없었습니다. 운명은 너무 강력했고, 내가 결국 완전하고 끔찍한 파멸을 겪게 되리라는 것은 이미 불변의 법칙처럼 정해져 있었으니까요.

3장

    열일곱 살이 되자 부모님은 나를 잉골슈타트대학교로 보내겠다고 결심했습니다. 그때까지 나는 제네바에 있는 학교에 다녔었기 때문에, 아버지는 교육의 완성을 위해서는 다른 나라의 관습에도 익숙해질 필요가 있다고 생각하셨지요. 일찍부터 출발 날짜가 정해졌지만 떠나기로 한 바로 전날에 내 인생 최초의 불행이 닥쳤습니다. 말 그대로 내 미래의 고통에 대한 불길한 징조였죠.

    엘리자베스가 성홍열에 걸린 겁니다. 그녀의 병세는 심각했고 매우 위험한 상태에 빠졌습니다. 엘리자베스가 병에 걸려 있는 동안 어머니가 그녀를 보살피지 못하게 설득하느라 수많은 논쟁이 오갔습니다. 어머니는 처음엔 우리의 간절한 부탁에 굴복하셨지만, 자신이 가장 좋아하는 사람의 생명이 위협받고 있다는 이야기를 듣자 더 이상 불안을 털어내지 못하고 결국 그녀의 병상을 지켰지요. 어머니의 간호가 심각한 병을 물리치게 했습니다. 엘리자베스는 목숨을 구했어요. 하지만 그 무모함이 결과적으로 어머니에게 심각한 사태를 초래했습니다. 셋째 날 어머니가 병에 걸리신 거예요. 눈에 띄는 증상들과 함께 고열이 동반되었고, 주치의의 표정만 보아도 심각한 일이 벌어지리라는 것을 예측할 수 있었습니다. 임종의 순간에도 이 뛰어난 여성의 강인함과 자비심은 그녀를 버리지 않았습니다. 그녀는 엘리자베스와 내 손을 잡고 말했지요.

"내 아이들아, 미래의 행복을 위하여 나는 너희 둘이 결혼하기를 간절히 바란다. 이것은 너희 아버지에게도 위안이 되어줄 거야. 엘리자베스, 내 사랑, 내 아이를 위하여 네가 내 자리를 대신해줘야 해. 세상에, 너희와 헤어져야 한다니 너무 안타깝구나. 나는 지금까지 사랑받으며 행복하게 살아왔지만, 그래도 너희와 헤어지는 건 힘이 드는구나. 하지만 이 모든 것이 나와 걸맞지 않은 생각이지. 나는 기분 좋게 죽음을 맞기 위해 노력할 것이며, 또 다른 세상에서 너희를 만날 희망에 빠질 거야."

어머니는 조용히 세상을 떠났습니다. 그녀의 얼굴은 죽음의 순간에도 애정을 표현하고 있었어요. 가장 소중한 관계의 끈이 돌이킬 수 없는 악에 의해 잘려 나갔을 때의 기분, 영혼에 생겨난 공백, 얼굴에 드러난 절망을 굳이 말로 설명할 필요는 없겠지요. 날마다 보던 어머니, 마치 우리 존재의 일부인 것 같은 그녀의 존재가 영영 우리를 떠날 수 있다는 생각을 받아들이기까지 많은 세월이 걸릴 겁니다. 사랑스럽게 반짝이던 눈이 그 빛을 다하고, 처음엔 귓가에 속삭이던 익숙한 목소리가 잦아든 채 더 이상 들리지 않게 된다는 것을 받아들여야 한다고 생각할 겁니다. 하지만 시간이 흘러 악의 실체가 드러나면 진짜 쓰라린 슬픔의 고통이 시작됩니다. 하지만 그 무례한 손에 의해 소중한 관계가 끊겨 나가지 않은 사람이 누가 있을까요? 그렇다면 누구나 느끼는, 느껴야 하는 그 슬픔을 내가 묘사할 필요가 있을까요? 마침내 깊은 슬픔을 느낄 수밖에 없는 시간이 지나고 나면 너그럽게 슬픔을 받아들일 수 있는 때가 오게 됩니다. 신성모독처럼 느껴질 수도 있겠지만 입가에 맴도는 미소가 떠나지 않는 때가 옵니다. 어머니는 돌아가셨지만, 우리에겐 아직도 해야 할 일이 있습니다. 우린 나머지 사람들과 가던 길을 계속 가야 하며, 죽음의 약탈자가 붙잡아 가지 않은 이상 스스로 운이 좋다고 생각하는 법을 배워야만 합니다.

이런 사건들로 미루어졌던 잉골슈타트로의 출발 날짜를 다시 정해야 할 때가 왔습니다. 나는 아버지에게 몇 주간 출발을 미뤄달라고 부탁했습니다. 나는 죽은 듯 고요한 집을 급하게 떠나 치열한 삶에 뛰어드는 것이 신성모독인 것처럼 느껴졌습니다. 이런 슬픔을 겪어본 적은 없지만 그렇다고 불안하지 않은 것은 아니었지요. 나는 남아 있는 가족들을 떠난다는 것이 내키지 않았고, 무엇보다 사랑스러운 엘리자베스가 어느 정도 안정되는 걸 확인하고 싶었습니다.

사실, 엘리자베스는 자신의 슬픔을 감추고 우리 모두에게 위안을 주기 위해 분투했습니다. 그녀는 삶을 진지하게 바라보며 용감하고 열정적으로 자신의 임무를 맡았습니다. 삼촌과 사촌이라고 부르도록 교육받은 사람들을 위해 자신을 바쳤죠. 그녀는 햇살 같은 미소를 지으며 우리에게 웃어주었고 그때만큼 그녀가 매혹적이었던 때가 없었습니다. 엘리자베스는 우리가 슬픔을 잊을 수 있게 애쓰면서 자신의 슬픔도 잊어버렸습니다.

마침내 출발의 날이 다가왔습니다. 클레르발은 마지막 밤을 우리와 함께 보냈지요. 그는 나와 함께 가서 같이 공부하고 싶다고 아버지를 열심히 설득했지만, 헛수고였습니다. 클레르발의 아버지는 편협한 상인이었기 때문에 자기 아들의 열망과 야망에서 나태함과 몰락을 보았던 겁니다. 앙리는 일반교양 교육을 받지 못하게 된 것이 큰 불행이라 여겼습니다. 그가 대놓고 말하지는 않았지만, 그의 불타는 눈과 활기찬 시선에서 절대 보잘것없는 상업에 속박당하지 않겠다는 절제되었지만, 단호한 결심을 읽을 수 있었습니다.

우리는 늦게까지 깨어 있었습니다. 서로를 떼놓을 수도 없었고 '안녕'이라는 말을 하게끔 설득할 수도 없었습니다. 하지만 우리는 휴식을 찾는 척 서로 인사한 뒤 헤어졌고, 각자 상대를 속였다고 착각했습니다. 하지만 다음 날 새벽, 나를 실어 날라줄 마차를 타러 내려가니, 모두 나와 있었어요. 아버지는 다시 한번 내게 축복을 빌어주었고, 클레르발은 다시 내 손을 꽉 잡았습니다. 나의 엘리자베스는 자주 편지를 써달라는 간청을 또다시 했고, 자신의 소꿉친구였던 나에게 마지막으로 상냥한 관심을 보여주었습니다.

나는 나를 실어다 줄 마차에 몸을 던졌고, 우울한 생각에 빠져들었습니다. 정감 가는 친구들에게 둘러싸여 끊임없이 서로에게 즐거움을 전하려고 노력하던 내가 이제 혼자가 된 거죠. 대학교에 가서는 내가 나의 친구가 되어야 하고, 내 보호자가 되어야 했습니다. 지금까지 내 삶은 눈에 띌 정도로 고립적인 데다 가정적이었기에 나는 새로운 사람에 대해 아무도 꺾을 수 없는 반감을 품고 있었습니다. 나는 나의 형제들, 엘리자베스와 클레르발을 사랑했습니다. 그들은 '오래되고 익숙한 얼굴'이었죠. 나는 낯선 사람들과 내가 잘 어울리지 못하리라는 걸 잘 알고 있었지요. 여행을 시작할 때 나는 줄곧 이런 생각을 하고 있었어요. 하지만 점점 가다 보니 내 정신과 희망이 들뜨기 시작했습니다. 나는 간절하게 지식 습득을 원했습니다. 집에서 지낼 때도, 이렇게 한곳에 틀어박혀 젊은 시절을 보내는 게 힘들다고 생각했었고, 새로운 세계에 들어가 다른 인간들 사이에서 자리를 잡아보고 싶다고 생각했었습니다. 이제 나의 욕망이 충족된 것이므로 지금에 와서 후회하는 것은 어리석은 짓이라 생각했어요.

잉골슈타트로 가는 동안 이런저런 생각을 할 시간이 충분했습니다. 그래도 여행은 길고 피곤하더군요. 마침내 도시의 높고 하얀 첨탑이 눈에 들어오자, 나는 마차에서 내려 그날 밤을 보내게 될 외딴 숙소로 안내를 받았습니다.

다음 날 아침, 나는 나를 소개하는 편지를 가지고 몇몇 중요한 교수를 찾아갔습니다. 우연이었을까요, 아니면 악마의 손길이었을까요. 아버지의 방문 앞에서 마지못해 발걸음을 돌리던 순간부터 나를 꼼짝 못 하게 사로잡았던 파멸의 천사가 맨 먼저 나를 자연철학 교수, 크렘페에게로 데려갔습니다. 그는 무례한 인물이었지만 과학의 비밀에 흠뻑 젖어 있는 사람이었어요. 그는 자연철학과 관련된 여러 과학 분야에 대해 내가 얼마나 많이 알고 있는지 알아보려고 몇 가지 질문을 던졌습니다. 나는 별생각 없이 대답했고, 어느 정도 경멸하는 투로 내가 예전에 공부했던 책의 주요 저자라고 할 수 있는 연금술사의 이름들을 언급했습니다. 교수가 나를 빤히 쳐다보며 말했습니다.

"자네 정말 그런 터무니없는 것을 공부하느라 시간을 허비했던 건가?"

나는 그렇다고 대답했어요. 그러자 크렘페 교수가 온화한 말투로 이야기를 이어갔습니다.

"자네가 그런 책에 허비한 모든 순간은 전적으로, 완전히 사라져 버렸네. 쓸모없는 체계와 헛된 이름을 기억하느라 괜히 머리만 고생시켰군. 큰일 났군! 자네 대체 어떤 척박한 땅에서 살았는지 모르겠지만, 자네가 탐욕스럽게 흡수했던 그 헛된 이야기는 천 년이나 묵은 거라고, 너무 오래되어서 케케묵은 냄새가 난다고 알려줄 만큼 친절한 사람이 아무도 없었던 거야? 이렇게 계몽된 과학의 시대에 알베르투스 마그누스와 파라켈수스의 제자를 만나게 되리라고는 생각도 못 했네. 자네는 공부를 완전히 새롭게 시작해야 하네."

그는 이렇게 말하며 옆으로 다가와 내게 알려주고 싶은 자연철학 관련 책 제목을 몇 가지 적어주었습니다. 그리고 다음 주 초에 전반적인 자연철학에 대한 강의를 시작할 예정이며, 자신이 강의하지 않는 날에는 동료 교수인 발트만이 화학 강의를 할 거라고 말했지요.

집으로 돌아온 나는 별로 실망하지 않았습니다. 교수가 비난한 작가들을 나 역시 오래전부터 쓸모없다고 생각했다고, 다시는 이런 연구를 되풀이하고 싶지 않다고 교수에게 말했으니까요. 크렘페 교수는 약간 땅딸막한 체형에 목소리는 걸걸하고 쌀쌀맞은 얼굴을 하고 있었습니다. 그래서인지 그 교수가 추구하는 것에 대해 나까지 호감을 품게 되지는 않았습니다. 내가 어린 시절 연구했던 것들과 관련하여 내린 결론에 대해 다소 과하게 철학적이지만 논리 정연하게 설명해보겠습니다. 어린 시절 나는 현대 자연철학의 교수들이 약속한 결과에 만족하지 못했었지요. 당시 나는 너무 어렸고 나를 이끌어줄 길잡이가 없었기 때문에 혼란스러운 상태로 시간을 거슬러 지식의 단계를 되짚어가고 있었고, 최근에 발견된 새로운 지식 대신 잊힌 연금술사의 꿈을 좇고 있었던 겁니다. 게다가 나는 현대 자연철학의 쓰임새를 경멸했습니다. 과학의 대가들이 불멸과 권력을 추구하던 때와는 너무 다르잖아요. 연금술사들이 추구하던 것은 비록 헛된 것일지언정 웅장했어요. 하지만 지금의 과학은 변했습니다. 나는 헛된 환상 때문에 과학에 관심을 가지게 된 것인데 요즘 과학자들은 환상이 소멸하자 스스로를 제한하는 듯 보였습니다. 나는 불가능한 희망이라는 무한한 웅장함 대신별 가치도 없는 현실에 눈을 뜨도록 요구받았습니다.

잉골슈타트에서의 처음 이삼일 동안 나는 이런 생각을 하며 지냈습니다. 그리고 새로운 집에 사는 주요 인물들과 주변 지리를 익히느라 시간을 보냈습니다. 그러나 다음 주가 시작되자, 나는 크렘페 교수가 강의에 대해 알려주었던 정보가 생각났습니다. 나는 그 땅딸막한 교수가 교단에 서서 전하는 말을 들으러 가고 싶지 않았지만, 그가 발트만 교수에 대해 했던 이야기가 떠올랐습니다. 그때까지 발트만 교수가 다른 곳에 가 있었기 때문에 그를 만날 수가 없었거든요.

나는 궁금하기도 하고 심심하기도 해서 강의실에 가보았습니다. 곧이어 발트만 교수도 들어오더군요. 이 교수는 자기 동료와 상당히 달랐습니다. 쉰 살쯤 되어 보였고 굉장히 인자한 느낌이 났습니다. 흰머리 몇 가닥이 관자놀이를 덮고 있기는 했지만 뒷머리는 거의 검은 색이었지요. 키는 작았지만 상당히 꼿꼿했고, 내가 들어본 중 가장 감미로운 목소리를 가지고 있었습니다. 그는 화학의 역사와 다른 여러 학자가 이루어낸 다양한 업적을 요약하면서 강의를 시작했습니다. 유독 뛰어난 발견을 한 사람들의 이름은 아주 열정적으로 발음했지요. 그리고 현재 과학의 상태에 대해 대략 언급한 뒤, 기본적인 용어에 대해 설명해주었습니다. 몇 가지 예비 실험까지 하고 난 뒤 그는 현대 화학에 대한 찬사와 함께 수업을 끝냈습니다. 나는 그 말을 결코 잊을 수가 없습니다.

"과학의 옛 스승들은 불가능을 약속해놓고 아무것도 이루어내지 못했습니다. 하지만 현대의 대가들은 약속을 거의 하지 않아요. 그들은 금속이 변하지 않는다는 것을, 불로장생의 명약은 불가능한 생각이라는 걸 알고 있으니까요. 하지만 괜히 흙이나 만지작거리는 것 같고, 현미경이나 도가니를 들여다보기만 하는 것 같은 이 철학자들이야말로 실제로 기적을 만들어냈습니다. 그들은 자연의 깊숙한 곳을 꿰뚫고 들어가 자연이 숨은 곳에서 어떻게 작용하는지 보여줍니다. 그들은 하늘로 올라갔습니다. 피가 어떻게 순환하는지도 밝혀냈지요. 그리고 우리가 숨 쉬는 공기의 본질도 알아냈습니다. 그들은 새로우면서도 거의 무한한 힘을 얻어냈습니다. 그들은 하늘에 천둥을 내릴 수도, 지진을 흉내 낼 수도, 심지어 보이지 않는 세계를 그 그림자로 조롱할 수도 있습니다."

차라리 운명의 말이라고 표현하고 싶은 교수의 말은 나를 파멸시키기 위한 것이었지요. 그가 계속 이야기할수록 내 영혼이 손에 만져질 것 같은 적과 사투를 벌이는 느낌을 받았습니다. 내 존재의 메커니즘을 형성하고 있는 건반이 하나하나 차례로 눌러졌습니다. 그리고 곧 내 마음이 하나의 생각, 하나의 관념, 하나의 목적으로 가득 찼습니다. 프랑켄슈타인의 영혼은 외쳤습니다. 이미 많은 것이 행하여졌지만, 더욱더 많은 것을 내가 성취해내겠다고 말이죠. 이미 찍어놓았던 발자국을 따라가면서 나는 새로운 길을 개척할 것입니다. 아직 알려지지 않은 힘을 발견하고, 가장 깊은 창조의 신비를 세상에 펼쳐내 보일 것입니다.

그날 밤 나는 잠을 이루지 못했습니다. 내 마음은 반란과 혼란의 상태였어요. 어떤 질서가 생겨날 것도 같았지만, 나는 질서를 만들어낼 힘이 없었습니다. 새벽이 찾아오고 서서히 잠이 들었어요. 다시 눈을 떴을 때 어젯밤의 내 생각은 마치 꿈만 같았죠. 남은 것은 오로지 나의 결심뿐이었습니다. 원래 하던 공부로 돌아가겠다는 결심, 타고난 재능이 있다고 믿었던 분야에 전념해야겠다는 결심 말이에요. 그날 나는 발트만 교수를 찾아갔습니다. 개인적으로 만나자, 그는 훨씬 더 온화하고 매력적인 사람이었어요. 강의할 때는 어떤 위엄 같은 게 있었지만, 그의 집에서는 어마어마한 상냥함과 친절함이 그 위엄을 대신했거든요. 나는 크렘페 교수에게 했던 이야기를 거의 똑같이 설명했습니다. 그는 내 연구와 관련된 이야기를 매우 유심히 듣더니, 코르넬리우스와 파라켈수스 이름이 나오자, 미소했습니다. 그러나 크렘페 교수처럼 대놓고 경멸하지는 않았어요. 그는 이렇게 말했지요.

"현대의 철학자들도 그들 지식의 기초 대부분을 불굴의 의지를 지닌 과거의 철학자들에게 빚지고 있다네. 그들은 우리에게 좀 더 쉬운 일을 남겨놓았어. 그들이 매개자 역할을 해준 덕분에 과학적 사실이 세상에 알려지게 되었기에, 우리는 그 사실에 새로운 이름을 붙여주고 적절한 범주에 맞게 분류하기만 하면 되지. 천재들의 노력은 엉뚱한 방향을 겨냥하더라도, 결국 어김없이 인류의 견고한 이익을 향할 수밖에 없다네."

나는 그의 말을 가만히 들었습니다. 그의 말은 아무런 억측이나 가장 없이 그대로 전달되었어요. 그래서 나는 그의 강의 덕분에 현대 화학에 대한 나의 편견이 없어졌다고 덧붙였지요. 나는 신중하게 나 자신을 표현했습니다. 젊은이가 스승에게 보여야 할 겸손과 존중을 갖추었고, 그렇다고 (인생에서의 경험 부족이 나를 부끄럽게 만들지도 모르지만) 나를 노력하게끔 자극했던 열정에 관한 이야기도 빼놓지 않았습니다. 나는 어떤 책을 구하면 좋을지 조언도 구했습니다. 발트만 교수가 말했습니다.

"제자가 생겨서 기쁘구먼. 자네가 가진 능력만큼 노력한다면 반드시 성공할 걸세. 철학은 엄청난 성과를 거둔, 지금도 거두고 있는 자연철학의 한 분야일세. 바로 그런 점 때문에 나도 이 학문을 선택했지. 하지만 또 동시에 다른 과학 분야를 무시하지는 않는다네. 만약 인간의 지식 분야 중 단 하나에만 집중한다면, 그는 매우 형편없는 화학자가 될 거야. 자네가 그저 하찮은 실험주의자가 아닌 진정한 과학자가 되고 싶다면, 수학을 포함한 모든 자연철학 분야에 전념하라고 조언해주고 싶네."

그런 다음 그는 내게 실험실로 데리고 가 각종 기계의 쓰임새를 설명해주었고, 내가 조달해야 할 게 무엇인지 가르쳐주었습니다. 그리고 내가 그들의 기계 장치를 망가뜨리지 않을 정도로 충분히 숙달되면 그것들을 사용할 수 있게 해주겠다는 약속도 했지요. 발트만 교수는 내가 요청한 대로 책 목록을 만들어주었습니다. 나는 그렇게 그의 집을 나섰습니다.

그날은 내게 잊을 수 없는 날이 되었지요. 내 미래의 운명을 결정지은 날이니까요.

4장

그때부터 자연철학, 특히 화학은 가장 포괄적인 의미에서 나의 거의 유일한 일거리가 되었습니다. 나는 현대의 연구자들이 화학 분야에 관해 쓴, 천재성과 남다른 안목으로 가득 찬 논문을 열정적으로 읽었습니다. 나는 대학교의 과학자들과 안면을 트고 그들의 강의를 들으러 갔습니다. 나는 크렘페 교수도 상당히 건전한 상식과 진짜 지식을 갖추고 있다는 걸 알게 되었어요. 그가 역겨운 외모와 태도를 가진 것은 사실이지만, 그 때문에 그의 상식과 지식의 가치가 떨어지는 것은 아니었습니다. 나는 발트만 교수에게서 진정한 친구의 모습을 발견했습니다. 그의 친절함은 결코 독단주의에 물들지 않았고, 그의 강의엔 늘 솔직함과 온화함의 분위기가 흘렀기 때문에 현학적이라는 느낌이 조금도 들지 않았습니다. 그는 셀 수 없이 많은 방법으로 지식의 길에 들어선 나를 잘 달래주었고, 가장 난해한 연구도 내가 이해할 수 있도록 명확하고 쉽게 설명해주었습니다. 처음엔 나도 마음이 오락가락하고 확신이 없었지만, 점점 시간이 갈수록 힘이 생겼습니다. 그리고 얼마 안 가 상당한 열정과 열망을 품게 되었지요. 때로는 실험실에서 바쁘게 일하느라 아침 햇살에 별이 사라지는 것도 모를 때가 있었습니다.

내가 열중한 만큼 나도 빠르게 진전을 보였으리라는 걸 쉽게 짐작할 수 있을 겁니다. 실제로 나의 열정에 학생들은 무척 놀랐고, 나의 능숙함에 교수들도 많이 놀랐습니다. 크렘페 교수는 종종 교활한 미소를 지으며 코르넬리우스 아그리파는 어떻게 되어가고 있는지 묻곤 했어요. 반면 발트만 교수는 나의 진전에 대해 진심 어린 기쁨을 표현했지요. 이런 식으로 2년이 흘렀고, 그사이 나는 한 번도 제네바에 방문하지 않았습니다. 그 대신 온 마음과 영혼을 다해 내가 이루어내고 싶은 발견에 심혈을 기울였습니다. 과학의 유혹을 실제로 경험해보지 못한 사람은 이걸 상상하지 못할 겁니다. 다른 연구 분야에서는 앞선 사람들이 갔던 곳까지 도달하고 나면 더 이상 알아낼 수 있는 것이 없어집니다만, 과학에서는 끊임없이 발견하고 경탄할 것들이 생겨납니다. 평범한 능력을 지닌 사람이라도 한 가지 연구에만 깊이 빠지면 틀림없이 그 분야에 능숙해집니다. 나 역시 한 가지 목표를 이루기 위해 끊임없이 노력하고 전적으로 여기에만 몰두했더니 빠른 속도로 발전할 수 있었습니다. 결국 2년이 지나자, 나는 몇몇 화학 기계를 개량할 정도의 발견을 하게 되었습니다. 나는 대학교에서 큰 존경과 감탄을 받게 되었지요. 이 정도 수준에 이르자 잉골슈타트의 교수들이 강의 중에 설명한 자연철학의 이론과 실습 역시 잘 알게 되었습니다. 그곳에 사는 것이 더 이상 내 발전에 도움 되지 않을 것 같아, 나는 친구들이 있는 고향으로 돌아가려 했어요. 그런데 바로 그때 체류 기간을 연장하게 만들 사건이 일어났습니다.

유난히 나의 관심을 끌던 현상 중 하나는 인간의 신체 구조, 그리고 생명이 부여된 모든 동물의 신체 구조였습니다. 나는 종종 나 자신에게 질문을 던지곤 했지요. 생명의 원칙은 도대체 어디에서 생겨나는 것인지를 말이에요. 그것은 대담한 질문이었고, 지금까지 그저 미스터리로 여겨지던 것이었어요. 하지만 비겁함이나 경솔함이 우리의 질문을 가로막지 않았더라면 우리는 지금보다 훨씬 더 많은 것을 알게 되었을 겁니다. 나는 이러한 상황을 염두에 두고 생리학과 관련된 자연철학 분야들에 특히 더 몰두하기로 마음먹었습니다. 나는 거의 초자연적이라 할 수 있는 열정에 고무되었기 때문에, 이렇게 연구에 전념하는 것이 귀찮거나 고통스럽지 않았지요. 삶의 원인을 조사하기 위하여 우리는 먼저 죽음에 의지할 수밖에 없습니다. 나는 해부학을 익혔지만, 이걸로는 충분하지 않았어요. 인체의 자연스러운 부패와 부식도 관찰해야만 했습니다. 어린 시절 아버지는 내 마음이 초자연적인 공포에 휘둘리지 않도록 미리 예방 조치를 해주었습니다. 기억하기론 미신 이야기에 떨거나 귀신의 환영을 두려워해본 적이 없었던 것 같아요. 어둠은 나의 환상에 아무런 영향을 끼치지 못했으며, 교회 묘지는 그저 생명을 빼앗긴 사체를 보관하는 곳일 뿐이었습니다. 사람의 몸이란 한때 아름다움과 힘이 머무르는 곳이지만 결국 벌레의 먹이가 되게 마련이니까요. 이제 나는 부패의 원인과 과정 연구에 끌려, 지하 납골당과 시체 안치소에서 며칠 밤낮을 보내기도 했습니다. 나의 관심은 감정이 섬세한 사람들은 도저히 견딜 수 없을 것들에 고정되었습니다. 나는 훌륭한 외모의 인간이 어떻게 분해되고 버려지는지를 보았습니다. 생명의 발그레한 뺨에 죽음의 부패가 찾아오는 것을 목격했습니다. 나는 벌레들이 경이로운 눈과 뇌가 있던 자리를 차지하는 모습을 보았습니다. 나는 잠시 멈춰서, 삶에서 죽음으로 그리고 죽음에서 삶으로의 변화에서 확인할 수 있는 모든 사소한 인과관계를 관찰하고 분석했습니다. 그리고 결국 캄캄한 어둠 속에서 갑작스레 빛이 쏟아졌습니다. 그 빛은 너무나 눈부시고 경이로웠지만 또 단순하기도 했어요. 나는 그 빛이 보여주는 가능성의 방대함에 어지러울 지경이었지만, 같은 과학을 향해 의문을 품었던 수많은 천재 중에서 하필 나 혼자만이 그 놀라운 비밀을 발견하게 된 데에 상당히 놀라고 말았습니다.

기억하세요. 나는 지금 미치광이의 환상을 기록하고 있는 게 아닙니다. 하늘의 태양도 지금 내가 사실이라고 주장하는 것보다 더 환하게 빛나지는 않을 겁니다. 어느 정도 기적이 관여했을 수도 있겠지만, 그 발견의 단계들은 명확하고 개연성이 있었어요. 믿을 수 없을 정도로 힘들게 고생하며 며칠 밤낮을 보낸 후, 나는 발생과 생명의 원인을 발견할 수 있게 되었어요. 아니, 그 정도가 아니라, 생명이 없는 물체에 생명을 불어넣을 수 있게 되었습니다.

이 발견을 통해 처음 경험한 놀라움은 곧 기쁨과 황홀함으로 바뀌었습니다. 수없이 많은 시간을 고통 속에 노력한 후 내 욕망의 꼭대기에 한달음에 도착하다니, 나의 노력이 너무 만족스럽게 완성되는 것 같았습니다. 하지만 이 발견이 너무 대단하고 압도적인 것이다 보니 내가 차근차근 밟아본 모든 단계는 싹 지워지고 오로지 결과만 눈에 보였습니다. 세상이 탄생한 이후 모든 현자의 연구 대상이자 욕망이었던 것이 이제 내 손안에 있었어요. 모든 게 마술의 한 장면처럼 갑자기 내 눈앞에 펼쳐진 것은 아니었습니다. 내가 얻은 정보는 이미 성취된 것을 드러내 보여주기보다는, 내가 연구 대상을 정했을 때 나의 노력을 그 방향으로 쏟을 수 있도록 지시를 내리는 것이라 할 수 있었습니다. 나는 마치 시체와 함께 파묻혔지만, 너무 약해서 아무 도움도 될 것 같지 않은 빛에 의지해 살아나올 통로를 발견한 아라비아인 같았습니다.

당신의 눈에 보이는 열망, 경이로움, 희망을 보아하니, 친구여, 내가 알게 된 그 비밀이 무엇인지 알고 싶어 하는 것 같군요. 하지만 그럴 수가 없습니다. 내 이야기를 끝까지 참고 들어주세요. 내가 왜 그 주제에 대해 말을 아끼는지 쉽게 이해할 수 있을 테니까요. 나는 과거의 내가 그랬던 것처럼 열정만 가득한 무방비한 상태의 당신을 피할 수 없는 고통과 파멸로 이끌고 싶지 않습니다. 나를 보고 배우세요. 나의 수칙을 따르지 않을 거라면 적어도 나를 본보기 삼아 배우세요. 지식의 습득이 얼마나 위험한지, 자신의 본성이 허락하는 것보다 더 대단한 사람이 되고 싶어 하는 사람보다 그저 자기 고향이 세상 전부라고 믿는 사람이 훨씬 더 행복하다는 것을 알고 계세요.

나는 내 손안에 있는 놀라운 능력을 발견하자, 이것을 어떻게 활용해야 할지 고민하느라 오랜 시간을 망설였습니다. 나는 생명을 줄 능력을 갖췄지만, 복잡한 섬유 조직, 근육, 혈관을 가진 인체를 준비하는 것은 여전히 상상할 수 없을 정도로 어렵고 고된 일이었습니다. 처음에는 나 같은 존재를 만들어야 하는지, 아니면 더 단순한 조직을 만들어봐야 하는 건지 확신하지 못했습니다. 하지만 첫 성공으로 내 상상력이 너무 과하게 자극되어 있었기 때문에 나라면 인간만큼 복잡하고 대단한 동물에게 생명을 부여할 수 있지 않을까 생각하게 되었지요. 게다가 지금 내가 사용할 수 있는 재료는 이 정도로 힘든 작업을 하기에 충분해 보이지 않았습니다. 그런데도 나는 궁극적으로는 내가 성공하리라는 것을 의심하지 않았습니다. 나는 수많은 반전에 대비했습니다. 내 작전은 줄기차게 실패할 수도 있었고, 결국 나온 내 작품이 완벽하지 않을 수도 있었습니다. 그러나 과학과 역학에서 매일 일어나고 있는 발전을 생각했을 때, 지금 나의 이러한 시도가 적어도 미래의 성공을 위한 발판이 되어줄 수 있으리란 기대 때문에 용기를 얻었습니다. 그리고 나는 내 계획의 규모와 복잡함이 실행 불가능의 논거가 될 거라고는 생각하지 않았습니다. 나는 이런 감정을 품은 채 인간의 창조를 시작했습니다. 각 부분의 세밀함이 진행 속도에 큰 방해가 되었기 때문에 나는 처음 의도와는 반대로 거대한 몸집의 존재를 만들기로 결심했고, 결국 키가 240센티미터 정도 되며 거기에 비례하여 전체적으로 덩치가 큰 사람을 만들게 되었습니다. 이렇게 결심을 굳힌 후, 나는 몇 달 동안 재료를 수집하고 정리한 후, 드디어 일을 시작했지요.

마치 허리케인 같은 첫 성공의 열정 속에서 얼마나 다양한 감정이 나를 괴롭혔는지 아무도 상상할 수 없을 겁니다. 삶과 죽음은 내게 그저 상상 속 경계로 보였습니다. 처음으로 내가 그 경계를 뚫고 들어가 어둠의 세계에 빛을 쏟아부어야겠다고 생각했지요. 새로운 종이 탄생한다면 나를 창조자이자 근원으로 여기며 나를 축복하겠지요. 행복하고 완벽한 존재들이 내 덕분에 생겨날 것입니다. 자식에게 나만큼 완벽한 감사를 받을 자격이 있는 아버지가 나 말고 또 있을까요. 이런 생각을 하다 보니 나는 생명이 없는 존재에 생명을 부여할 수 있다면, (지금은 그게 불가능하단 걸 알지만) 어느 정도 시간이 흐른 후 분명히 부패가 시작된 시체까지도 내가 살릴 수 있을 거라는 생각이 들었습니다.

이런 생각이 내 정신을 지탱해주었고, 나는 끊임없는 열정으로 내 일에 전념했습니다. 거듭된 연구로 나의 뺨은 점점 수척해졌고, 방에만 갇혀 지내다 보니 몸은 점점 쇠약해졌어요. 때때로 성공 직전에 실패할 때도 있었습니다. 그럴수록 나는 다음 날이라도, 아니면 잠시 후에라도 성공할지 모른다는 기대감에 집착하게 되었습니다. 나 혼자만 간직했던 비밀 한 가지는 오로지 희망을 위하여 내 전부를 바쳤다는 겁니다. 한밤중에 일하고 있으면 달이 나를 가만히 바라보았어요. 그러는 동안 나는 숨도 못 쉴 정도로 긴장된 열정 속에서 자연이 몸을 숨긴 은신처까지 뒤쫓아 갔습니다. 내가 더럽고 축축한 무덤 안에서 물을 첨벙거릴 때 또는 생명 없는 진흙에 생명을 불어넣기 위하여 살아 있는 동물을 고문할 때, 내 비밀스러운 노력의 끔찍함을 누가 상상할 수 있을까요? 지금은 팔다리가 떨리고 추모의 마음으로 눈가가 촉촉해지지만, 그때는 저항할 수 없는 광적인 충동이 나를 앞으로 떠밀었습니다. 오로지 한 가지에 사로잡혀 내 모든 영혼과 감각을 잃어버렸던 것 같아요. 사실 그것은 일시적인 무아지경 같은 것이라, 부자연스러운 자극이 작용을 멈추자마자 나는 다시 예민해졌고, 예전 상태로 돌아가게 되었습니다. 나는 납골당에서 뼈를 모아다가 불경한 손가락을 만듦으로써 인체의 엄청난 비밀들을 흩뜨려놓았습니다. 거의 감옥에 가까운 집 꼭대기 방은 통로와 층계 때문에 다른 방들과는 분리가 되어 있었기 때문에 나는 이곳을 더러운 창작을 위한 작업실로 이용했지요. 세세한 사항에 주의를 기울이다 보니 눈알이 튀어나올 것만 같았어요. 필요한 재료는 해부실과 도축장에서 구할 수 있었습니다. 나의 인간 본성은 종종 내가 하는 일에 혐오감을 드러냈지만, 또 한편으로는 끊임없이 커지는 간절함에 여전히 사로잡혀 있었기 때문에 내 작업은 거의 마무리 단계에 들어섰습니다.

오로지 한 가지를 위해 열과 성을 다해 몰두했더니 여름이 지나갔습니다. 이제 가장 아름다운 계절이 되었죠. 밭에는 풍년이 들고 포도덩굴에는 더 풍성하게 포도가 열렸지만, 내 눈은 자연의 매력에 무감각해졌습니다. 내 주변 풍경을 등한시하게 만든 그 감정은 멀리 떨어져 한참이나 만나지 못한 내 친구들마저 잊게 했습니다. 나는 내 침묵이 그들을 불안하게 한다는 것을 알고 있었고, 아버지가 하신 말씀도 잘 기억하고 있었습니다.

"나는 네가 잘 지내면 우리에게도 애정을 가지고 규칙적으로 연락을 할 거라는 걸 알고 있다. 너에게 소식이 없으면 네가 하는 다른 일들도 똑같이 방치되고 있다는 증거로 받아들일 테니 그리 알거라."

나는 아버지의 심정이 어떨지 잘 알고 있었지만 지금 하는 일 말고 다른 생각은 할 수가 없었습니다. 그 자체로 혐오스럽지만 내 상상력을 억누를 수 없는 일이었으니까요. 나는 내 본성의 모든 습관을 집어삼킨 이 위대한 목표가 완성될 때까지는 애정과 관련된 모든 감정을 미뤄두고 싶었습니다. 당시에 나는 아버지가 가족에 대한 소홀함을 내 악덕이나 결점 탓으로 돌리는 게 부당하다고 생각했었어요. 하지만 내가 비난에서 벗어날 수 없다는 걸 깨달은 지금으로서는 아버지가 옳았다고 확신합니다. 완벽한 사람은 언제나 차분하고 평화로운 마음을 유지해야 하며, 절대 열정이나 일시적인 욕망 때문에 평정심이 무너지는 일이 없도록 해야 하니까요. 나는 지식의 추구도 이 법칙에서는 예외가 될 수 없다고 생각합니다. 만약 당신이 전념하는 어떤 연구가 당신의 애정을 약화하고 단순한 기쁨을 향한 당신의 취향을 무너뜨리는 경향이 있다면, 그 연구는 분명히 불법이며 그래서 인간의 정신에 맞지 않을 것입니다. 만약 이 규칙이 계속 지켜졌다면, 고요한 가족 간의 사랑을 방해하는 것이라면 그 무엇도 추구할 수 없게 만들었다면, 그리스인도 결코 노예가 되지 않았을 것이고 시저도 자신의 나라를 구할 수 있었을 겁니다. 마찬가지로 아메리카 대륙도 천천히 발견되었을 것이고, 결국 멕시코와 페루의 제국들이 파괴되지도 않았겠지요.

내 이야기에서 가장 흥미로운 부분인데 내가 너무 훈계하고 있었군요. 당신의 얼굴을 보아하니 이야기가 계속 듣고 싶은 것 같네요.

아버지는 편지로 나를 비난하지는 않았습니다. 그저 예전보다 내가 심하게 빠져든 게 무엇인지 궁금해하면서 나의 침묵을 알아차릴 뿐이었습니다. 혼자 애를 쓰는 사이 겨울, 봄, 여름이 지났지만 나는 꽃이 피는 것도, 잎이 나는 것도 보지 못했습니다. 이전에는 그런 것들을 보며 최고의 기쁨을 느꼈는데 말이죠. 나는 그저 내 작업에 깊이 빠져 있었습니다. 그해의 나뭇잎이 다 시들고 난 뒤에야 나의 작업은 거의 마무리가 되었습니다. 그리고 날마다 내가 얼마나 잘해왔는지가 있는 그대로 결과에 드러났습니다. 그러나 내 열정이 불안 때문에 억눌렸습니다. 나는 마치 자기가 좋아하는 일에 전념하는 예술가보다는 뭔가 불건전한 일에 참여했거나 광산에서 노역하는 노예와 같아 보였지요. 매일 밤 나는 은근한 열병에 시달려야 했고, 고통스러울 정도로 초조해했습니다. 떨어지는 나뭇잎만 봐도 놀랐고 범죄를 저지른 것처럼 사람들을 피했지요. 때때로 엉망이 된 내 상태를 확인하고 놀라기도 했습니다. 오직 내 목표를 향한 에너지만이 나를 지탱해주었습니다. 이제 곧 힘든 일도 끝이 날 테니 운동도 하고 즐겁게 지내면 몸 상태도 좋아질 거라 믿었습니다. 나의 피조물이 완성되는 그때 꼭 그러겠다고 나 자신에게 약속했습니다.

5장

    내가 그동안의 노고에 대한 결실을 보았던 것은 음산한 11월의 밤이었습니다. 고통에 가까운 불안감을 안고 나는 내 발 앞에 누워 있는 생명 없는 존재에 불씨를 지필 도구들을 주변에 모아놓았습니다. 벌써 새벽 한 시였어요. 비가 유리창을 어지럽게 때리고 초도 거의 다 타버린 그때, 반쯤 꺼져가는 촛불의 깜빡이는 빛을 통해 생명체가 윤기 없는 노란 눈을 뜨는 것을 보았습니다. 그것은 거친 숨을 내쉬었고 사지를 경련하듯 움직이기도 했지요.

    이 재앙을 본 내 감정을 어떻게 묘사할 수 있을까요? 무한한 고통과 보살핌으로 내가 애써 만들어낸 그 비참한 존재를 어떻게 설명할 수 있을까요? 그의 팔다리는 비례가 맞았습니다. 내가 아름다운 것들로만 골라서 만들었으니까요. 그래, 참 아름답군! 세상에나! 그의 노란 피부 안쪽으로 근육과 혈관이 훤히 보였습니다. 그의 머리카락은 윤기가 흐르는 검은 색에 치렁거리고 있었습니다. 치아는 진주 같은 백색이었는데, 이 하얀 치아는 회갈색 빛의 눈

주변 피부와 거의 같은 색깔인 번들거리는 눈, 쪼글쪼글한 피부, 시커먼 입술과 끔찍한 대조를 이룰 뿐이었습니다.

삶의 온갖 사건들도 인간의 감정만큼 변덕스럽지 않을 겁니다. 나는 거의 2년 동안 생명 없는 신체에 생명을 불어넣겠다는 단 하나의 목표를 가지고 열심히 노력했습니다. 이걸 위해 내 휴식과 건강도 놓아버렸어요. 나는 적당함을 훨씬 넘어선 열정을 품은 채 갈망했습니다. 그런데 모든 게 완성된 지금, 나의 아름다운 꿈은 사라져버렸습니다. 그 대신 숨쉬기 힘든 공포와 혐오만이 내 가슴을 채웠습니다. 내가 창조해낸 존재의 겉모습을 견딜 수 없었던 나는 방을 뛰쳐나갔습니다. 마음을 진정시키고 잠을 자야 하는데 그럴 수가 없어서 한참 동안 내 침실을 서성거리기만 했습니다. 마침내 혼란스러운 마음을 견뎌내고 나자, 피로가 몰려왔습니다. 나는 몇 분 동안만이라도 모든 걸 잊고 싶은 마음에 옷을 입은 채로 침대에 몸을 던졌습니다. 하지만 정신없는 꿈 때문에 마음이 어지럽더군요. 꿈에서 엘리자베스를 본 것 같았어요. 엘리자베스가 아주 건강한 모습으로 잉골슈타트 거리를 걷고 있었죠. 기쁘면서도 놀란 나는 그녀를 껴안았어요. 하지만 그녀의 입술에 입을 맞추자마자 입술이 검푸른 죽음의 색으로 바뀌었습니다. 그리고 갑자기 겉모습이 바뀌어버리더니 돌아가신 어머니의 시체가 내 품에 안겨 있는 것 같았습니다. 수의가 그녀의 몸을 감싸고 있었고, 천이 접힌 안쪽에 구더기가 기어다니고 있었어요. 너무 놀란 나는 꿈에서 깨어났습니다. 이마에는 식은땀이 흘렀고 이는 덜덜 떨리더군요. 팔다리도 경련을 일으켰습니다. 그때 어둑어둑 노란 달빛이 창문 덧문 사이로 들어오자, 내가 만들어낸 그 끔찍한 괴물이 눈앞에 보였습니다. 그는 침대에 처진 커튼을 젖히고, 그걸 눈이라고 불러도 될지 모르겠지만 그 눈으로 나를 빤히 쳐다보았어요. 그는 입을 벌리고 불분명한 소리를 중얼거렸습니다. 활짝 웃으니, 뺨에 주름이 생기더군요. 그가 말을 한 건지 모르겠지만 내 귀에 들리진 않았어요. 그가 나를 붙들려는 건지 한 손을 뻗길래, 난 방을 빠져나와 계단을 뛰어 내려갔습니다. 나는 내가 살고 있는 집에 딸린 안뜰로 도망을 쳤어요. 그리고 밤새 불안에 떨며 그곳을 서성였습니다. 무슨 소리가 들릴 때마다 주의 깊게 그 소리에 귀를 기울이며 두려워했습니다. 혹시나 끔찍하게도 내가 생명을 준 그 악마 같은 시체가 내게 다가올까 봐요.

오! 그 겉모습이 주는 공포를 견딜 수 있는 사람은 아무도 없을 거예요. 되살아난 미라도 그 비참한 존재만큼 끔찍하지는 않을 겁니다. 완성되기 전에도 그를 계속 보았습니다. 물론 그때도 흉하긴 했어요. 하지만 근육과 관절이 움직일 수 있게 되자 단테도 상상조차 할 수 없는 그런 존재가 되어버렸습니다.

끔찍한 상태로 밤을 보냈습니다. 때때로 맥박이 너무 빨리, 강하게 뛰어서 내 온몸의 동맥이 두근거리는 게 느껴질 정도였어요. 갑자기 나른해지고 극도로 피곤해져서 땅속으로 가라앉을 것 같은 때도 있었어요. 공포감과 더불어 극심한 실망감이 느껴졌습니다. 너무나 오랫동안 나의 일용할 양식이자 즐거운 휴식이었던 내 꿈이 이젠 내 지옥이 되어버렸으니까요. 게다가 그 변화가 급박하게 일어났습니다. 상황이 완전히 뒤엎어진 겁니다!

마침내 음울하고 습한 새벽이 밝았습니다. 잠을 자지 못해 쓰라린 눈으로 잉골슈타트 교회의 하얀 첨탑과 시계를 보니 6시를 가리키고 있더군요. 수위가 지난밤 나의 피난처가 되어주었던 안뜰의 문을 열었습니다. 나는 거리로 나가서 빠른 걸음으로 걸었어요. 혹시나 길모퉁이를 돌 때마다 그 비참한 존재가 내 시야에 나타날까 봐 두려워 그를 피하기 위해서였죠. 나는 감히 내 숙소로 돌아갈 수가 없었습니다. 시커멓고 불안한 하늘에서 비가 쏟아져 몸이 흠뻑 젖었는데도 나는 계속 서둘러 걸어야 할 것 같은 기분이 들었어요.

몸을 힘들게 하여 마음의 짐을 좀 덜어볼 생각으로 그 상태로 한동안 걸어 다녔습니다. 여기가 어디인지, 내가 뭘 하고 있는 건지 명확한 생각도 없이 그저 거리를 방황했어요. 공포에 심장이 두근거렸습니다. 나는 감히 주변을 둘러보지도 못하고 불규칙한 발걸음을 재촉했습니다.

> 사람 없는 길에서
> 공포와 두려움에 떨며 걷는 사람처럼
> 한 번 뒤를 돌아본 뒤 다시 걷는다.
> 그리고 다시는 고개를 돌리지 않는다.
> 끔찍한 악마가 바로 뒤에서
> 쫓아오고 있다는 걸 알고 있기에.
> (새뮤얼 콜리지의 서사시 '늙은 뱃사람의 노래' 일부다-역주)

그러다 보니 나는 결국 여관 맞은편에 도착했습니다. 그곳엔 다양한 합승 마차와 객차가 자주 서던 곳이었지요. 나는 왜인지 모르겠지만 거기 잠시 멈춰 섰습니다. 그리고 반대편에서 내 쪽으로 다가오는 마차에 눈을 고정한 채 몇 분이나 가만히 서 있었어요. 가까이에서 보니 그것은 스위스 합승 마차였습니다. 마차가 바로 내 앞에 서더니 문이 열리더군요. 그리고 앙리 클레르발이 날 보고는 마차 안에서 튀어나왔습니다.

"오, 프랑켄슈타인! 너무 반갑다! 마차에서 내리자마자 네가 여기 있다니 너무 운이 좋은걸!"

클레르발을 만난 기쁨은 그 무엇에도 비할 수가 없었습니다. 그를 보자 아버지, 엘리자베스, 고향의 모든 풍경이 갑자기 다 떠올랐어요. 나는 그의 손을 덥석 잡았습니다. 그 순간만큼은 공포와 불운을 모두 잊었어요. 갑자기 너무나 오랜만에 평온하고 고요한 기쁨이 느껴졌습니다. 나는 최대한 다정한 모습으로 친구를 반갑게 맞아주고는 대학교로 같이 걸어갔습니다. 클레르발은 우리가 공통으로 아는 친구 이야기를 한동안 계속했고, 잉골슈타트에 올 수 있어서 정말 운이 좋다고 말했습니다.

"필요한 모든 지식이 회계경리 책 안에만 있는 게 아니라는 사실을 아버지에게 설득하느라 얼마나 힘들었을지 너는 잘 알 거야. 사실 아버지는 끝까지 회의적이었어. 나의 끈기 있는 간청에 대해 아버지는 계속해서 《웨이크필드의 목사》(올리버 골드스미스의 소설-역주) 속 네덜란드 교장과 같은 대답을 했었거든. '나는 그리스어를 몰라도 1년에 1만 플로린을 번다. 난 그리스어를 몰라도 배불리 먹고 산다.' 하지만 나를 향한 아버지의 애정은 결국 배움에 대한 혐오를 극복하게 했어. 아버지는 결국 내가 지식의 땅으로 발견의 항해를 떠나는 걸 허락해주셨지."

"널 만나서 정말 너무나 기쁘다. 그런데 우리 아버지랑 형제들, 엘리자베스는 어떻게 지내는 거야?"

"아주 잘 지내, 아주 행복하게. 다만 네가 통 소식이 없어서 좀 불안해하긴 하지. 말이 나와서 말인데 거기에 대해선 내가 너에게 약간 할 말이 있어. 그런데, 사랑하는 프랑켄슈타인."

그가 잠시 멈추더니 내 얼굴을 빤히 쳐다보며 말을 이어갔다.

"아까는 이렇게 아파 보이는지 몰랐어. 너무 야위고 창백하구나. 몇 날 밤은 새운 것 같은 얼굴이야."

"네가 추측한 대로야. 최근에 한 가지 일에 너무 몰두하느라 제대로 쉬지도 못했어. 하지만 이제 모든 게 끝이 났으니까 나도 드디어 자유로워질 거라 믿어. 진심으로 그러길 바라."

나는 심하게 몸을 떨었습니다. 티를 낼 수는 없었지만 바로 전날 밤 일어났던 일을 생각하면 견딜 수가 없었어요. 나는 빠른 발걸음으로 걸었고 우리는 곧 대학교에 도착했습니다. 잠시 후 내가 숙소에 남겨두고 온 그 생명체가 아직 거기에 살아서 움직이고 있을지도 모른다는 생각이 들자, 나는 몸이 떨렸습니다. 나 스스로가 그 괴물을 보는 것도 끔찍했지만, 앙리가 그를 볼 수도 있다는 사실이 훨씬 더 두려웠습니다. 그래서 나는 앙리에게 계단 밑에서 몇 분 기다려달라고 부탁하고 먼저 방으로 뛰어 올라갔습니다. 정신을 차리기도 전에 내 손은 방문 자물쇠에 가 있었습니다. 나는 잠시 멈췄어요. 온몸에 서늘한 전율이 흘렀습니다. 나는 방 안에 유령이 서서 기다리고 있을 거라 기대하는 어린아이들이 그러는 것처럼 문을 벌컥 열어젖혔습니다. 하지만 안에는 아무것도 없었어요. 나는 두려워하며 안으로 걸어 들어갔습니다. 숙소는 비어 있었고 내 침대에도 흉측한 손님의 흔적은 없었습니다. 이렇게 큰 행운이 내가 닥칠 수 있다는 사실이 거의 믿기지 않았지만, 나는 내 적이 실제로 달아났다는 걸 확신하자 기쁨의 손뼉을 치며 클레르발이 있는 아래층으로 뛰어 내려갔습니다.

방으로 올라왔더니 하인이 곧 아침 식사를 갖다주었어요. 하지만 난 자제할 수가 없었습니다. 나를 사로잡은 기쁨 때문만은 아니었어요. 과한 예민함에 살갗이 따끔거리는 것 같고, 맥박은 빠르게 뛰었습니다. 단 한순간도 한자리에 가만히 있을 수가 없었어요. 나는 의자 위에 풀쩍 뛰어오르고, 손뼉을 치고, 큰 소리로 웃었습니다. 클레르발은 처음엔 자기가 온 게 기뻐서 평소답지 않게 즐거워하는 줄 알았지만, 나를 유심히 관찰하더니 내 눈에서 설명할 수 없는 광기를 보았습니다. 결국 나의 시끄럽고, 거리낌 없으며, 무심한 웃음에 그는 흠칫 놀라며 겁을 먹었죠.

"사랑하는 빅토르, 세상에, 도대체 왜 이러는 거야? 그런 식으로 웃지 마. 대체 얼마나 아픈 거야! 이게 다 무엇 때문인 거야?"

"나한테 묻지 마."

나는 손으로 눈을 가리고 소리쳤어요. 그 무서운 유령이 방 안으로 미끄러지듯 들어오는 것 같았거든요.

"그가 알 거야. 오, 나를 구해줘! 날 구해달라고!"

난 괴물이 날 붙잡는 모습을 상상했습니다. 난 격렬하게 몸부림을 치다가 갑자기 쓰러지고 말았지요.

불쌍한 클레르발! 그는 어떤 기분이었을까요? 즐거울 거라 예상했던 나와의 만남이 희한하게도 엉망이 되어버렸으니까요. 하지만 나는 그의 슬픔을 직접 목격하지 못했습니다. 나는 죽은 듯이 쓰러져 아주 오랫동안 제정신으로 돌아오지 못했으니까요.

이렇게 시작된 신경 발작 때문에 나는 몇 달 동안이나 집에 갇혀 지내야 했습니다. 그동안 앙리가 혼자서 나를 돌봐주었습니다. 나중에야 안 사실이지만 아버지는 나이 때문에 이곳까지 먼 길을 올 수 없었습니다. 엘리자베스 역시 내가 아픈 모습을 보고 비참해했을 테지요. 그래서 클레르발은 그들이 슬픔을 겪지 않게 하려고 내 병이 어느 정도인지 그들에게 알리지 않았다고 합니다. 그는 자기 자신보다 더 친절하고 배려심 많은 간병인은 없을 거라는 걸 알고 있었어요. 그는 내가 회복될 거라고 굳게 믿고 있었기 때문에, 가족들에게 해를 끼치는 대신 자신이 할 수 있는 가장 친절한 행동을 하는 거라 믿어 의심치 않았습니다.

하지만 실제로 난 매우 아팠고, 친구의 무한하고 끝없는 관심이 없었더라면 나는 다시 살아나지 못했을 겁니다. 내가 생명을 내려준 그 괴물은 끊임없이 내 눈앞에 나타났고 나도 쉴 새 없이 그와 관련된 이야기로 열변을 토했지요. 당연하게도 나의 말에 앙리는 놀랐습니다. 처음에 그는 내 이야기들이 내 불안한 상상력이 만들어낸 헛소리라고 믿었습니다. 하지만 내가 똑같은 주제를 끈질기게 되풀이하자, 나의 이상한 상태가 실제로 흔치 않은 끔찍한 사건 때문임을 이해하게 되었습니다.

수시로 병이 재발해서 내 친구를 놀라게도 하고 슬프게도 했지만, 어쨌든 나는 매우 느린 속도로 회복했습니다. 창밖의 사물들을 관찰하면서 처음으로 다시 기쁨을 느낄 수 있게 되었던 때가 기억납니다. 내 방 창문을 가리던 나무에서 나뭇잎이 다 떨어진 후 새 이파리가 돋아나기 시작할 때였지요. 멋진 봄이었습니다. 봄이 온 덕분에 나의 회복에 큰 도움이 되었어요. 나는 가슴속에 되살아나는 즐거움과 애정의 감정을 느낄 수 있었습니다. 우울함이 사라졌고, 얼마 안 가 돌이킬 수 없는 열정에 사로잡혔던 때 이전처럼 활발한 모습이 되었습니다.

"사랑하는 클레르발, 너는 내게 너무나 친절하고, 너무나 착한 친구야. 예정했던 대로 겨우내 공부하는 대신 내 방에서 간호만 하며 지냈구나. 이 은혜를 어떻게 갚을 수 있을까? 나 때문에 네가 너무 실망했을까 봐 굉장한 양심의 가책을 느낀다. 하지만 나를 용서해주겠니?"

"네가 마음의 평정을 잃지 않고 최대한 빨리 회복한다면 그게 은혜를 갚는 거야. 지금 상당히 기분이 좋아서 하는 말인데, 하나만 이야기해도 될까?"

나는 떨렸습니다. 하나만이라니! 과연 무슨 말을 하려는 걸까요? 내가 감히 생각조차 하지 못하는 그 대상에 대해 은근슬쩍 이야기하려는 걸까요?

"일단 마음을 좀 가라앉혀."

클레르발이 이렇게 말하며 내 안색을 살폈습니다.

"그게 널 불안하게 한다면 굳이 이야기를 꺼내진 않을게. 하지만 네가 직접 손으로 쓴 편지를 받는다면 너희 아버지와 사촌이 무척 기뻐할 거야. 두 사람은 네가 이렇게 아팠다는 걸 모르거든. 그러니 너무 오랫동안 소식이 없어서 걱정하고 있을 거야."

"그게 다야, 앙리? 나 역시도 회복하고서 처음 한 생각이 내가 사랑하고 내 사랑을 받을 자격이 있는 소중한 이들에 대한 것들이었어. 아닐 거라고 생각한 거야?"

"지금 네 상태가 그러하다면 친구, 며칠 동안 여기 놓여 있던 편지를 보면 무척이나 기뻐할 것 같군. 사촌에게서 온 편지인 것 같던데."

6장

클레르발이 내 손에 편지를 쥐여주었습니다. 나의 엘리자베스가 보낸 것이었지요.

사랑하는 사촌 오빠,

그동안 아주 아팠다며. 친절한 앙리 오빠가 꾸준히 편지를 보내주었지만, 그것만으로는 충분히 안심할 수가 없었어. 편지를 쓸 수도 없고 펜을 들 수도 없는 상태라고 하더라. 하지만 오빠가 직접 한 글자라도 써서 보내주면 우리의 걱정을 잠재울 수 있을 것 같아. 나는 오랫동안 편지가 올 때마다 오빠가 직접 쓴 내용이 있을 거라 생각했고, 그래서 삼촌이 잉골슈타트로 직접 가시겠다는 것도 내가 그러지 말라고 설득했어. 삼촌이 그렇게 긴 여행으로 겪을 불편함과 위험을 내가 막아준 거긴 하지만, 내가 직접 여행을 갈 수 없다는 게 얼마나 유감스러웠는지 몰라! 돈에만 관심 있는 늙은 간병인이 오빠를 간호하고 있을 거라고 혼자 생각했어. 그런 사람은 오빠가 바라는 게 무엇인지 절대 짐작도 못 하고 오빠의 불쌍한 사촌만큼 애정과 관심을 가지고 봉사하지도 않겠지. 하지만 이제 다 끝났어. 앙리 오빠가, 오빠가 점점 낫고 있다고 편지를 보내줬거든. 오빠가 직접 쓴 편지로 이 내용이 사실이라는 걸 확인해주면 정말 좋을 것 같아.

잘 회복해. 그리고 우리에게 돌아와. 이곳엔 행복하고 즐거운 집이 있고 오빠가 사랑하는 이들이 있으니까. 오빠 아버지는 건강하셔. 그저 오빠를 직접 보고, 오빠가 잘 있는지 확인하고 싶어 하시지. 하지만 그렇게 걱정하고 있어도 삼촌의 인자한 얼굴은 그대로야. 우리 에른스트가 얼마나 컸는지 알면 오빠가 정말 기뻐할 것 같아! 에른스트는 이제 열여섯 살이고 원기 왕성해. 그 애는 진정한 스위스인이 되고 싶다며 파병을 가고 싶어 해. 하지만 적어도 오빠가 돌아올 때까지는 그 애를 떠나보낼 수 없어. 삼촌은 에른스트가 먼 나라에서 군인으로 일하는 걸 달가워하지 않으셔. 하지만 에른스트는 오빠처럼 무언가에 전념할 수 있는 능력이 없어. 공부를 끔찍한 속박이라고 생각하거든. 그 애는 늘 언덕을 오르거나 호수에서 노를 젓거나 하면서 야외에서 시간을 보내. 그래서 우리가 그냥 양보하여 자기가 고른 직업을 선택하도록 허락해주지 않으면 게으름뱅이가 될까 봐 걱정스러워.

에른스트가 많이 큰 것 말고는 오빠가 우릴 떠난 후 딱히 달라진 게 없어. 파란 호수와 눈 덮인 산은 절대 변하지 않지. 우리의 평화로운 집과 늘 만족하는 마음도 똑같이 불변의 법칙을 따르는 것 같아. 나는 사소한 일들을 하면서 시간을 보내고 즐겁게 지내. 내 주변의 행복하고 친절한 얼굴들을 보는 것만으로 내 노력의 보상을 받는 것 같아. 오빠가 떠난 후 우리 작은 집에 딱 한 가지 변화가 생겼어. 유스틴 모리츠가 어쩌다가 우리 집에 오게 됐는지 기억나? 아마 안 날 거야. 내가 간단하게 그 이야기를 전해줄게. 유스틴의 어머니는 아이가 넷인 과부였고 그녀의 아이들 중 유스틴은 셋째였지. 아버지는 유스틴을 가장 좋아했지만, 어머니는 이상하게 심술을 부리며 딸을 구박했대. 그러다 아버지가 돌아가시자 어머니는 딸을 학대한 거야. 이걸 알게 된 아주머니가 유스틴이 열두 살일 때 그의 어머니를 설득해 우리 집에 살게 한 거야. 우리나라에는 공화주의 제도가 있어서 주변의 군주 국가들보다 태도가 단순하고 행복해. 그래서 계층 간의 구분도 거의 없고 하류층 사람들도 그렇게 가난하거나 괄시를 받지 않기 때문에 그 태도가 훨씬 교양 있고 도덕적이야. 제네바의 하인들은 프랑스와 잉글랜드의 하인들과는 그 의미가 다르지. 그렇게 우리 가족으로 들어오게 된 유스틴은 하인으로서 의무를 배웠어. 다행히 우리나라에서는 하인을 무시하지도 않고 인간의 존엄성을 희생해야 하는 존재라고도 생각하지 않지.

오빠도 기억하겠지만 오빠는 유스틴을 무척 좋아했어. 기분이 좋지 않을 때 유스틴을 보기만 해도 나쁜 기분이 싹 사라진다고 말했던 게 생각나. 아리오스토가 안젤리카(16세기 이탈리아 시인 루도비코 아리오스토의 작품《광란의 오를란도》에 나오는 여주인공-역주)의 아름다움을 두고 했던 말과 똑같이 말이야. 확실히 유스틴은 굉장히 솔직하고 행복해 보여. 아주머니도 유스틴에게 큰 애착을 두고 있어서, 처음 의도했던 것보다 훨씬 좋은 교육을 하기로 작정했어. 유스틴도 받은 만큼 충분히 갚아줬어. 유스틴은 세상에서 가장 감사할 줄 아는 아이니까. 그 애가 자기 입으로 직접 그런 이야기를 했다는 건 아니야. 하지만 그 애가 자신의 보호자를 거의 숭배하다시피 한다는 걸 그 아이의 눈만 보아도 알 수 있어. 비록 그 애의 타고난 기질이 명랑하고 여러 측면에서 사려 깊지 못하기도 하지만, 아주머니의 몸짓 하나하나에 큰 관심을 보였어. 유스틴은 아주머니를 완벽한 본보기라고 생각하면서 그녀의 말투와 행동을 흉내 내려고 노력했어. 그러다 보니 이제 유스틴을 보기만 해도 아주머니가 생각날 정도야.

사랑하는 아주머니가 돌아가시자 모두 각자의 슬픔에 깊이 빠진 나머지 불쌍한 유스틴을 돌봐주지 못했어. 아주머니가 아플 때 가장 걱정하면서 애정으로 돌봐준 게 유스틴이었는데 말이야. 불쌍한 유스틴도 몸이 몹시 아팠어. 하지만 문제는 또 다른 시련들이 그 애를 기다리고 있었다는 거야.

차례차례 형제들이 죽었어. 유스틴의 어머니는 자신이 무시하던 딸만 빼놓고 모든 자식을 잃게 되었어. 어머니는 마음이 괴로웠어. 자신이 사랑하는 사람들의 죽음이 편애를 징벌하기 위한 하늘의 심판이라고 생각하기 시작했어. 그녀는 로마 가톨릭 신자였는데, 아마도 고해 신부가 그녀가 품은 생각을 더 굳혀준 거라고 생각해. 오빠가 잉골슈타트로 떠난 후 두어 달 뒤, 유스틴은 회개하는 어머니 때문에 다시 집으로 불려 갔어. 불쌍한 유스틴! 우리 집을 나서며 많이 울었어. 아주머니의 죽음 이후 그 애는 많이 변했어. 전에는 쾌활함으로 유명했는데 깊은 슬픔을 겪은 후로 차분하고 온화한 면모를 갖게 되었지. 어머니의 집에 사는 것도 명랑함을 회복하는 데 도움이 되지 않았어. 그 불쌍한 여자는 회개한다고 하면서도 마음이 이랬다저랬다 했어. 어떨 때는 자신의 불친절함을 용서해달라고 애원했지만, 형제자매가 죽은 게 다 유스틴 때문이라며 탓할 때가 더 많았어. 결국 끊임없는 조바심이 모리츠 부인을 쇠퇴의 길로 밀어 넣었어. 처음에는 성미가 더 급해졌지만, 지금은 영원히 평화로운 상태가 되었어. 지난겨울 첫 추위가 닥쳤을 때 그녀가 세상을 떠나고 말았거든. 그래서 유스틴은 다시 우리 집으로 돌아오게 되었어. 오빠가 무척 기뻐할 거라고 생각해. 유스틴은 무척 영리하고 온화하며 정말로 예뻐. 그리고 아까도 말했지만, 그 애의 표정과 말씨를 보면 아주머니가 생각나.

귀여운 윌리엄 이야기도 꼭 해야겠다. 오빠가 빨리 그 애를 봤으면 좋겠어. 윌리엄은 나이에 비해 키가 무척 크고, 웃음기 있는 파란 눈, 까만 속눈썹, 곱슬거리는 머리카락을 갖고 있어. 윌리엄이 미소를 지으면 건강한 장밋빛 두 뺨에 조그만 보조개가 생겨. 그 애에겐 벌써 꼬마 신부가 한두 명 있지만, 루이자 비론이라는 다섯 살 난 예쁜 소녀를 가장 좋아하지.

빅토르, 오빠가 제네바의 좋은 사람들에 관한 소문에도 관심이 있기를 바라며 이야기를 해볼게. 예쁜 맨스필드 양은 젊은 잉글랜드인, 존 멜버른 씨와의 결혼을 앞두고 벌써 축하 방문을 받고 있어. 그녀의 못생긴 언니 마농은 지난가을 부유한 은행가 뒤빌라르 씨와 결혼했지. 오빠가 좋아하던 학교 친구 루이스 마누와르는 앙리 오빠가 제네바를 떠난 후로 몇 가지 불행한 일을 겪었어. 하지만 지금은 마음을 추스르고, 활기 넘치고 예쁜 프랑스 여인, 타베르니에 부인과 결혼할 거라는 소문이 돌아. 그녀는 과부에다 마누와르보다 나이도 훨씬 많아. 하지만 모든 사람이 그녀를 좋아하고 존경하지.

사랑하는 사촌 오빠, 편지를 쓰다 보니 기분이 훨씬 좋아졌어. 하지만 편지를 끝맺으려니 다시 불안감이 도지는 것 같아. 빅토르 오빠, 단 한 줄이라도, 단 한 단어라도 편지를 써줘. 그러면 너무나 다행스러울 것 같아. 앙리 오빠의 친절함, 애정, 많은 편지에 무한한 감사를 전할게. 진심으로 고마워. 안녕! 나의 사촌. 몸 잘 추슬러. 그리고 간절히 부탁할게, 꼭 편지 써줘.

17××년 3월 18일 제네바에서
엘리자베스 라벤자

나는 편지를 다 읽고 소리쳤습니다.

"사랑하는 엘리자베스! 당장 편지를 쓸게. 내가 그들이 느끼고 있을 불안을 없애줄게."

나는 편지를 썼고, 애를 쓰고 났더니 굉장히 피곤해졌습니다. 하지만 나는 이미 회복을 시작한 상태였고 계속 좋아졌어요. 2주가 지난 후에는 내 방을 나설 수도 있게 되었습니다.

회복하자 내가 가장 먼저 할 일은 대학교의 교수들에게 클레르발을 소개하는 것이었어요. 그러는 중에 내 마음속 상처를 건드리는 거친 말도 견뎌야 했습니다. 돌이킬 수 없는 그 밤, 내 모든 노력이 끝을 맺고 나의 불행이 시작되던 그날 밤 이후로 나는 자연 철학이라는 그 이름에도 심한 반감을 품게 되었습니다. 제법 건강을 회복한 상태였지만 화학 도구들을 보기만 해도 고통스러운 불안 증상이 다시 시작될 것만 같았습니다. 앙리가 이 모습을 보더니 내 눈앞에서 그것들을 싹 치워주었어요. 그는 내 숙소도 바꿔줬습니다. 실험실로 쓰던 방을 내가 싫어한다는 걸 알게 되었기 때문입니다. 하지만 발트만 교수를 찾아갔을 때는 클레르발의 이런 보살핌도 아무 소용이 없었습니다. 그는 내가 과학 분야에서 놀라운 발전을 이뤄냈다며 친절하고 따뜻하게 칭찬해주었지만, 내게는 그것이 고문처럼 느껴졌으니까요. 그는 곧 내가 그 주제를 싫어한다는 걸 알아챘지만 내가 그러는 진짜 원인을 몰랐기 때문에 내가 겸손을 떠느라 그러는 거라고 생각했습니다. 그래서 이야기의 주제를 나의 성과에서 과학 그 자체로 바꾸었지만, 그 역시 내 관심을 끌어내리려는 의도가 분명해 보였습니다. 내가 뭘 할 수 있을까요? 그가 나를 기쁘게 하려고 하는 말이 나를 고통스럽게 하는걸요. 심지어 나는 그가 느리지만 잔혹한 죽음으로 나를 끌어들이기 위하여 그때 사용할 기구들을 일부러 하나하나 내 눈앞에 놓아두는 건 아닌가 싶기도 했습니다. 나는 그의 말이 고통스러웠지만 그렇다고 내가 느끼는 고통을 감히 표현할 수는 없었어요. 다행히 다른 사람들의 감정을 빨리 알아채는 클레르발이 자신은 과학을 전혀 모른다고 변명하면서 그 주제를 거절하여, 우리는 좀 더 평범한 대화를 나누게 되었지요. 난 진심으로 친구가 고마웠지만 말하진 않았습니다. 그는 나 때문에 놀랐을 때도 나에게서 비밀을 끄집어내려는 시도를 절대 하지 않았습니다. 나는 무한한 애정과 숭배가 뒤섞인 마음으로 그를 사랑했지만 너무나 자주 기억 속에 떠오르는 그 사건에 대해서는 차마 그에게 털어놓을 수 없었지요. 다른 사람에게 사건의 세세한 내용을 알려주다가 오히려 내 마음속에 더 깊이 남아 버릴까 봐 두려웠답니다.

크렘페 교수는 발트만 교수만큼 온화하지 않았고, 당시 내 상태가 견딜 수 없을 정도로 예민했기 때문에, 그의 냉혹하고 직설적인 찬사는 발트만 교수의 자애로운 칭찬보다 훨씬 더 고통스러웠습니다. 그가 소리쳤어요.

"젠장, 클레르발, 이 친구가 우리보다 훨씬 뛰어나다네. 어디 한 번 보게나. 그게 정말 사실이라니까. 몇 년 전만 해도 코르넬리우스 아그리파를 복음서처럼 확고하게 믿고 있던 젊은이가 이 대학교 최고의 학생이 되었다니까. 저 친구를 빨리 끌어내리지 않으면 우리가 무안해질 거야, 그럼, 그럼."

그는 고통스러워하는 내 표정을 보며 말을 이어갔습니다.

"프랑켄슈타인 군은 겸손해. 젊은이로서 최고의 자질이지. 젊은이는 숫기가 좀 있어야 해, 알지, 클레르발 군? 나도 어릴 땐 그랬어. 얼마 안 가 다 사라졌지만."

크렘페 교수는 이제 자기 자신에 대한 찬사를 늘어놓기 시작했습니다. 그래도 나를 괴롭히는 주제에서 벗어나 다행스러웠지요.

클레르발은 자연철학에 대한 내 취향에 전혀 공감해주지 않았습니다. 그가 문학적으로 추구하는 것도 내가 빠진 것과는 완전히 달랐습니다. 그는 동양 언어의 완벽한 대가가 될 생각으로 대학교에 왔고, 자신이 정해놓은 인생의 목표를 위하여 한 분야를 새롭게 개척해야 했습니다. 그러다 명예를 얻을 수 있는 분야를 추구하기로 결심한 뒤 진취적인 정신을 펼칠 기회가 되어줄 동양으로 눈을 돌리게 되었지요. 페르시아어, 아랍어, 산스크리트어는 그의 관심을 사로잡았습니다. 나 역시도 그 분야에 마음이 이끌렸습니다. 나태하게 지내는 게 지겹기도 했었고, 과거를 돌아보는 걸 그만두고 싶기도 하고, 원래 하던 연구가 싫어지기도 했기에, 나는 친구와 동급생이 된 것에 큰 안도감을 느꼈습니다. 그리고 동양학자들의 작품에서 가르침뿐만 아니라 위안도 얻었습니다. 나는 크렘페 교수처럼 그 지역 언어에 대해 비판적인 지식을 얻으려 시도하지는 않았습니다. 나는 그저 일시적인 즐거움 때문에 그 언어를 배운 것이니까요. 나는 그저 의미를 이해하기 위하여 글을 읽었고, 노력하는 만큼 대가를 얻었습니다. 우울한 이야기는 나를 달래주었고 즐거운 이야기는 나의 기분을 북돋아주었습니다. 다른 나라의 작가들을 공부할 때는 절대 경험해보지 못한 정도로 말이죠. 그들의 글을 읽을 때면 삶이 마치 따뜻한 태양과 장미 정원, 아름다운 상대의 미소와 찌푸림, 심장을 연료로 써버리는 불같은 것들로 이루어진 것만 같습니다. 그리스와 로마의 남자답고 영웅적인 시와 얼마나 다르던지요!

여기에 몰두한 사이 여름이 지났습니다. 원래는 가을이 끝날 무렵 제네바로 돌아갈 계획이었습니다. 하지만 여러 사건이 생겨 미뤄지고, 겨울이 오고 눈이 내려 도로 통행이 불가능해지자, 여행은 다가오는 봄까지 미뤄졌습니다. 여행이 미뤄지자, 마음이 몹시 아팠어요. 나의 고향과 사랑하는 이들을 보고 싶은 생각이 간절했었거든요. 내가 그렇게 오랫동안 여행을 늦춘 것은 클레르발이 이곳에 사는 사람들과 친해지기도 전에 내가 그 친구를 두고 떠나는 게 내키지 않아서였습니다. 어쨌든 즐겁게 겨울을 보냈습니다. 어쩐지 평소와 달리 봄이 늦게 찾아왔지만 봄의 아름다움이 늑장을 보상해주었지요.

이미 5월이 시작되었고 나는 내 출발 날짜를 확정 짓는 편지를 매일 기다렸어요. 한편 앙리는 내가 오랫동안 거주했던 이 나라에 작별 인사할 수 있도록 잉골슈타트 주변으로 도보 여행을 떠나자고 제안했습니다. 나는 그 제안에 기꺼이 응했습니다. 원래 운동을 좋아하기도 했고, 여태 고향의 경치를 떠올리게 하는 자연 속에서 걸을 때마다 클레르발이 가장 좋은 동료가 되어주었으니까요.

우리는 2주간 주변을 여행했습니다. 내 건강과 마음은 이미 오래전에 회복되었고, 깨끗한 공기, 걷다가 만난 자연스러운 사건, 친구와의 대화 덕분에 나는 더욱 튼튼해졌답니다. 연구는 나를 동료와의 교류에서 고립시켰고 나를 비사교적인 사람으로 만들었습니다. 하지만 클레르발이 내 마음속의 좋은 감정들을 불러일으켜 주었습니다. 그는 자연의 여러 면모, 어린아이들의 활기찬 얼굴을 사랑하는 법을 가르쳐주었어요. 완벽한 친구! 너는 진심으로 나를 사랑해주었지, 내 기분을 너와 같은 수준으로 끌어올리기 위해 노력했어. 나의 이기적인 연구가 나를 구속하고 편협하게 만들었지만 너의 친절함과 애정이 날 녹여주고 내 감각을 일깨웠지……. 나는 모두를 사랑하고 모두에게 사랑받던, 아무 슬픔도 걱정도 없던 몇 년 전의 행복한 나 자신으로 돌아갔습니다. 내가 행복해지자 생기 없는 자연도 내게 최고의 기쁨을 선사해주었어요. 고요한 하늘과 푸릇푸릇한 들판만 봐도 황홀경에 빠졌습니다. 봄은 정말 너무 멋졌어요. 생울타리에서 봄의 꽃들이 한창 피어나던 때, 여름꽃들도 벌써 봉우리를 맺었습니다. 지난 한 해 동안 나를 억누르던 생각, 아무리 벗어던지려 해도 나를 떠나지 않던 짐에서 드디어 자유로워졌던 거죠.

앙리는 내가 활기를 되찾자 무척 기뻐했고, 내 감정에 진심으로 동조를 해주었습니다. 그는 나를 즐겁게 해주기 위하여 노력했고, 또 자기 자신의 영혼을 채우고 있는 감정들도 그대로 표현했어요. 그의 재능은 진정으로 놀라웠습니다. 그의 대화에는 상상력이 가득했고, 종종 페르시아와 아라비아 작가들을 흉내 내며 놀라운 상상력과 열정을 담은 이야기를 지어내기도 했지요. 어떨 때는 내가 제일 좋아하는 시를 읊기도 하고, 나를 논쟁으로 끌어들이기도 했는데 그럴 때마다 그는 엄청난 독창성으로 자기주장을 뒷받침했지요.

우리는 일요일 오후 대학교로 돌아왔습니다. 소작농들은 춤을 추고 있었고, 만나는 사람마다 모두 즐겁고 행복해 보였어요. 나도 기분이 너무 좋았어요. 억누를 수 없는 즐거움과 흥겨움으로 가슴이 뛰었죠.

7장

숙소에 돌아온 나는 다음과 같은 아버지의 편지를 발견했습니다.

사랑하는 빅토르,

네가 돌아올 날짜를 정해줄 편지를 무척이나 기다렸을 거다. 나도 처음엔 네가 기대하고 있을 날짜에 관한 이야기만 간단하게 몇 줄 적을까 했어. 하지만 그건 너무 냉정한 친절 같아서 당최 그러지 못하겠구나. 아들아, 행복하고 반가운 환영을 기대했는데 그 반대로 눈물과 비참함을 목격하게 된다면 얼마나 놀랄까? 빅토르, 이 불행을 어떻게 설명해야 할까? 그동안 네가 우리와 떨어져 있었다고 해서 우리의 기쁨과 슬픔에 냉담해지지는 않았을 거다. 그렇지만 오랫동안 보지 못한 아들에게 굳이 고통을 전해야 할까? 슬픈 소식을 앞두고 네가 마음의 준비를 하길 바라지만, 그게 불가능하다는 걸 난 안다. 심지어 지금도 편지를 훑으며 끔찍한 소식을 전하는 단어들을 찾고 있을 테지.

윌리엄이 죽었다! 그 사랑스러운 아이가 말이야. 그 미소로 내 마음을 기쁘게 해주고 따뜻하게 해주던, 너무나 친절하고, 너무나 명랑한 그 아이가 살해당했어!

너를 위로하려고는 하지 않겠다. 그저 그 과정과 상황을 간단하게 알려주마.

지난 목요일(5월 7일), 나, 엘리자베스, 너의 두 형제가 플랭팔레로 산책하러 갔었다. 저녁인데도 따뜻하고 조용해서 평소보다 더 멀리까지 나갔었지. 돌아가려고 하니 이미 어둑어둑해졌더구나. 우리는 앞서가던 윌리엄과 에른스트가 사라진 걸 발견했어. 우리는 그 둘이 돌아올 거라 생각하고 앉아서 쉬고 있었다. 그때 에른스트가 나타나더니 윌리엄을 못 봤냐고 묻더구나. 같이 놀고 있었는데 갑자기 윌리엄이 숨으려고 달려가더니 아무리 찾아도 나타나지 않았다고 해. 그래서 그렇게 한참 동안 기다렸지만, 윌리엄은 돌아오지 않았던 거지.

이 말에 우리는 상당히 놀랐다. 그래서 밤이 되도록 계속 그 애를 찾았어. 엘리자베스는 윌리엄이 집으로 돌아간 게 아니겠냐고 추측했어. 하지만 집에도 그 애는 없었어. 우리는 횃불을 들고 다시 나갔어. 그 귀여운 녀석이 길을 잃고 밤이슬과 축축한 습기에 노출되어 있다고 생각하니 도저히 쉴 수가 없었거든. 엘리자베스역시 극심한 괴로움에 시달렸어. 그러다 새벽 5시쯤 내가 사랑하는 아이를 발견했다. 전날만 해도 환한 혈색으로 건강하게 뛰어놀던 아이가 풀밭 위에서 꼼짝도 하지 않고 흙빛이 되어 누워 있더구나. 그의 목에는 살인자의 손자국이 남아 있었어.

우리는 그 애를 집으로 옮겼다. 내 얼굴에 드러난 비통함에 엘리자베스도 무슨 일인지 눈치를 챘더구나. 그 애는 윌리엄의 시체를 확인하고 싶어 했어. 처음엔 그러지 말라고 말리려 했지만 계속 집요하게 굴더구나. 엘리자베스는 시체가 누워 있는 방으로 들어가 목을 확인하더니 두 손을 맞잡고 소리를 질렀어.

"오, 신이시여! 내가 이 사랑스러운 아이를 죽인 거예요!"

그 애는 기절했다가 가까스로 정신을 차렸다. 다시 깨어나서도 계속 흐느끼며 한숨만 쉬었어. 그 애가 그러더구나. 전날 저녁 윌리엄이 네 어머니의 그림이 작게 들어가 있는 소중한 초상화 목걸이를 자기가 걸겠다고 못살게 굴어서 걸어주었다고 해. 그런데 그 목걸이가 없어진 걸로 보아 살인자는 그걸 손에 넣기 위해 윌리엄을 죽인 게 분명하다고 했지. 그를 찾아내려고 우리는 아직도 노력하고 있지만 현재 그에 대한 아무런 흔적도 찾지 못하고 있어. 하지만 흔적을 찾는다고 해서 사랑하는 윌리엄이 되돌아오지는 않겠지!

사랑하는 빅토르, 돌아오거라. 너만이 엘리자베스를 위로할 수 있어. 엘리자베스가 쉬지 않고 울고 있어. 그리고 윌리엄이 죽은 게 자기 탓이라고 말도 안 되는 소리를 하고 있다. 그 애의 말이 내 가슴을 후벼 파는구나. 우리는 모두 너무 슬프단다. 하지만 내 아들아, 이것이 네가 돌아와서 우리를 위로해주어야 할 추가적인 동기가 되어주지 않을까? 너의 소중한 어머니가 생각난다. 하지만 이렇게 말하고 싶어. 네 어머니가 살아서 그 어린아이의 끔찍하고 비참한 죽음을 목격하지 않아서 나는 오히려 신에게 감사한다.

돌아오거라, 빅토르. 암살범에 대한 복수의 생각을 되씹지 말고, 평화와 친절함의 감정을 가지고 오거라. 그래야 우리 마음의 상처가 덧나지 않고 치유될 수 있을 테니까. 윌리엄을 애도하면서 집에 들어오거라. 하지만 너의 적에 대한 증오 대신 너를 사랑하는 사람에 대한 친절함과 애정을 품고 오거라.

17××년 5월 12일 제네바에서

너를 사랑하지만, 지금은 고통받고 있는 아버지

알퐁스 프랑켄슈타인

편지를 읽는 내 얼굴을 바라보던 클레르발은 내가 가족들의 소식엔 처음엔 기뻐하다가 점점 절망하는 걸 지켜보고는 놀라버렸지요. 나는 탁자 위에 편지를 내팽개치고 두 손으로 얼굴을 감쌌습니다.

내가 괴로워하며 우는 모습을 보더니 앙리가 소리쳤어요.

"나의 소중한 프랑켄슈타인, 왜 또 슬퍼진 거야? 내 친구, 무슨 일이 있었던 건데?"

나는 그에게 편지를 보라고 손짓하고, 극도의 불안 속에서 방 안을 이리저리 걸어 다녔습니다. 내 불행의 이유를 읽으며 클레르발의 눈에서도 눈물이 터져 나왔습니다.

"어떤 위로를 해야 할지 모르겠다, 친구. 도저히 회복할 수 없는 재난이 벌어졌어. 어떻게 할 생각이야?"

"당장 제네바에 가야지. 마차를 구하러 나랑 같이 가자, 앙리."

같이 걸어가는 동안 클레르발은 내게 위로의 말을 해주려 애썼습니다. 하지만 진심 어린 공감밖에 표현할 수 없었죠.

"불쌍한 윌리엄! 그 사랑스러운 아이가 이제 천사가 된 어머니 곁에 잠들어 있겠구나! 환하게 빛나던 그 젊음의 아름다움을 본 사람이라면 누구나 이 때아닌 이별에 눈물을 흘릴 거야. 그렇게 끔찍하게 죽다니, 살인자의 손아귀를 느껴야 했다니! 그렇게 빛나는 순수함을 파괴해버리다니! 불쌍한 어린 친구! 우리가 위안으로 삼을 수 있는 건 우리는 이렇게 슬퍼하며 울지만, 윌리엄은 결국 영면에 들었다는 거야. 모든 고통은 끝났어. 그 애의 괴로움은 영영 마침표를 찍었어. 흙에 그 애의 부드러운 몸을 덮으면 그 애는 더 이상 아무런 고통을 느끼지 못해. 그 애는 더 이상 연민의 대상이 될 수 없어. 오히려 안타까워해야 할 사람들은 비참한 생존자들이야."

서둘러 거리를 걸으며 클레르발은 이렇게 말했습니다. 그 말이 너무나 인상적이어서 나중에 혼자 있을 때도 생각이 나더군요. 하지만 말이 도착하자마자 난 급히 마차에 올라타 친구와 작별을 고했습니다.

나의 여정은 매우 우울했어요. 처음엔 서둘러 가기를 바랐습니다. 슬퍼하고 있을 사랑하는 가족들을 위로해주고 공감해주고 싶었으니까요. 하지만 고향에 가까워지자, 나는 속도를 늦췄습니다. 마음속에 떠오르는 온갖 감정을 견딜 수가 없더라고요. 난 어린 시절 익숙하던 풍경들을 스쳐 지나갔습니다. 거의 6년이나 보지 못했더군요. 그동안 모든 것이 얼마나 많이 달라졌을까요! 갑작스럽고 황망한 변화는 하나만 일어났을지도 모릅니다. 하지만 천 개의 작은 상황들이 다른 변화들을 만들어냈을지도 모릅니다. 이런 변화가 비록 평화롭게 일어났다고 해도 갑작스러운 변화만큼 결정적이지 않다고는 할 수 없을 것입니다. 공포가 나를 덮쳤습니다. 나는 감히 앞으로 나아갈 수가 없었어요. 무엇인지 규정할 수는 없지만 나를 떨게 만드는 이름 없는 천 가지 불운이 너무 두려웠기 때문입니다.

나는 이 고통스러운 마음 상태로 로잔에서 이틀을 머물렀습니다. 호수를 보며 생각에 잠겼죠. 물은 잔잔하고 주변은 평온했어요. '자연의 궁전'인 눈 덮인 산도 변한 게 없었습니다. 차분하고 평화로운 풍경에 어느 정도 회복이 된 나는 다시 제네바를 향해 여정을 이어갔지요.

고향 마을에 다가갈수록 호숫가 길이 점점 좁아졌습니다. 쥐라 산맥의 검은 산등성이와 몽블랑의 빛나는 산꼭대기가 눈에 선명하게 들어왔습니다. 나는 어린아이처럼 울었어요.

"산들아, 아름다운 호수야! 너희는 어찌 방랑자를 반갑게 맞아 주느냐? 산꼭대기는 맑고, 하늘과 호수는 파랗고 평온하구나. 평화를 예언하는 것이냐, 아니면 내 불행함을 조롱하는 것이냐?"

친구, 내가 이렇게 사전 정황을 오래 설명했다고 해서 나를 지루한 사람이라고 생각할까 봐 두렵군요. 하지만 당시는 상대적으로 행복한 날들이었기에 기쁜 마음으로 간직하고 있습니다. 내 조국, 내가 사랑하는 조국! 이 나라 출신이 아니면 누가 이 개울, 산, 무엇보다 이 사랑스러운 호수를 보며 느낀 기쁨을 말할 수 있겠습니까!

그러나 집에 가까워질수록 고통과 두려움이 다시 나를 엄습해 왔습니다. 밤이 찾아왔어요. 어두운 산의 형태도 거의 보이지 않게 되자 나는 더욱더 우울해졌습니다. 주변 광경이 마치 어마어마하게 크고 흐릿한 악의 모습처럼 느껴졌고, 나는 가장 비참한 인간이 될 나의 운명을 모호하게나마 예견하고 있었습니다. 아아! 나의 예언은 옳았습니다. 하지만 단 한 가지가 예언에서 빗나갔어요. 나는 온갖 불행을 상상하고 두려워했지만 그건 실제로 내가 견뎌내야 할 고통, 백분의 일밖에 되지 않았다는 것입니다.

제네바 근방에 도착했을 때는 이미 완전히 어두워졌습니다. 도시 성문도 이미 닫혔기 때문에 나는 제네바에서 2킬로미터 남짓 떨어져 있는 세쉬론에서 하룻밤을 보내야 했습니다. 하늘은 고요했지만, 나는 쉴 수 없었기에 불쌍한 윌리엄이 살해당한 장소를 방문해보기로 마음먹었습니다. 마을을 가로질러 갈 수 없어서 배를 타고 호수를 건너 플랭팔레에 도착했어요. 이 짧은 여정 중에 나는 번개가 몽블랑 꼭대기로 떨어져 아름다운 장면을 만들어내는 걸 보았습니다. 잠시 후 폭풍우가 빠른 속도로 다가오더군요. 육지에 닿은 내가 낮은 언덕으로 올라가는데 폭풍우가 다가오는 게 훤히 보일 정도였습니다. 하늘엔 구름이 가득했고 굵은 빗방울이 떨어지기 시작했어요. 그리고 비는 급속도로 심해졌습니다.

나는 쉬는 걸 멈추고 계속 걸었습니다. 어둠과 폭풍우가 시시각각 심해졌고, 머리 위로 천둥이 끔찍한 소리를 내기도 했습니다. 살레브, 쥐라, 사보이의 알프스에서 천둥소리가 울려 퍼지고 번쩍거리는 번개 불빛이 내 눈을 어지럽혔죠. 호수에 번개가 비칠 때면 마치 불바다가 된 것 같기도 했습니다. 잠시 모든 게 새카맣게만 보였어요. 불빛에 노출되었던 눈이 어둠에 익숙해지기까지 시간이 좀 걸렸습니다. 스위스에서는 종종 그러듯, 폭풍우가 하늘 이곳저곳에서 동시에 나타났습니다. 가장 심각한 폭풍우는 정확히 마을 북쪽, 벨리브 곶과 코페 마을 사이에 자리 잡고 있었어요. 쥐라산에는 희미한 불빛이 번쩍였고, 호수 동쪽에 솟아 있는 몰산도 어두워졌다가 때때로 다시 밝아지기를 반복했습니다.

너무나 아름답지만 또 멋지기도 한 폭풍을 바라보면서, 나는 다급한 발걸음으로 방황했습니다. 하늘에서 벌어지는 웅장한 전쟁에 영혼이 고양되는 것 같더군요. 나는 주먹을 꽉 쥐고 큰 소리로 외쳤습니다.

"윌리엄, 사랑하는 천사! 이것이 너의 장례식이고, 이것이 너의 장송곡이란다!"

내가 이렇게 말하고 있을 때, 근처 컴컴한 나무숲 뒤에서 누군가 살며시 움직이는 걸 눈치챘습니다. 나는 그 자리에 얼어붙어 유심히 바라보았지요. 내가 잘못 보았을 리가 없었어요. 번쩍이는 번갯불이 그를 비추었고 그 형태가 훤히 보였으니까요. 그 거대한 몸집, 인간의 것이라고 할 수 없는 흉측한 기형적 모습을 보자 나는 곧바로 그것이 비참한 존재, 내가 생명을 부여해주었던 추잡한 악마임을 알 수 있었습니다. 그가 거기서 무엇을 하고 있었던 걸까요? 혹시 내 동생의 살인자가 그인 건 아닐까요? (이 생각이 들자, 나는 몸이 떨려왔습니다.) 이런 상상이 떠오르자마자 나는 그게 사실일 거라는 확신이 들었고, 이가 달달 떨리면서 나무에 몸을 기대야만 했습니다. 그 형체는 재빨리 나를 지나쳤고 나는 어둠 속에서 그를 놓쳤습니다. 인간의 모습으로는 그 예쁜 아이를 죽일 수 없었을 겁니다. 그가 살인자였어요! 의심의 여지가 없었어요. 그런 생각이 떠올랐다는 그 사실 자체가 거부할 수 없는 증거였습니다. 나는 그 악마를 쫓아가야 하나 생각했어요. 하지만 그래봤자 소용없었을 거예요. 다시 한번 번개가 번쩍였을 때 그가 남쪽으로 플랭팔레산과 이어져 있는 살레브산 중에서도 거의 수직으로 솟아 있는 바위 사이에 매달려 있는 걸 보았거든요. 그는 곧 꼭대기까지 도달했고 그렇게 사라졌습니다.

나는 움직이지도 못한 채 있었어요. 천둥이 멈췄습니다. 하지만 비는 계속 내렸고 주변은 한 치 앞도 보이지 않는 어둠 속에 둘러 싸였습니다. 지금까지 잊으려 애썼던 사건들을 다시 생각났어요. 창조를 향해 나아가던 나의 모든 과정, 내 침대맡에서 내 손으로 만들어낸 작품의 외형, 그리고 그것이 나를 떠났던 것까지 모두 다요. 그가 처음 생명을 받은 그날 밤 이후로 거의 2년이 흘렀습니다. 이것이 그의 첫 범죄일까요? 아아! 대학살과 고통 속에서 기쁨을 얻는 타락한 존재를 내가 세상 속에 풀어버린 걸까요? 정말로 그가 내 동생을 죽인 걸까요?

내가 그날 밤 야외에서 비에 젖어 추위에 떨며, 얼마나 큰 고통을 겪었는지 아무도 모를 겁니다. 하지만 날씨 때문에 불편진 않았습니다. 죄악과 절망의 장면을 상상하느라 바빴으니까요. 나는 내가 인간들 사이에 던져놓은 존재, 공포의 목적을 실행할 의지와 힘을 부여받은 존재에 대해 생각했습니다. 최대한 그의 편에 서서 그가 지금까지 한 행동을 생각해볼 때, 무덤에서부터 풀려나와 나에게 소중한 것들을 모두 파괴하도록 강요당한 것은 사실 내 영혼이 아니었을는지요.

새벽이 밝았습니다. 나는 곧장 마을 쪽으로 발걸음을 옮겼어요. 성문이 열렸고 나는 서둘러 아버지의 집을 찾아갔습니다. 처음엔 내가 살인자에 대해 알고 있는 걸 가족들에게 알리고 곧장 그를 추적하러 가자고 할 참이었습니다. 하지만 내가 전해야 할 이야기를 다시 떠올리다가 잠시 멈췄습니다. 내가 만들어냈고, 생명을 부여했고, 밤중에 접근하기도 힘든 산속 벼랑에서 만난 그 존재 이야기를 어떻게 할 수 있을까요? 내가 한창 창조하던 때 열병에 시달렸던 것도 기억났습니다. 이 이야기까지 하면 사람들은 내가 하는 소리를 망상, 아니면 완전히 말 같지도 않은 소리로 받아들일 거예요. 혹시나 다른 사람이 내게 그런 이야기를 해준다면 나조차도 정신 나간 헛소리라고 여길 테니까요. 게다가 내가 추적을 시작하자고 가족들을 설득할 수 있을 정도로 신용을 얻었다고 하더라도, 그는 동물 같은 이상한 본성으로 모든 추적을 피할 거예요. 그렇다면 추적이 무슨 소용이 있겠습니까? 살레브산에 매달릴 능력을 갖춘 존재를 누가 잡을 수 있겠어요? 이런 생각을 하다 보니 나는 그냥 조용히 있어야겠다고 마음을 먹게 되었습니다.

새벽 5시경 아버지의 집으로 들어섰습니다. 하인에게는 가족들을 방해하지 말라고 말해두고 가족들의 기상 시간까지 서재에서 기다리기로 했습니다.

6년이 흘렀더군요. 단 한 가지 지울 수 없는 흔적을 제외하고는 마치 꿈처럼 시간이 지났습니다. 나는 잉골슈타트로 떠나기 전 아버지와 마지막으로 포옹했던 장소에 다시 서게 되었습니다. 사랑하고 존경하는 아버지! 그는 여전히 내게 남아 있습니다. 나는 벽난로 위 선반에 놓여 있는 어머니의 초상화를 보았습니다. 그 그림은 아버지의 요청에 따라 그려진 것으로, 죽은 아버지의 관 옆에 무릎을 꿇고 절망의 고통에 빠져 있는 카롤린 보포르의 모습이 표현되어 있었지요. 어머니의 옷은 소박했고 두 뺨은 창백했어요. 하지만 함부로 동정심을 허락하지 않는 위엄과 아름다움이 느껴졌습니다. 그림 아래에는 윌리엄의 조그만 초상화가 있었어요. 그걸 보자 눈물이 차올랐습니다. 그러는 사이 에른스트가 서재에 들어왔습니다. 내가 왔다는 소식을 듣고 나를 맞으러 온 거죠.

"어서 와, 사랑하는 빅토르. 아! 형이 석 달만 일찍 왔더라면 좋았을 텐데. 그러면 우리 모두 즐겁고 행복하게 지내고 있었을 텐데. 지금은 그 무엇으로도 달랠 수 없는 고통을 나누러 왔구나. 형 덕분에 깊은 우울감에 빠진 아버지가 힘을 좀 내시면 좋겠어. 형이 설득하면 불쌍한 엘리자베스 누나도 고통스러운 자책을 멈출 수 있을 거야. 불쌍한 윌리엄! 우리의 귀여운 동생이자 우리의 자랑거리였는데!"

동생의 눈에서 눈물이 줄줄 흘러나왔습니다. 그 치명적인 고통이 나에게도 전해지는 것 같았어요. 쓸쓸한 집이 얼마나 참담한 상황일지 상상만 했었는데, 현실은 또 새롭게 다가왔습니다. 끔찍한 재앙 그 자체였달까요. 나는 에른스트를 진정시키려 애썼어요. 그리고 아버지에 대해서 더 자세히 질문을 하고, 사촌의 상태도 물었어요. 에른스트가 대답했어요.

"무엇보다 누나는 위로가 필요해. 동생의 죽음이 자기 때문이라고 생각한 탓에 상태가 너무 안 좋아. 하지만 살인자가 발견됐으니까."

"살인자가 발견됐다고? 세상에! 어떻게 그럴 수 있지? 누가 그를 추적할 수 있단 말이야? 그건 불가능해. 차라리 바람을 앞지르고 밀짚으로 계곡물을 막는 게 낫겠어. 나도 그를 보았단다. 하지만 지난밤에도 그는 자유의 몸이었어!"

"무슨 말을 하는 건지 모르겠어."

동생이 놀라워하는 말투로 대답했습니다.

"하지만 살인자를 찾은 덕분에 우리의 고통은 끝났어. 처음엔 아무도 믿으려 하지 않았지. 물론 엘리자베스 누나는 모든 증거가 있는데도 지금까지 수긍을 못 해. 하긴, 우리 가족 모두를 좋아하던 사랑스러운 유스틴 모리츠가 갑자기 그렇게 끔찍하고 무서운 범죄를 저지를 수 있을지 누가 알았겠어?"

"유스틴 모리츠! 불쌍한 녀석, 그 아이가 혐의를 받고 있다고? 하지만 그건 아니잖아. 모두가 알고 있잖아. 그걸 믿는 사람이 있다고, 에른스트?"

"처음엔 아무도 믿지 않았어. 하지만 여러 정황이 나오자 우리는 확신할 수밖에 없었어. 게다가 유스틴의 행동이 너무 혼란스러워서 혐의가 사실이라는 증거만 더해졌어. 안타깝지만 의심의 여지가 없어. 안 그래도 오늘 재판이 열리니 다 들을 수 있을 거야."

그런 다음 에른스트는 불쌍한 윌리엄이 살해당했다는 사실이 밝혀지던 날 아침 이야기를 해주었습니다. 유스틴은 몸이 아팠기 때문에 며칠 동안 침대에 누워 있었다고 했어요. 그러던 중 하인 한 명이 살인이 일어나던 날 유스틴이 입었던 옷을 살피다가 주머니에서 어머니의 초상화 목걸이를 발견했고, 그것이 살인의 동기라고 판단한 거죠. 하인은 곧장 다른 하인들에게 그것을 보여주었습니다. 그리고 가족들에게는 말 한마디도 하지 않고 치안판사를 찾아갔지요. 그렇게 하인의 증언으로 유스틴은 체포되었습니다. 혐의를 받은 유스틴이 극도로 혼란스러운 태도를 보이는 바람에 사람들은 그녀를 더 크게 의심하게 되었던 겁니다.

하지만 이 이야기를 듣고도 나의 믿음은 변함이 없었습니다. 나는 진지하게 대답했어요.

"모두 잘못 알고 있어. 난 살인자를 알고 있다고. 유스틴, 그 불쌍하고 착한 유스틴은 결백해."

그때 아버지가 들어오셨어요. 그의 얼굴엔 불행의 그림자가 깊이 드리워져 있었지만, 나를 반갑게 맞아주려고 무척 애를 쓰시더군요. 애절한 인사를 나눈 우리는 우리에게 닥친 불행 말고 다른 주제로 이야기를 나누려 했습니다. 하지만 에른스트가 이렇게 소리를 질러버렸어요.

"다행이에요, 아빠! 빅토르 형이 불쌍한 윌리엄의 살인자가 누구인지 알고 있대요."

그러자 아버지가 대답했어요.

"안타깝지만 우리도 알고 있단다. 그렇게 높이 평가하던 아이에게서 그와 같은 패륜과 배은망덕함을 보게 되다니, 차라리 영영 몰랐으면 더 좋았을 것 같아."

"아버지, 잘못 알고 계시는 거예요. 유스틴은 결백합니다."

"만약 정말 그러하다면, 유스틴이 유죄를 받는 걸 신이 막아주시겠지. 오늘 유스틴은 재판받는단다. 그 애에게 무죄판결이 내려지기를 진심으로 바란다."

아버지의 말에 나는 진정이 되었어요. 나는 유스틴이, 아니 모든 인간이 이 살인에 대해 죄가 없다는 것을 확신하고 있었습니다. 그래서 어떤 정황 증거가 나오더라도 그녀에게 유죄를 선고할 만큼 강력하지는 않을 거라 믿고 있었기에 전혀 두렵지 않았습니다. 내 이야기는 공개적으로 할 수 있는 게 아니었어요. 믿기 어려울 정도로 무서운 이야기라서 보통 사람은 그저 미친 소리로 치부할 테니까요. 그를 실제로 보지 않는 이상, 창조자인 나 말고 그의 존재를 실제로 믿는 사람이 있을까요?

곧 엘리자베스가 나타났습니다. 마지막으로 본 이후 시간이 많이 흐른 탓에, 어린 시절의 아름다움을 능가하는 사랑스러움이 전해졌습니다. 여전히 솔직하고 여전히 쾌활했지만, 예전보다 훨씬 더 풍부한 감성과 지성이 느껴지는 것 같았어요. 그녀는 너무나도 애정 어린 환대를 해주었습니다.

"드디어 도착했구나, 사랑하는 사촌. 덕분에 내 마음에 희망이 가득 차올랐어. 오빠라면 아무 죄 없는 불쌍한 유스틴을 옹호해줄 방법을 알아낼 거야. 아아! 유스틴이 범죄자 혐의를 받는다면 세상 그 누가 안전할 수 있겠어? 나는 나 자신을 믿는 만큼 유스틴의 결백을 믿어. 우리는 이중으로 힘든 일을 겪고 있어. 사랑스러운 아이를 잃은 것으로 모자라, 끔찍한 운명 때문에 너무나 사랑하는 불쌍한 소녀와도 헤어지게 될 참이야. 유스틴이 유죄 선고를 받으면 난 더 이상 기쁨을 모르고 살아갈 거야. 유죄가 아니라면, 아닐 거라고 확신하고 있지만, 나도 다시 행복해질 수 있겠지. 우리 윌리엄이 비록 안타까운 죽음을 맞았더라도 말이야."

"유스틴은 결백해, 엘리자베스. 그리고 그렇게 밝혀질 거야. 아무것도 두려워하지 마. 유스틴이 무죄를 받을 거라는 확신을 두고 기운을 내길 바라."

내가 말했어요.

"정말 친절하고 관대한 오빠! 모두 유스틴에게 죄가 있다고 믿는 그 자체로 나는 너무 고통스러웠어. 난 그럴 리 없다는 걸 알고 있거든. 모두가 너무 심하게 편견을 품고 있어서 그게 너무 끔찍하고 절망적이었던 거야."

엘리자베스가 흐느꼈습니다.

"사랑하는 엘리자베스, 눈물을 닦아. 네 믿음대로 유스틴이 결백하다면 정의로운 법을 한번 믿어보자꾸나. 조금이라도 편파적인 판결이 나오지 않게 나도 노력할 테니."

8장

우울한 몇 시간을 보낸 뒤, 11시부터 재판이 시작되었습니다. 아버지와 나머지 가족들이 증인으로 참석해야 했기에 나도 그들과 함께 법정으로 갔지요. 정의를 흉내 내고 있는 듯한 끔찍한 시간 동안 나는 산 채로 고문을 받는 느낌을 받았습니다. 나의 호기심과 무법 상태의 상상에 관한 결과가 두 사람의 죽음에 원인이 되었는지 결판을 내는 자리였습니다. 한 사람은 천진난만함과 즐거움으로 가득한 명랑한 아이였고, 또 한 사람은 끔찍한 오명을 뒤집어쓴 채 훨씬 더 끔찍하게 살해될 상황이었습니다. 만약 그렇게 사형당한다면 그 살인은 계속해서 끔찍하게 기억되겠죠. 유스틴은 장점이 많은 아이였고 행복한 삶을 살아갈 수 있는 자질을 갖추고 있었습니다. 그런데 그 모든 게 수치스러운 죽음과 함께 사라질 참이었어요. 게다가 이 사태의 원인은 나였고요! 유스틴 탓이라고 알려진 범죄가 사실은 나 때문이라고 고백하고 싶은 생각이 천 번쯤은 들었습니다. 하지만 사건이 일어났을 때 나는 그곳에 없었기 때문에 그런 고백을 해봤자 미치광이의 헛소리로 여겨질 게 뻔했어요. 결국 나 때문에 고통받는 유스틴의 무죄를 입증해줄 수도 없게 되겠죠.

유스틴은 차분해 보였습니다. 그녀는 상복을 입고 있었고, 늘 매력적이던 그녀의 외모는 엄숙한 마음가짐 때문인지 유난히 더 아름다워 보였습니다. 그녀는 자신의 결백을 자신하고 있는 듯 보였습니다. 수천 명의 사람이 비난하며 바라보고 있는데도 떨지도 않았어요. 관중은 그녀가 저질렀을 거라고 여기는 극악무도한 범죄 행위를 상상하며 마음속의 친절함을 싹 지워버렸습니다. 이런 상황이 아니었더라면 그녀의 아름다움에 모두 마음을 빼앗겼을 텐데 말이죠. 유스틴은 평온했지만, 그 평온함은 분명 부자연스러웠어요. 지난번 보여주었던 혼란스러운 모습이 유죄의 증거가 되었기 때문에, 이번에는 작정하고 용감한 모습을 보여주기로 한 것 같았습니다. 법정에 들어선 유스틴은 주변을 둘러보고는 우리가 앉아 있는 걸 바로 알아차렸어요. 우리를 보자 눈물이 고이는가 싶었지만, 곧바로 마음을 추슬렀습니다. 슬프지만 애정이 담긴 그 표정이 완벽한 결백을 증명하는 듯했습니다.

재판이 시작되고 검사가 그녀의 혐의를 진술한 뒤, 증인을 몇 명 불러냈습니다. 몇 가지 이상한 사실들이 뒤엉켜 유스틴에게 불리하게 작용했습니다. 나처럼 그녀의 결백함을 믿는 사람이 아니라면 누구든 큰 충격을 받을 만한 것이었어요. 그녀는 살인이 일어나던 밤 밤새 집 밖에 나가 있었고, 새벽이 다 되어 살해당한 아이의 시체가 발견된 지점에서 그리 멀지 않은 곳에서 상인 여성에게 목격이 되었습니다. 여성은 유스틴에게 뭘 하고 있느냐고 물었지만, 유스틴은 매우 수상한 모습을 보이며 이해할 수 없는 혼란스러운 대답만 했다고 했습니다. 그녀는 8시쯤에야 집으로 돌아왔는데, 밤새 어디에 있었냐고 묻자 윌리엄을 찾아다녔다고 대답했습니다. 그리고 그 아이에 대한 소식을 들은 게 없는지 진지하게 묻기도 했지요. 유스틴은 윌리엄의 시체를 보자 격렬한 히스테리성 발작 증상을 보였으며 그 후로 며칠 동안 침대에서만 지냈다고 했습니다. 그다음으로는 하인이 유스틴의 주머니에서 발견한 초상화 목걸이가 증거로 나왔습니다. 엘리자베스가 떨리는 목소리로 윌리엄이 사라지기 한 시간 전 그 아이의 목에 똑같은 목걸이를 둘러주었다고 증언하자, 공포와 분노의 목소리가 법정을 가득 채웠습니다.

유스틴은 자신을 변호해야 했습니다. 재판이 진행될수록 유스틴의 얼굴은 시시각각 변했습니다. 놀라움, 공포, 고통이 강하게 드러났습니다. 때때로 울음을 참기도 했어요. 하지만 답변해야 할 때는 힘을 끌어모아, 떨리지만 누구나 들을 수 있는 목소리로 대답했습니다.

유스틴이 말했습니다.

"제가 얼마나 결백한지는 하느님이 알고 계십니다. 제가 지금 항의한들 무죄가 되지 않으리라는 건 알고 있습니다. 그저 저에 대해 제기된 사실들에 대해 분명하고 단순한 설명을 하여 제 결백의 근거로 이용하겠습니다. 판사님들이 부디 저의 평소 성품을 염두에 두시고 불확실하거나 의심스러운 상황에서 저에게 호의적인 해석을 해주시기를 바랄 뿐입니다."

그리하여 유스틴은 이야기를 이어갔습니다. 유스틴은 살인이 일어나던 날 밤에 엘리자베스의 허락을 받고 제네바에서 5킬로미터 정도 떨어진 셴 지역의 아주머니댁에서 저녁 시간을 함께 보냈습니다. 9시쯤 집으로 돌아오는 길에 한 남자를 만났는데, 그가 길 잃은 아이를 보지 않았냐고 물었습니다. 이 말에 놀란 유스틴은 몇 시간이나 그를 찾아다녔습니다. 제네바의 성문이 닫혀버렸기에 유스틴은 어느 시골집의 헛간에서 몇 시간을 기다려야 했습니다. 집주인은 잘 아는 사람이었지만 밤중에 그를 깨울 수가 없었거든요. 유스틴은 거기서 밤을 보냈습니다. 날이 샐 때쯤 잠시 눈을 붙였지만, 발소리에 금방 잠에서 깼습니다. 새벽이 왔기에 유스틴은 다시 동생을 찾으러 나왔습니다. 윌리엄의 시체가 발견된 지점 가까이 갔었다고 하는데 유스틴으로서는 전혀 모르는 일이었습니다. 뜬눈으로 밤을 지새운 데다가 불쌍한 윌리엄의 생사를 모르는 상황이었으니, 상인 여성의 질문에 당황할 수밖에 없었습니다. 다만 초상화 목걸이에 대해서는 유스틴도 설명하지 못했습니다.

불쌍한 희생자가 계속 말을 이어갔습니다.

"이 한 가지 정황이 내게 얼마나 돌이킬 수 없는 큰 영향력을 가질지 알고 있습니다. 하지만 저로서는 설명할 길이 없어요. 목걸이에 대해서는 전혀 모른다고 이미 말했었기 때문에, 지금 제가 할 수 있는 건 누군가가 내 주머니에 그걸 넣어놓았을 가능성에 대해 추측하는 것뿐입니다. 하지만 저에게는 적이 전혀 없습니다. 고의로 저를 망가뜨리기 위해 그런 사악한 짓을 할 사람이 없단 말이에요. 혹시 살인자가 넣어두었을까요? 하지만 그가 그런 짓을 할 기회를 만든 적이 없습니다. 설령 살인자가 그랬다 한들, 그렇게 금방 포기할 보석을 애초에 왜 훔쳤던 걸까요? 저의 주장을 판사님들의 판결에 맡기지만 희망이 거의 없는 것 같네요. 저의 성품에 관해 설명해줄 증인을 몇 명 불러주시길 간절히 부탁드립니다. 그들의 증언으로도 유죄에서 벗을 수 없다면 내가 아무리 결백하다고 구제를 요청한들 비난을 피할 수 없겠지요."

유스틴을 오랫동안 알고 지냈던 사람들 몇 명이 증인으로 불려나왔고, 그녀에 대해 좋은 이야기를 해주었습니다. 하지만 그녀가 저질렀을지도 모를 범죄에 대한 공포와 혐오 때문인지 앞으로 나서는 걸 꺼리며 겁을 냈습니다. 엘리자베스는 유스틴의 마지막 자산, 훌륭한 성품과 나무랄 데 없는 행동도 변호에 도움이 되지 않는 걸 보더니, 굉장히 불안해하면서도 직접 법정에서 발언할 기회를 얻고 싶어 했습니다.

그녀가 말했어요.

"저는 살해당한 불쌍한 아이의 사촌입니다. 아니, 그 애가 태어나기도 한참 전부터 같은 부모님 밑에서 교육받으며 함께 살아왔기 때문에 누이라고 해도 좋습니다. 그러므로 이 상황에서 제가 나서는 게 적절하지 못한 행동으로 보일 수도 있을 겁니다. 하지만 친구인 척하는 사람들의 비겁함 때문에 친한 사람이 죽을 수도 있는 상황을 보고 있자니 가만히 있을 수가 없습니다. 그녀의 품성에 대해 제가 아는 바를 말할 수 있도록 발언의 기회를 주시길 바랍니다. 저는 피고를 잘 아는 사람입니다. 저는 처음에 5년, 그 이후에 또 2년 가까이 그녀와 같은 집에 살았습니다. 그 기간 내내 그녀는 제게 가장 상냥하고 인정 많은 모습을 보여주었습니다. 그녀는 저의 아주머니인 프랑켄슈타인 부인을 마지막까지 극진히 간호해주었고, 그 후에도 그녀를 아는 모든 사람이 감탄을 자아낼 만한 태도로 자기 어머니를 오랫동안 간호했습니다. 이후 저의 아저씨 댁에 와서 살게 된 그녀는 모든 가족의 사랑을 받았어요. 지금은 죽은 그 아이에게도 따뜻한 애정을 품고 있었고, 다정한 어머니처럼 그를 대해주었습니다. 나로서는 그녀에게 불리한 그 모든 증거가 있어도 그녀의 완벽한 결백함을 믿는다고 주저 없이 말할 수 있습니다. 그녀는 절대 그런 행동을 할 이유가 없어요. 중요한 증거가 되는 그 싸구려 보석도, 그녀가 진심으로 갖고 싶다고 했으면 제가 기꺼이 내주었을 거예요. 그만큼 저는 그녀를 존경하고 소중하게 생각합니다."

엘리자베스의 간결하고 힘 있는 호소에 사람들이 웅성거렸습니다. 하지만 그것은 엘리자베스의 관대한 개입 때문이었지, 불쌍한 유스틴을 향한 것이 아니었습니다. 사람들은 오히려 배은망덕한 유스틴을 비난하며 더욱 거세게 분개했습니다. 엘리자베스가 이야기하는 동안 유스틴은 울기만 할 뿐 아무런 대답도 하지 못했습니다. 재판 내내 나의 불안과 비통함은 극에 달했습니다. 나는 그녀의 결백을 믿었고 알고 있었습니다. 내 동생을 살해한 악마(나는 단 한순간도 이 사실을 의심한 적이 없어요)가 무고한 사람마저 죽음과 불명예로 이끄는 장난을 치고 있는 게 아닐까요? 나는 내 끔찍한 상황을 견딜 수가 없었습니다. 사람들의 목소리와 판사들의 표정만으로 이미 불쌍한 희생자에게 유죄가 선고될 것임을 감지한 나는 괴로워하며 법정을 뛰쳐나갔습니다. 피고의 고통도 나에겐 비할 바가 되지 않았습니다. 그래도 그녀는 자신이 결백하다는 걸 알고 있으니까요. 회한의 송곳니가 저의 가슴을 물어 찢어놓았습니다. 그리고 이 송곳니는 앞으로도 나를 떠나지 않을 겁니다.

한마디로 끔찍한 밤을 보냈습니다. 아침이 오자 나는 법정으로 나갔지요. 입술과 목이 바짝 말랐습니다. 나는 감히 중요한 질문을 하지 못했습니다. 하지만 그곳의 직원은 내가 왜 방문했는지 눈치를 챘습니다. 무기명 투표가 이미 진행되었고 만장일치로 유스틴에게 사형 선고가 내려졌다고 하더군요.

그때 내 기분이 어땠는지 차마 설명할 길이 없습니다. 아무리 적당한 표현으로 내 마음을 전달하려 노력해도 내가 겪은 가슴 아픈 절망감을 그대로 전달해줄 말을 찾지 못했습니다. 내게 재판 결과를 말해준 직원은 유스틴이 이미 자백했다고 덧붙였습니다.

"너무 뻔한 사건이어서 자백이 거의 필요하지도 않았어요. 하지만 자백했다니 기쁩니다. 사실 아무리 결정적인 정황 증거가 있다고 해도 그것만으로 유죄를 선고하고 싶어 하는 판사는 없으니까요."

너무나 이상하고 예상치 못한 소식이었습니다. 이게 무슨 의미일까요? 내 눈이 잘못된 걸까요? 내가 의심하는 대상을 공개하면 온 세상이 나를 믿어줄 만큼 실제로 내가 미쳐버린 걸까요? 나는 서둘러 집으로 돌아왔습니다. 엘리자베스가 결과를 무척이나 궁금해했어요.

"예상했던 결과가 나왔어. 판사들은 한 명의 죄인이 도망을 치는 것보다야 열 명의 무고한 사람이 고통을 받는 게 더 낫다고 생각하잖아. 그런데 유스틴이 자백까지 했다는군."

나의 말에 불쌍한 엘리자베스는 큰 충격을 받았습니다. 유스틴의 결백을 굳게 믿고 있었으니까요.

"아아! 이제 나는 인간의 선함을 다시 믿을 수 있을까? 내가 그토록 사랑하며 친동생처럼 여기는 유스틴, 어떻게 그런 순진한 미소를 짓다가 배신을 해버릴 수 있지? 그녀의 온화한 눈은 그 어떤 교활한 일도, 가혹한 일도 하지 못할 것처럼 보이는데. 그 애가 살인을 저질렀다니."

잠시 후 불쌍한 희생자가 엘리자베스를 보고 싶어 한다는 소식을 듣게 되었습니다. 아버지는 가지 않았으면 좋겠다고 했지만 결국 엘리자베스의 판단과 감정에 결정을 맡기겠다고 말했습니다. 엘리자베스가 말했어요.

"네, 저는 그 애가 유죄라고 해도 만나러 가겠어요. 빅토르, 나와 같이 가지 않겠어? 혼자서는 못 갈 것 같아."

유스틴을 만나러 간다는 건 내게 고문이나 다름없었지만 도저히 거절할 수가 없었습니다.

우리는 음침한 감방 안으로 들어갔습니다. 유스틴이 반대편 끝에 짚을 깔고 앉아 있었어요. 손에는 수갑을 차고 머리를 무릎 위에 얹고 있더군요. 우리가 들어오는 걸 보더니 고개를 든 유스틴은 우리 셋만 남게 되자 엘리자베스의 발밑에 몸을 던지고 격렬히 울어댔습니다. 엘리자베스도 같이 울었습니다.

"오, 유스틴. 어찌 나의 마지막 위안까지도 앗아 간 것이야? 난 너의 결백을 믿고 있었어. 이전에도 너무나 비참했지만, 지금만큼은 아니었어."

"아가씨도 제가 나쁘다고 생각하시나요? 저를 짓밟고 살인자로서 유죄 선고를 내린 사람들과 같은 생각인 건가요?"

유스틴은 흐느껴 우느라 목소리가 제대로 나오지도 않았습니다.

"일어나, 불쌍한 녀석. 결백하다면 왜 무릎을 꿇고 있니? 난 네가 생각하는 적이 아니야. 난 어떤 증거가 있더라도 너의 무죄를 믿었어. 그런데 네가 죄를 인정했다고 하더구나. 그럼 내가 들은 게 잘못되었다는 뜻이니? 사랑하는 유스틴, 너의 자백만 아니었다면 나도 너에 대한 믿음이 흔들리지는 않았을 거야."

"자백하긴 했어요. 하지만 거짓 자백이었어요. 면죄를 받을 수 있을까 하고 자백한 거라고요. 하지만 저의 어떤 죄보다도 그 거짓 자백이 저를 더 괴롭혀요. 하늘에 계신 신이시여, 저를 용서해주세요! 유죄 선고를 받자, 고해 신부님이 저를 둘러싸고 협박하고 위협했어요. 결국 저 역시도 신부님 말씀대로 제가 괴물이라고 믿기 시작했어요. 그는 제가 계속해서 고집을 부린다면 파문을 당할 것이며 마지막 순간에 지옥 불에 떨어질 거라고 위협했어요. 아가씨, 저를 믿어주는 사람은 아무도 없었어요. 모두 저를 치욕과 파멸의 운명에 처한 비참한 존재로 바라보았어요. 제가 어떻게 할 수 있겠어요? 저는 어쩔 수 없이 거짓말을 했습니다. 그리고 인제 와서 그 거짓말이 너무 비참하게 느껴집니다."

유스틴은 잠시 멈추고 흐느끼더니 다시 이야기를 이어갔습니다.

"저는 너무 두려웠어요, 아가씨. 아가씨마저 저를 악마가 아니고서야 행할 수 없는 범죄를 저지를 법한 존재로 생각할까 봐서요. 저는 돌아가신 아주머니께서 무척 아끼던 사람이에요. 아가씨도 저를 사랑하셨잖아요. 사랑하는 윌리엄! 부디 그 아이에게 축복이 내리기를! 우리는 곧 하늘에서 만나게 되겠구나. 거기서는 모두 행복할 거야…… 불명예스러운 죽음을 겪게 되더라도 윌리엄을 다시 만날 생각을 하면 위안이 된답니다."

"오, 유스틴! 한순간이라도 너를 믿지 않았던 나를 용서해. 왜 자백한 거야? 하지만 슬퍼하지 마. 두려워하지 마. 내가 분명히 보여줄 테니. 너의 결백을 증명할 테니. 나의 눈물과 기도로 돌처럼 차가운 적들의 마음을 녹여줄 테니. 넌 죽어선 안 돼. 내 친구이자 동료이자 자매인 네가 교수대에서 죽을 순 없어! 안 돼! 그런 끔찍한 불행을 겪고는 절대 살아가지 못할 거야."

유스틴은 비통해하며 고개를 저었습니다.

"죽는 건 두렵지 않아요. 그런 고통은 이미 지나갔어요. 신은 약한 저를 일으켜 세워 최악의 상황을 견딜 수 있는 용기를 주셨어요. 나는 이 슬프고도 모진 세상을 떠날 겁니다. 아가씨가 저를 기억해주신다면, 저를 부당하게 사형 선고를 받은 사람으로 여겨주신다면, 저는 저를 기다리고 있는 운명에 몸을 맡길 수 있어요. 저를 보고 배우세요, 아가씨. 인내심을 가지고 하늘의 뜻에 복종하는 모습을요!"

이런 대화가 오가는 동안 나는 감방 구석으로 물러나 나를 사로잡은 지독한 괴로움을 숨기고 있었습니다. 절망이라! 감히 누가 절망을 말하는지요? 내일이면 삶과 죽음의 끔찍한 경계를 지나야 하는 불쌍한 피해자도 나만큼 깊고 지독한 격렬한 고통을 느끼지는 않았을 겁니다. 나는 이를 갈며 영혼 깊숙한 곳에서부터 신음 소리를 냈습니다. 유스틴이 깜짝 놀라더니 내게 다가와 말했습니다.

"도련님, 저를 만나러 와주시다니 너무 친절하시네요. 도련님도 제가 유죄라고 생각하시는 건 아니죠?"

나는 대답하지 못했습니다.

"그렇지 않아, 유스틴."

엘리자베스가 대신 말했어요.

"오빠는 나보다 너의 결백을 더 확신하고 있어. 네가 자백했다는 소식을 들었을 때도 그 말을 믿지 않았어."

"정말 감사하네요. 마지막 순간까지 저에게 친절을 베풀어주신

분들에게 진심으로 감사를 드려요. 저처럼 비참한 존재에게 애정을 가지시다니 얼마나 마음씨가 좋으신가요! 제 불행의 절반 이상이 사라진 것 같아요. 아가씨와 도련님이 저의 결백을 믿어주신다니 저도 이제 편안하게 죽을 수 있겠네요."

유스틴은 스스로 고통받는 상황에서도 다른 사람들을 위로하려고 애썼습니다. 그녀는 원하는 대로 체념에 도달했습니다. 하지만 진짜 살인자인 나는 가슴 위로 절대 죽지 않은 벌레가 기어다니는 것 같은 느낌이 들었고, 그래서 아무런 희망이나 위로를 느낄 수 없었지요. 엘리자베스도 함께 울며 괴로워했지만, 그녀의 슬픔은 결백을 알기 때문에 느끼는 고통이었습니다. 달 위로 지나가는 구름은 잠시 달을 가릴 수는 있지만 그 달빛을 흐리게 할 수는 없으니까요. 고통과 절망이 내 심장 한가운데를 뚫고 지나갔습니다. 나는 마음속에 그 무엇으로도 없앨 수 없는 지옥을 품고 있었습니다. 우리는 몇 시간 동안 유스틴과 함께 있었지만, 엘리자베스가 유스틴과 떨어지려 하지 않아 애를 먹었습니다. 그녀가 소리쳤어요.

"차라리 너와 함께 죽고 싶구나. 이런 고통의 세상에서 살아갈 순 없어."

유스틴은 비통한 눈물을 억누르려 애쓰면서 짐짓 밝은 척했습니다. 그녀는 엘리자베스를 껴안고 감정을 누르며 말했습니다.

"잘 가요, 착한 아가씨, 사랑스러운 엘리자베스, 내가 사랑하는 유일한 친구. 하늘이 아가씨를 축복하고 지켜주기를. 지금이 아가씨가 겪게 될 마지막 불행이기를 빌어요. 행복하세요. 다른 사람들도 행복하게 해주시고요."

그리고 다음 날 유스틴은 죽었다. 가슴이 미어질 듯한 엘리자베스의 호소에도 판사들은 유죄 판결 결정을 번복하지 않았던 거지요. 나의 열정적이고 성난 간청도 소용이 없었습니다. 판사들의 차가운 대답과 냉혹하고 냉정한 추론을 듣고 나니, 하려고 마음먹고 있던 고백의 말이 슬그머니 사라지고 말았습니다. 내가 스스로 미치광이라는 걸 보여줄 수도 있지만 그렇다고 비참한 희생자에게 내려진 선고를 철회하지는 못했을 겁니다. 그녀는 살인자로서 교수대 위에서 죽었으니까요!

나는 내 마음의 괴로움에서 눈을 돌려 엘리자베스의 깊고 소리 없는 슬픔에 대해 생각하게 되었습니다. 이 역시 나 때문이었어요! 아버지가 고민에 빠진 것도, 웃음이 넘치던 집이 황량해진 것도 모두 지독하게도 저주를 받은 내 손 때문이었어요! 울어라, 불행한 이들이여, 하지만 이것이 너희의 마지막 눈물은 아니리라! 그대들은 또다시 장례식에서 울게 될 것이며, 애도하는 울음소리가 거듭 들려올 것이니! 당신들의 아들이자, 친족이자, 어린 시절 사랑받던 친구인 프랑켄슈타인, 그는 여러분을 위해 마지막 피 한 방울을 바치리라. 여러분의 소중한 얼굴에 비친 것 외에는 그 어떤 기쁨이라도 생각하거나 느끼지 못하리라. 평생 여러분을 섬기고 축복으로 가득 채우리라. 그는 여러분에게 울라고, 셀 수 없는 눈물을 흘리라고 명령하노니, 그렇게 해서 냉혹한 운명이 만족한다면, 슬픈 고통의 뒤를 이어 무덤의 평화가 찾아오기 전에 파괴가 멈춘다면, 프랑켄슈타인의 기대보다 더 행복해지리라!

내 부정한 기술에 불행하게도 희생자가 된 윌리엄과 유스틴의 묘지에서 사랑하던 사람들이 헛된 슬픔을 쏟아내고 있는 걸 보고는 회한, 공포, 절망에 빠진 나의 영혼이 이렇게 외쳤던 것입니다.

9장

빠르게 이어진 사건들 때문에 감정이 고조된 후, 아무것도 하지 않을 때의 죽음 같은 고요함 그리고 뒤이어 찾아오는 희망과 공포를 모두 앗아 가버리는 확신만큼 인간의 마음에 고통스러운 것은 없습니다. 유스틴은 죽었어요. 그녀는 고이 잠들었지만 나는 살았어요. 내 혈관 속에는 피가 자유롭게 흐르고 있지만, 그 무엇으로도 없앨 수 없는 절망과 회한의 무게가 내 마음을 억눌렀습니다. 잠이 오지 않았고 나는 악령처럼 방황했습니다. 나는 말로 표현할 수 없을 정도로 끔찍한 짓을 저질렀고, 아직 훨씬 더 많은 일이 남아 있었어요. (나는 그렇게 믿었습니다.) 그러나 내 마음은 친절함과 미덕을 향한 사랑으로 가득했습니다. 나는 원래 자비로운 의도로 삶을 시작했고 그것들을 실천에 옮기고 동료들에게 유용하게 써야 할 순간에 목말라 있었습니다. 지금은 그 모든 희망이 꺾여버렸습니다. 자기 만족감을 품은 채 과거를 돌아보고, 그래서 새로운 희망의 가능성을 품을 수 있게 해주는 양심의 평온함 대신, 나는 회한과 죄책감에 사로잡혔습니다. 그것들은 그 어떤 언어로도 설명할 수 없는 끔찍한 고통의 지옥으로 나를 이끌고 갔지요.

이런 마음 상태가 내 건강을 괴롭혔습니다. 어쩌면 처음 겪었던 충격에서 완전히 회복되지 못했던 것 같기도 해요. 나는 모든 사람을 피했습니다. 기쁘거나 만족해서 내는 모든 소리가 내게는 고문이었습니다. 고독만이 나의 유일한 위로가 되었어요. 깊고 어두운 죽음 같은 고독 말이에요.

아버지는 저의 성격이나 습관에서 느껴지는 변화를 고통스럽게 지켜보았습니다. 또한 자신의 고요한 양심과 죄책감 없는 삶의 감정에서 추론한 논쟁을 통해 나에게 불굴의 용기를 불어넣고, 나를 우울하게 하는 어두운 구름을 물리칠 수 있도록 내 안의 용기를 깨우려고 노력했습니다.

"빅토르, 나는 괴롭지 않을 거라 생각하느냐? 그 누구도 나만큼 네 동생을 사랑한 사람은 없을 거다."

이 이야기를 하면서 아버지의 눈에서 눈물이 흘렀습니다.

"하지만 과도한 슬픔을 표현함으로써 다른 사람들까지 불행하게 만드는 행동을 삼가는 것이 살아남은 사람들의 의무가 아닐까? 이는 너 자신을 위한 의미이기도 해. 과한 슬픔은 상황의 개선이나 즐거움을 막아버려. 심지어 스스로 쓸모 있는 사람이라고 생각하지 못하게 만들지. 그러면 그 누구도 이 사회에 적응할 수 없어."

아버지의 조언은 물론 좋은 말씀이었지만 내 경우에는 적용할 수가 없었습니다. 회한이 고통과 뒤섞이지 않았더라면, 공포와 불안이 다른 감정과 섞이지 않았더라면 나도 내 괴로움을 숨기고 사랑하는 이들을 위로할 수 있었겠지요. 지금 내가 할 수 있는 건 절망스러운 얼굴로 아버지를 바라보는 것, 그리고 그의 시야에서 나 자신을 숨기는 것뿐이었습니다.

이때쯤 우리는 벨리브에 있는 별장으로 옮겨 갔습니다. 이 변화는 특히 나에게 잘 맞았습니다. 제네바에서는 10시면 규칙적으로 성문을 닫고 그 시간 이후에는 호수에서 시간을 보낼 수 없었기 때문에 성안에 있는 집에서 생활하는 게 매우 짜증 나는 일이었지요. 하지만 이제 자유로워졌습니다. 나는 종종 가족들이 모두 잠자리에 들고 난 뒤에도 배를 타고 몇 시간을 보내곤 했습니다. 때로는 돛을 고정해놓은 채 그저 바람에 떠밀려 다니기도 했고, 호수 가운데까지 노를 젓고 간 후 배가 저절로 움직이게 놔두고는 혼자 끔찍한 생각에 빠져들기도 했지요. 때때로 잔잔한 호수에 풍덩 빠지고 싶은 충동이 들기도 했어요. 가끔 호숫가로 다가갈 때 박쥐나 개구리가 귀에 거슬리는 울음소리를 내기도 했지만, 어쨌든 주변은 너무나 평화로운데 이렇게 천국처럼 아름다운 풍경 속에서 안절부절못하고 방황하는 유일한 존재가 나인 것 같았거든요. 그렇게 물에 빠져버리면 물이 나와 나의 재앙을 영원히 뒤덮어버릴지도 모른다고 생각했습니다. 하지만 나는 용감하게 고통을 견디는 엘리자베스를 생각하며 충동을 억눌렀습니다. 나는 그녀를 사랑했고 그녀의 존재는 내 존재와 밀접하게 관계되어 있었으니까요. 나는 또한 아버지와 남은 동생도 생각했어요. 내가 풀어놓은 악마 같은 존재의 악의에 그들을 무방비 상태로 드러내고 나 혼자 떠나버려도 되는 걸까요?

이런 생각을 하며 나는 몹시 울었습니다. 그리고 내가 그들을 위로하고 행복하게 만들 수 있도록 내 마음에 평화가 다시 찾아오기를 바랐습니다. 하지만 그렇게 되지 않았어요. 회한은 모든 희망을 사라지게 했습니다. 나는 돌이킬 수 없는 악을 만들어낸 창조자였고, 내가 만들어낸 괴물이 새로운 악행을 저지를까 봐 매일 두려움에 떨면서 보냈거든요. 나는 어쩐지 모든 게 아직도 끝나지 않은 것 같다는 막연한 느낌이 들었습니다. 그가 과거의 기억을 모두 지워버릴 만큼 강력한, 큰 범죄를 또 저지를 것만 같았거든요. 내가 사랑하는 것들이 아직 남아 있는 이상 항상 두려움의 여지가 있었습니다. 이 악마에 대한 나의 혐오는 상상할 수 없을 정도였어요. 나는 그를 생각할 때마다 이를 갈았고, 눈에서는 불꽃이 일었으며, 내가 생각 없이 그에게 부여한 생명을 반드시 빼앗아버리고 싶다고 간절하게 바랐습니다. 그의 범죄와 악행에 대해 생각하다 보면 나의 증오와 복수심은 참을 수 없이 폭발했습니다. 나는 할 수만 있다면 안데스산맥 가장 높은 꼭대기까지 순례의 길을 떠나, 그를 산 아래로 떨어뜨리고 싶었어요. 나는 그를 다시 만나 그에게 최대한의 혐오를 퍼부어 윌리엄과 유스틴의 죽음에 대해 복수를 해주고 싶었습니다.

우리 집은 애도의 집이었습니다. 최근 일어난 일들 때문에 아버지의 건강이 크게 나빠졌어요. 엘리자베스도 슬퍼하며 낙담했습니다. 그녀는 더 이상 일상적인 생활에서 기쁨을 느끼지 못했습니다. 기뻐하는 건 죽은 이들에 대한 신성모독이라 여겼어요. 그녀는 끊임없이 슬퍼하며 눈물을 흘리는 것만이 무고하게 희생된 이들에게 보여주는 애정의 표시라고 생각했어요. 그녀는 더 이상 어린 시절 나와 함께 호숫가를 거닐며 즐거운 미래에 관해 이야기를 나누던 행복한 존재가 아니었습니다. 세상과 우리를 갈라놓으려는 슬픔들 중 하나가 그녀를 찾아왔고, 그 슬픔이 그녀에게 슬그머니 영향을 끼쳐 사랑스러운 미소를 앗아 갔습니다.

엘리자베스가 말했어요.

"유스틴 모리츠의 끔찍한 죽음을 돌이켜 볼 때마다 나는 이 세상과 세상 이치가 예전 같지 않게 느껴져. 예전에 나는 책에서 보거나 다른 사람에게서 들은 악과 불의에 대한 설명을 아득한 옛날 이야기나 가상의 이야기라고 생각했었어. 적어도 나와 동떨어진 이야기, 상상보다는 이성에 더 가깝다고 생각했어. 하지만 이제는 불행이 우리 집까지 들이닥쳤어. 사람들이 서로의 피를 갈망하는 괴물들로 보여. 모든 사람이 그 불쌍한 소녀가 유죄라고 믿었지. 유스틴이 정말로 자신이 벌을 받았던 만큼의 죄를 지었다면, 그녀는 인간 중에서도 가장 타락한 존재였을 거야. 겨우 보석 몇 개 때문에 후원자이자 친구의 아들을, 어릴 때부터 보살피던 아이를, 마치 자기 자식처럼 사랑하던 아이를 죽였다? 나는 어떤 인간의 죽음에도 동의할 수 없지만 저 정도의 인간이라면 사회에 남아 있는 게 부적합하다고 생각했을 거야. 하지만 그 애는 결백했어. 난 알아, 그녀가 결백하다는 게 느껴져. 오빠도 같은 의견이라며 내 믿음을 더욱 견고하게 해주었지. 아아! 빅토르, 거짓이 진실처럼 보일 수 있다면 과연 누가 진정한 행복을 확신할 수 있겠어? 나는 수천 명의 사람이 우글거리며 나를 심연 속으로 밀어 넣으려고 애를 쓰는 가운데 혼자 벼랑 끄트머리를 걷고 있는 것 같은 기분이 들어. 윌리엄과 유스틴은 살해당했고 살인자는 도망쳤어. 살인자는 자유롭게 세상을 돌아다녀. 어쩌면 누군가로부터 존경을 받고 있을지도 몰라. 설령 내가 같은 범죄로 교수대에 오른다고 한들 그런 비참한 존재와 자리를 바꾸지는 않을 거야."

나는 극도의 고통 속에서 그녀의 이야기를 들었습니다. 내가 실제로 저지르지는 않았지만, 사실상 내가 진짜 살인자였으니까요. 엘리자베스는 내 표정에서 괴로움을 읽어내고는 친절하게 내 손을 잡고 말했어요.

"나의 소중한 친구, 진정해야 해. 나도 여러 사건으로 큰 충격을 받았고, 얼마나 심각한 상황인지 신이 알 거야. 하지만 오빠만큼 비참한 상황은 아니야. 오빠의 표정에 드러나는 절망, 때로는 복수심이 무서울 지경이야. 빅토르, 이 어두운 감정들을 버려. 오빠 주변의 친구들, 오빠에게 희망을 걸고 있는 사람들을 기억해. 그들은 더 이상 오빠를 행복하게 할 수 없는 거야? 아! 우리가 사랑한다면, 서로를 진심으로 대한다면, 이 평화롭고 아름다운 땅, 오빠의 고향에서, 우리는 평화로운 축복을 거둬들일 수 있을 거야. 무엇이 우리의 평화를 방해할 수 있겠어?"

내가 그 어떤 값비싼 선물보다도 소중히 여기던 그녀가 이런 말을 하는 데도 내 마음속에 도사리고 있던 악마를 쫓아내기에는 충분하지 않았던 걸까요? 나는 그녀가 말하는 도중에도 갑자기 그 파괴자가 다가와 내게서 그녀를 앗아 갈까, 두려워 그녀에게 점점 가까이 다가갔습니다.

다정한 우정, 땅과 하늘의 아름다움도 내 영혼을 슬픔에서 구해주지 못했습니다. 사랑의 말도 효과가 없었어요. 나는 그 어떤 자애로운 영향력도 통과시키지 못할 단단한 구름 속에 둘러싸여 있었습니다. 다친 사슴이 힘없는 네발을 끌고 인적 없는 풀숲으로 가서 자기 몸을 관통한 화살을 바라보며 죽어가는 것, 그것이 바로 내 모습이었어요.

때로는 나를 압도한 음침한 절망에 대처할 수 있었습니다. 하지만 때로는 회오리바람 같은 열정 때문에 가만히 있을 수가 없었습니다. 그래서 체조를 하거나 있는 장소를 옮겨 다니며 참을 수 없는 기분을 덜어내야 했습니다. 그러다 갑자기 나는 집을 나와 알프스 계곡 근처로 발걸음을 옮겼습니다. 나 자신을 잊기 위하여, 그리고 인간이기에 어쩔 수 없는 덧없는 슬픔을 잊기 위하여 자연경관 속에서 장엄함과 영원함을 추구했습니다. 그러던 중 나는 샤모니 계곡으로 향하고 있었습니다. 어릴 적 자주 갔던 곳이었죠. 6년의 세월이 흐르는 동안 나는 망가졌지만, 그곳의 황량한 풍경은 변한게 없었습니다.

처음에는 말을 타고 여행하다가 이후에는 노새를 빌렸어요. 그렇게 바위가 많은 길에서는 노새가 발을 더 단단히 딛고 다칠 위험도 적었거든요. 날씨는 좋았어요. 8월 중순, 유스틴이 죽은 지 거의 두 달이 다 된 때였습니다. 그 끔찍하고도 중요한 사건 이후로 나의 고민이 시작되었다고 할 수 있죠. 아르브의 좁고 험한 산골짜기로 더 깊이 들어갈수록 내 마음을 억누르는 고민의 무게가 한층 가벼워졌습니다. 사방에 돌출된 거대한 산맥과 절벽, 바위 사이로 세차게 흐르는 강물 소리, 쏟아지는 폭포 소리는 하느님의 전능한 힘을 그대로 보여주는 것 같았습니다. 나는 이 모든 것을 창조하고 통제하여 여기에 가장 멋진 모습으로 전시해놓은 하느님보다 덜 전능한 존재에게 두려움을 느끼거나 굴복하지 않기로 했습니다. 점점 더 높이 올라갈수록 계곡은 더욱 장대하고 믿기 힘든 모습을 보여주었습니다. 소나무 산 절벽 위에 걸려 있는 폐허가 된 성, 맹렬한 아르브강, 이곳저곳 숲 사이로 보이는 오두막이 독특하고도 아름다운 광경을 만들어냈습니다. 하지만 그곳이 더 눈에 띄고 숭고해 보이는 것은 거대한 알프스 덕분이었습니다. 하얗게 빛나는 알프스의 피라미드와 돔이 다른 것들보다 우뚝 솟아 있어서 그곳은 마치 다른 세상에 속한 것 같은, 다른 종족이 살고 있을 것만 같은 느낌을 주었습니다.

펠리시에 다리를 건넜더니 강이 만들어놓은 산골짜기가 눈앞에 펼쳐졌습니다. 나는 높이 솟은 산을 오르기 시작했어요. 얼마 안 가 샤모니 계곡에 들어섰습니다. 이 계곡은 더 멋지고 더 숭고해 보였지만 막 지나왔던 세르보만큼 아름답거나 그림 같지는 않았습니다. 바로 뒤로 눈 덮인 높은 산이 보였지만 폐허가 된 성이나 비옥한 평야는 더 이상 보이지 않았습니다. 거대한 빙하가 길 쪽으로 다가왔어요. 눈사태가 일어나니 우르릉거리는 천둥소리가 들려오고 눈이 쏟아져 내린 길에 하얀 연기가 피어올랐습니다. 몽블랑, 가장 멋지고 가장 장대한 몽블랑이 주변에서 둘러싸고 있는 뾰족한 산봉우리 사이에서 솟아올라 거대한 돔 지붕이 계곡을 내려다보았습니다.

이 여행을 하는 동안 오랫동안 잊고 지냈던 찌릿한 쾌감이 종종 찾아왔습니다. 길모퉁이를 돌 때, 또는 갑자기 새로운 것을 보게 되었을 때 문득 이미 지나가버린 과거가 떠올랐고 어린 시절 근심 걱정 없던 유쾌함이 생각났지요. 바람이 마음을 달래는 목소리로 귓가에 속삭였고, 어머니 같은 자연이 내게 더 이상 울지 말라고 말했습니다. 하지만 그런 친절한 설득도 잠시, 나는 다시 슬픔에 사로잡혀 비참한 옛 기억에 빠져들었습니다. 그러면 나는 이 세상을,

내 공포를, 심지어 나 자신을 잊기 위하여 고군분투하면서 노새에게 채찍질했고, 더욱 비참한 기분이 되어서는 공포와 절망에 사로잡힌 채 노새에서 내려와 풀밭에 몸을 던지기도 했습니다.

마침내 나는 샤모니에 도착했어요. 혼자서 견뎌야 했던 몸과 마음의 극심한 피로 때문에 탈진 상태가 되었습니다. 짧은 시간이지만 나는 창가에 앉아 몽블랑 위로 떨어지는 흐릿한 번갯불을 바라보며 시끄럽게 흘러가는 아르브강의 물소리에 귀를 기울였습니다. 예민한 내 감각에는 그것들이 자장가처럼 들렸어요. 베개에 머리를 갖다 대자 잠이 쏟아졌습니다. 나는 잠이 오는 걸 느끼며 망각을 가져다주는 잠에 감사했습니다.

10장

이후 며칠 동안은 계곡을 돌아다니며 시간을 보냈습니다. 나는 빙하 속에서 솟아오르는 아베이론 수원지 옆에 서 있었습니다. 빙하는 언덕 꼭대기에서부터 천천히 내려와 계곡을 막고 서 있더군요. 거대한 산맥의 가파른 옆면이 눈앞에 있었습니다. 빙하 얼음벽이 머리 위로 솟아 있었고요. 주변에는 부러진 소나무 몇 그루가 흩어져 있었습니다. 마치 자연이라는 황제의 영광스러운 알현실에 근엄한 침묵이 흐르는 것 같았습니다. 이 침묵은 떠들썩한 파도 소리 또는 거대한 얼음 조각이 떨어지는 소리, 눈사태 때문에 나는 천둥소리 또는 불변의 법칙의 조용한 작용으로 축적된 얼음에 금이 가는 소리로만 깰 수 있었습니다. 빙하는 자연의 손에 들어가면 놀잇감에 지나지 않는 것처럼 틈이 나고 찢어졌습니다. 이 숭고하고 웅장한 장면에 나는 내가 받을 수 있는 최고의 위안을 얻었습니다. 내 슬픔을 완전히 없애주지는 않았지만, 사소한 감정에서 나를 끌어올렸고, 나의 슬픔을 진정시키고 안정시켰지요. 또한 지난 달 내내 내가 곱씹어보던 생각에서 어느 정도 벗어나게 해주었습니다. 밤에 쉬려고 누우면, 나의 잠은 낮 동안 감상했던 멋진 경치를 그대로 흉내 내어 펼쳐 보여주었습니다. 모든 것이 내 주위에 모여들었어요. 눈 덮인 깨끗한 산봉우리, 반짝이는 뾰족 바위, 소나무 숲, 바위가 드러난 산골짜기, 구름 사이로 날아오르는 독수리, 이 모든 것이 내 주위에 모여들어 나의 평화를 빌어주었지요.

다음 날 아침 잠에서 깨면 그것들은 어디로 달아나는 걸까요? 잠이 깨면 기운을 북돋우던 모든 것이 잠과 함께 달아나고, 어두운 우울만이 내 생각에 그늘을 드리웠습니다. 폭우가 쏟아졌고, 자욱한 안개에 산 정상이 보이지 않았습니다. 그래서 그 힘센 친구들의 얼굴도 보이지 않았습니다. 하지만 나는 안개 장막을 뚫고 들어가 구름 낀 도피처에서 그들을 찾아볼 것입니다. 비와 폭풍이 내게 무슨 대수일까요? 나는 노새를 문 앞까지 불러와, 몽탕베르 정상까지 올라가기로 결심했습니다. 끊임없이 움직이는 거대한 빙하를 처음 보았을 때의 감동을 기억하고 있었거든요. 그 광경은 나를 숭고한 황홀감으로 가득 채워 내 영혼에 날개를 달아주었고, 어둠에 싸인 세상에서부터 빛과 즐거움이 있는 곳으로 날아오르게 허락해주었습니다. 경외심을 일으키는 장엄한 자연 풍경은 언제나 내 마음을 차분하게 만드는 효과가 있었고 삶의 근심을 잊게 해주었습니다. 나는 안내인 없이 가기로 했어요. 이미 길을 잘 알고 있는데다가, 누군가가 곁에 있으면 혼자서만 느낄 수 있는 풍경의 장엄함이 훼손될 것 같았거든요.

산길은 가팔랐습니다. 그러나 구불구불하게 길이 이어져 있었기 때문에 가파른 산을 오르기 수월했습니다. 굉장히 황량한 풍경이었습니다. 눈사태가 일어난 흔적이 수없이 많았고, 나무가 부러진 채 바닥에 흩어져 있었습니다. 어떤 나무는 완전히 망가졌고, 또 어떤 것들은 휘어서 튀어나온 바위에 기대고 있거나 다른 나무 위에 가로로 얹어져 있었습니다. 길은 더 높이 올라갈수록 눈 덮인 산골짜기와 자꾸 교차했고, 골짜기 위에서 돌이 자꾸 굴러 내려왔습니다. 어떤 건 매우 위험해서 큰 목소리로 말하는 정도의 소음으로도 공기에 진동을 일으켜 말하는 사람 머리 위로 돌이 굴러떨어질 정도였습니다. 소나무는 키가 크지도 무성하지도 않았고, 칙칙한 색깔 때문에 주위에 황량한 분위기만 더해주었습니다. 나는 계곡 아래를 내려다보았습니다. 계곡을 따라 흐르는 강에서는 안개가 넓게 피어오르고 있었습니다. 구름 때문에 꼭대기가 보이지 않는 반대편 산 주위에도 짙은 안개가 소용돌이치듯 휘감고 있더군요. 갑자기 어두운 하늘에서 비가 쏟아지자, 주변 풍경에서 느껴지던 우울한 인상이 더욱 심해졌습니다. 아아! 인간은 왜 짐승보다 더 뛰어난 감수성을 뽐내는 걸까요. 그래봤자 필요한 것만 더 생길 뿐인데 말이죠. 우리의 충동이 굶주림, 갈증, 욕망에 국한되어 있다면 우리도 자유로워질 수 있을 겁니다. 그러나 지금 우리는 불어오는 바람, 우연한 말 한마디, 그 말이 우리에게 전해주는 하나의 장면으로도 감동하고 맙니다.

우리가 휴식할 때, 꿈은 잠을 방해하는 독이 될 수 있다.
우리가 일어났을 때, 종잡을 수 없는 생각은 하루를 망칠 수 있다.
우리는 느끼고, 상상하고, 판단하고, 웃고, 운다.
그러면서 고민을 다정히 껴안거나, 근심을 내던진다.

어차피 똑같다. 기쁨이든, 슬픔이든.

출발하는 길은 어느 곳으로나 열려 있기 때문이다.

누군가의 어제는 결코 내일과 같을 수 없으니

그 무엇도 지속되지 않는다. 오직 무상함 말고는.

(퍼시 셸리의 시 '무상' 일부다-역주)

오르막 꼭대기에 도착했을 때는 거의 정오가 되어 있었습니다. 나는 바위 위에 앉아 얼음의 바다를 내려다보았지요. 안개가 얼음 바다와 주변 산을 뒤덮고 있었습니다. 머지않아 산들바람이 구름을 흩어놓았고, 나는 빙하 위로 가보았습니다. 빙하의 표면은 거친 파도처럼 울퉁불퉁하게 솟아 있는 부분도 있고 푹 꺼진 부분도 있었으며, 군데군데 아주 깊은 틈도 보였습니다. 얼음 들판은 그 폭이 거의 5킬로미터에 달해서 건너는 데 거의 두 시간이 걸렸습니다. 반대편 산은 바위가 수직을 이루고 있었습니다. 지금 내가 서 있는 쪽에서는 몽탕베르가 정확히 반대편에 5킬로미터 정도 떨어져 있었고, 그 위로 몽블랑이 위엄을 뽐내며 솟아 있었습니다. 나는 우묵하게 들어간 바위 위에 서서 이 멋지고 거대한 광경을 바라보았습니다. 광활한 얼음 강이라고 하는 게 더 어울릴 듯한 얼음의 바다는 맞닿은 산맥 사이를 구불구불 휘감았습니다. 얼음으로 반짝이는 산 정상은 구름 위로 내리쬐는 햇빛에 반짝였어요. 이전까지는 슬픔으로 가득했던 내 마음이 이제는 기쁨이라고 할 수 있는 그 무언가로 부풀어 올랐습니다. 나는 소리쳤지요.

"방황하는 영혼이여, 정말로 너희가 방황하며 좁은 침대에서조차 쉬지 못한다 해도, 나라도 이 미미한 행복을 느끼게 허락해다오. 그게 안 된다면 나를 너희 동료로 데려가거라, 삶의 기쁨을 앗아 가거라."

이렇게 말하고 있는데 갑자기 조금 떨어진 곳에서 누군가의 형체가 보였습니다. 그가 초인간적인 속도로 내게 다가오고 있더군요. 그는 내가 조심조심 건너왔던 얼음 틈을 풀쩍 뛰어넘었습니다. 점점 가까이 다가오는 그의 체격은, 역시나 일반적인 사람보다 훨씬 커 보였습니다. 나는 불안했습니다. 갑자기 눈앞이 흐릿해지면서 기절할 것만 같았지만, 산에서 불어오는 차가운 강풍에 번쩍 정신을 차렸습니다. 나는 그 형태가 가까이 다가오는 걸 보며(정말 혐오스럽고 엄청난 광경이었어요!) 그가 내가 창조했던 비참한 존재라는 걸 깨달았습니다. 나는 분노와 공포로 덜덜 떨면서, 그가 다가오기를 기다렸다가 목숨을 걸고 싸워야겠다고 결심했습니다. 그가 다가왔습니다. 그는 경멸과 원한이 뒤섞인 극심한 괴로움을 얼굴로 표현하고 있었어요. 그의 섬뜩한 추함은 인간의 눈이 감당하기에는 너무 끔찍한 정도였습니다. 하지만 나는 그의 얼굴을 관찰하고 있을 시간이 없었습니다. 처음에는 분노와 혐오로 할 말을 잃었지만, 다시 정신을 차린 나는 격렬한 증오와 경멸을 표현하는 말들로 그를 제압하려 했습니다.

"악마 같은 녀석, 감히 내게 다가오는 건가? 너의 그 끔찍한 머리에 내가 강렬한 복수의 공격을 가할 것이 두렵지 않으냐? 썩 꺼져, 더러운 벌레 같은 녀석! 꺼지지 않으면 너를 짓밟아 가루로 만들어주마! 아! 너의 그 끔찍한 존재가 사라지는 대신 극악무도하게 살해당한 희생자들을 되살릴 수만 있다면 내가 그렇게 해줄 텐데!"

그러자 악마가 말했습니다.

"이런 반응일 줄 알았습니다. 누구라도 비참한 존재를 싫어하니까요. 다른 어떤 생명체보다 불행한 내가 어찌하여 미움을 받아야 하나요! 심지어 당신, 나의 창조자마저 당신의 피조물인 나를 미워하고 경멸하는군요. 우리의 인연은 둘 중 하나가 죽을 때만 끊어지는 것 아닌가요? 당신은 나를 죽이려 하는군요. 어떻게 생명을 가지고 장난을 칠 수 있죠? 당신이 내게 의무를 다한다면, 나 역시 당신과 다른 사람들에게 의무를 다할 겁니다. 당신이 나를 놔둔다면 나 역시 당신과 다른 사람들을 평화롭게 놔둘 거예요. 하지만 거절한다면, 남아 있는 당신 친구들의 피로 내가 만족할 때까지 죽은 자들로 내 목구멍을 가득 채울 겁니다."

"이 혐오스러운 괴물! 악마 같은 놈! 지옥의 고문도 네 놈이 저지른 범죄의 복수로는 부족해. 비참한 악마! 내가 널 만들어냈다고 날 이렇게 비난하다니, 그럼 덤벼라. 내가 생각 없이 너에게 부여해 준 생명의 불꽃을 꺼버릴 테니."

나의 분노는 끝도 없이 치달았습니다. 나는 흥분해서 그에게 달려들었습니다.

그는 아무렇지 않게 나를 피하고는 이렇게 말하더군요.

"진정하세요! 내가 화가 나서 폭발하기 전에 제발 내 이야기를 들어보십시오. 지금까지 겪은 걸로도 모자라서 당신까지 나의 고통을 더해주려는 겁니까? 삶은, 비록 고통의 축적일지도 모르지만, 나에게는 소중합니다. 그래서 내 삶을 지킬 거예요. 기억하세요. 당신은 당신 자신보다 더 강력한 나를 만들었습니다. 내 키는 당신보다 월등히 크고 내 관절은 당신보다 더 유연합니다. 그러나 나는 당신과 대립하고 싶지 않습니다. 나는 당신의 피조물입니다. 당신이 내게 의무를 다하기만 한다면 나는 나를 만들어준 주인이자 왕인 당신에게 얌전하고 고분고분한 모습을 보일 겁니다. 오, 프랑켄슈타인, 왜 당신은 다른 사람에게는 공평하게 대하면서 나만 짓밟으려 합니까. 오히려 나를 더 애정과 관용으로 대해줘야 하는 것 아닌가요. 나는 당신의 피조물이라는 걸 기억하세요. 나는 당신의 아담이어야 마땅한데 어쩐지 타락한 천사가 된 것 같습니다. 아무런 악행도 저지르지 않았는데 왜 내게서 기쁨을 앗아가려 합니까. 내 주변은 온통 행복으로 가득한데, 나 혼자만 거기에서 배제되어 있습니다. 나도 원래는 자비롭고 선했어요. 불행이 나를 악마로 만들었다고요. 나를 행복하게 만들어주십시오. 그러면 나도 다시 고결한 존재가 될 것입니다."

"썩 꺼져! 네 이야기 들어줄 생각 없어. 너랑 나 사이에는 어떤 공동체 의식도 없어. 우린 적이야. 어서 사라져, 아니면 둘 중 하나가 쓰러질 때까지 우리의 힘을 시험해보든가."

"어떻게 해야 당신의 마음을 움직일 수 있을까요? 당신의 피조물이 이렇게 선함과 연민을 간청하고 있는데, 어떻게 해도 호의적인 시선을 받을 수 없는 건가요? 나를 믿어요, 프랑켄슈타인. 나는 원래 자애로운 사람이었어요. 내 영혼은 사랑과 자비로 타올랐어요. 하지만 지금 나는 혼자이지 않습니까, 비참하게도 혼자라고요. 나를 만들어낸 당신조차 나를 혐오하는데, 나에게 빚진 게 아무것도 없는 다른 사람들에게 어떤 희망을 품을 수 있겠습니까? 그들은 나를 내쫓고 미워합니다. 버려진 산과 삭막한 빙하가 나의 은신처입니다. 여기에 이르기까지 수많은 날을 방황했어요. 얼음 동굴은 나의 집입니다. 사람들이 유일하게 아까워하지 않은 곳이지요.

나는 삭막한 하늘에 대고 인사를 합니다. 하늘이 당신 인간들보다 내게 더 친절하니까요. 수많은 사람이 내 존재를 알게 된다면 그들도 당신처럼 나를 파괴하기 위해 무장할 겁니다. 나를 혐오하는 자들을 나 역시 미워하면 안 되는 건가요? 나는 적들과 아무런 관계도 맺지 않을 겁니다. 나는 끔찍한 존재이니 그들도 나의 비참함을 공유하게 할 겁니다. 하지만 당신은 내게 빚을 갚고 다른 이들을 악마로부터 보호할 수 있습니다. 당신과 가족들뿐만 아니라 다른 수천 명의 사람이 분노의 소용돌이에 집어삼켜지느냐 마느냐가 바로 당신에게 달려 있다고요. 부디 연민을 가져주세요, 나를 경멸하지 말아주세요. 내 이야기를 들어주세요. 일단 이야기를 듣고 나서 당신의 판단대로 나를 버리던지, 나를 위로해주십시오. 그러니 일단 들어주십시오. 아무리 흉악한 범죄자라도 사형을 당하기 전에는 법에 따라 자신을 변론할 기회를 허락받지 않습니까. 내 이야기를 들어주세요, 프랑켄슈타인. 당신은 내가 살인자라고 비난하지만, 당신 자신도 자기 손으로 만들어낸 존재를 파괴하려 하지 않습니까. 오, 인간의 영원한 정의를 찬양하라! 살려달라는 게 아닙니다. 일단 내 이야기를 들어보고 그 후에도 당신 손으로 나를 죽일 수 있다면, 그렇게 하고 싶다면, 그렇게 하십시오."

"너는 어째서 생각만 해도 몸서리가 쳐지는 내 기억을 들춰내는 것이냐? 물론 내가 그 끔찍한 일의 원인이자 창조자이긴 하지만 말이야. 혐오스러운 악마, 네가 빛을 처음 본 날, 난 그날을 저주한다! (비록 나 자신에 대한 저주이지만) 너를 만들어낸 그 손을 저주한다! 너는 말로 할 수 없을 정도로 나를 비참하게 만들었어. 나는 내가 너에게 공정하게 대해주었는지 아니었는지 생각할 힘조차 남겨주지 않았어. 그러니 썩 꺼져! 내 눈앞에서 네 끔찍한 모습을 치 워줘."

"그럼 내가 이렇게 해드릴게요, 나의 창조자여."

그는 이렇게 말하며 보기 싫은 두 손으로 내 눈앞을 가렸습 니다. 하지만 나는 버럭 화를 내며 손을 밀쳐버렸죠.

"이렇게 당신이 혐오하는 광경을 가려드릴게요. 그래도 내 말은 들을 수 있을 테니 부디 내게 연민을 가져주세요. 나도 한때 가지 고 있었던 그 미덕을, 지금 당신에게 요구하는 바입니다. 내 이야 기를 들어주세요. 그런데 이야기는 길고 이상하며, 이곳 기온은 당 신처럼 예민한 감각을 가진 사람에게는 맞지 않은 것 같으니, 산 위에 있는 오두막으로 같이 가시죠. 아직 해가 하늘 높이 떠 있습 니다. 저 해가 눈 덮인 절벽 너머로 사라져 다른 세상을 비추기 전 에, 내 이야기를 듣고 결정을 내릴 수 있을 겁니다. 모든 것은 당신 에게 달려 있습니다. 내가 영원히 인간에게 접근하지 않으며 해를 끼치지 않고 살아갈 것인지, 당신의 친구들에게 재앙이자, 당신을 파멸로 이끌 주인공이 될지는 모두 당신에게 달려 있다고요."

그는 이렇게 말하고는 얼음을 가로지르며 앞장섰습니다. 나는 그의 뒤를 따라갔지요. 나는 만감이 교차해서 아무 대답도 하지 못했습니다. 하지만 걸어가면서 그가 한 다양한 이야기를 저울질 해본 후, 일단 그의 이야기를 들어보기로 마음을 먹었습니다. 어느 정도 호기심이 발동하기도 했지만, 결심을 내리게 한 건 동정심이 었습니다. 지금까지 나는 그를 내 동생을 죽인 살인자로만 생각했 기 때문에 이 의견이 옳은지 아닌지 알아보고 싶었습니다. 또한 처 음으로 그를 만들어낸 창조자로서 의무감을 생각하게 되었습니다.

그의 사악함을 불평하기 전에 그를 먼저 행복하게 해주어야 하는 게 아닌가 싶더라고요. 이런 생각 때문에 그의 요구에 따르기로 한 겁니다. 우리는 얼음을 가로지른 후 반대편 바위를 올랐습니다. 공기는 차가웠고 또 비가 내리기 시작했습니다. 우리는 오두막에 들어갔습니다. 그 악마는 무척 기뻐하는 티를 냈지만, 내 마음은 무겁고 우울했습니다. 하지만 기꺼이 그의 이야기를 들어주기로 했기에, 혐오스러운 동료가 지펴준 불 옆에 자리를 잡았습니다. 그렇게 그가 이야기를 시작했습니다.

11장

나의 존재가 시작되던 시기를 기억해내는 데는 상당한 어려움이 따릅니다. 당시의 모든 사건이 혼란스럽고 희미하게 남아 있거든요. 이상한 여러 감각이 한꺼번에 나를 사로잡았습니다. 나는 동시에 보고, 느끼고, 듣고, 냄새 맡았습니다. 그리고 한참이 지나서야 여러 감각의 작용을 구분하는 법을 배울 수 있게 되었지요. 강한 빛이 내 신경을 억눌러 눈을 감고 있을 수밖에 없었던 기억이 납니다. 그런데 눈을 감으면 어둠이 덮쳐 다시 마음이 불안해졌습니다. 하지만 다시 눈을 뜨자 빛이 쏟아져 들어와 불안한 마음이 사라졌던 기억이 있습니다. 나는 걸었습니다. 그러다 내 감각에 큰 변화를 발견했습니다. 전에는 내가 만지거나 볼 수 없는 어둡고 불투명한 몸이 내 몸을 둘러싸고 있었습니다. 하지만 이제는 자유롭게 돌아다닐 수 있게 되었습니다. 내게는 넘거나 피하지 못할 장애물이 전혀 없었어요. 빛이 점점 더 나를 압박해 왔고, 걸을수록 열기에 너무 지쳐버려서, 나는 그늘이 있는 곳을 찾아야 했습니다. 그곳이 바로 잉골슈타트 근처 숲이었습니다. 개울가에 누워 피로를 풀고 있던 나는 참을 수 없는 허기와 갈증을 느끼게 되었습니다. 나는 거의 잠을 자는 듯한 상태에서 깨어나 나무에 매달린 또는 바닥에 떨어진 산딸기 열매를 먹었습니다. 개울가에서 목을 축인 뒤에는 다시 누워 잠이 들었지요.

깨고 보니 어두웠어요. 나는 춥기도 했고 좀 무섭기도 했습니다. 나 혼자라고 생각하니 본능적으로 겁이 나더군요. 당신의 숙소를 나서기 전 추위를 느낀 나는 약간의 옷으로 몸을 가리기는 했지만, 밤이슬로부터 몸을 보호하기에는 부족했습니다. 나는 불쌍하고 힘없고 끔찍하고 비참한 존재였어요. 나는 아무것도 몰랐고 그 무엇도 분간할 줄 몰랐습니다. 하지만 내 온몸에 전해지는 고통은 느낄 수 있었어요. 나는 자리에 앉아 울었습니다.

잠시 후 하늘에 은은한 빛이 감돌았고, 기쁨의 감각이 느껴졌어요. 일어나서 보았더니 숲 사이로 환한 빛을 내는 무언가가 떠오르고 있었습니다. (달이었죠.) 나는 놀라워하며 달을 바라보았어요. 그것은 천천히 움직이며 내 길을 밝혀주었습니다. 그리하여 나는 다시 산딸기를 찾으러 나설 수 있었습니다. 여전히 추워하고 있던 차에 나무 밑에서 커다란 망토 하나를 발견했습니다. 나는 망토를 걸치고 바닥에 앉았습니다. 뚜렷한 생각이 떠오른 건 아니었습니다. 모든 게 혼란스러웠으니까요. 나는 빛, 허기, 갈증, 그리고 어둠을 느꼈습니다. 귓가에 셀 수 없이 많은 소리가 울렸습니다. 그리고 사방에서 온갖 다양한 냄새가 났습니다. 내가 분간할 수 있는 건 오로지 밝은 달이었기에 나는 기뻐하며 달에만 눈을 고정했습니다.

며칠 밤낮이 지났습니다. 밤하늘의 둥근 공이 확연히 줄어들었을 때쯤, 나는 내 감각들을 서로 구분할 수 있게 되었습니다. 나에게 마실 것을 제공해주는 깨끗한 개울과 나뭇잎으로 그늘을 만들어주는 나무도 점차 뚜렷하게 보였습니다. 이따금 귓가에 들려오던 기분 좋은 소리가 눈앞에서 빛을 가로막던 날개 달린 동물의 목에서 나온 걸 처음 알았을 때 참 기뻤어요. 나는 내 주변을 둘러싸고 있는 것들의 형태를 훨씬 더 또렷하게 관찰하기 시작했습니다. 내 위로 내리쬐는 밝은 빛의 지붕이 어디까지 펼쳐져 있는지도 알 수 있었습니다. 때로는 새들의 즐거운 노랫소리를 흉내 내기도 했어요. 물론 잘되진 않았지만요. 어떨 때는 나만의 방법으로 내 감정을 표현해보고 싶었지만 내 입 밖으로 나오는 투박하고 불분명한 소리에 내가 놀라서 다시 입을 다물게 되더군요.

달이 완전히 사라졌다가 다시 조그맣게 모습을 드러낼 때까지, 나는 계속 숲에서 지냈습니다. 이즈음에는 나의 감각도 명확해지고 나의 마음도 매일 새로운 생각을 할 수 있게 되었어요. 내 눈은 빛에 익숙해졌고 사물을 올바른 형태로 인지할 수 있게 되었습니다. 나는 풀에 붙어 있는 벌레를 구분할 수 있었고, 서로 다른 종류의 풀도 어느 정도는 구분할 수 있었습니다. 참새는 귀에 거슬리는 소리만 내지만, 찌르레기와 개똥지빠귀는 듣기 좋고 매력적인 소리를 낸다는 것도 알게 되었습니다.

어느 날, 추워서 벌벌 떨고 있을 때, 떠돌이 거지들이 남기고 간 불을 발견했습니다. 불을 처음 경험해본 나는 그 온기가 너무나 반가웠습니다. 나는 너무 좋아서 이글거리는 불 안에 손을 넣었다가 아파서 소리를 지르며 손을 빼냈습니다. 나는 정말 신기하다고 생각했어요. 똑같은 원인에서 정반대의 결과가 나오잖아요! 나는 불을 일으키는 재료를 살펴본 후, 그것이 나무로 이루어져 있다는 걸 알아냈어요. 얼른 나뭇가지를 모아 왔지만 젖어 있어서인지 불이 붙지 않더군요. 나는 속상해하며 불이 타오르는 과정을 지켜보았습니다. 그리고 불가에 두었던 젖은 나무가 마르고 나면 불이 붙는다는 걸 알아냈어요. 나는 이걸 기억해두었다가 온갖 나뭇가지를 만져보면서 불이 붙지 않은 원인을 깨달았습니다. 그런 다음 엄청난 양의 나무를 모아 와서 말린 후 불을 지피는 데 사용했습니다. 밤이 오고 졸음이 밀려오자, 자는 사이 불이 꺼질까 봐 너무 겁이 났어요. 나는 마른나무와 나뭇잎을 불 위에 조심스레 얹고, 그 위에 젖은 나뭇가지를 올려두었습니다. 그런 다음 망토를 펼쳐서 바닥에 누운 다음 잠이 들었습니다.

깨니 아침이더군요. 나의 최우선 관심사는 불을 살피는 것이었어요. 안쪽을 파헤치자, 산들바람이 불어오면서 다시 불길이 거세지더군요. 이걸 보고는 나뭇가지로 만든 부채를 고안해냈습니다. 불이 꺼져갈 때쯤 부채로 불씨를 살려낼 수 있게 말이죠. 다시 밤이 찾아왔고, 기쁘게도 나는 불이 온기뿐만 아니라 빛도 선사해준다는 걸 알게 되었습니다. 불의 발견은 음식과 관련해서도 무척 유용했어요. 여행객들이 구워 먹다 남기고 간 부스러기 고기를 발견한 적이 있는데, 그게 나무에서 따 먹던 산딸기보다 훨씬 더 맛이 좋다는 걸 알게 되었거든요. 그래서 나는 다른 음식에도 이 방법을 써보기로 하고 뭐든 불 위에 얹어보았습니다. 산딸기는 이 과정에서 망가졌지만, 껍질이 딱딱한 나무 열매나 나무뿌리는 훨씬 맛있어졌어요.

하지만 음식이 너무 부족했습니다. 나는 하루 종일 먹을 걸

찾다가 겨우 발견한 도토리 몇 개로 허기를 달래곤 했습니다. 그래서 그때까지 생활하던 곳을 떠나 내가 필요한 것들을 더 쉽게 얻을 곳을 찾아가기로 결심했습니다. 나는 불을 놔두고 가야 한다는 것이 굉장히 속상했습니다. 우연히 손에 넣게 되었을 뿐 다시 피우는 법을 몰랐기 때문입니다. 나는 몇 시간 동안 이 문제를 심각하게 고민하고 온갖 시도도 해보았지만 결국 불을 포기할 수밖에 없었습니다. 나는 망토를 두르고 길을 가다 우연히 해가 지는 쪽으로 숲을 지나게 되었습니다. 3일간 숲을 걷고 난 뒤 드디어 널따란 땅을 발견했습니다. 간밤에 눈이 많이 와서인지 들판은 온통 하얀색이었어요. 그 모습이 서글퍼 보였지요. 그리고 땅을 덮고 있는 차갑고 축축한 물질이 발을 시리게 만든다는 걸 알게 되었습니다.

아침 7시경이었어요. 나는 먹을 것과 쉼터가 필요했습니다. 그러다 마침내 둔덕 위에 서 있는 작은 오두막을 발견했습니다. 누가 봐도 양치기들의 편의를 위해 지은 건물인 것 같았어요. 내게는 낯선 건물이었기 때문에 나는 호기심을 품은 채 집 구조를 살펴보았습니다. 열려 있는 문을 발견하고 안으로 들어갔지요. 한 노인이 불가에 앉아 아침 식사를 준비하고 있었습니다. 소리를 듣고 고개를 돌린 노인은 나를 보더니 비명을 지르며 오두막을 뛰쳐나갔어요. 그러고는 그로서는 도저히 낼 수 없을 것만 같은 속도로 들판을 가로질러 달려갔습니다. 그의 모습은 지금까지 내가 보았던 다른 사람들과는 달랐어요. 그리고 그의 달리는 모습에 다소 놀라기도 했어요. 하지만 오두막을 보니 기분이 좋아졌습니다. 이곳은 눈과 비가 들이치지 않았어요. 바닥도 말라 있었고요. 내게 그곳은 너무나 아름답고 신성하게 느껴졌습니다. 불의 호수에서 고통을 겪고 나온 지옥의 악마들이 복마전을 보고 비슷한 기분을 느꼈겠지요. 나는 양치기가 남겨놓은 아침 음식을 탐욕스럽게 먹어 치웠습니다. 빵, 치즈, 우유 그리고 와인이 있었어요. 다만 와인은 마음에 들지 않더군요. 그런 후 너무 피곤했던 나는 볏짚 위에 드러누워 잠이 들었습니다.

잠에서 깨어났을 때는 정오였습니다. 새하얀 땅을 밝게 비추는 따뜻한 햇빛에 마음이 이끌려 나는 다시 여행을 시작하기로 마음먹었습니다. 남은 음식을 가방에 챙겨 넣은 후, 나는 몇 시간 동안 들판을 걸었습니다. 그리고 해가 질 때쯤 마을에 도착했습니다. 이 얼마나 기적 같은 일인지요! 오두막들, 깔끔하고 작은 집들, 우아한 저택을 번갈아 바라보며 감탄했습니다. 정원에 자라고 있는 채소, 집 창가에 놓여 있는 우유와 치즈 같은 것들이 내 구미를 자극했습니다. 가장 마음에 드는 집을 골라 들어가려는데 문 안으로 한 발을 들이기도 전에 아이들이 비명을 질렀고, 여자 한 명은 기절하고 말았습니다. 온 마을이 발칵 뒤집혔어요. 몇몇은 도망갔고, 몇몇은 날 공격했습니다. 온갖 종류의 던지는 무기와 돌멩이에 심히 멍이 든 나는 들판으로 도망을 친 다음 나지막한 돼지우리에 몸을 숨겼습니다. 이 마을에 들어와서 궁전 같은 집들을 보고 난 후라 그런지, 돼지우리는 너무 볼품없고 형편없어 보였습니다. 이 돼지우리 옆에는 깔끔하고 쾌적한 겉모습의 작은 집이 붙어 있었지만, 아까 끔찍한 경험을 하고 난 후라 차마 들어갈 수는 없었습니다. 나의 피난처는 나무로 만들어져 있었는데, 너무 낮아서 똑바로 앉는 것도 힘들었어요. 바닥에는 나무가 깔려 있지 않고 그냥 흙밖에 없었지만 그래도 젖어 있지는 않았습니다. 셀 수 없이 많은 틈으로 바람이 숭숭 들어왔지만, 눈과 비는 막을 수 있는 괜찮은 피난처였어요.

나는 기뻐하며 자리에 누웠습니다. 이곳이 아무리 비참하더라도 계절의 혹독함, 인간들의 야만 행위로부터 몸을 숨길 수는 있었으니까요. 나는 동이 트자마자 돼지우리에서 기어 나가 옆에 붙어 있는 시골집을 살폈습니다. 저 돼지우리에서 계속 지내도 되는지 살펴볼 참이었어요. 다시 보니 돼지우리는 시골집 뒤편에 있었고 그 옆으로는 돼지우리와 맑은 웅덩이가 있었습니다. 한쪽이 뚫려 있었기에 나는 거기로 기어 들어갈 수 있었지만, 지금은 누군가에게 들킬까 봐 돌과 나무로 막아놓았습니다. 혹시나 도망갈 일이 생기면 얼른 치울 수도 있게 조처했지요. 빛이라고는 좁은 틈으로 들어오는 게 전부였지만 나는 그것만으로도 충분했습니다.

나는 내가 머물 곳을 정리하고 깨끗한 짚도 깐 뒤 안으로 들어왔습니다. 그러다 멀리서 남자의 형태를 발견했습니다. 나는 그 전날 밤 내가 당했던 대접을 너무나 잘 기억하고 있었기에 함부로 나설 수가 없었습니다. 나는 훔쳐 온 딱딱한 빵 한 덩어리와 물 한 컵으로 끼니를 때웠습니다. 내가 지내는 곳 옆에 맑은 물이 흐르고 있었는데 거기서 손으로 물을 떠먹는 것보다 컵을 쓰면 훨씬 더 편하게 마실 수 있었습니다. 바닥은 살짝 위로 솟아 있어서 완벽하게 마른 상태를 유지했습니다. 시골집 굴뚝과 가까워서 웬만큼 따뜻하기도 했습니다.

이런 상황이다 보니, 나는 내 결심을 바꿀 만한 일이 생기지 않는 이상 이 돼지우리에서 지내야겠다고 마음을 먹었습니다. 원래 살던 으스스한 숲, 빗방울이 떨어지는 나뭇가지와 축축한 땅바닥에 비하면 여기는 천국이나 다름없었어요. 나는 기분 좋게 아침을 먹고 물을 뜨러 나가려고 널빤지를 치우려다가, 발소리를 들었습니다. 좁은 틈으로 밖을 내다보니 머리에 양동이를 인 어린 소녀가 돼지우리 바로 앞을 지나고 있더군요. 소녀는 어렸고 태도가 온화했습니다. 지금까지 보았던 시골집 주인들, 농장 하인들과는 달랐죠. 그녀의 옷차림은 초라했습니다. 거칠어 보이는 파란 페티코트와 리넨 재킷이 전부였으니까요. 금발 머리카락을 땋고 있었는데 장식이 전혀 없었어요. 부지런하지만 뭔가 슬퍼 보였어요. 눈앞에서 사라졌던 그녀는 15분쯤 후 양동이를 들고 다시 나타났습니다. 이번엔 양동이에 우유가 조금 들어 있더군요. 힘겹게 양동이를 들고 걷고 있는데 젊은 남자가 나타났습니다. 어쩐지 더 깊은 실의에 빠진 듯한 남자는 뭔가 우울한 말투로 몇 마디 이야기를 나누더니 여자가 머리에 이고 있던 양동이를 집까지 들어주었습니다. 소녀도 그를 따라갔고 그렇게 둘은 사라졌습니다. 다시 나타난 청년은 손에 무슨 도구를 들고 시골집 뒤쪽 들판을 가로질러 갔습니다. 그리고 소녀 역시 때로는 집 안에서, 때로는 마당에서 바쁘게 움직였습니다.

나는 시골집을 유심히 바라보다가 창문 하나에 유리창 대신 나무가 끼워져 있는 걸 발견했습니다. 그리고 거기에 거의 눈에 띄지 않는 작은 틈이 있어서 집 안을 들여다볼 수 있을 것 같았습니다. 그 틈으로 보니 작은 방이 보였습니다. 하얗게 칠한 깨끗한 방이었지만 가구가 거의 없었어요. 한쪽 구석 작은 불가 근처에 늙은이가 앉아서 비탄에 잠긴 모습으로 두 손에 머리를 파묻고 있었습니다. 소녀는 집을 정리하는 데 몰두하고 있었지만, 곧 서랍에서 무언가를 꺼내 들더니 노인 옆으로 가서 앉았습니다. 노인은 악기를 들고 연주를 시작했어요. 개똥지빠귀나 꾀꼬리보다 더 달콤한 소리가 흘러나왔습니다. 아름다운 것이라고는 단 한 번도 본 적 없는 나처럼 불쌍한 사람이 보기에도 아름다운 광경이었습니다. 집주인의 은빛 머리카락과 자애로운 얼굴이 존경심을 불러일으켰고, 소녀의 온화한 태도가 사랑을 자극했습니다. 노인이 달콤하고 슬픈 노래를 연주하자 사랑스러운 소녀의 눈에서는 눈물이 흘러나왔습니다. 하지만 소녀가 소리 내어 흐느낄 때까지 노인은 전혀 눈치를 채지 못하더군요. 잠시 후 그가 몇 마디를 하자 소녀는 일을 멈추고 그의 앞에 무릎을 꿇었습니다. 그는 소녀를 일으키며 친절함과 애정이 가득한 미소를 지어 보였습니다. 나는 그 미소에서 독특하면서도 아주 강력한 감정을 느꼈습니다. 고통과 기쁨이 섞여 있는 그 미소는 한 번도 경험해보지 못한 것이었습니다. 배고픔이나 추위, 따뜻함이나 음식 같은 것에서는 느낄 수 없는 것이었어요. 나는 이런 감정들을 도저히 견딜 수가 없어서 얼른 창가에서 물러났습니다.

잠시 후 청년이 뗄감을 어깨에 지고 돌아왔습니다. 문 앞에서 청년과 만난 소녀는 짐을 내리는 걸 도와주었습니다. 그리고 뗄감 몇 개를 집 안으로 가지고 들어와 불 속에 집어넣었습니다. 집에 들어온 청년은 소녀에게 커다란 빵과 치즈 한 조각을 보여주었습니다. 소녀는 기뻐하며 텃밭으로 나가 채소를 따 오더니 물에 씻어 불에 올렸습니다. 그런 다음 소녀는 하던 일을 계속했고 청년은 텃밭으로 가서 열심히 뿌리를 뽑았습니다. 한 시간쯤 일하고 있으니, 소녀가 그를 데리러 왔습니다. 둘은 같이 집으로 들어가더군요.

한편 노인은 깊은 생각에 잠긴 듯 보였으나, 두 사람이 나타나자 훨씬 활기찬 모습을 보이며 같이 앉아서 식사했습니다. 식사는 오래 하지 않았습니다. 소녀는 다시 집을 정리하느라 여념이 없었고, 노인은 청년의 팔에 기대어 몇 분 동안 햇볕을 받으며 집 앞을 걸었습니다. 이 두 완벽한 존재의 대조가 그 어떤 것보다 아름다워 보였습니다. 노인은 은발에 자애와 사랑이 가득한 얼굴로 활짝 웃고 있었고, 청년은 체격이 호리호리하고 우아했으며 완벽한 균형을 이루고 있었습니다. 하지만 그의 눈과 태도에서는 극심한 슬픔과 낙담이 느껴졌습니다. 노인은 다시 집으로 들어갔고, 청년은 아침에 사용했던 것과는 다른 도구들을 들고 다시 들판으로 발걸음을 옮겼습니다.

곧 밤이 찾아왔지만, 나는 집 안의 사람들이 양초를 이용해 빛을 연장할 수 있다는 걸 알고 너무나 놀랐습니다. 해가 지고 나서도 인간 이웃들을 바라보며 경험했던 즐거움을 계속 누릴 수 있다고 생각하니 어찌나 기쁘던지요. 저녁이 되자 소녀와 청년은 내가 이해할 수 없는 갖가지 일을 하느라 바빴습니다. 노인은 다시 악기를 들더니 아침에 나를 황홀하게 만들었던 너무나 훌륭한 소리를 다시 만들어냈습니다. 노인의 연주가 끝나자마자 청년은 악기 연주가 아닌, 단조로운 소리를 내기 시작했습니다. 그것은 노인의 악기에서 나는 화음과 닮지도 않았고 새들의 노랫소리와도 비슷하지 않았어요. 지금에 와서는 그가 큰 소리로 책을 읽었다는 걸 알고 있지만, 그때만 해도 나는 단어나 글자의 체계에 대해 아무것도 몰랐거든요.

가족들은 그렇게 짧은 시간을 보낸 뒤 불을 끄고 사라졌습니다. 아마 제 추측으로는 쉬러 간 것 같았어요.

12장

나는 짚을 깔고 누웠지만 잠을 잘 수가 없었습니다. 그날 있었던 일들이 생각났어요. 가장 인상 깊은 건 이 사람들의 온화한 태도였습니다. 나는 그들과 함께하고 싶은 생각이 간절했지만, 감히 그럴 수가 없었습니다. 야만적인 동네 사람들에게 당했던 대접이 너무나 잘 기억났기 때문에, 앞으로 어떤 행동을 하게 되든 간에 당분간은 돼지우리 안에서 조용히 지내기로 다짐했습니다. 어떤 것들이 그들의 행동에 영향을 끼쳤는지 알아내기 위해 그들을 지켜보면서 말이죠.

그 집 사람들은 다음 날 해가 뜨기 전에 일어났습니다. 소녀는 집을 정리하고 음식을 준비했으며, 청년은 첫 끼를 먹고 집을 나섰습니다.

이날도 전날과 똑같은 일상이 펼쳐졌습니다. 청년은 끊임없이 집 밖에 나갔고, 소녀는 집 안에서 다양한 일을 했지요. 장님인 것으로 추정되는 노인은 악기를 연주하거나 사색하며 시간을 보냈습니다. 그 무엇도 이 젊은 남녀가 연약한 노인에게 보여주는 사랑과 존경은 능가할 수 없었습니다. 그들은 노인을 위해 아무리 작은 일도 애정과 의무감을 지닌 채 온화하게 행동했으며, 노인은 자애로운 미소로 화답해주었습니다.

그렇지만 그들이 행복하기만 한 것은 아니었어요. 젊은 남녀는 종종 따로 떨어져서 눈물을 흘리는 것 같았습니다. 난 그들 불행의 원인을 찾을 수가 없었지만, 그러는 모습을 보니 나도 영향을 받을 수밖에 없었습니다. 저토록 사랑스러운 존재들도 불행하다면, 나처럼 불완전하고 외로운 존재가 비참하게 사는 것도 이상한 일이 아닐 것 같았습니다. 어쨌든 그들은 왜 불행해하는 걸까요? (적어도 내 눈에는) 집도 멋있고 호화로워 보이는데 말이에요. 그들에겐 추울 때 따뜻하게 해줄 불이 있었고, 배고플 때 먹을 수 있는 맛있는 음식이 있었습니다. 그들은 멋진 옷을 입고 있었고, 무엇보다도 서로의 이야기에 귀를 기울여주고, 애정과 친절함을 담은 눈빛으로 서로를 바라봐주고 있었습니다. 그럼 도대체 그들의 눈물은 무엇을 의미하는 것일까요? 고통을 표현하는 것일까요? 처음엔 이 문제를 풀 수가 없었습니다. 하지만 계속 관심을 가지고 시간을 보내다 보니 처음엔 수수께끼 같아 보이는 것들이 설명되기 시작했습니다.

나는 상당한 시간이 흐르고서야 이 사랑스러운 가족이 느끼는 불안의 원인 한 가지를 알아냈습니다. 바로 가난이었지요. 그들은 아주 고통스러운 정도로 가난을 겪고 있었습니다. 그들은 오로지 텃밭에서 나는 채소와 소 한 마리에서 나오는 우유로 영양분을 채우고 있었습니다. 그마저도 겨울에는 소에게 먹일 음식을 구할 수가 없어서 우유 양도 매우 적었습니다. 그들은 종종 심각한 배고픔을 느끼는 게 분명했어요. 특히 젊은 두 사람은 더욱 그랬지요. 자기들은 먹을 게 아무것도 없는데 노인 앞에만 음식을 차리는 걸 몇 번이나 보았거든요.

이 친절함이 내게 감정적으로 큰 감동을 주었습니다. 나는 밤이 되면 그들의 창고에서 내 몫으로 먹을 걸 훔치곤 했었는데 이 집에 사는 사람들이 내 행동 때문에 고통을 겪는다는 걸 알게 되자 더 이상 그럴 수가 없었습니다. 나는 이웃한 숲에 가서 산딸기, 견과류, 식물 뿌리 같은 것들을 구해 와 배를 채웠습니다.

나는 그들의 일을 도와줄 다른 방법도 알아냈습니다. 젊은이들이 집에 불을 지필 땔감을 모으는 데 매일 많은 시간을 허비한다는 걸 알고 있었기에, 나는 밤 동안 연장을 챙기고 나가서 며칠 동안 쓰기에 충분한 양의 땔감을 만들어 왔지요.

나무를 해 왔던 첫날이 생각납니다. 소녀가 아침에 문을 열었다가 밖에 잔뜩 쌓여 있는 땔감을 보고 무척 놀라더군요. 그녀가 큰 소리로 무어라 말하니 청년도 밖으로 나왔습니다. 그 역시 매우 놀란 모습이더군요. 나는 기뻐하며 그 모습을 지켜보았습니다. 청년은 그날 숲에 나가지 않더군요. 그 대신 집을 수리하고 텃밭을 가꾸며 시간을 보냈습니다.

나는 점차 놀라운 것을 발견하게 되었습니다. 이 사람들은 자기 경험과 감정을 명료한 소리로 남들에게 표현하는 수단을 가지고 있다는 것이었습니다. 나는 때때로 그들이 하는 말이 듣는 사람의 마음이나 얼굴에 기쁨이나 고통, 미소나 슬픔을 자아낸다는 것을 알게 되었습니다. 이것은 실로 대단한 기술이었기 때문에, 나 역시 그것을 익히고 싶다는 마음이 간절해졌습니다. 하지만 이 목적을 이루기 위한 시도는 늘 실패하고 말았습니다. 그들의 발음은 빨랐고 그들이 말하는 단어는 실제 눈에 보이는 대상과 분명한 연관이 없었기 때문입니다. 나는 그들이 하는 말의 수수께끼를 풀 수 있는 그 어떤 단서도 찾아내지 못했습니다. 하지만 계속 훈련해보고, 또 달이 여러 차례 회전하는 동안 돼지우리에서만 지내다 보니, 이야기에 자주 등장하는 익숙한 사물들의 이름은 일부 알게 되었습니다. 나는 '불, 우유, 빵, 나무' 같은 단어들을 배우고 직접 말할 수 있게 되었습니다. 오두막에 사는 사람들의 이름도 배웠어요. 청년과 소녀에게는 각자 여러 개의 이름이 있었지만 노인은 단 하나, '아버지'라고만 불렸습니다. 소녀는 '누이, 아가사' 그리고 청년은 '펠릭스, 오빠, 아들'로 불리었죠. 각각의 소리에 알맞은 뜻을 알게 되고 그것들을 소리 낼 수 있게 되었을 때 내가 느낀 기쁨은 말로 표현할 수 없을 정도였습니다. 나는 정확히 이해하지도, 어디에 적용해야 할지도 몰랐지만 '좋은, 소중한, 불행한' 같은 단어들도 구분했습니다.

나는 이런 식으로 겨울을 보냈어요. 오두막 사람들의 온화한 태도와 아름다움 때문에 나는 그들을 사랑했습니다. 그들이 불행하면 나도 기분이 가라앉았고, 그들이 기뻐하면 나도 그들의 기쁨에 동조했습니다. 그들 외에도 몇몇 인간을 본 적이 있지만, 그들의 거친 태도와 무례한 걸음걸이는 내 친구들의 우월한 교양을 더 돋보이게 할 뿐이었습니다. 내가 알기로 노인은 종종 자기 자식들을 격려하기 위해 노력했습니다. 때때로 그들을 불러놓고 우울함을 떨치라고 하는 걸 보았거든요. 그는 선한 표정을 짓고 쾌활한 말투로 말하곤 했습니다. 그 모습이 내게도 기쁨을 선사했지요. 아가사는 존중하며 그의 이야기를 들었지만, 종종 눈물이 차올라 아버지 몰래 눈물을 훔치곤 했습니다. 아버지의 간곡한 권고를 듣고 나면 그녀의 표정과 목소리가 한층 밝아진다는 걸 알게 되었습니다. 하지만 펠릭스는 그렇지 않았어요. 그는 늘 셋 중에서 가장 우울해했고, 미숙한 내가 보기에도 다른 가족보다 훨씬 심각한 고통을 겪고 있는 것처럼 보였습니다. 그러나 아주 슬픈 얼굴을 하고 있다가도 노인에게 말을 걸 때는 자기 누이보다 훨씬 밝은 목소리로 말했습니다.

나는 이 상냥한 사람들의 성향을 조금이나마 보여줄 수많은 예시를 알고 있습니다. 가난과 궁핍 속에서도 펠릭스는 눈 덮인 땅을 뚫고 고개를 내민 조그맣고 하얀 꽃을 꺾어다가 기분 좋게 여동생에게 선물했습니다. 이른 아침 여동생이 일어나기도 전에, 그는 외양간까지 가는 길에 쌓인 눈을 말끔히 치우고 우물에서 물을 떠오고 창고에서 땔감을 가져왔습니다. 그리고 보이지 않는 손에 의해 늘 다시 채워져 있는 창고를 보며 한결같이 놀라워했습니다. 낮에는 가끔 이웃 농부의 밭에 일하러 가는 것 같았어요. 종종 밖에 나갔다가 저녁이 되어서야 돌아오는데 땔감을 전혀 가지고 오지 않았거든요. 평소에는 텃밭에서 일했고 몹시 추워서 할 일이 없을 때는 노인과 아가사에게 책을 읽어주었습니다.

처음엔 책을 읽는 걸 보고 몹시 당황했습니다. 하지만 차츰 그가 책을 읽을 때도 그냥 말을 할 때와 같은 소리를 많이 낸다는 걸 알게 되었습니다. 그리하여 나는 그가 자기가 이해하고 있는 말을 종이 위의 기호에서 발견한 거라고 추측했고, 나 역시도 그것들을 이해하고 싶다고 간절히 바랐습니다. 하지만 그 기호가 나타내는 소리조차 이해하지도 못하는 내가 어떻게 글을 읽을 수 있겠습니까? 하지만 나는 이 기술을 점차 발전시켰습니다. 물론 온 마음을 다해 노력했지만, 대화 같은 걸 하기에는 아직 충분치 않은 상태였지요. 나는 오두막 사람들이 나를 발견해주길 간절히 원했지만, 그들의 언어를 완전히 통달하기 전까지는 그들 앞에 나타나려고 시도해서는 안 됐습니다. 내가 그들과 다르다는 걸 끊임없이 깨닫고 있었기에, 그나마 언어에 대한 지식이 있다면 그들이 나의 흉한 외모를 눈감아주지 않을까 생각했던 것입니다.

나는 오두막 사람들의 완벽한 모습을 동경했습니다. 그들의 우아함, 아름다움, 부드러운 안색까지도요. 하지만 투명한 웅덩이에 비친 내 모습을 보면 얼마나 끔찍하던지요! 처음엔 수면에 비친 사람이 정말로 나라는 사실을 믿을 수가 없어 뒷걸음질을 쳤습니다. 그리고 내가 정말로 괴물의 모습을 하고 있다는 걸 충분히 받아들이고 난 뒤에는 절망과 치욕의 감정에 휩싸였습니다. 아아! 나는 이 끔찍한 기형적 모습이 얼마나 치명적인 결과를 낳게 될지 아직 완전히 모르고 있었습니다.

햇볕이 따뜻해지고 낮이 길어지면서, 눈이 사라졌습니다. 드디어 벌거벗은 나무와 검은 땅이 훤히 보이더군요. 이때부터 펠릭스는 더 바빠졌고, 곧 기근이 닥칠 것 같던 가슴 아픈 징후들도 사라졌습니다. 나중에야 알게 되었지만 그들이 먹는 음식은 거친 대신 건강에 좋은 것이었고, 이제 충분한 양을 구할 수 있게 되었습니다. 텃밭에는 새로운 종류의 식물들이 싹을 틔웠고, 계절이 깊어지면서 이런 편안함의 징후들이 매일 늘어갔습니다.

매일 한낮에 비가 오지 않을 때면 노인이 아들의 부축을 받으며 산책했습니다. 하늘에서 물이 쏟아지는 것을 비라고 하더군요. 비가 자주 왔지만 거센 바람에 땅이 금방 말랐기 때문에 겨울보다는 훨씬 쾌적한 계절이 이어졌습니다.

돼지우리 안에서의 내 생활은 늘 똑같았어요. 아침이면 사람들의 움직임을 살피다가, 그들이 각자 맡은 일을 하려고 흩어지면 나는 잠을 잤습니다. 자고 일어나서도 친구들을 관찰하며 시간을 보냈습니다. 달이 뜨거나 별이 빛나는 밤이 찾아와 그들이 잠자리에 들고 나면, 나는 숲으로 가 내가 먹을 것과 땔감을 구해 왔습니다. 집에 돌아왔을 때 필요해 보이면 길에 쌓인 눈을 쓸고 펠릭스가 하던 일들을 대신했습니다. 보이지 않는 손이 일을 대신 해준 걸 발견하고는 무척 놀라더군요. 이런 경우 한두 번은 그들이 '착한 정령, 멋지다' 같은 말들을 하는 걸 들었지만, 그 당시엔 이 단어의 의미를 이해하지 못했었지요.

나는 점점 더 적극적인 사고를 하게 되었고 이 사랑스러운 존재들의 감정과 동기를 이해하고 싶어졌습니다. 나는 펠릭스가 왜 그렇게 비참해 보이는지, 아가사는 왜 그렇게 슬퍼 보이는지 꼭 알고 싶었어요. 나는 행복을 누릴 자격이 있는 사람들에게 행복을 되찾아주는 것이 내 힘으로 가능할 거라고 생각했습니다. (바보 같은 녀석!) 잠을 잘 때나 멍하게 있을 때 연약한 눈먼 아버지, 친절한 아가사, 완벽한 펠릭스의 모습이 눈앞을 스치고 지나갔습니다. 나는 그들이 내 미래 운명의 결정권자라도 될 것처럼 우월한 존재로 우러러보았습니다. 나는 그들 앞에 모습을 드러내고 그들이 나를 맞아주는 장면을 천 번쯤 상상했습니다. 처음에는 혐오스러워하겠지만, 내가 온화한 태도와 회유하는 언어를 보여주면 결국엔 그들의 호의, 나중엔 그들의 사랑을 얻을 수 있을 거라 상상했습니다.

이런 생각들은 나를 기분 좋게 만들었고 언어의 기술을 익히는 데 새롭게 열정을 쏟을 수 있도록 도와주었습니다. 나의 발성 기관은 거칠었지만 그래도 유연했기 때문에, 내 목소리는 비록 부드러운 음악 같은 그들의 목소리와 같지 않더라도, 내가 이해한 단어들만은 꽤 편안하게 발음할 수 있었습니다. 마치 동화 속 당나귀와 애완견 같았습니다. 착한 당나귀는 태도는 거칠지만, 의도는 사랑스러웠기에, 때리거나 욕하는 대신 더 나은 대우를 해줘야 하지 않을까요.

봄의 쾌적한 소나기와 온화한 온기가 땅의 모습을 확연히 바꿔놓았습니다. 이렇게 변화하기 전에는 동굴 속에 숨어 있었던 사람들이 차츰 모습을 드러내고 다양한 경작 활동에 몰두했습니다. 새들은 더 명랑한 목소리로 노래했고 나뭇잎은 싹을 틔웠지요. 행복하고도 행복한 땅! 얼마 전만 해도 황량하고, 축축하고, 건강에도 좋지 않을 것 같던 곳이 신이 살기에도 적당한 곳으로 바뀌었습니다. 자연의 황홀한 모습에 내 기분도 한층 좋아졌습니다. 과거는 기억 속에서 지워졌으며, 현재는 평온했고, 미래는 희망의 밝은 빛과 즐거움을 향한 기대감으로 금빛으로 찬란히 빛났습니다.

13장

이제 이야기 중 좀 더 감동적인 부분으로 서둘러 넘어가려 합니다. 나를 감동하게 했던 사건과 지금의 나를 만들어준 감정에 대해 이야기하겠습니다.

봄이 빠르게 흘러갔습니다. 날씨는 좋고 하늘엔 구름 한 점 없었습니다. 그렇게 황량하고 우울하던 세상에 이렇게 아름다운 꽃과 푸른 초목이 가득한 걸 보니 정말 놀랍더군요. 수없이 다양한 기분 좋은 향기, 수없이 많은 아름다운 풍경에 나의 감각은 만족했고 생기를 되찾았습니다.

그러던 어느 날이었어요. 오두막 사람들이 일하다 쉬고 있었을 때였습니다. 노인은 기타를 연주했고, 자식들은 그 소리를 듣고 있었어요. 나는 펠릭스가 겉으로 표현하진 않지만 우울해한다는 걸 알 수 있었습니다. 종종 한숨도 쉬더군요. 아버지가 음악을 멈추고 왜 그렇게 슬퍼하는 건지 질문했습니다. 펠릭스는 애써 명랑한 목소리로 대답했고, 노인이 다시 연주를 시작하려는데 누군가 문을 두드렸습니다.

말을 탄 여인이 시골 사람 한 명과 함께 집을 찾아온 것입니다. 여인은 검은 옷을 입고 두껍고 검은 베일을 드리우고 있었습니다. 아가사가 질문하자 이 낯선 이는 부드러운 목소리로 펠릭스의 이름만 부르더군요. 그녀의 목소리는 음악 같았지만 내 친구들의 그것과는 달랐습니다. 대화를 들은 펠릭스가 서둘러 여인에게 달려왔습니다. 여인은 펠릭스를 보자마자 베일을 벗어던졌어요. 천사같이 아름다운 얼굴과 표정이 그대로 보이더군요. 그녀의 머리카락은 윤기나는 검은 색이었고 신기하게 땋은 머리였습니다. 검은 눈은 생기가 넘치면서도 온화했지요. 체격은 보통이었고 피부는 신기할 정도로 하얬는데 볼은 사랑스러운 분홍색으로 물들어 있었습니다.

펠릭스는 그녀를 보자마자 기뻐서 어쩔 줄을 몰라 했습니다. 얼굴에서 슬픈 기색이 싹 사라지고 곧바로 황홀한 기쁨으로 가득 찼습니다. 저 정도로 기뻐하는 게 가능하다니, 믿을 수 없을 정도였지요. 그의 눈은 반짝였고 볼은 즐거움으로 상기되었습니다. 그 순간 나는 펠릭스가 낯선 여인만큼 아름답다고 생각했어요. 여인은 여러 다른 감정에 빠진 것 같았습니다. 사랑스러운 눈에서 눈물을 흘리며 펠릭스에게 손을 내밀더군요. 그러자 펠릭스는 그녀에게 열정적으로 입을 맞춘 후, 나도 알아들을 수 있을 정도로 또렷하게 그녀를 사랑스러운 아라비아인이라고 부르더군요. 그녀는 펠릭스의 말을 이해하지 못하는 것 같았지만 미소를 지었습니다. 펠릭스는 그녀가 말에서 내리는 걸 도와주고, 같이 온 농부를 떠나보낸 뒤, 오두막으로 그녀를 안내했습니다. 그와 아버지 간에 잠깐씩 대화가 오갔고, 젊은 낯선 이가 노인의 발치에 무릎을 꿇더니 그의 손에 입을 맞추었습니다. 하지만 노인은 그녀를 일으켜 세우더니 다정하게 안아주었습니다.

낯선 여인은 분명한 소리로 말하고 자신만의 언어를 가진 듯 보였지만, 가족들은 여인의 말을 알아듣지 못하는 것 같았고, 여인 또한 가족들의 말을 이해하지 못하는 듯 보였습니다. 그래서인지 그들은 내가 이해할 수 없는 몸짓을 많이 사용했어요. 어쨌든 그녀의 존재는 태양이 새벽안개를 흩어놓듯이 가족들의 슬픔을 몰아내고 집 안 전체에 기쁨을 널리 퍼트리는 것 같았습니다. 그중에서도 펠릭스는 유독 행복해하며 기쁨의 미소로 아라비아인을 환영했습니다. 늘 친절한 아가사는 사랑스러운 낯선 이의 손에 입을 맞추고 자기 오빠를 가리켰습니다. 아마도 그녀가 오기 전까지 오빠가 많이 슬퍼하고 있었다고 말하는 듯했어요. 몇 시간이 지나도록 그들의 얼굴엔 기쁨이 가득했습니다. 나로서는 도대체 그 이유를 알 수 없었지만요. 나는 낯선 여인이 가족들의 말을 반복해서 따라 하는 걸 보고, 그녀가 그들의 언어를 배우기 위해 열심이라는 걸 알게 되었습니다. 그 모습을 보니 나 역시 같은 방법을 써봐야겠다는 생각이 들었습니다. 낯선 여인은 첫 수업에서 약 스무 개 정도의 단어를 배웠습니다. 대부분은 나도 이미 알고 있는 것이었기에 나머지 몇 개만 새로 배울 수 있었습니다.

밤이 되자 아가사와 아라비아인은 빨리 잠자리에 들었습니다. 펠릭스는 자러 들어가는 낯선 여인의 손에 입을 맞추고는 "잘 자요, 사랑하는 사피"라고 하더군요. 그는 아버지와 대화를 나누며 늦게까지 깨어 있었습니다. 그녀의 이름이 종종 반복되는 걸로 보아 두 사람의 대화 주제는 그 사랑스러운 손님인 걸 알 수 있었습니다. 나는 대화를 이해하고 싶은 마음이 간절하여 갖은 노력을 다 했지만 그건 완전히 불가능하더군요.

다음 날 아침 펠릭스는 일을 하러 나갔습니다. 아가사가 평소 하던 일을 끝내놓은 시간, 아라비아인은 노인의 발치에 앉아 그의 기타를 들고 황홀할 정도로 아름다운 음악을 연주했습니다. 그걸 듣자, 내 눈에서는 슬픔의 눈물과 기쁨의 눈물이 동시에 터져 나왔어요. 그녀는 노래도 불렀습니다. 그녀의 목소리는 숲속 꾀꼬리처럼 커지기도 하고 작아지기도 하면서 풍부한 리듬 속에 흘러갔습니다.

노래를 끝낸 그녀는 아가사에게 기타를 건넸어요. 아가사는 처음에는 거절하더니 간단한 가락을 연주했습니다. 아가사는 부드러운 목소리로 노래도 곁들였지만, 낯선 여인의 경이로운 선율과는 차이가 있었습니다. 노인이 마음에 들었는지 무어라 말하자, 아가사는 그 말을 사피에게 설명하기 위해 애를 썼습니다. 그녀가 음악을 통해 자신에게 엄청난 기쁨을 안겨주었다는 말을 표현하고 싶었던 것 같습니다.

예전처럼 평화로운 나날들이 지나갔습니다. 내 친구들의 얼굴에 슬픔 대신 기쁨이 자리 잡았다는 것이 유일한 변화였습니다. 사피는 언제나 명랑하고 행복했어요. 그녀와 나는 언어에 대한 지식이 급속도로 향상되었습니다. 그래서 두 달 만에 가족들이 하는 말을 대부분 이해할 수 있게 되었습니다.

한편 검은 땅에는 초록 풀이 뒤덮였고, 강둑에는 보기도 좋고 향기도 좋은 꽃이 셀 수 없이 피어났습니다. 달 밝은 숲 사이로 희미한 별빛이 비쳤고, 햇볕은 나날이 따뜻해졌습니다. 밤은 청명하고 아늑했지요. 나의 밤 산책은 내게 최고의 기쁨이었습니다. 해가 늦게 지고 빨리 뜨는 바람에 그 시간이 상당히 줄어들긴 했지만요. 그 대신 나는 낮 동안에는 절대 밖으로 나가는 모험을 하지 않았어요. 이전에 처음 갔던 마을에서 당했던 대접을 또 당할까 봐 너무 무서웠기 때문입니다.

나는 언어를 더욱 빠르게 통달하기 위하여 세심한 주의를 기울이며 살았습니다. 나는 아라비아인보다 훨씬 빠르게 성장했다고 자랑할 수 있을 정도가 되었습니다. 그녀는 다른 사람의 말을 잘 이해하지도 못하고 발음도 좋지 않았지만, 나는 그들이 하는 말을 대부분 이해하고 흉내 낼 수 있었거든요.

나는 말하는 능력을 키우는 동시에 낯선 이가 공부하는 걸 보면서 글자의 원리도 깨치게 되었습니다. 글자를 알게 되자 눈앞에 놀랍고도 즐거운 넓은 세상이 펼쳐지더군요.

펠릭스가 사피에게 가르쳐주는 책은 볼니가 쓴 《제국의 몰락》이었습니다. 펠릭스가 이 책을 읽으며 아주 세세하게 설명해주지 않았더라면, 나는 이 책의 전반적인 내용을 이해하지 못했을 겁니다. 그는 이 책의 웅변조 문체가 동양의 작가들을 모방한 것이기에 이걸 선택했다고 했습니다. 이걸 읽는 과정을 통해 나는 역사에 대한 피상적인 지식, 현재 세상에 존재하는 몇몇 제국에 대한 견해를 얻게 되었습니다. 지구상에 있는 다른 나라들의 방식, 통치 체제, 종교에 대해서도 통찰력을 갖게 되었지요. 나는 아시아인들의 나태함, 고대 그리스인들의 어마어마한 천재성과 정신 활동, 고대 로마인들의 전쟁과 놀라운 미덕, 그 후에 이어진 타락, 강력한 제국의 쇠퇴, 기사도, 기독교, 여러 왕에 대해 들었습니다. 아메리카 대륙의 발견에 대한 이야기도 들었고, 그곳 원주민들의 불행한 운명을 두고 사피와 함께 울기도 했습니다.

이 멋진 이야기들은 내게 이상한 감정을 불러일으켰습니다. 한때 강력하고, 고결하고, 대단한 사람이 어떻게 그토록 잔인하고 비열해질 수 있는 걸까요? 인간이란 어떨 때는 악마의 자손처럼 보이다가도 또 어떨 때는 고귀한 신과 같은 존재로 여겨질 수도 있었습니다. 위대하고 고결한 사람이 되는 것은 세심한 존재에게 닥칠 수 있는 가장 훌륭한 영광인 것으로 보였습니다. 반면 잔인하고 비열한 사람이 되는 것은, 수많은 기록에서도 알 수 있듯이 가장 낮은 단계로의 타락이었습니다. 눈먼 두더지나 악의 없는 벌레보다 더 비참한 상태가 되는 것이지요. 난 오랫동안 인간이 어떻게 동료를 죽일 수 있는지, 심지어 법과 정부가 있는 상태에서도 왜 그런 짓을 저지르는지 이해가 되지 않았습니다. 하지만 범죄와 학살에 대한 세세한 내용까지 다 듣고 나자, 나의 경외감은 다 사라지고 혐오와 증오만 느끼게 되었습니다.

오두막에서 나누는 모든 대화는 내게 새로운 경이로움을 전해주었습니다. 나는 펠릭스가 아라비아인에게 해주는 설명을 들으며 인간 사회의 이상한 체계에 대해 알게 되었습니다. 재산의 분배, 과한 부와 비참한 가난, 계급, 혈통, 고귀한 가문에 대해 들었습니다.

그러다 보니 나에 대해 돌아보게 되었어요. 인간들이 가장 존경하는 소유물은 부와 결합한 높고 순수한 혈통임을 알게 되었습니다. 이런 장점 중 한 가지만 가지고 있으면 존경을 받게 되지만, 단 하나도 갖고 있지 않으면 매우 드문 몇몇 사례를 제외하고는, 모두 부랑자, 노예로 취급받고, 선택받은 소수의 이득을 위해 자기 능력을 허비해야 하더군요! 그럼 나는 무엇이었을까요? 나는 나의 창조,

나의 창조주에 대해 아는 것이 아무것도 없었습니다. 하지만 내게 돈, 친구, 어떤 종류의 재산도 없다는 건 잘 알고 있었습니다. 게다가 나는 소름 끼칠 만큼 기형적이고 혐오스러웠어요. 나는 보통의 인간과 크게 달랐습니다. 나는 인간보다 더 민첩하고 더 거친 음식을 먹고도 살아갈 수 있었습니다. 극도의 열과 추위도 큰 부상 없이 견딜 수 있었습니다. 나의 체격은 인간보다 월등했지요. 주위를 둘러봐도 나 같은 존재는 듣지도 보지도 못했습니다. 그럼 나는 괴물인 걸까요? 모두 나를 버리고 도망갈 수밖에 없는 이 세상의 오점일까요?

내가 이런 생각 때문에 얼마나 고통을 받았는지 다 설명할 수가 없을 정도입니다. 나는 이런 생각을 떨쳐내려고 노력했지만, 지식이 늘어날수록 슬픔도 점점 커졌습니다. 오, 차라리 배고픔, 갈증, 더위 말고는 아무것도 느끼지도 못하고, 아무것도 알지 못하는 채로 원래 그 숲에 남아 있었어야 했던 걸까요!

지식이란 참으로 이상한 성질이 있었습니다! 마치 바위에 붙은 이끼처럼 한 번 마음속에 들어오면 마음을 떠나지 않으니까요. 나는 때때로 모든 생각과 감정을 떨쳐내고 싶었습니다. 하지만 고통의 감각을 극복할 수 있는 수단은 단 하나뿐이며, 그것은 죽음이라는 것을 알게 되었습니다. 내게 죽음이란 두렵기는 하지만 이해할 수 없는 상태였지만요. 나는 오두막 사람들의 미덕과 선의를 존경했고 온화한 태도와 다정한 성격을 사랑했습니다. 하지만 나는 그들과의 교류를 차단당했습니다. 그들 눈에 띄지 않고 존재도 숨긴 채 나 혼자 몰래 지켜볼 수만 있었습니다. 그러나 이 방법은 그들과 어울리고 싶다는 욕구를 충족시키기보다 오히려 욕구를 부추기기만 했습니다. 아가사의 부드러운 말투, 매력적인 아라비아인의 생기 있는 미소는 나를 위한 것이 아니었습니다. 노인의 온화한 설교, 사랑에 빠진 펠릭스의 생기 있는 대화도 나를 위한 것이 아니었습니다. 나는 그저 딱하고 불행한 비참한 존재였어요!

새로운 가르침은 내게 훨씬 더 깊은 인상을 남겼습니다. 나는 성별의 차이, 아이들의 탄생과 성장에 대해 들었습니다. 또한 아버지가 아기의 미소 또는 좀 더 큰 아이들의 재미있는 농담에 어떻게 맹목적인 사랑을 품게 되는지, 어머니의 모든 삶과 관심사가 어떻게 소중한 책임으로만 가득한지, 어린아이의 마음이 형제, 자매, 그 외 유대관계로 묶인 다른 모든 관계 속에서 어떻게 확장되고 지식을 얻는지 듣게 되었습니다.

그럼 나의 친구와 친척은 어디 있는 건가요? 나의 어린 시절을 지켜본 아버지는 존재하지 않습니다. 미소 지으며 나를 쓰다듬던 어머니도 없었습니다. 있었다고 해도 나의 모든 과거는 이제 아무것도 구별하지 못하는 오점이자 빈자리였습니다. 나의 초창기 기억을 떠올려보면 나는 그때도 지금처럼 키도 크고 체격이 컸습니다. 나와 닮은 존재, 나와 관계가 있을 것 같은 존재는 한 번도 본 적이 없어요. 나는 뭘까요? 이 질문이 되살아났고 거기에 대해서는 신음 소리로밖에 대답할 수가 없었습니다.

이제 이런 감정이 어떻게 변해갔는지 설명해드리겠습니다. 하지만 그 전에 오두막 사람들 이야기로 다시 돌아가죠. 그들의 이야기는 분개, 기쁨, 놀라움 등 다양한 감정으로 나를 흥분시킵니다. 하지만 결국엔 내 보호자들(나는 그들을 이렇게 부를 정도로 사랑했습니다. 순진하고 어느 정도 고통스러운 자기기만에 빠진 것이긴 했지만요)에 대한 사랑과 숭배로 끝이 나고 맙니다.

14장

어느 정도 시간이 흐르고 나서야 나는 친구들의 과거를 알게 되었습니다. 그것은 내 마음에 깊은 인상을 남길 수밖에 없는 내용이었습니다. 여러 상황에서 펼쳐지는 이야기들이 나처럼 경험 없는 사람에게는 제각기 너무나 흥미롭고 재미있는 것들이었지요.

노인의 이름은 드 라시였습니다. 그는 프랑스 좋은 집안의 후손이었습니다. 프랑스에서 윗사람들의 존경과 동년배들의 사랑을 받으며 오랫동안 부유하게 살았다고 합니다. 아들 펠릭스는 커서 나랏일을 하게 되었고, 아가사는 아주 뛰어난 여성들과 어깨를 겨루게 되었습니다. 내가 이곳에 도착하기 몇 달 전만 해도 그들은 파리라고 불리는 크고 화려한 도시에서 친구들에 둘러싸여 살았습니다. 적당한 부와 더불어 미덕, 세련된 지성, 취향이 허락하는 한 모든 즐거움을 다 누리며 살았습니다.

그들이 파멸하게 된 원인은 사피의 아버지였습니다. 그는 튀르키예 상인으로 파리에 오랫동안 거주하고 있었는데, 나는 알지 못하는 어떤 이유로 정부의 비난을 받게 되었습니다. 그는 사피가 콘스탄티노플에서 파리에 온 바로 다음 날 체포되어 감옥에 끌려가게 되었습니다. 그가 받은 벌이 부당하다는 것은 너무나 명백했습니다. 모든 파리 시민이 분개했고, 그가 비난받는 이유는 범죄 때문이라기보다는 그의 종교와 부 때문이라고 판단했습니다.

펠릭스는 우연히 재판에 참석하게 되었고, 법정에서의 판결을 듣고 공포와 분노를 참을 수가 없었습니다. 그는 곧바로 그를 지켜야겠다고 근엄한 맹세를 하고 방법을 찾아보았습니다. 감옥에 들어가려는 시도를 여러 번 했지만, 몇 차례 허탕을 친 그는 보초를 서는 사람이 없는 쪽에서 단단하게 창살이 쳐진 창을 발견했습니다. 이 창을 통해 사슬에 묶인 채 잔혹한 사형 집행을 기다리고 있는 불쌍한 이슬람교도의 지하 감옥으로 빛이 들어가고 있었습니다. 펠릭스는 밤에 다시 이곳을 찾아와, 감옥 안에 있는 사람에게 그가 무슨 일을 하려는 건지 알려주었습니다. 놀랍고도 기뻤던 튀르키예인은 큰 보상을 해주겠다는 약속으로 그의 열정에 불을 지피려고 노력했습니다. 펠릭스는 그의 제안을 무시하며 거절했지만, 아버지를 만나기 위해 온 사랑스러운 사피가 고마움을 표현하는 몸짓을 보자마자 마음을 바꿔 먹었습니다. 이 죄수에게는 자신의 노력과 위험을 모두 보상해줄 귀중한 보물이 있다는 걸 신경 쓰지 않을 수가 없었던 거지요.

튀르키예인은 펠릭스가 자기 딸을 마음에 들어 한다는 걸 바로 눈치채고, 자신을 안전한 곳으로 옮겨주기만 하면 곧바로 딸과 결혼을 시켜주겠다며 자신의 이익을 위해 그를 놓치지 않으려 애썼습니다. 펠릭스는 너무 고상한 사람이라 이런 제안을 받아들일 수 없었지만, 이 일이 성공하면 자기 행복도 완성될 수 있으리라 기대하게 되었습니다.

이후 며칠 동안 상인의 탈출을 위한 준비가 진행되고 있었습니다. 이 사랑스러운 소녀는 프랑스어를 아는 아버지 하인의 도움을 받아 자기가 사랑하는 남자의 언어로 자기 생각을 표현했습니다. 그리고 펠릭스는 그녀에게서 받은 몇 장의 편지에 감명받고 더 열정적으로 이 일에 매달렸지요. 그녀는 자신의 아버지를 위한 그의 노고에 대해 가장 열정적인 말로 감사를 표현했습니다. 동시에 자신의 운명에 대해 조용히 한탄했지요.

펠릭스와 아가사가 그 편지를 종종 읽었기 때문에 나도 이 편지를 받아 적은 게 있습니다. 돼지우리에 지내면서 글씨를 쓸 수단도 발견했고요. 떠나기 전에 당신께 드리지요. 내 이야기가 사실이라는 걸 증명해줄 겁니다. 하지만 지금은 이미 해가 지기 시작했으니까 그 내용만 알려드리려 합니다.

사피는 자신의 어머니가 기독교를 믿는 아랍인으로 튀르키예인에게 붙잡혀 와 노예가 되었다고 말했습니다. 그리고 미모가 뛰어난 덕에 사피 아버지의 마음을 빼앗았다고 합니다. 어린 소녀는 자신의 어머니에 대해 고상하고 열정적인 말투로 이야기했습니다. 어머니는 자유의 몸으로 태어났기에 지금 자신이 처한 노예라는 신분에 눈 하나 꿈쩍하지 않았습니다. 그녀는 자기 딸에게 기독교 교리를 알려주었고, 무하마드의 여성 추종자들에게는 금지되어 있던 독립 정신과 뛰어난 지적 능력을 품으라고 가르쳤습니다. 이 여인은 세상을 떠났지만, 그녀의 가르침은 사피의 마음에 영원히 기억되었지요. 그러다 보니 사피는 다시 아시아로 돌아가 하렘에 박혀 살아야 한다는 생각에 진저리가 났습니다. 이미 원대한 생각과 미덕을 쌓으려는 고귀한 경쟁에 익숙해져버린 영혼에는 유치한 재미만 허락된 곳이 어울리지 않았던 것입니다. 기독교인과 결혼하여 여자들의 사회적 지위가 인정되는 나라에 남는 것이 그녀에게는 더 매력적으로 느껴졌습니다.

튀르키예인의 처형 날짜는 정해졌지만, 바로 그 전날 밤 그는 감옥에서 탈출하여 아침이 되기도 전에 이미 파리에서 몇 킬로미터 떨어진 곳으로 달아났습니다. 펠릭스는 자기 아버지, 여동생, 자신의 이름으로 여권도 구해놓았습니다. 그는 아버지에게 미리 자신의 계획을 알렸고, 아버지는 여행을 가는 척 집을 나와 딸과 함께 파리의 후미진 곳에 몸을 숨김으로써 아들을 도와주었습니다.

펠릭스는 리옹에서 몽스니를 가로질러 레그혼까지 도망을 쳤고, 그곳에서 상인은 튀르키예 영토로 넘어갈 좋은 기회를 기다려 보기로 했습니다.

사피는 아버지가 출발할 때까지 같이 남기로 결심했습니다. 튀르키예인은 자기 딸을 펠릭스와 결혼시키겠다는 약속을 거듭 강조했기에, 펠릭스 역시 그날을 기대하며 그들과 남기로 했습니다. 그러는 동안에 펠릭스는 사피와 어울렸습니다. 사피는 가장 소박하면서도 가장 상냥한 애정을 그에게 표현했지요. 둘은 통역사를 통해 서로 대화를 나누었습니다. 때로는 표정만으로도 서로를 이해할 수 있었습니다. 사피는 자기 나라의 아주 멋진 곡조를 불러주기도 했습니다.

튀르키예 상인은 두 사람의 친밀한 관계를 허락해주었고 젊은 연인의 희망을 응원했습니다. 그러면서도 마음으로는 전혀 다른 계획을 꾸미고 있었습니다. 그는 자기 딸이 기독교인과 결혼하는 게 싫었어요. 하지만 미적지근한 모습을 보이면 펠릭스가 화를 낼까 무서웠습니다. 자신이 아직도 펠릭스의 영향력 안에 있다는 걸 알고 있었으니까요. 펠릭스가 그를 배신하고 이탈리아 정부에 지금 사는 곳을 알릴 수도 있으니 말입니다. 그는 더 이상 그를 속일 필요가 없을 때까지 지금의 상태를 유지하고 있다가 출발할 때 딸을 몰래 데리고 가려고 은밀히 수많은 계획을 세웠습니다. 그의 계획은 파리에서 전해진 소식 때문에 더 수월해졌습니다.

프랑스 정부는 자기들 죄수가 탈출한 것에 극도로 분노했고, 무슨 수를 써서라도 중간에서 탈출을 도운 자를 체포하여 벌을 내리겠다고 했습니다. 펠릭스의 음모는 금방 발각되었고, 드 라시와 아가사는 감옥에 잡혀 들어갔습니다. 이 소식을 접한 펠릭스는 기쁜 단꿈에서 깨어나게 되었습니다. 자신은 사랑하는 여인과 만나며 자유로운 공기를 즐기고 있는 동안, 눈멀고 나이 많은 아버지와 상냥한 여동생은 역겨운 지하 감옥에 누워 있었으니까요. 그는 얼른 튀르키예인과 약속을 정리했습니다. 자신이 다시 이탈리아로 돌아오기 전에 튀르키예로 도망칠 기회가 생긴다면, 사피는 레그혼에 있는 수녀원에 남겨두기로 말이죠. 그렇게 하여 펠릭스는 사랑하는 아라비아 여인을 남겨두고 서둘러 파리로 떠났습니다. 그리고 드 라시와 아가사가 풀려나길 바라면서 자수했습니다.

하지만 그의 계획은 성공하지 못했습니다. 그들은 재판이 열릴 때까지 5개월 동안이나 감옥에 갇혀 있어야 했습니다. 그리고 재산을 모두 빼앗긴 채 영영 고국에서 추방당하게 되었습니다.

그들은 독일에 있는 오두막을 피난처 삼아 살게 되었습니다. 그리고 거기서 내가 그들을 발견한 거죠. 펠릭스는 곧 튀르키예인이 배신했다는 걸 알았습니다. 이 배신자는 펠릭스와 그의 가족들이 자기를 위해 전례 없는 억압을 겪었는데도 그가 가난과 몰락을 맞이하게 되었다는 소식을 듣자마자 그의 호의와 명예를 다 저버리고 딸과 함께 이탈리아를 떠나버린 것입니다. 게다가 앞으로 생계 유지에 사용하라며 펠릭스에게 돈 몇 푼을 보내준 무례한 행동도 서슴지 않았습니다.

펠릭스에게 이런 사건들이 닥쳤던 탓에 내가 처음 그를 보았을 때 가족 중에 제일 불행해 보였던 것입니다. 그는, 가난은 견딜 수 있었습니다. 좋은 일을 하려다가 이런 고통을 겪게 된 것이기에 이 고통도 영광스럽게 생각했습니다. 하지만 튀르키예인의 배은망덕함, 그리고 사랑하는 사피와의 이별은 회복이 힘들 정도로 괴로운 불행이었습니다. 그러던 중 사피가 이곳에 와주어 그의 영혼은 새로운 생명력을 얻게 되었습니다.

펠릭스가 부와 명예를 빼앗겼다는 소식이 레그혼에 퍼지자, 상인은 자기 딸에게 연인 생각은 그만하고 고국으로 돌아갈 준비를 하라고 명령했습니다. 원래 사피는 마음씨가 착했지만, 이 명령에 무척 화가 났습니다. 그녀는 아버지를 설득해보려 했지만, 아버지는 포악한 지시만 되풀이하면서 화를 내며 나가버렸지요.

며칠 후 튀르키예인은 딸의 숙소로 들어오더니 레그혼에 있는 거주지 위치가 누설되어 곧 프랑스 정부에 인도될 수도 있다고 말했습니다. 그는 결국 콘스탄티노플로 자신을 옮겨줄 선박을 마련하여 몇 시간 안으로 출발할 예정이었습니다. 그는 믿을 만한 부하의 보호 아래 딸을 레그혼에 남겨두고, 그곳에 아직 도착하지 않은 상당량의 재산을 챙겨서 뒤따라오라고 할 예정이었습니다.

사피는 혼자 남게 되자 이 위급 상황에서 자신이 따라야 할 행동의 계획을 세웠습니다. 튀르키예에서 사는 건 너무나 싫었거든요. 자신의 종교와 생각이 그곳과 맞지 않는 것 같았습니다. 그녀는 아버지가 남기고 간 서류를 통해 연인의 망명 이야기를 알게 되었고 그가 지금 지내고 있는 곳의 지명도 알아냈습니다. 그녀는 잠시 망설였지만 결국 목적지를 정했습니다. 그녀는 약간의 보석과 돈을 챙겨서 튀르키예 말을 할 줄 아는 레그혼 출신의 안내원과 함께 이탈리아를 떠나 독일로 향했습니다.

그녀는 드 라시의 오두막에서 97킬로미터 정도 떨어진 마을에 안전하게 도착했습니다. 그런데 안내원이 심각한 병에 걸리고 말았습니다. 사피는 헌신적으로 그녀를 간호했지만 불쌍한 소녀는 죽고 말았고, 사피는 혼자 남았습니다. 이 나라의 언어도 모르고, 이곳의 관습도 전혀 알지 못한 채 말이죠. 하지만 그녀는 좋은 사람들을 만나게 되었습니다. 이탈리아인 안내원이 언젠가 목적지의 이름을 말한 적이 있는데, 그들이 지내던 곳에 사는 여인이 그걸 기억해두었다가 사피가 연인의 오두막에 안전하게 도착할 수 있도록 도와주었던 것입니다.

15장

사랑하는 오두막 사람들의 이야기는 여기까지입니다. 이 이야기는 내게 깊은 감동을 주었습니다. 나는 사회생활의 관점에서 그들의 미덕에 감탄할 줄 알게 되었고 인류의 악덕을 비난할 수 있게 되었습니다.

그때까지 나는 범죄를 나와 거리가 먼 악으로 생각했습니다. 내 눈앞에는 자애로움과 관대함이 늘 존재했으니까요. 그리고 나 자신도 훌륭한 자질을 뽐낼 수 있는 주인공이 되어보고 싶다는 욕망을 품게 되었습니다. 하지만 내 지적 능력이 향상된 것에 관해 설명하려면 같은 해 8월이 시작되며 일어났던 상황을 빼놓을 수 없습니다.

어느 밤 나는 평소처럼 근처 숲에 가서 내 먹을 것을 찾고 보호자들을 위한 땔감을 줍고 있었습니다. 그러다 땅바닥에서 가죽으로 만든 큰 가죽가방을 발견했어요. 안에 옷 몇 벌과 책 몇 권이 들어 있더군요. 나는 얼른 그걸 주워다가 내 돼지우리로 돌아왔습니다. 운 좋게도 그 책은 내가 돼지우리에서 익혔던 것과 같은 언어로 적혀 있었고, 제목은 '실낙원', '플루타르크 영웅전', '젊은 베르테르의 슬픔'이었습니다. 이 보물 같은 책을 손에 넣게 되어 너무나도 기뻤습니다. 친구들이 일상적인 일을 하는 동안, 나는 끊임없이 이 책을 읽으며 정신을 가다듬었습니다.

이 책들의 영향력에 대해서는 말로 설명하기가 힘듭니다. 그것들은 내게 새로운 이미지와 감정을 무한대로 펼쳐 보여주었습니다. 때로는 황홀할 정도로 기분이 좋아졌어요. 하지만 때때로 가장 밑바닥까지 실의에 빠질 때도 있었습니다.《젊은 베르테르의 슬픔》에는 단순하고도 충격적인 이야기에 대한 흥미 말고도 너무나 많은 견해가 드러나 있었습니다. 이 책이 그때까지 내가 모호하게 생각했던 것들에 밝은 빛을 비춰준 덕분에 그 안에서 끊임없는 사색의 원천과 놀라움의 원천을 발견할 수 있었습니다. 이 책에는 온화하고 가정적인 태도 그리고 자기 자신 이외의 대상을 향한 고상한 정서와 감정이 잘 결합하여 묘사되어 있었습니다. 이는 보호자들에게서 내가 경험한 점, 그리고 내 가슴속에 영원히 살아 있는 나의 욕구와 잘 어울렸습니다. 하지만 베르테르는 내가 지금껏 보거나 상상했던 그 누구보다 신성한 존재라는 생각이 들었습니다. 그의 성격엔 조금의 허세도 없지만 무겁게 가라앉는 특징이 있었습니다. 죽음과 자살에 대한 고찰은 나를 놀라움으로 가득 채웠습니다. 내가 죽음과 자살에 대해 뭐라 아는 척을 할 수는 없지만 나는 이 영웅의 의견에 마음이 기울었고 그가 죽자, 그 의미를 정확히 이해하지도 못한 채 눈물을 흘렸습니다.

하지만 책을 읽으며 나는 내 감정과 상황에 많은 것을 적용하게 되었습니다. 나는 나 자신이 책 속 등장인물과 비슷하면서도 또 어떨 때는 이상할 정도로 다르다는 걸 알게 되었습니다. 나는 그들에 대해 공감하고 부분적으로 이해했지만, 마음이 그들만큼 충분히 발달하지 못한 상태였습니다. 나는 그 누구에게도 의지하지 않았고 그 누구와도 연관되지 않았습니다. '내가 떠나는 길은 자유로웠고' 나의 죽음에 슬퍼할 이도 아무도 없었습니다. 내 모습은 흉측했고 내 체격은 거대했습니다. 이게 무슨 의미일까요? 나는 누구일까요? 나는 무엇이었을까요? 난 어디에서 왔을까요? 나의 목적지는 어디인가요? 이런 질문들이 끊임없이 솟아 나왔지만, 나는 해결할 수가 없었습니다.

《플루타르크 영웅전》은 고대 공화국의 최초 설립자에 관한 이야기가 담겨 있었습니다. 이 책은《젊은 베르테르의 슬픔》과는 또 확연히 다른 영향을 주었습니다. 나는 베르테르의 상상력에서 낙담과 우울을 배웠지만, 플루타르크는 고상한 생각을 가르쳐주었습니다. 비참한 내 상황을 초월하여 과거의 영웅들을 존경하고 사랑할 수 있게 만들어주었습니다. 많은 내용이 나의 이해와 경험을 뛰어넘었습니다. 나는 왕국, 넓은 국토, 힘찬 강, 끝도 없는 바다 같은 것들에 대해 매우 분명치 않은 지식을 갖고 있었습니다. 마을이나 많은 사람의 집합체도 전혀 알지 못하는 것이었지요. 내 보호자들의 오두막이 내가 인간 본성을 연구할 수 있는 유일한 학교였으니까요. 하지만 이 책에는 더 새롭고 더 강력한 활동 무대가 많이 등장했습니다. 공적인 일에 종사하면서 다른 인간을 통치하거나 학살하는 사람의 이야기도 읽었습니다. 내 마음속에, 미덕에 대한 강력한 열정과 악덕에 대한 혐오가 자라나는 것을 느꼈습니다. 나는 그 용어의 의미가 상대적임을 알고 있기에 기쁨과 고통에 적용하여 이해했습니다. 이런 감정에 이끌려 나는 평화로운 입법자들, 누마(로마의 2대 왕-역주), 솔론(고대 그리스의 정치가-역주), 리쿠르고스(고대 스파르타의 입법자-역주), 누구보다도 로물루스(로마의 초대왕-역주)와 테세우스(그리스 신화 속 아테네 영웅-역주)를 존경하게 되었습니다. 내 보호자들의 존경스러운 삶 덕분에 나도 이런 인상을 마음속에 계속 품을 수 있었습니다. 만약 내가 처음으로 만난 사람이 명예와 대량 학살을 극도로 좋아하는 군인이었다면 나 역시 다른 감정으로 가득 채워졌을 것입니다.

그러나 《실낙원》은 완전히 새롭고 훨씬 깊은 감정을 자극했습니다. 나는 내 손에 들어온 다른 책들과 마찬가지로 이것도 진실한 역사책이라고 생각하며 읽었습니다. 전지전능한 신이 자기 피조물과 싸우는 장면은 놀라움과 경외심을 일깨웠습니다. 나는 몇몇 장면들이 내 상황과 비슷하다는 생각을 종종 했습니다. 아담과 마찬가지로 나 역시 다른 그 어떤 존재와도 아무런 연관성 없이 단절되어 있으니까요. 하지만 그의 상태는 모든 측면에서 나와 매우 달랐습니다. 그는 신의 손에서 완벽한 존재로 만들어졌고, 창조주의 특별한 관심과 보호를 받으며 행복하게 번영했습니다. 그는 우월한 본성을 가진 존재와 대화를 나누고 그로부터 지식을 습득할 수 있었습니다. 하지만 나는 비참하고, 무력했으며, 혼자였습니다. 나는 오히려 내 상태에 더 잘 어울리는 상징은 사탄이 아닐까, 생각할 때가 많았습니다. 내 보호자들의 행복한 모습을 보고 있을 때면 나도 사탄처럼 지독한 질투심이 솟구칠 때가 자주 있었기 때문입니다.

이런 감정을 더욱 확고하게 만드는 상황들이 더 있었습니다. 나는 돼지우리에 도착하고 얼마 안 돼 당신의 실험실에서 걸치고 온 옷 주머니에서 종이 몇 장을 발견했습니다. 처음엔 그저 무시했었지만, 지금은 거기 쓰여 있는 글자를 해독할 수 있게 되었기에 그걸 열심히 해석하기 시작했습니다. 그건 당신이 나를 창조하기 넉 달 전에 썼던 일기였어요. 당신은 작업의 과정을 단계마다 기록해 놓았더군요. 집에서 일어나는 일에 관한 이야기도 섞여 있었습니다. 당신도 분명 그 종이를 기억하겠지요. 바로 여기 있습니다. 그 안에는 내 저주받은 기원에 관련된 것들이 모두 적혀 있었습니다. 내가 만들어지기까지의 혐오스러운 환경에 대한 모든 세세한 정보가 드러났습니다. 내 끔찍하고 추악한 외모에 대한 세세한 설명은 당신 자신의 공포를 표현하고 있었고, 그걸 읽은 나의 공포 또한 지울 수 없는 것이 되었습니다. 글을 읽다 보니 역겨워지더군요.

"내가 생명을 받은 날을 증오해!"

나는 괴로워하며 소리쳤습니다.

"저주받은 내 창조자!"

왜 당신마저 역겨워 고개를 돌릴 정도로 나를 끔찍한 괴물의 형태로 만든 것입니까? 신은 인간을 불쌍히 여겨 자기 모습을 닮은 아름답고 매력적인 모습을 만들어냈습니다. 그런데 왜 나는 지독하게도 추악한 모습인 건가요, 그 무엇도 닮지 않은 끔찍한 모습인 건가요. 사탄에게도 동료가 있습니다. 자기를 존경하고 응원해주는 친구 악마들이 있습니다. 그러나 나는 나 혼자입니다. 그리고 모두가 나를 혐오합니다.

이는 나의 낙담과 고독의 시간을 반영하는 것이었습니다. 하지만 오두막 사람들의 미덕, 그들의 상냥하고 자애로운 성격을 생각하면서 나 자신을 설득했습니다. 내가 그들의 미덕을 존경한다는 걸 그들도 알게 된다면 나의 기형적인 모습은 못 본 체하고 나를 동정해줄 수도 있을 테니까요. 아무리 괴물이라 해도 그들에게 연민과 우정을 간청하는 자를 돌려보낼 수 있을까요? 나는 절망하지 않기로 했습니다. 그 대신 나의 운명을 결정지을 첫 만남에 철저히 대비하기로 했습니다. 나는 만남의 시도를 몇 달 연기하기로 했습니다. 성공 여부가 너무 중요한 나머지 실패하지 않을까 하는 두려움이 자꾸 커져갔기 때문입니다. 게다가 매일매일의 경험을 통해 나의 이해력이 크게 향상되었다는 것을 알게 되었기에, 몇 달 후 내가 더 현명해질 때까지 이 일을 시작하고 싶지 않았습니다.

그동안 오두막에는 몇 가지 변화가 있었습니다. 사피의 존재가 이 집 사람들에게 행복을 퍼트렸고, 집안이 훨씬 풍요로워진 것을 알 수 있었습니다. 펠릭스와 아가사는 즐기며 대화하는 것에 더 많은 시간을 썼고 집안일에 하인들의 도움을 받았습니다. 부유해 보이지는 않았지만 만족하면서 행복해하는 것 같았어요. 그들은 조용하고 평화로운 반면, 나는 날이 갈수록 점점 마음이 시끄러웠습니다. 지식이 늘어나자, 내가 얼마나 비참하게 버려진 존재인지 더 명확하게 알 수 있었거든요. 나는 희망을 품고 있었습니다, 정말입니다. 하지만 물에 비친 내 모습을 보거나 달빛에 드리운 내 그림자를 볼 때면 희망이 사라져버렸습니다. 그것들은 희미하고 불안정한 이미지일 뿐인데도 말이지요.

나는 몇 달 안에 내가 결심한 것을 실행하기 위하여 공포감을 깨부수고 용기를 내려고 노력했습니다. 그러다 보면 가끔 내 생각은 하염없이 흘러 천국의 들판을 걷게 됩니다. 상냥하고 사랑스러운 존재들이 나의 기분에 공감해주고 나의 우울함을 북돋우는 상상까지 하게 되는 것이지요. 천사 같은 그들의 얼굴에 날 향한 위로의 미소가 번지는 모습이 그려집니다. 하지만 그건 꿈일 뿐이었습니다. 그 누구도 내 슬픔을 달래주지 않았고, 내 생각에 공감해주지 않았습니다. 나는 혼자였습니다. 아담은 신에게 애원했다고 합니다. 그럼 나는 누구에게 하나요? 나의 창조주는 나를 버렸으니 나는 비통한 마음으로 그를 저주할 뿐입니다.

그렇게 가을이 흘렀습니다. 놀랍고도 슬프게도 나뭇잎이 시들어 떨어졌습니다. 자연은 내가 처음 숲과 사랑스러운 달을 보았을 때처럼 황량하고 척박한 모습이 되었습니다. 하지만 나는 적막한 날씨에는 크게 신경을 쓰지 않았습니다. 내 몸이 더위보다는 추위를 잘 견디는 편이었기 때문입니다. 하지만 꽃, 새, 명랑한 여름 풍경을 관찰하는 게 내게는 큰 기쁨이었습니다. 그래서 그런 것들이 사라지자, 나는 오두막 사람들에게 더 많은 관심을 쏟게 되었습니다. 여름이 지나갔다고 해서 그들의 행복이 줄어들지는 않았습니다. 그들은 서로를 사랑하고 서로에게 공감해주었지요. 그들의 즐거움은 서로에게 달려 있었지, 주변에서 벌어지는 사건에는 영향을 받지 않았습니다. 그들을 보는 시간이 늘어날수록, 그들의 보호와 애정에 대한 갈망은 점점 더 커졌습니다. 나의 심장은 이 상냥한 존재들에게 사랑받기를, 알려지기를 갈망했습니다. 그들이 애정을 담은 따뜻한 눈빛으로 나를 바라봐주는 것이 내가 가장 바라는 것이었습니다. 나는 그들이 내게 경멸과 공포를 느끼며 눈길을 돌리리라고는 생각도 하지 않았습니다. 그들은 오두막에 찾아온 불쌍한 사람들을 절대 내팽개치지 않았으니까요. 내가 약간의 음식이나 쉴 곳 이상의 큰 것을 바란 건 사실이었습니다. 나는 친절과 공감을 원했으니까요. 하지만 내가 그런 것들을 받을 자격이 전혀 없는 건 아니라고 믿었습니다.

겨울이 깊어졌습니다. 내가 생명을 가지고 깨어난 이후 계절의 주기가 완전히 한 바퀴 지나간 것입니다. 나의 관심사는 오로지 오두막에 사는 보호자들에게 나를 어떻게 소개할지 계획하는 데 쏠려 있었습니다. 수많은 계획을 세웠지만 결국 눈먼 노인이 집에 혼자 있을 때 들어가는 것으로 마음을 먹었습니다. 저도 바보는 아니라서, 예전에 나를 보았던 사람들의 주된 공포의 대상이 내 부자연스러운 흉측함이라는 것 정도는 알고 있었으니까요. 목소리는 걸걸하긴 하지만 그 정도로 끔찍하진 않았습니다. 그래서 자녀들이 없는 사이에 드 라시의 호의를 통해 중재를 얻을 수 있다면 어린 보호자들도 나를 너그럽게 보아주지 않을까 싶었습니다.

어느 날, 바닥에 흐트러진 낙엽에 햇빛이 비치고 쾌적함이 물씬 느껴지는 날, 사피, 아가사, 펠릭스는 따뜻한 집에서 나와 멀리 산책을 나섰습니다. 노인은 자진해서 오두막에 혼자 남았지요. 아이들이 떠나자, 노인은 기타를 들고 구슬프지만 감미로운 곡조를 몇 곡 연주했습니다. 지금까지 들었던 그의 연주 중에 가장 구슬프고 감미로운 것 같았습니다. 처음엔 그의 얼굴이 기쁨으로 빛났습니다. 하지만 연주가 이어지자 깊은 생각과 슬픔이 뒤를 이었습니다. 결국 그는 악기를 옆에 눕혀놓고 생각에 잠겼습니다.

내 심장이 빠르게 뛰었습니다. 내게 희망이 펼쳐질지 아니면 나의 공포를 실감하게 될지 시도해볼 바로 그 순간이 온 것입니다.

하인들은 근처 시장으로 가고 없었습니다. 오두막 안과 주변은 고요했지요. 완벽한 기회였습니다. 하지만 계획을 실행하려고 하니 팔다리가 떨려 그만 땅에 주저앉고 말았습니다. 나는 다시 일어나 최대한 굳은 결의를 다진 후, 내 모습을 숨기기 위해 돼지우리 앞에 막아두었던 널빤지를 치웠습니다. 신선한 공기에 활기를 되찾은 나는 다시 다짐하고 오두막 문으로 다가갔습니다.

내가 문을 두드리자, 노인이 말하더군요.

"누구신가요? 들어오세요."

난 안으로 들어가 말했습니다.

"불쑥 들어와 죄송합니다. 저는 쉴 곳을 찾고 있던 여행객입니다. 불가에서 잠시 쉬었다 갈 수 있게 해주시면 정말 감사하겠습니다."

드 라시는 말했어요.

"들어오세요. 필요한 게 있으시면 어떤 방법으로든 도와드리고 싶지만, 안타깝게도 지금 아이들이 집에 없네요. 네가 앞을 못 보는지라 먹을 것을 찾아드리기는 힘들 것 같습니다."

"걱정하지 마세요, 친절한 주인장. 저에게도 먹을 건 있습니다. 제가 필요한 건 그저 따뜻한 온기와 쉴 곳입니다."

나는 자리에 앉았습니다. 침묵이 흘렀지요. 나는 일분일초가 소중하다는 걸 알고 있었지만 어떻게 이야기를 시작할지 몰라 머뭇거리고 있었습니다. 그때 노인이 말을 걸더군요.

"말투를 보니 고향 사람인 것 같은데, 프랑스인인가요?"

"아닙니다. 하지만 프랑스 가족에게 교육받아 프랑스어밖에 할 줄 모릅니다. 내가 진심으로 사랑하는 친구들에게 보호받으러 가는 길입니다. 그들이 내게 호의를 베풀어줄 거라는 희망을 품고 말이지요."

"친구들은 독일인인가요?"

"아니요, 프랑스인입니다. 그런데 다른 이야기를 해도 되겠습니까? 난 불행하고 버려진 존재입니다. 주위를 둘러보아도 이 땅에는 친척도 친구도 없습니다. 내가 찾아가는 이 상냥한 사람들은 나를 한 번도 본 적도 없고 나에 대해 아는 것도 없습니다. 그래서 나는 공포에 떨고 있습니다. 실패하면 난 이 세상에서 홀로 버림받은 존재가 될 테니까요."

"낙담하지 마세요. 친구가 없다는 것은 정말 불행한 것입니다. 하지만 명백한 이기심으로 편견에 빠져 있는 경우가 아니라면 보통의 사람들은 형제애와 너그러움이 있으니까요. 그러니 희망을 품으세요. 이 친구들이 착하고 상냥한 이들이라면 절대 낙담할 것 없습니다."

"그들은 친절해요. 세상에서 가장 훌륭한 사람들이랍니다. 하지만 불행하게도 나에게 편견이 있습니다. 나는 마음씨가 좋고, 지금까지 누구에게도 해를 준 적 없습니다. 오히려 어느 정도 자애를 베풀었지요. 하지만 아주 심각한 편견이 그들의 눈을 흐리게 만들었습니다. 다정하고 친절한 친구를 보아야 할 때 그들의 눈에는 혐오스러운 괴물만 보이는 것이지요."

"그것참 안타깝군요. 하지만 당신이 정말로 떳떳하다면, 그들의 그릇된 생각을 깨우쳐줄 수 있지 않을까요?"

"안 그래도 그러려고 합니다. 그래서 지금 이렇게 엄청난 공포를 느끼고 있는 겁니다. 나는 이 친구들을 사랑합니다. 그리고 그들은 알지 못하게 몇 달 동안이나 매일 친절을 베풀었습니다. 하지만 그들은 내가 그들을 해치려 한다고 생각할 거예요. 내가 극복하고 싶은 편견이 바로 그겁니다."

"친구들은 어디에 사나요?"

"여기서 가까운 곳에요."

노인은 잠시 가만히 있다가 다시 말을 이어갔습니다.

"당신 이야기를 조금의 거리낌도 없이 세세하게 알려준다면, 그들이 잘못을 깨우치는 데 내가 도움을 줄 수 있을지도 모르겠습니다. 나는 눈이 멀어 당신의 얼굴을 보고 판단할 수는 없지만, 말하는 걸 들어보니 당신이 진실한 사람이라는 게 느껴집니다. 나는 가난한 망명자이지만, 어떤 식으로든 다른 사람을 도울 수 있다면 진심으로 기쁠 것 같군요."

"훌륭한 분이시군요! 정말 고맙습니다. 당신의 후한 제의를 받아들이겠습니다. 당신이 친절함으로 쓰러진 저를 일으켜 세우시는군요. 당신의 도움을 받으면 동료들에게 쫓겨나지도 않고, 공감을 받지 못하는 일도 막을 수 있으리라는 믿음이 생기는군요."

"맙소사! 당신이 정말로 죄를 지었다고 해도 그런 대우를 받으면 절망에 빠져 선한 일을 할 수 없게 될 겁니다. 나 역시 운이 나쁜 사람이에요. 나와 가족들은 무고한데도 유죄를 선고받았었습니다. 그러니 당신의 불행에 공감하지 못할 거라고 생각하지 마세요."

"어떻게 감사를 드려야 할까요, 나의 하나뿐인 최고의 후원자님? 나를 향해 친절한 말을 해준 사람은 당신이 처음입니다. 영원히 감사를 드려야 할 것 같습니다. 당신이 지금 보여주는 친절을 보니 앞으로 만나게 될 그 친구들과도 잘될 것 같은 확신이 듭니다."

"당신 친구의 이름과 사는 곳을 알 수 있을까요?"

나는 머뭇거렸습니다. 앞으로 영원히 행복을 잃게 될지, 아니면 행복을 얻게 될지 결정되는 순간이었습니다. 나는 확실히 마음을 정하고 그에게 대답하려고 애를 썼지만, 그 노력 때문에 오히려 남아 있던 힘까지 쭉 빠져버렸습니다. 나는 의자에 털썩 주저앉아 큰 소리로 흐느꼈습니다. 바로 그때 어린 보호자들의 발소리가 들렸습니다. 한시도 지체할 수 없었던 나는 노인의 손을 붙잡고 소리쳤습니다.

"바로 지금입니다! 나를 살려주세요! 보호해주세요! 당신과 당신 가족들이 내가 찾고 있는 친구들입니다. 이런 시련의 시간에 저를 버리지 말아주세요!"

"세상에, 당신 도대체 누구요?"

노인이 소리쳤습니다. 그 순간 오두막 문이 열리고, 펠릭스, 사피, 아가사가 들어왔습니다. 나를 본 그들의 공포와 놀라움을 어떻게 말로 설명할 수 있을까요? 아가사는 기절했고, 사피는 친구를 챙기지도 못한 채 오두막을 뛰쳐나갔습니다. 펠릭스는 앞으로 달려와 아버지의 무릎에 매달려 있는 나를 초인적인 힘으로 떼어내더군요. 그는 격분한 채 나를 바닥에 내동댕이치더니 막대기로 무자비하게 때렸습니다. 나는 사자가 영양의 다리를 갈가리 찢듯이 그를 찢어놓을 수도 있었지만, 꾹 참았습니다. 나는 그가 다시 막대기를 휘두르려는 순간, 고통과 괴로움에 절망한 채 오두막을 나왔습니다. 그리고 혼란스러운 틈에 돼지우리로 몰래 도망쳤습니다.

16장

    저주받은, 저주받은 창조자여! 나는 왜 살았을까요? 당신이 제멋대로 내게 내려준 존재의 불꽃을 왜 그 순간 그냥 꺼버리지 않았을까요? 나도 모르겠습니다. 아직 나는 절망에 휩싸이지 않았습니다. 오히려 분노와 복수심이 가득했습니다. 즐거운 마음으로 오두막과 그 안에 사는 사람들을 파괴해버리고, 그들의 비명 소리와 고통에 기뻐할 수 있을 것 같았습니다.

    밤이 오자 나는 돼지우리에서 나와 숲을 방황했습니다. 이제 더 이상 발각될까 봐 두려워할 것 없이 끔찍한 울부짖음으로 내 고뇌를 분출했습니다. 나는 올가미를 부수고 나온 야생 동물 같았습니다. 나는 수사슴처럼 민첩하게 숲을 뛰어다니며 내 앞을 가로막는 것들을 다 부숴버렸습니다. 오! 내가 얼마나 끔찍한 밤을 보냈는지요! 차가운 별은 조롱하듯 반짝이고 벌거벗은 나무들은 내 머리 위에서 나뭇가지를 흔들더군요. 이따금 정적을 뚫고 새들의 예쁜 목소리가 들려오기도 했습니다. 나를 제외한 모두가 쉬고 있거나 즐거워하고 있었습니다. 반면 나는 사탄처럼 내 속에 지옥을 품었습니다. 나 자신은 다른 사람에게 아무런 공감을 받지 못한다는 걸 깨달았기에, 나무를 갈기갈기 찢으며 내 주변을 모두 파괴하고 피해를 주고 싶었습니다. 그런 다음 앉아서 파괴된 것들을 보면서 즐거워하고 싶었습니다.

하지만 이것은 오래 지속되지 못할 감정의 사치였습니다. 나는 과도한 육체적 활동으로 지쳐버려서는 절망으로 인한 무력감에 빠진 채 축축한 풀밭에 쓰러졌습니다. 세상에 수많은 사람이 있지만 나를 동정해주고 나를 도와줄 사람은 아무도 없었습니다. 이런데도 내가 적을 향해 친절을 느껴야 하는 걸까요? 그럴 수 없죠. 바로 그 순간부터 나는 인간을 향한 영원한 전쟁을 선언했습니다. 무엇보다 나를 만들어낸 사람, 나를 이런 참을 수 없는 고통 속으로 떠민 사람에게 선전포고했습니다.

해가 떴습니다. 사람들의 목소리가 들려왔습니다. 나는 낮 동안에는 내 은신처로 돌아가는 게 불가능하다는 걸 알고 있었습니다. 난 어쩔 수 없이 빽빽한 덤불 속에 몸을 숨기고, 내 상황에 대해 생각해보기로 마음먹었습니다.

기분 좋은 햇살과 상쾌한 공기 덕분에 어느 정도 마음의 평온을 되찾았습니다. 그리고 오두막에서 있었던 일들을 생각해보니, 내가 너무 성급하게 결론을 내렸었다는 걸 믿지 않을 수가 없었습니다. 나는 확실히 경솔하게 행동했습니다. 내 이야기에 늙은 아버지는 관심을 보였지만 내 모습을 드러내서 그의 자식들을 두려워하게 만든 것은 나의 실수였습니다. 먼저 드 라시와 친해진 다음, 차근차근 나머지 가족들에게도 나를 드러냈어야 했습니다. 그들이 나를 맞이할 준비가 되었을 때 말이죠. 하지만 나는 내 실수가 돌이킬 수 없는 거로 생각하진 않았습니다. 오랜 고민 끝에 나는 오두막으로 돌아가 노인을 찾은 뒤 충분한 설명을 통해 그를 내 편으로 만들어야겠다고 결심했습니다.

이런 생각을 하다 보니 마음이 가라앉아, 오후가 되자 나는 깊은 잠에 빠져들었습니다. 하지만 뜨거운 혈기 때문인지 평화로운 꿈을 꾸지는 못했습니다. 전날의 끔찍한 장면이 계속 눈앞에서 펼쳐졌습니다. 여자들은 달아나고 격분한 펠릭스는 아버지에게서 나를 떼어냈지요. 잔뜩 지친 채 잠에서 깨어났더니 벌써 밤이 되었더군요. 나는 은신처에서 기어 나와 먹을 걸 찾았습니다.

허기가 채워지자, 나는 오두막으로 이어지는 익숙한 길로 발걸음을 옮겼습니다. 그곳은 아주 평화롭더군요. 나는 돼지우리로 기어 들어가 가족들이 깨어나는 익숙한 시간이 될 때까지 조용히 기다렸습니다. 시간이 흐르고 해가 하늘 높이 떠올랐는데도, 오두막 사람들은 코빼기도 보이지 않았어요. 끔찍한 불행이 닥쳤음을 깨달은 나는 미친 듯이 몸을 떨었습니다. 오두막 안은 캄캄했고 인기척도 없더군요. 이 고통스러운 긴장감을 말로 표현할 수가 없네요.

곧 시골 사람 두 명이 지나갔습니다. 그들은 오두막 근처에서 잠시 멈춰 서서는 격렬한 몸짓을 써가며 대화했습니다. 나는 그들이 하는 말을 이해할 수 없었습니다. 그들은 그 나라 언어를 사용했는데, 그 언어는 내 보호자들의 언어와 달랐기 때문입니다. 그러나 잠시 후 펠릭스가 다른 남자와 함께 나타났습니다. 그날 아침 펠릭스가 오두막을 나가지 않았다는 것을 알고 있었기에 상당히 놀랐지만, 나는 그의 대화를 통해 평소 같지 않은 행동의 의미를 알아내려고 초조하게 기다렸습니다.

같이 온 사람이 펠릭스에게 말하더군요.

"석 달 치 집세도 내야 하고 텃밭의 농산물도 포기해야 한다는 것 알고 계신 거죠? 나는 부당한 이득을 취하고 싶지 않아요. 며칠 기다리면서 좀 더 고민해보길 바랍니다."

"아무 상관 없습니다. 저희는 절대 이 오두막에 다시 들어갈 생각이 없으니까요. 내가 말했던 위급한 상황 때문에 아버지의 목숨이 심각한 위험에 빠질 뻔했습니다. 나의 아내와 누이도 절대 그때의 공포를 극복하지 못할 겁니다. 부디 더 이상 저를 설득하지 말아주십시오. 집을 돌려드릴 테니 당장 여기서 떠나게 해주세요."

펠릭스는 이 이야기를 하며 심하게 떨었습니다. 두 사람은 오두막에 들어가서 몇 분 동안 시간을 보내더니 곧바로 다시 나왔습니다. 펠릭스 외에 드 라시 가족은 아무도 보이지 않았습니다.

나는 완전히 절망적인 상태가 되어 그날 내내 돼지우리 안에서 시간을 보냈습니다. 나의 보호자들은 나를 떠났습니다. 나와 세상을 연결해주는 유일한 연결 고리가 부러진 것입니다. 처음으로 복수와 증오심이 내 가슴을 가득 채웠습니다. 그리고 그런 감정을 통제하려고 애쓰지 않았습니다. 오히려 그 흐름에 몸을 맡기고 사람들을 해치고 죽이는 쪽으로 마음을 굽혔습니다. 그러나 내 친구들, 드 라시의 부드러운 목소리, 아가사의 온화한 눈빛, 아라비아인의 독특한 아름다움 같은 것들을 떠올리면, 이런 생각은 사라지고 말았습니다. 눈물을 펑펑 쏟고 나면 마음이 어느 정도 누그러지는 것도 같았습니다. 하지만 또다시 그들이 나를 버리고 떠난 걸 생각하면 분노가 차올랐습니다. 화가 치밀었지만, 사람을 해칠 수는 없었기에 대신 생명이 없는 물건에 화풀이했습니다. 밤이 오자 나는 오두막 주변에다가 온갖 불에 잘 타는 물질을 갖다 놓았습니다. 그리고 텃밭에 자라고 있는 농작물들을 모조리 죽여 버린 후, 달이 져서 나의 작전을 시작할 수 있을 때까지 억지로 참고 기다렸습니다.

밤이 깊어질수록 숲에서 거센 바람이 불어와 하늘에 떠 있던 구름이 급히 흩어졌습니다. 강력한 산사태처럼 돌풍이 불어왔고, 그 바람은 내 마음속에 일종의 광기를 불러일으켰습니다. 이성과 반성의 모든 경계가 붕괴한 것입니다. 나는 마른 나뭇가지에 불을 붙이고 그토록 사랑했던 오두막 주위를 돌며 격렬하게 춤을 추었습니다. 나의 눈은 여전히 서쪽 지평선에 고정되어 있었습니다. 땅 끄트머리로 달이 거의 지려고 하고 있더군요. 마침내 동그란 달 일부가 지평선 너머로 사라지자, 나는 불붙은 나뭇가지를 흔들었습니다. 나는 크게 소리를 지르며 내가 미리 모아두었던 짚, 잡초, 덤불에 불을 지폈습니다. 바람이 부채질하자 오두막은 순식간에 불길에 휩싸였습니다. 오두막에 달라붙은 불은 끝이 갈라진 파괴적인 혀를 날름거렸습니다.

이제 무슨 수를 써도 오두막을 구할 수 없다는 확신이 들자마자 나는 그곳을 떠나 숲속으로 은신처를 찾아 나섰습니다.

그 순간, 내 앞에는 넓은 세상이 펼쳐져 있지만, 내 발걸음은 어디로 향해야 하는 것일까요? 나는 내 불행의 장소에서 멀리 달아나기로 마음먹었습니다. 하지만 미움과 경멸의 대상인 나로서는 어느 나라를 가도 똑같이 끔찍할 게 뻔했습니다. 마침내 당신의 생각이 떠올랐습니다. 당신이 쓴 글을 통해 나는 당신이 내 아버지, 창조자라는 것을 알고 있었습니다. 나에게 생명을 준 사람보다 더 적합한 사람이 어디에 있을까요? 펠릭스가 사피에게 가르쳐준 것들 중에는 지리학도 있었습니다. 나는 그 수업을 통해 주변 나라들의 상대적인 위치를 알고 있었습니다. 당신이 고향으로 제네바를 언급했기에 나는 그곳으로 가보자고 결심했습니다.

그러나 어떻게 찾아가야 하는 걸까요? 목적지에 다다르려면 남쪽으로 가야 한다는 것은 알고 있었기에 태양만이 나의 유일한 안내자였습니다. 나는 내가 지나는 마을의 이름도 알지 못했고 그 누구에게도 물어볼 수가 없었습니다. 나는 당신에게 증오심 말고는 그 어떤 감정도 품지 못했지만 내가 도움을 구할 수 있는 상대는 당신뿐이었습니다. 냉정하고 무정한 창조자여! 당신은 내게 지각과 열정을 부여해주고는 사람들의 경멸과 공포의 대상이 되도록 나를 내몰았습니다. 하지만 내가 동정과 보상을 요구할 수 있는 상대는 오로지 당신뿐이었기에, 내가 헛되이 다른 인간에게서 얻고자 했던 정의를 당신에게서 얻기로 했습니다.

나의 여정은 길었고 내가 견뎌야 하는 고통은 심각했습니다. 내가 오랫동안 살았던 지역을 떠난 것은 늦가을이었습니다. 나는 사람들과 얼굴을 마주치는 게 두려워 밤에만 이동했습니다. 주변 자연은 황폐했고 태양은 점점 열기를 잃어갔습니다. 눈비가 쏟아지고, 거센 강물이 얼고, 땅 표면은 단단하고 차가우며 풀도 자라지 않아 은신처를 찾을 수가 없었습니다. 젠장! 내 존재 이유에 대해 얼마나 자주 저주를 퍼부었던지! 내 본성에 있던 온화함은 모조리 사라지고, 내게는 오로지 분개와 비통함만이 남았습니다. 당신이 사는 곳에 더 가까워질수록, 내 마음속에 불타는 복수심은 더 깊어졌습니다. 눈이 내리고 물이 얼었지만, 나는 쉴 수가 없었어요.

몇 가지 사건을 겪으며 나는 길을 찾아갔고 그 나라의 지도도 손에 넣게 되었습니다. 하지만 지도가 있어도 자주 길을 잃었지요. 나는 마음이 너무 괴로워 쉴 수가 없었습니다. 무슨 일이 일어나도 나의 분노와 고통은 잠잠해지지 않았습니다. 그러던 중 해가 점점 온기를 찾아가고 땅이 다시 초록빛으로 물들기 시작할 무렵, 스위스 국경 지대에 도착했을 때 일어난 사건은 내 비통함과 참혹함을 더욱 확고히 해주었습니다.

나는 보통 사람들의 눈을 피해 낮 동안 휴식을 취하고 밤이 되어 안전해졌을 때만 이동했습니다. 그러다 어느 날 아침 깊은 숲속 길을 발견하고는 해가 떠올랐는데도 용기를 내어 여행을 계속하기로 했습니다. 봄이 시작되던 시기였기에 햇살은 따뜻하고 공기는 향기로워 힘이 나더군요. 오래전에 사라진 줄 알았던 온화함과 즐거움의 감정이 다시 느껴졌습니다. 새삼 이런 감정들이 생겨난 게 놀라워, 나는 그 감정에 자연스레 몸을 맡기고 나의 고독과 신체적 결함은 깜빡 잊고 말았습니다. 감히 행복해하고 있었던 겁니다. 부드러운 눈물이 내 뺨을 적셨습니다. 나는 내게 이러한 기쁨을 선사해주시는 신성한 태양을 향해 젖은 눈으로 고개를 들어 감사를 표했습니다.

나는 구불구불 숲길을 계속 걷다 결국 숲의 경계에 다다랐습니다. 그곳은 깊고 유속이 빠른 강에 둘러싸여 있었는데 봄이 되어 새싹이 돋아난 나뭇가지가 강 쪽으로 휘어져 있었습니다. 나는 어떤 길로 가야 하는 건지 정확히 알 수 없어 잠시 멈춰 섰습니다. 그러다 사람 목소리가 들려 나는 곧바로 사이프러스 나무 그늘 밑에 몸을 숨겼습니다. 겁에 질려 숨어 있는데 어린 소녀가 장난으로 누군가에게서 달아나는 듯, 웃으며 내 앞을 달려가더군요. 그녀는 깎아지른 듯한 강 옆을 따라 계속 달렸습니다. 그러다 갑자기 발이 미끄러지며 급류에 빠지고 말았지요. 나는 숨어 있던 곳에서 달려나가, 거친 물살 속에서 힘겹게 그녀를 구해낸 후 물가로 끌고 나왔습니다. 그녀는 의식이 없었기에 나는 그녀를 깨어나게 하려고 온갖 방법을 다 동원하고 있었습니다. 그때 갑자기 시골 청년이 나타났습니다. 이 소녀와 장난을 치고 있던 사람인 듯했습니다. 그는 나를 보자마자 곧바로 달려들어 그녀에게서 나를 떼어내더니 갑자기 숲속으로 뛰어 들어갔습니다. 나도 급히 그를 쫓아갔습니다. 왜 그랬는지는 모르겠어요. 잠시 후 남자는 내가 다가가는 걸 보더니 가지고 있던 총을 꺼내 나를 쏘았습니다. 나는 그대로 땅에 쓰러졌고, 나를 해친 그 남자는 더 빠르게 숲으로 도망쳤습니다.

자애를 베풀고 받은 보상이 이런 것이라니요! 죽을 뻔한 사람을 구해주었는데, 살과 뼈가 으스러지는 상처로 끔찍한 고통을 겪는 것이 그 보상이라니요. 조금 전 내가 품었던 친절함과 온화함의 감정은 치가 떨리는 지독한 분노에 자리를 내주었습니다. 고통 때문에 격앙된 나는 모든 인간을 향해 끝없는 증오와 복수를 다짐했습니다. 하지만 상처의 통증이 너무 심한 나머지 나는 맥박이 멎으며 실신하고 말았습니다.

몇 주 동안 상처를 치료하느라 애를 쓰며 숲에서 끔찍한 시간을 보냈습니다. 동그란 공 모양 물체가 내 어깨로 들어갔는데, 그것이 거기에 남아 있는지 통과했는지 알 수가 없었습니다. 어쨌든 그걸 꺼낼 방도도 없었고요. 그들이 은혜도 모르고 부당한 공격을 했다는 답답한 심정 때문에 나의 고통은 더욱 심해졌습니다. 나는 날마다 복수를 다짐했습니다. 더 심각하고 치명적인 복수, 내가 겪었던 분노와 괴로움을 다 되갚아줄 수 있는 복수를요.

몇 주 후 상처가 나은 후 나는 다시 여정을 이어갔습니다. 너무 끔찍한 고통을 겪은 후라 밝은 태양과 온화한 봄바람 같은 것들로는 더 이상 기분이 나아지지 않았습니다. 세상 모든 기쁨은 나의 고독한 상태를 모욕하는 조롱일 뿐이었습니다. 내가 그런 기쁨을 즐길 만한 존재가 아님을 더욱 고통스럽게 깨닫게 했죠.

하지만 나의 고생도 끝을 맺을 때가 다가왔습니다. 이때부터 두 달 후 나는 제네바 근교에 도착했습니다.

그곳에 도착하니 저녁이더군요. 나는 도시를 둘러싸고 있는 들판 속 은신처에 몸을 숨긴 후, 당신에게 어떤 태도로 다가가야 할지 고민했습니다. 나는 피로와 굶주림에 짓눌려 있었습니다. 그리고 너무 기분이 좋지 않아 부드러운 저녁 바람이나 거대한 쥐라산 너머로 지는 석양 같은 것을 즐길 여유가 없었습니다.

잠시 잠을 자니 그나마 고통스러운 생각에서 벗어날 수 있었습니다. 그런데 어느 예쁜 어린이가 다가오는 바람에 나는 잠에서 깨어났습니다. 그 아이는 아이 특유의 명랑한 모습으로 내가 선택한 은신처 쪽으로 달려오더군요. 그 아이를 보자마자 갑자기 그런 생각이 들었습니다. 이 조그만 아이는 아직 편견이란 게 없고, 기형적인 외모의 공포를 이해하기에는 너무 어린 게 아닐까, 하고요. 그래서 내가 이 아이를 데려다가 내 친구이자 동료로 잘 교육하면, 나도 사람 사는 이 땅에서 외롭지 않을 수 있겠다 싶었지요.

이 충동에 휩싸인 나는 지나가던 아이를 붙잡아 내 쪽으로 끌어당겼습니다. 아이는 내 외모를 보자마자 두 손으로 눈을 가리고 새된 비명을 질렀습니다. 나는 그의 손을 거칠게 떼어내며 말했습니다.

"아이야, 왜 비명을 지르는 거지? 난 너를 해치려고 하는 게 아니야. 내 말을 들어봐."

아이는 격렬하게 반항했습니다.

"놔줘! 이 괴물아, 못생긴 악마! 날 잡아먹으려는 거지? 날 갈기갈기 찢어놓으려는 거지? 넌 사람을 잡아먹는 거인이야. 날 나줘, 안 그러면 아빠한테 말할 거야."

"아이야, 너는 다시는 네 아빠를 볼 수 없어. 나와 함께 가야 하니까."

"끔찍한 괴물아, 놔줘. 우리 아빠는 지방 행정 장관이야. 프랑켄슈타인 씨라고. 아빠가 널 혼내줄 거야. 감히 날 데려갈 순 없어."

"프랑켄슈타인이라니! 그렇다면 너는 나의 적과 한패구나. 내가 영원한 복수를 다짐한 원수와 관련 있는 사람이구나. 그럼 너를 내 최초의 희생자로 만들어주마."

아이는 계속 몸부림을 치며 내 가슴에 절망감을 안겨주는 욕설을 퍼부었습니다. 나는 그를 조용히 시키기 위해 목을 꽉 잡았습니다. 그리고 잠시 후 아이는 죽은 채 내 발밑에 누워 있었습니다.

나는 내 희생자를 바라보았습니다. 벅찬 기쁨과 지독한 승리감에 가슴이 부풀어 올랐습니다. 나는 손뼉을 치며 소리쳤죠.

"나 역시 그를 비참하게 만들 수 있어. 나의 원수도 상처라는 걸 받겠지. 이 죽음이 그에게 절망감을 안겨줄 거야. 앞으로 그에게 셀 수 없이 많은 고통을 안겨주고 그를 파괴해버릴 거야."

그 아이를 빤히 보고 있는데 가슴팍에 뭔가 반짝이는 게 보이더군요. 들어서 보니 너무나 아름다운 여인의 초상화였습니다. 마음속에 원한을 품고 있었는데도 그 모습이 내 마음을 끌어당기고 나를 누그러뜨렸습니다. 나는 잠시 그녀의 까만 눈, 긴 속눈썹, 사랑스러운 입술을 보며 기쁨에 잠겼습니다. 그러다 곧 분노가 다시 찾아왔습니다. 나는 그렇게 아름다운 존재로부터 받을 수 있는 기쁨을 영영 빼앗겼다는 게 생각났거든요. 내가 이렇게 바라보고 있는 초상화의 주인공도 나를 보게 되면 신성한 자비심 대신 혐오와 공포를 표현하게 될 테니까요.

그런 생각을 하다가 분노했다는 게 신기한가요? 나는 오히려 바로 그 순간 절규와 고통으로 내 감정을 분출하지 않은 것이 신기합니다. 적어도 인간들에게 달려가 그들을 파괴하려고 시도하다 비명횡사하지는 않았으니까요.

난 이런 감정에 휩싸인 채 살인을 저지른 장소를 떠나 더 외딴 은둔 장소를 찾아 헤맸습니다. 그러다 비어 있는 것처럼 보이는 헛간을 발견하고 들어갔지요. 안에는 한 여자가 짚을 깔고 자고 있었습니다. 어린 여자는 초상화 속 주인공만큼 아름답지는 않았지만 상냥해 보였고, 젊음과 건강함으로 어여쁨을 뽐내고 있었습니다. 나는 또 생각했지요. 이 소녀 역시 오로지 나를 제외한 모든 사람에게 기쁨을 주는 미소를 지어줄 거라는 생각을요. 그래서 나는 몸을 숙여 그녀의 귀에 속삭였습니다.

"일어나요, 아름다운 아가씨. 당신의 연인이 가까이 있어요. 당신에게서 단 한 번이라도 애정 어린 시선을 받을 수만 있다면 기꺼이 목숨이라도 내놓을 사람이지요. 내 사랑, 일어나요!"

소녀는 몸을 뒤척였습니다. 오싹한 전율이 온몸에 흘렀습니다.

정말로 그녀가 깨서 나를 본다면 내게 저주를 퍼부으며 살인자라고 비난할까요? 그녀가 눈을 뜨고 나를 본다면 정말 그렇게 할 게 분명했습니다. 그 생각이 나를 미치게 했어요. 내 안의 악마가 꿈틀거렸습니다. 내가 아닌 그녀가 고통을 겪게 할 겁니다. 나는 그녀가 내게 줄 수 있는 것을 영원히 박탈당했기 때문에 살인을 저지른 거였습니다. 그러니 그녀가 속죄해야 했습니다. 범죄의 원인은 그녀에게 있었습니다. 그러니 그녀가 벌을 받아야 했습니다! 펠릭스의 가르침과 인간의 잔인한 법 덕분에, 나는 장난치는 법을 알게 되었습니다. 나는 그녀에게 다가가 그녀의 드레스 주름 사이에 초상화를 몰래 넣어두었습니다. 그녀가 뒤척이자, 나는 달아났습니다.

며칠간 나는 언젠가 이 일이 벌어졌던 장소 주변을 떠돌았습니다. 때로는 당신을 보게 될 거라는 희망을 품었고, 때로는 이 세상과 그 고통을 영원히 끝내버려야겠다고 다짐했습니다. 마침내 나는 이 산맥으로 발걸음을 옮겼고, 당신만이 만족시킬 수 있는 불타는 열정에 사로잡혀, 산속 수많은 후미진 지역을 헤매며 살았습니다. 당신이 내 요구를 들어주겠다고 약속하기 전까지 나는 당신을 놓아주지 않을 겁니다. 나는 외롭고 고통스럽습니다. 사람들은 나와 어울리려 하지 않습니다. 그러나 나처럼 흉측하고 무서운 사람이 있다면 나를 거부하지 않겠지요. 나의 동료는 나와 같은 종류여야 하고 나와 같은 결함을 가지고 있어야 합니다. 당신이 그 존재를 만들어줘야겠습니다.

17장

그는 말을 멈추고 내 대답을 기대하며 나를 빤히 쳐다보았습니다. 하지만 나는 어리둥절하고 당황스러워 내 생각을 제대로 정리할 수가 없었기에 그의 제의도 완전히 이해할 수가 없었습니다. 그가 이야기를 이어갔습니다.

"당신이 나를 위해 여자를 만들어줘야겠습니다. 서로 동정하며 살아갈 수 있게 말이에요. 당신만이 그걸 할 수 있습니다. 내게는 그럴 권리가 있습니다. 당신은 내 요구를 거부해선 안 됩니다."

그의 이야기 후반부는 오두막 사람들과의 평화로운 생활을 이야기하는 동안 사그라들었던 나의 화에 다시 불을 붙였습니다. 그런 데다 그가 이런 소리까지 하자 나는 더 이상 타오르는 분노를 억누를 수가 없었습니다.

"거절하겠다."

나는 대답했습니다.

"네가 아무리 고문해도 내게서 동의를 구해낼 순 없을 거야. 네가 나를 가장 불행한 사람으로 만들 수 있을지는 모르겠지만, 비도덕적인 사람으로 만들진 못할 거야. 내가 너 같은 존재를 하나 더 만들어내면 둘의 사악함이 합쳐져 이 세상을 파괴해버릴지도 몰라. 그러니 썩 꺼져! 이미 대답은 했다. 나를 고문한다 해도 나는 절대 동의하지 않을 거야."

악마가 대답했습니다.

"당신은 틀렸습니다. 나는 당신을 협박하는 대신 설득하는 것으로 만족합니다. 내가 악의를 품는 것은 내가 비참하기 때문입니다. 나는 모든 인간에게 따돌림당하고 미움을 받지 않습니까? 나의 창조자인 당신은 나를 갈기갈기 찢어 승리를 얻을 수도 있을 겁니다. 그걸 기억하세요. 그리고 그가 나를 불쌍히 여기지 않는데 나는 왜 그를 불쌍히 여겨야 하는지 그 이유를 알려주십시오. 당신은 나를 저 얼음 틈으로 몰아넣고, 당신 손으로 만든 작품인 나를 파괴해버려도 그걸 살인이라고 말하지 않을 겁니다. 그런데 나를 비난하는 사람을 왜 나는 존경해야 하나요? 다른 사람과 친절을 나누며 살아갈 수 있게 해주면, 나는 그의 수락에 감사의 눈물을 흘리며 그에게 줄 수 있는 모든 혜택을 다 줄 겁니다. 하지만 그렇게 될 수 없겠죠. 인간의 감각이 우리 결합의 극복할 수 없는 장애물이니까요. 나는 비굴한 노예 상태에 굴복하지 않을 겁니다. 나는 내가 상처 입은 만큼 복수할 겁니다. 사랑을 불러일으킬 수 없다면 공포를 만들어낼 겁니다. 특히나 나의 최대 적, 당신을 향해서요. 왜냐하면 내 창조자인 당신을 향해 끝없는 증오를 맹세했으니까요. 조심하십시오. 나는 당신의 파멸을 위해 일할 겁니다. 그리고 당신의 탄생을 저주하게 될 정도로 멈추지 않고 당신의 심장을 황폐하게 만들 겁니다."

그는 사악한 분노에 휩싸여 이 말을 쏟아냈습니다. 그의 얼굴은 인간이 차마 눈 뜨고 보기 힘들 정도로 흉하게 일그러졌습니다. 하지만 그는 곧 진정하고 이야기를 이어갔습니다.

"나는 논리적으로 생각하려 했습니다. 이런 격정이 나에게 해로우니까요. 당신이 이 격정의 원인이라는 걸 당신 스스로 모르고 있고요. 그 누구라도 내게 자애의 감정을 가져준다면 나는 그에게 백 배, 천 배로 보답할 것입니다. 그 한 명을 위해서 나는 모든 인간과 화해할 수도 있습니다. 그래봤자 이건 실현될 수 없는 행복한 꿈이겠지요. 내가 당신에게 요구하는 것은 합당하고 적당합니다. 내가 요구하는 것은 다른 성별의 존재, 하지만 나만큼 흉측한 존재입니다. 만족감은 작겠지만 그것이 내가 가질 수 있는 전부이기에 거기에 만족할 겁니다. 정말이에요. 우리는 세상과 단절된 괴물들이 될 겁니다. 대신 그 때문에 우리끼리는 더 애착을 갖게 되겠죠. 우리의 삶은 행복하진 않을 겁니다. 하지만 남에게 해를 끼치지 않을 것이고 지금 내가 느끼는 고통에서 자유로울 것입니다. 오! 나의 창조자여, 나를 행복하게 해주십시오. 단 한 가지 혜택에 대해서라도 당신에게 감사함을 느끼게 해주십시오. 내가 다른 존재에게 공감을 불러일으키는 모습을 보게 해주십시오. 내 요구를 거절하지 말아요!"

나는 마음이 흔들렸습니다. 내가 동의했을 때 일어날 수 있는 결과를 생각하자 떨리긴 했지만, 그의 주장에 어느 정도 일리가 있다고 느꼈습니다. 그의 이야기와 지금 그가 표현한 감정은 그가 훌륭한 존재라는 증거가 되어주었습니다. 그리고 그의 창조자로서 나도 그의 행복에 책임이 있지 않겠습니까? 내 감정이 변화하는 걸 눈치챈 그가 이야기를 이어갔습니다.

"당신이 내 요구에 동의한다면, 앞으로 당신에게든 그 어떤 사람에게든 절대 눈에 띄지 않고 살겠습니다. 남아메리카의 광활한 야생으로 갈 겁니다. 내가 먹는 건 사람이 먹는 것과 달라요. 나는 내 식욕을 채우기 위해 어린 양이나 어린아이를 죽이지 않습니다. 도토리와 산딸기면 충분히 영양을 섭취할 수 있어요. 내 배우자도 나와 같은 본성을 가졌을 테니 내가 먹는 음식에 만족할 겁니다. 우리는 마른 나뭇가지를 깔고 잘 거예요. 햇살은 인간을 비추듯 우리도 비출 것이고 우리의 먹을 것을 익게 해주겠지요. 내가 당신에게 제시하는 계획은 평화롭고 인간적입니다. 이 제안을 거절하는 것은 당신의 무자비한 권력욕과 잔혹함을 드러내는 일임을 알아야 합니다. 이제껏 당신은 내게 인정사정없는 모습을 보여왔지만, 지금 당신 눈에선 연민이 보입니다. 이 기회를 놓치지 않고 당신을 설득하는 것이니 부디 내가 간절히 원하는 것을 허락해주세요."

"그러니까 사람들이 사는 곳을 떠나 짐승들이 유일한 동료가 되어줄 야생에서 살겠다는 뜻이냐? 오랫동안 사람들의 사랑과 동정을 갈구하던 네가 어떻게 그런 망명생활을 견딜 수 있겠느냐? 너는 다시 돌아와서 친절함을 요청하다 결국 다시 혐오에 맞닥뜨릴 거야. 그러면 너의 악한 감정이 되살아날 테고, 네 배우자까지 너를 도와 파멸에 동참하겠지. 그럴 순 없으니 이 이야기는 관두자. 난 동의할 수 없어."

"어찌 이리 감정이 변덕스러운가요! 조금 전만 해도 나의 설명에 감동하더니, 왜 다시 내 불평에 마음을 닫아버린 건가요? 내가 살고 있는 이 땅과 나를 만들어낸 당신을 걸고 맹세합니다. 당신이 만들어준 내 배우자와 함께 나는 인간을 떠나 살 거예요. 그것도 가장 황량한 곳에서요. 나를 동정해주는 사람을 만났으니, 나의 악한 감정도 사라지겠지요! 나의 인생은 잔잔하게 흘러갈 겁니다. 죽는 순간에도 절대 나의 창조자에게 저주를 내리지 않을 겁니다."

그의 말이 내게 묘한 영향을 끼쳤습니다. 나는 그를 동정하게 되었고 때로는 그를 위로하고 싶은 생각까지 들었습니다. 하지만 지독하게도 흉측한 괴물이 움직이고 말하는 모습을 보자 속이 메스꺼워졌고 나의 감정은 다시 공포와 증오로 바뀌어버렸습니다. 나는 이 감정을 억누르려 애썼습니다. 내가 비록 그를 동정하지는 못한다 해도, 내가 그에게 줄 수 있는 작은 행복까지도 주지 않을 권리는 없다고 생각했습니다.

"해를 끼치지 않겠다고 맹세해. 하지만 넌 이미 내가 널 불신하는 게 당연할 정도로 엄청난 악의를 보여주지 않았어? 이마저도 속임수인 건 아닐까? 복수를 위한 기회를 더 많이 만들어 승리의 기회를 더 늘리려는 거지."

"뭐 하는 건가요? 실없는 말로 날 희롱하지 말고 대답을 해주십시오. 나에게 유대감과 애정이 없다면 증오와 범죄를 저지를지도 모르겠습니다. 하지만 다른 이의 사랑이 내 범죄 욕구를 없애줄 겁니다. 아무도 나의 존재를 알지 못하는 그런 존재가 될 겁니다. 나의 악덕은 내가 혐오하는 강제적인 고독 때문에 생겨난 것입니다. 나와 같은 존재와 교감하며 살아가면 반드시 선한 마음이 생겨날 것입니다. 나는 섬세한 상대에게서 애정을 느낄 것이고, 지금은 배제된 존재와 사건들에서 새로운 연결 고리를 찾게 될 것입니다."

나는 잠시 그가 했던 말과 그가 제기한 주장을 모두 생각해보는 시간을 가졌습니다. 나는 그가 처음 탄생했을 때 착한 존재가 될 수도 있었던 가능성에 대해 생각했습니다. 그 후 보호자들이 그에게 보여주었던 혐오와 경멸 때문에 그의 친절한 감정이 모두 망쳐진 것도 생각했습니다. 그가 가진 힘과 위협적인 모습에 대해서도 빼놓지 않고 고민했습니다. 빙하로 둘러싸인 얼음 동굴에서 생존할 수 있고, 추적을 피해 사람이 접근할 수 없는 절벽에 몸을 숨길 수 있는 존재라면 인간이 대항하려 해보았자 소용없는 엄청난 능력의 소유자겠지요. 나는 오랜 고민 끝에 그의 요구를 들어주는 것이 그 자신뿐만 아니라 다른 인간들을 위해서도 옳은 일이라는 결론을 내렸습니다. 그리하여 나는 그를 보며 말했습니다.

 "너의 요구에 응하겠다. 너와 함께 망명을 떠날 여자를 네 손에 안겨주자마자, 영원히 이 유럽, 인간이 살고 있는 모든 장소를 떠나겠다고 엄숙한 맹세를 하길 바란다."

 "맹세합니다."

 그가 소리쳤습니다.

 "태양과 푸른 하늘, 내 마음을 태우는 사랑의 불꽃을 걸고 맹세합니다. 당신이 내 기도를 허락한다면, 저것들이 존재하는 한 다시는 당신 눈에 띄지 않겠습니다. 어서 집으로 돌아가 작업을 시작하십시오. 이루 말로 할 수 없는 초조한 마음으로 진행 과정을 지켜볼 것입니다. 두려워하지는 마세요. 당신이 준비될 때까지는 눈앞에 나타나지 않을 거니까요."

 그는 이렇게 말하고는 곧장 사라졌습니다. 혹시나 내 감정에 변화가 생기지나 않을까 두려워서 그랬던 것 같습니다. 그는 하늘을 나는 독수리보다 더 빠른 속도로 산에서 내려가더니, 파도치는 얼음 바닷속으로 사라졌습니다.

그의 이야기를 듣다 보니 하루가 꼬박 흘렀습니다. 어느덧 지는 해가 지평선 끝자락에 걸려 있었습니다. 곧 어둠이 몰려올 것이므로 서둘러 계곡으로 내려가야 한다는 걸 알고 있었습니다. 하지만 마음이 너무 무거워 발걸음이 느려졌습니다. 그날의 사건들이 만들어낸 감정 때문에 마음이 복잡한 나머지, 구불구불한 좁은 산길을 내려오면서 차근차근 발을 내딛는 것조차 힘이 들었습니다. 한밤중이 되어서야 나는 중간쯤 있는 휴게소에 도착하여 샘물 옆에 자리를 잡을 수 있었습니다. 구름이 흘러가면 그 뒤에 숨어 있던 별들이 반짝이며 모습을 드러냈습니다. 시커먼 소나무가 눈앞에 높이 솟아 있었고요. 땅에는 이곳저곳 부서진 나무가 널려 있었습니다. 놀랍도록 엄숙한 장면에 마음속에 이상한 생각들이 떠올랐습니다. 나는 두 손을 꼭 맞잡고 울부짖었습니다.

"오! 별과 구름과 바람아, 모두 나를 조롱하는 것 같구나. 정말로 나를 동정한다면 내 감각과 기억을 모두 없애버려다오. 그저 무의 상태가 되게 해다오. 그럴 수 없다면 떠나라. 떠나서 날 어둠 속에 혼자 남겨다오."

난폭하고 끔찍한 생각이었지요. 그러나 어떻게 설명해야 할지 모르겠지만 끊임없이 반짝이는 별이 나를 짓누르는 것 같았습니다. 불어오는 돌풍이 모두 나를 집어삼키려고 오는 것 같아 바람소리에 귀를 기울일 수밖에 없었습니다.

동이 튼 후 난 샤모니 마을에 도착했습니다. 하지만 쉬지도 않고 곧바로 제네바로 돌아갔습니다. 마음속으로도 내 감정을 뭐라 표현할 수가 없었습니다. 마치 산과 같은 무게로 나를 짓눌렀기에 나는 고통마저 느낄 수가 없었습니다. 집으로 돌아온 나는 가족들과 만났습니다. 나의 초췌하고 흐트러진 모습에 가족들은 상당히 놀란 것 같았지만, 나는 아무런 대답도 하지 않았습니다. 아예 말을 거의 하지 않았습니다. 나는 금지령을 받은 것 같은 기분이었습니다. 그들에게 동정을 요구할 권리도 없는 것 같은, 더 이상 그들과 가까이 지내서도 안 될 것 같은 느낌이 들었습니다. 그러나 나는 그들을 사랑했고 그들을 구하고 싶었기에, 내가 가장 혐오하는 일에 전념해야겠다고 다짐했습니다. 앞으로 그 일을 해야 한다고 생각하니 주변 모든 상황이 꿈처럼 흘러가는 듯했고, 오직 그 생각만이 실제 현실인 것처럼 느껴졌습니다.

18장

    제네바로 돌아온 후 여러 날, 여러 주가 흘렀습니다만 나는 내 일을 시작할 용기를 내지 못했습니다. 실망한 괴물의 복수가 두려 웠지만 내가 해야 할 일에 대한 반감을 극복할 수가 없었습니다. 나는 또다시 몇 달 동안 심오한 연구와 힘든 조사에 전념하지 않으 면 여자를 만들어내지 못하리라는 것을 깨달았습니다. 나는 잉글 랜드 철학자들이 어떤 발견을 해내었다는 소식을 들었습니다. 나 의 성공을 위해서는 그에 대한 지식이 꼭 필요했기에, 나는 그 목 적으로 잉글랜드를 방문하기 위하여 아버지의 허락을 얻어야겠다 는 생각을 종종 했습니다. 그러나 나는 어떻게든 그 일을 미루려고 하면서 첫발을 내딛는 걸 꺼렸습니다. 누군가에는 꼭 필요한 일일 지 모르겠지만 내게는 그 정도로 중요한 일이 아닌 것처럼 보이기 시작했거든요. 사실 내게는 큰 변화가 있었습니다. 그때까지 많이 약해졌던 건강이 상당히 회복되었고, 불행한 약속에 대한 기억에 서 벗어나자, 기분도 덩달아 좋아졌습니다. 아버지는 이런 변화를 기쁘게 바라보았고, 남아 있는 나의 우울감을 뿌리 뽑을 최선책을 찾기 위해 고민했습니다. 햇살을 집어삼키는 시커먼 어둠처럼 이따금 발작처럼 우울함이 찾아왔기 때문입니다. 그럴 때마다 나는 철저한 고독 속으로 도피했습니다. 혼자 호수에서 작은 배를 타며 조용하고 무기력하게 며칠을 보냈습니다. 흘러가는 구름을 보고 일렁이는 물결에 귀를 기울이면서요. 하지만 신선한 공기와 밝은 태양은 어김없이 나의 평정을 되찾아줬습니다. 다시 원상태로 돌아오면 친구들은 더 준비된 미소와 유쾌한 마음으로 나를 맞아주었습니다.

또 한 차례 우울을 겪고 다시 돌아왔을 때, 아버지가 나를 곁으로 부르더니 이렇게 말했습니다.

"사랑하는 아들아, 네가 예전의 즐거움을 되찾고 네 본래 모습으로 돌아오고 있는 것 같아 기쁘구나. 하지만 아직도 너는 여전히 불행하고 여전히 우리를 피하는 것 같아. 한동안은 이러는 이유를 추측해보려 해도 알 수가 없었는데, 어제 갑자기 생각이 떠올랐다. 만약 내가 생각한 게 맞다면 그렇다고 말해주길 바란다. 그런 걸 숨겨봤자 소용도 없을뿐더러 우리 모두에게 엄청난 고통만 초래할 거야."

나는 아버지의 말에 심하게 몸을 떨었습니다. 아버지가 계속 말을 이어갔습니다.

"아들아, 고백하건대 나는 언제나 네가 사랑하는 엘리자베스와 결혼하길 기다려왔다. 그러면 우리 가정도 편안할 거고 나의 말년도 편하지 않겠니. 둘은 아주 어렸을 때부터 서로 매우 좋아했어. 공부도 같이했고, 성향과 취향도 서로 잘 맞는 것 같더구나. 그러나 사람의 경험이 너무 맹목적이라, 내 계획에 가장 도움이 될 거라고 생각했던 것이 오히려 계획을 망가뜨린 것 같아. 어쩌면 너는 그 아이가 네 아내가 될 수도 있다는 생각은 하지 않은 채, 누이로만 여기고 있는 건지도 모르겠다. 그게 아니라면 다른 사랑하는 사람을 만났는데 엘리자베스를 생각해서 그 사랑을 참느라 이런 마음 아픈 고통을 느끼게 된 것은 아니더냐."

"사랑하는 아버지, 안심하세요. 나는 엘리자베스를 진심으로 사랑합니다. 엘리자베스만큼 내게 따뜻한 존경과 애정을 불러일으키는 여자는 아직 한 번도 보지 못했습니다. 제 미래의 희망과 전망은 전적으로 엘리자베스와의 결합에 대한 기대에 달려 있습니다."

"이 주제에 대해 네 감정을 표현해주니 얼마나 기쁜지 모르겠구나, 빅토르. 네 생각이 그러하다면 지금은 우리에게 어두운 그림자가 드리웠을지 몰라도 앞으로는 반드시 행복해질 수 있을 거다. 하지만 우울함이 너의 마음에 너무 강하게 자리 잡은 것 같구나. 내가 없애버리고 싶은 것도 바로 너의 우울함이고 말이야. 그러니 얼른 결혼식을 올리는 게 싫은지 어떤지 말해보거라. 우리는 불행한 시간을 보냈고, 최근의 사건들이 나의 나이와 병약함에 걸맞은 일상의 평온함을 앗아 가버렸어. 너는 나이가 젊지만, 상당한 부를 가지고 있지. 그러니 일찍 결혼한다고 해서 네가 미리 세워놓은 소중한 미래 계획이 방해받지는 않을 거다. 그렇다고 내가 너에게 행복을 강요한다거나, 결혼을 미룬다고 해서 내가 심각하게 불안해할 거라고는 생각하지 말아다오. 내 말을 있는 그대로 해석하고, 진지하고 확실하게 대답해다오."

나는 조용히 아버지의 말을 듣고는 한동안 아무런 대답을 하지 못했습니다. 나는 급히 마음속으로 여러 생각을 해보면서 어서 결론을 내리려고 애썼습니다. 아아! 하지만 당장 엘리자베스와 결혼한다고 생각하니 무섭고 당황스러웠어요. 나는 아직 지키지 못했지만, 진지한 약속에 매여 있는 몸이었고 감히 약속을 깰 수도 없었습니다. 만약 약속을 어기면 나와 사랑하는 가족에게 수없이 많은 불행이 닥칠지도 모르는 일이었습니다! 이 치명적인 무게의 짐을 목에 걸고 머리를 조아리면서 어떻게 결혼식장에 들어갈 수 있겠습니까? 일단 약속을 지키고 그 괴물이 자신의 배우자와 함께 떠날 수 있게 해주어야만 나 역시 평화로운 결혼의 기쁨을 누릴 수 있을 것입니다.

또한 당장 눈앞에 닥친 일을 위해서는 잉글랜드로 떠나거나 잉글랜드의 철학자들과 오랫동안 편지를 교환해야 한다는 것이 기억났습니다. 그들의 지식과 발견이 나의 현재 임무 수행에 없어서는 안 될 것이었거든요. 그러나 원하는 지식을 얻기 위해 편지를 쓰는 방법은 더디고 불만족스러웠습니다. 게다가 아버지의 집에서 사랑하는 사람들과 친숙한 관계를 유지하면서 내 혐오스러운 작업에 몰두한다고 생각하니 견딜 수 없을 정도로 싫었습니다. 끔찍한 사건이 일어날 가능성도 너무 컸고, 아주 사소한 사고로도 숨겨두었던 사실이 다 공개되어 나와 관련된 모든 사람을 공포에 떨게 만들수도 있었습니다. 소름 끼치는 일을 진행하는 동안 참혹한 감정에 사로잡히더라도 그걸 감쪽같이 숨길 수 있어야 하건만, 때때로 자제력을 잃어버릴 수도 있는 일이었습니다. 그래서 이 일을 하는 동안에는 사랑하는 사람들한테서 떨어져 지내야 했습니다. 일단 작업을 시작하면 빨리 끝낼 수 있을 테니, 그때 다시 평화와 행복이 있는 가족에게로 돌아오면 되니까요. 그러면 약속을 이행했으니, 괴물도 영원히 사라질 것입니다. 또는 (내가 잘하는 상상에 따르면) 그 사이 어떤 사고로 그가 죽어서 나의 노예생활도 영원히 끝날 수 있었지요.

이런 감정들을 바탕으로 나는 아버지의 제안에 대답했습니다. 나는 잉글랜드에 방문하고 싶다는 바람을 표현했습니다. 그 대신 진짜 이유는 숨긴 채 아무런 의심도 불러일으키지 못할 거짓으로 내 욕망을 감추었습니다. 나는 간절한 마음으로 욕망을 표현했고 아버지는 거기에 쉽게 넘어갔습니다. 내가 너무나 오랫동안 미친 게 아닌가 싶을 정도로 심각하게 우울감에 빠져 지냈기 때문에, 아버지는 내가 여행 갈 생각에 기뻐할 수 있다는 것만으로도 즐거워했습니다. 그리고 바뀐 풍경 속에서 다양한 즐거움을 누리다 다시 돌아오면 완전히 회복할 수도 있을 거라는 희망을 품었습니다.

자리를 비우는 기간은 나의 선택으로 남겨놓았습니다. 몇 달이 될 수도, 거의 1년이 될 수도 있었습니다. 그리고 부모의 마음으로 미리 친구와 함께 여행을 갈 수 있게 준비해뒀습니다. 나와는 사전에 의논도 하지 않고 엘리자베스와 힘을 합쳐, 클레르발이 스트라스부르에서 나와 합류하도록 한 것입니다. 이는 내 임무를 추진하기 위해 꼭 필요한 고독을 간섭하는 일이었습니다. 하지만 여행을 시작할 때 친구와 함께 지내는 것은 결코 장애라고만 할 수 없는 일이었습니다. 혼자서 괴로운 생각에 빠져들 시간을 줄일 수 있어 진심으로 기뻤습니다. 아니면 앙리가 적의 침입을 막아줄 수도 있었습니다. 만약 내가 혼자 있다면 그 괴물이 가끔 내 앞에 그 혐오스러운 존재감을 드러내며 내 임무를 상기시키거나 진행 과정을 관찰하지 않겠습니까?

그리하여 나는 잉글랜드로 갈 수밖에 없었고, 엘리자베스와의 결혼은 내가 돌아온 직후 이루어지는 것으로 이해했습니다. 아버지는 나이 때문에 더 이상 결혼을 미루는 걸 극도로 싫어하셨지요. 나로서는 혐오스러운 고된 일을 끝낸 나에게 보상이 기다리고 있는 셈이었습니다. 비교할 수 없는 고통에 대한 하나뿐인 위로였던 셈이죠. 비참한 노예생활에서 벗어나 엘리자베스를 차지하고 결혼생활을 통해 과거를 잊는 것, 그것이 당시 나의 전망이었습니다.

나는 여행을 준비했습니다. 다만 한 가지 감정이 계속 나를 떠나지 않고 공포와 불안을 불러일으켰습니다. 내가 집을 떠난 사이 적의 존재도 모르는 나의 친구들이 내가 어딘가로 떠나는 걸 보고 몹시 화가 난 괴물에게 무방비 상태로 공격을 받을지도 모르는 일이었습니다. 그러나 그는 내가 어디를 가든 따라오겠다고 약속했으니, 잉글랜드로도 같이 가지 않을까요? 이런 상상은 그 자체로는 끔찍했지만, 그래도 친구들의 안전을 지킬 수 있다는 점에서는 안심이 되었습니다. 이와는 반대의 일이 일어날 수도 있다는 생각에 마음이 괴롭기도 했지만, 내 피조물의 노예가 된 이후 줄곧 나는 순간의 충동에 나를 맡겼습니다. 그리고 지금 내 현재 느낌으로는 그 악마가 나를 따라올 것이며, 내 가족들은 교묘한 책략의 위험을 면제받으리라는 강한 암시를 받았습니다.

9월 하순, 나는 다시 한번 내 고향을 떠났습니다. 나의 여행은 순전히 내가 제안한 것이었기에 엘리자베스는 그 제안을 받아들이긴 했지만, 내가 자신을 떠나 고통과 슬픔을 겪게 될까 봐 무척이

나 불안해했습니다. 클레르발을 나와 함께 보내는 것도 그녀의 배려에서 나온 것이었습니다. 하지만 여자는 신중하게 관심을 가지는 수많은 상황을 정작 남자들은 알아보지 못하곤 합니다. 그녀는 내게 빨리 돌아오라고 간청하고 싶었습니다. 하지만 천 가지 상반되는 감정 때문에 그저 입을 다물고 눈물 어린 조용한 작별 인사만 보낼 뿐이었습니다.

나는 나를 실어다 줄 마차에 몸을 던졌습니다. 내가 어디로 가는지 알지 못했고, 무엇을 스쳐 지나는지 관심도 없었습니다. 생각만 해도 너무 고통스럽지만, 그저 화학 도구들을 같이 챙겨서 가야 한다는 것만 기억했습니다. 나는 끔찍한 상상에 빠진 채 아름답고 장엄한 풍경을 그냥 지나쳐버렸습니다. 눈이 풍경에 고정되어 있었지만, 관심을 기울이질 않았습니다. 오로지 여행의 목적지, 내가 해야 할 일만 생각했습니다.

무기력한 나태 속에서 며칠을 보내며 달린 결과 나는 스트라스부르에 도착했고, 거기서 이틀 동안 클레르발을 기다렸습니다. 그가 도착했습니다. 아아, 우리 둘의 모습은 너무나 대조적이었어요! 그는 새로운 풍경에 민감했고, 아름다운 석양을 볼 때마다 기뻐했으며, 다시 해가 뜨고 새로운 날이 시작되는 걸 볼 때마다 더 행복해했습니다. 그는 풍경과 하늘의 색깔이 점점 변한다는 걸 내게 알려주었습니다.

"사는 게 이런 거지. 살아 있다는 게 즐거워! 하지만 사랑하는 프랑켄슈타인, 어째서 넌 이토록 낙담한 채 슬퍼하는 거야!"

실제로 나는 우울한 생각에 사로잡혀 있었고, 금성이 지는 모습도 라인강에 비친 금빛 일출도 관심이 없었습니다. 그러니 당신, 나의 친구여, 내가 회상하는 이야기를 들려주는 것보다, 클레르발의 일기를 읽는 게 훨씬 더 재미있을 겁니다. 그는 감동과 기쁨의 눈으로 풍경을 관찰했으니까요. 끔찍하고 비참한 존재인 나는 즐거움으로 향하는 모든 길을 차단당하는 저주에 걸렸거든요.

우리는 라인강에서 배를 타고 스트라스부르에서 로테르담까지 가서, 런던까지 가는 배를 타기로 했습니다. 이 여정 동안 우리는 수많은 버드나무 섬을 지났고 아름다운 도시도 여럿 보았습니다. 우리는 만하임에서 하루를 머물렀고, 스트라스부르를 출발한 지 5일째 되는 날 마인츠에 도착했습니다. 마인츠를 지난 후 라인강의 풍경은 훨씬 더 그림 같았습니다. 급한 경사가 진 강이 언덕 사이로 구불구불 흘렀습니다. 언덕은 높지는 않았지만 가팔랐고 그 모습이 참 아름다웠지요. 절벽 가장자리에 서 있는 폐허가 된 성도 여럿 보았습니다. 접근하기 어려운 높고 검은 숲에 둘러싸여 있더군요. 라인강 중에서도 특히 이 부근은 유독 다채로운 경치를 선보였습니다. 한쪽에는 울퉁불퉁한 언덕, 절벽 아래를 내려다보는 폐허가 된 성, 그 아래를 세차게 흐르는 검은 라인강이 보이다가, 곳 하나만 돌고 나면 갑자기 경사진 초록 강둑과 무성한 포도밭, 구불구불한 강과 사람 많은 마을이 눈앞에 펼쳐졌습니다.

포도 수확기 중에 여행했기 때문에 강물을 따라 흘러가며 일하는 사람들의 노랫소리도 들었습니다. 우울한 감정에 끊임없이 불안해하고 침울해하던 나조차도 즐거워졌습니다. 나는 배 바닥에 누워 구름 한 점 없는 파란 하늘을 올려다보았습니다. 너무나 오랜만에 느껴보는 평온함 속에서 술을 마시는 기분이었습니다. 내 기분이 이 정도였으니 앙리는 어땠을까요? 그는 마치 동화의 나라로 들어가 인간이 절대 느껴보지 못할 행복감을 즐기는 것 같았습니다. 그가 말했어요.

"나는 우리 고향에서도 아름다운 경치를 많이 보았어. 루체른과 우리 지방의 호수에도 가본 적 있지. 눈 덮인 산이 호수까지 거의 수직으로 연결되어 있으면서, 눈앞이 안 보일 정도로 까만 그림자를 드리웠지. 화사한 모습으로 눈을 편안하게 해주는 파릇파릇한 섬들이 없었더라면 우울하고 애절한 느낌을 주었을 거야. 호숫가 폭풍에 일렁이는 것도 본 적 있지. 바람이 호숫물에 소용돌이를 일으키는 걸 보고 있자니 거대한 바다의 용오름이 어떤 모습일지 상상이 되더군. 파도가 산 아래를 덮쳐, 그곳에 있던 사제와 연인이 산사태에 휩싸인 일도 있었어. 밤바람이 멈추면 아직도 그들의 죽어가는 목소리가 들린다고 하더군. 나는 라 발레 산맥과 페드 보 지방에도 가보았어. 하지만 빅토르, 그 모든 경이로움보다 이나라가 훨씬 더 나를 기쁘게 해주는군. 스위스의 산맥이 훨씬 장엄하고 색다르지만, 이 멋진 강의 강둑에서 느껴지는 매력은 그 어디에서도 본 적이 없어. 저기 절벽 끝에 걸려 있는 성을 좀 봐. 그리고 사랑스러운 나뭇잎 사이에 숨겨져 있는 저 섬을 좀 봐. 포도밭에서 나오는 저 일꾼들을 봐. 산에 가려져 반밖에 보이지 않는 저 마을도. 확실히 이곳에 살면서 이곳을 지키는 정령들은 우리 고향의 범접할 수 없는 높은 산봉우리에 머무는 정령이나 빙하를 쌓는 정령보다 훨씬 더 인간들과 조화를 이루며 살 것 같아."

클레르발! 사랑하는 친구! 너의 말을 기록하고 또 네가 받아 마땅한 칭찬을 곱씹는 이 순간도 나를 기쁘게 하는구나. 그는 '자연의 우아한 아름다움' 속에서 만들어진 존재였습니다. 그의 엉뚱하고 열정적인 상상력은 그의 감수성에 의해 단련되었습니다. 그의 우정은 세속적인 사람이라면 상상 속에서만 찾으라고 가르칠 정도로 헌신적이고 경이로웠습니다. 하지만 어떤 인간적인 공감도 그의 열정적인 마음을 충족시키기에는 부족했지요. 다른 사람들은 그저 감탄만 하는 자연의 풍경도 그는 열정적으로 사랑했습니다.

……우렁찬 폭포가
열정처럼 그를 떠나지 않았다.
높은 바위, 산, 그리고 깊고 우울한 숲,
그것들의 색과 형태 모두 당시의 그에게는
욕구이자, 감정이고, 사랑이었다.
생각으로만 알 수 있는 동떨어진 매력이나
눈으로 볼 수 없는 흥미로움 같은 건
전혀 필요하지 않았다.

(윌리엄 워즈워스의 시 '틴턴 사원'-역주)

지금 그는 어디에 있을까요? 이 온화하고 사랑스러운 존재가 영영 사라져버린 걸까요? 기발하고 아름다운 상상력과 생각으로 가득하던 이 마음은 소멸해버린 걸까요? 이제 내 기억 속에만 존재하는 걸까요? 아니, 그렇지 않습니다. 신성하게 공들여 만든, 아름다움으로 환하게 빛이 나던 그의 모습은 부패하고 말았지만, 그의 영혼은 여전히 불행한 친구를 찾아와 위로해주고 있습니다.

이렇게 슬픔을 쏟아내는 걸 용서해주십시오. 이런 쓸데없는 말들은 소중했던 앙리의 가치에 비하면 자그마한 헌사일 뿐이니까요. 하지만 그를 기억하느라 고통이 넘쳐나는 나의 마음은 그 찬사로도 진정이 되는 것 같습니다. 그러면 이야기를 이어가도록 하지요.

쾰른 지방을 지나 우리는 네덜란드의 평원에 다다랐습니다. 바람이 역풍인 데다가 강물의 흐름도 너무 잔잔하여 남은 길은 말을 타고 가기로 결심했습니다.

여기서부터는 아름다운 풍경에 대한 흥미는 사라졌지만, 우리는 며칠 안에 로테르담에 도착했고, 바다를 건너 잉글랜드에 갔습니다. 12월 하순 어느 맑은 아침 나는 처음으로 잉글랜드의 하얀 절벽을 보았습니다. 템스강 강둑은 새로운 풍경을 선사하더군요. 그곳은 평평하고 비옥했으며, 거의 모든 마을에 나름의 추억이 깃들어 있었습니다. 우리는 틸버리 요새를 보며 스페인 함대를 떠올렸고, 고향에서도 그 이름을 들어본 적 있는 그레이브젠드, 울위치, 그리니치를 구경했습니다.

마침내 우리는 런던의 수없이 많은 첨탑, 높이 솟은 세인트폴 대성당, 잉글랜드 역사에서도 유명한 런던 타워도 보게 되었습니다.

19장

런던은 우리의 휴식처였습니다. 우리는 이 아름답고 유명한 도시에서 몇 달을 머물기로 했지요. 클레르발은 당시 이름 날리던 천재, 수재 들과 교류하기를 원했습니다. 하지만 나에게 그런 건 부차적인 목표였습니다. 나는 주로 나의 약속을 완수하는 데 필요한 정보를 얻을 방법에 몰두했고, 여기 올 때 가져왔던 나의 소개 편지를 가장 뛰어난 자연철학자들에게 보내기로 했습니다.

열심히 연구하고 행복을 느끼던 시절에 이런 여행을 했더라면 이루 말로 표현할 수 없는 기쁨을 느꼈을 것입니다. 하지만 나에겐 어두운 그림자가 드리워져 있었기 때문에, 내가 관심이 있는 주제에 관해 정보를 줄 수 있는 사람들만 찾아다녔습니다. 나는 동행이 있는 게 귀찮았어요. 혼자 있을 때만 하늘과 땅의 풍경을 보며 마음을 채울 수 있었습니다. 앙리의 목소리는 나를 진정시켜주고 일시적인 평화의 상태에 빠질 수 있게 해주었습니다만, 바쁘고, 내게 관심 없고, 즐겁기만 한 얼굴들은 내 마음에 절망감만 안겨주었습니다. 나는 나와 동료 사이에 넘을 수 없는 장벽을 발견했습니다. 이 장벽은 윌리엄과 유스틴의 피로 봉해져 있었고, 그 이름과 관련된 사건들을 생각하는 것만으로도 나의 영혼은 괴로움으로 가득 찼습니다. 그러나 나는 클레르발에게서 예전의 내 모습을 보았습니다. 그는 호기심으로 가득했고 경험과 지식 습득을 열망하고 있었습니다. 그가 관찰한 다양한 관습은 그에게 지식과 즐거움의 무한한 원천이 되어주었습니다. 그는 또한 오랫동안 품고 있던 목표를 추구하던 중이었습니다. 그의 계획은 인도를 방문하는 것이었습니다. 그는 다양한 언어에 대한 지식, 사회에서 얻은 견해를 통해 유럽의 식민지 정책과 무역 과정에 물질적으로 도움을 줄 방법을 알고 있으리라 믿었기 때문입니다. 잉글랜드에서 그는 드디어 자신의 계획을 더 실행시킬 수 있었습니다. 그는 언제나 바빴고, 그의 즐거움을 유일하게 막는 것은 실의에 빠진 나의 슬픈 마음뿐이었습니다. 나는 이런 마음을 최대한 숨기려고 노력했습니다. 인생의 새로운 장에 들어선 사람이라면 자연스럽게 받아들일 기쁨을 빼앗고 싶지는 않았거든요. 보살필 사람이 있다거나 나쁜 기억이 있으면 방해가 될 거라고 생각했습니다. 그래서 나는 종종 다른 약속이 있다고 핑계를 대며 그와의 동행을 피하고 혼자 있었습니다. 그리고 새로운 창조에 필요한 재료들을 모으기 시작했습니다. 머리 위로 물 한 방울을 계속 똑똑 떨어트리는 고문 같은 느낌이었습니다. 그 일과 관련한 모든 생각은 극심한 고통이었습니다. 그것을 암시하는 말 한 마디, 한 마디가 모두 내 입술을 떨게 만들고 심장을 두근거리게 했습니다.

런던에서 몇 달을 보낸 후 우리는 전에 제네바로 우리를 찾아온

적 있는 스코틀랜드 사람에게서 편지를 받았습니다. 그는 자기 고향의 아름다움을 언급하며 자기가 사는 퍼스가 있는 북쪽까지 여행을 연장할 생각이 없는지 물었습니다. 클레르발은 이 초대를 받아들이고 싶어 했습니다. 나는 사람들과의 사회생활이 몹시 싫었지만, 그래도 산과 개울, 그리고 자연이 꾸며놓은 온갖 신기한 작품들을 보고 싶었습니다.

우리가 잉글랜드에 도착한 것은 10월 초였고 그때는 2월이었습니다. 그리고 3월이 끝날 무렵 북쪽을 향해 여정을 시작하기로 마음먹었습니다. 우리는 에든버러로 향하는 큰 도로를 따라가는 대신, 윈저, 옥스퍼드, 매틀록, 컴벌랜드 호수를 지나 7월 말경 목적지에 도착하는 걸로 계획을 세웠습니다. 나는 모아둔 화학 도구와 재료를 챙겼습니다. 스코틀랜드 북부 산악지대의 이름 없는 곳에서 내 실험을 마무리할 생각이었지요.

3월 27일 런던을 떠난 우리는 윈저에서 며칠을 머물며 아름다운 숲을 거닐었습니다. 우리 같은 산악지대 출신에게는 새로운 풍경이더군요. 위풍당당한 오크나무, 많은 사냥감, 우아한 사슴 떼 등 모두 색달랐습니다.

거기서 옥스퍼드로 이동했습니다. 도시로 들어서자 150년도 더전에 그곳에서 일어난 사건들이 기억났습니다. 그곳은 찰스 1세(스튜어트왕조의 왕, 청교도혁명 과정에서 처형당했다-역주)가 군대를 소집했던 곳이었습니다. 온 나라가 그의 대의를 저버리고 의회와 자유의 깃발 아래 모인 이후에도 이 도시만은 그에게 충성을 다했습니다. 불행했던 왕과 그의 심복들, 정감 가는 포클랜드, 무뢰한 고링, 그의 아내와 아들에 대한 기억 때문에 그들이 살았을 도시 곳

곳에 특별한 관심이 갔습니다. 과거의 영혼들은 이곳을 주거지로 선택했고, 우리는 그들의 발자취를 따라가며 즐거워했습니다. 상상력을 동원해 감정을 만족시키지 않았더라도, 이 도시의 외형은 그 자체로 감탄을 자아내기에 충분히 아름다웠습니다. 오래된 대학들은 그림처럼 아름다웠고, 거리는 참으로 멋지더군요. 더없이 아름다운 신록의 들판과 그 옆을 지나는 예쁜 아이시스강이 잔잔하고도 드넓게 펼쳐져 있었습니다. 그리고 오래된 나무들에 둘러싸인 웅장한 탑과 첨탑, 돔이 강물에 비치더군요.

나는 풍경을 즐겼지만, 과거에 대한 기억과 미래에 대한 불안감 때문에 온전히 즐거워할 수는 없었습니다. 나는 원래 평화로운 행복을 즐기는 사람이었습니다. 어린 시절에는 단 한 번도 불만을 품은 적이 없었고, 권태감에 빠지더라도 아름다운 자연의 풍경과 인간이 만들어낸 훌륭하고 숭고한 것들에 관한 연구는 언제나 내 마음속 호기심을 자극했고 나의 영혼을 되살아나게 했습니다. 하지만 나는 벼락 맞은 나무입니다. 번개가 내 영혼에 들이쳤어요. 나는 곧 죽을 것이라는 사실을 보여주기 위해 살아 있는 것 같은 느낌이 들었습니다. 다른 사람에게는 한심하고 나 자신에게는 견딜 수 없는 망가진 인간의 비참한 광경이었지요.

옥스퍼드에서 상당한 기간을 보냈습니다. 도시 주변 지역을 거닐기도 하고, 잉글랜드 역사상 가장 활기찬 시대와 관련 있는 온갖 장소를 찾아다니기도 했습니다. 우리의 짧은 탐험 여행은 종종 잇따라 발견되는 새로운 것들 때문에 연장이 되곤 했습니다. 우리는 저명한 햄던(잉글랜드 의회파의 지도자였다-역주)의 무덤과 그 애국자가 쓰러졌던 들판을 방문했습니다. 저급하고 비참한 두려움에 빠져 있던 나의 영혼은 잠시나마 자유와 자기희생이라는 숭고한 정신을 생각하게 되었습니다. 그 풍경이 그 사건의 기념물이자 기념비였기 때문입니다. 잠깐 나는 나를 얽매는 사슬을 감히 벗어던지고 자유롭고 고결한 정신으로 주위를 둘러보았습니다. 하지만 쇠사슬은 이미 나의 피부를 파고들어 있었습니다. 나는 절망감에 몸을 떨며 다시 끔찍한 나 자신으로 돌아왔습니다.

우리는 아쉬운 마음으로 옥스퍼드를 떠난 후 다음 목적지인 매틀록으로 향했습니다. 이곳 주변은 스위스의 풍경과 상당히 많이 닮아 있었습니다. 다만 모든 게 규모가 작았습니다. 또 고향에서는 소나무로 뒤덮인 산 뒤로 늘 저 멀리 하얀 알프스가 보였지만 여기는 초록 언덕밖에 없다는 게 차이였지요. 우리는 멋진 동굴과 작은 자연사 진열관을 방문했습니다. 그곳의 진귀한 물건들은 세르보와 샤모니의 수집품과 같은 방식으로 배치가 되어 있더군요. 앙리가 샤모니라는 이름을 언급하자 나는 몸이 떨렸습니다. 나는 끔찍한 장면이 연상되는 매틀록을 서둘러 떠났습니다.

더비를 시작으로 계속 북쪽으로 여행하던 우리는 컴벌랜드와 웨스트모어랜드에서 두 달을 보냈습니다. 거의 스위스의 산맥에 둘러싸인 것 같은 느낌을 주는 곳이었습니다. 산맥의 북쪽에 군데군데 쌓여 있는 눈, 호수, 바위 사이를 세차게 흐르는 개울 모두 나에게 익숙하고 소중한 풍경이었습니다. 여기서 사람도 몇 명 사귀었습니다. 그들 덕분에 잠시 행복하다고 착각할 뻔했지요. 클레르발의 즐거움은 나보다 훨씬 컸습니다. 재능 있는 사람들과 교류하며 그의 마음은 확장되었습니다. 그리고 자신보다 열등한 사람들과 교류할 때 상상했던 것보다 자신에게 훨씬 더 큰 능력과 자원이 있다는 것을 알게 되었습니다. 그가 내게 말했습니다.

"난 여기서 계속 지내고 싶어. 이런 산에 둘러싸여 살면 스위스와 라인강도 그립지 않을 것 같아."

하지만 그는 여행자의 삶은 즐거움 속에서도 훨씬 많은 고통을 포함한다는 것을 알게 되었습니다. 여행자는 영원히 긴장한 채 살아가야 합니다. 그리고 휴식에 빠져들 때도 무언가 새로운 것을 위해 쾌락에 의존하는 것을 그만두어야만 할 의무가 있음을 깨닫게 됩니다. 다시 자신의 관심을 끄는 것을 찾아야 하고, 색다른 걸 위해 기존 것은 포기해야 합니다.

컴벌랜드와 웨스트모어랜드의 다양한 호수에 방문하기가 무섭게 우리는 그곳에 사는 사람들에게 애정을 느끼게 되었습니다. 하지만 스코틀랜드 친구가 오기로 한 약속 날짜 때문에 그곳을 떠나 계속 여행해야 했지요. 개인적으로 안타깝지는 않았습니다. 한동안 나의 약속을 무시한 채 지냈기에 악마가 실망해서 무슨 일을 벌일지 두려웠기 때문입니다. 그는 어쩌면 스위스에 남아 내 가족들을 상대로 복수할 수도 있었습니다. 이 생각이 계속 나를 쫓아다니며 매 순간 나를 괴롭혔고 내게서 휴식과 평화를 앗아 갔습니다. 나는 몹시 초조해하며 편지를 기다렸습니다. 늦기라도 하면 괴로워하면서 수천 가지 공포에 휩싸였습니다. 하지만 편지가 도착해서 그게 엘리자베스의 글씨인지 아버지의 글씨인지 확인하고 나면, 감히 그걸 읽고서 내 운명을 확인할 용기가 생기지 않았습니다. 가끔 나는 악마가 나를 쫓아와 내 동료를 살해함으로써 내 태만함을 벌줄지도 모른다고 생각했습니다. 이런 생각에 사로잡히면 한동안 앙리를 떠나지 못하고 그의 곁을 계속 쫓아다니며, 상상

속 파괴자의 분노로부터 그를 보호하려 했습니다. 나는 중대한 범죄를 저지른 것 같은 기분이 들었고, 죄의식에서 빠져나오지 못했습니다. 나는 죄가 없었지만, 범죄만큼 치명적인 끔찍한 저주를 자신에게 내린 거나 다름없었습니다.

나는 기운 없는 눈과 마음으로 에든버러를 방문했습니다. 하지만 세상에서 가장 불행한 존재라도 이 도시에 흥미를 느낄 것 같았습니다. 클레르발은 옥스퍼드만큼 이곳을 좋아하진 않았습니다. 옥스퍼드의 고색창연함이 그에겐 훨씬 매력적이었으니까요. 하지만 에든버러 신시가지의 아름다움과 규칙성, 로맨틱한 성, 아서시트, 세인트버나즈웰, 펜트랜드힐 같은 세상에서 가장 기분 좋은 근교 여행지는 옥스퍼드를 떠난 클레르발의 마음을 달래주었고, 그를 즐거움과 감탄으로 가득 채웠습니다. 그러나 나는 어서 여행 목적지에 도착하고 싶었습니다.

우리는 일주일 후에 에든버러를 떠나, 쿠파, 세인트앤드루스를 지나고, 타이 강둑을 따라 친구를 만나기로 한 퍼스로 갔습니다. 하지만 나는 낯선 사람들과 웃고 떠들 기분이 전혀 아니었습니다. 손님으로서 갖추어야 할 유머를 겸비한 채 그들의 감정과 계획에 관여할 기분이 아니었어요. 그래서 나는 클레르발에게 스코틀랜드 여행을 혼자 하고 싶다고 말했습니다.

"너도 따로 즐겁게 지내다가 나중에 다시 만나기로 하자. 나는 한두 달 정도 자리를 비울 테니 나의 행동에는 관여하지 말길 간절히 부탁한다. 잠시 내게 평화와 고독을 안겨줘. 다시 돌아오면 그때는 한결 가벼운 마음으로 네 기분에 잘 맞춰줄 수 있으리라 기대해."

앙리는 나를 설득하려 했지만 내가 나만의 계획에 몰두한 걸 보고는 항변을 멈추었습니다. 편지를 자주 써달라고 간청하더군요. 그가 말했어요.

"알지도 못하는 스코틀랜드 사람들과 있는 것보다는 너와 조용히 떠드는 것이 더 좋아. 그러니, 사랑하는 친구, 서둘러 돌아와줘. 그래야 고향에 있는 것처럼 편안함을 느낄 수 있을 거야. 네가 없으면 그럴 수 없거든."

친구와 헤어진 나는 스코틀랜드에서도 좀 동떨어진 지역에 방문하여 홀로 작업을 끝내기로 결심했습니다. 나는 괴물이 나를 쫓아와, 내가 작업을 끝내면 자신의 배우자를 데리러 가기 위해 모습을 드러낼 거라고 믿어 의심치 않았습니다.

그래서 나는 북부 고지대를 가로질러 오크니 제도에서도 가장 먼 곳을 내 작업 장소로 선택했습니다. 그곳은 거의 단 하나의 바위로 이루어진 섬으로, 높은 바위 옆으로 끊임없이 파도가 치는 곳이었기에 그런 작업을 하기에 안성맞춤이었습니다. 토양은 척박하여 불쌍한 젖소 몇 마리 키울 정도의 목초지도 부족했으며, 다섯 명밖에 되지 않는 주민들을 위한 귀리도 부족했습니다. 그들의 수척하고 여윈 팔다리를 보며 그들이 얼마나 끔찍한 상황인지 알 수 있었습니다. 좀 잘 먹고 싶어도 채소, 빵, 심지어 깨끗한 물까지도 8킬로미터나 떨어진 본토에서 구해 와야 했습니다.

섬 전체에 초라한 오두막이 세 채밖에 없었습니다. 내가 도착했을 때 그중 하나가 비어 있어서 그걸 빌리기로 했습니다. 오두막에는 방이 겨우 두 개 있었고 최악의 가난과 불결함을 여실히 보여주었습니다. 짚은 다 떨어지고, 벽에는 회반죽도 바르지 않았으며, 문

짝은 경첩에서 분리되어 있었습니다. 나는 그런 곳을 수리하게 하고 가구도 몇 개 사들였습니다. 추잡한 가난과 결핍으로 모든 감각을 잃어버린 게 아니라면 마을 사람들도 꽤 놀랄 만한 사건이었습니다. 그러나 실제로는 아무도 관심을 보이지 않았고 귀찮게 하지도 않았습니다. 그들은 음식이나 옷을 조금 나눠주어도 고맙다는 말을 거의 하지 않았습니다. 너무 많은 고통을 겪어 인간의 가장 거친 감정들마저도 무뎌져버린 모양이었습니다.

나는 이 은신처에서 오전 내내 열심히 일했습니다. 그러다 저녁에 날씨가 괜찮으면 바닷가 바위투성이 해변을 걸으며 발치로 밀려드는 파도 소리를 들었습니다. 단조로우면서도 변화무쌍한 풍경이었습니다. 나는 스위스를 떠올렸습니다. 이 황량하고 형편없는 풍경과는 많이 다른 스위스를요. 그곳 언덕은 포도 넝쿨이 뒤덮고 있고, 평지에는 오두막도 잔뜩 흩어져 있었습니다. 맑은 호수에는 파랗고 온화한 하늘이 비쳤지요. 아무리 바람에 호수가 출렁여도 거대한 대양의 포효에 비하면 어린아이의 장난 수준이었습니다.

처음 도착했을 땐 이런 식으로 적응을 해나갔습니다. 그러나 작업을 계속하다 보니 하루하루가 점점 더 끔찍하고 역겹게 느껴지더군요. 때로는 며칠 동안 실험실에 들어가고 싶은 마음이 생기지 않을 때도 있었고, 그러다가 또 어떨 때는 작업을 끝내기 위해 밤낮으로 일했습니다. 사실 내가 하는 일은 지저분한 작업이었습니다. 첫 실험을 하는 동안 일종의 열정적인 광기가 내 눈을 멀게 만들어 내가 하는 일이 얼마나 끔찍한지 느끼지 못했던 것이었습니다. 내 마음은 작업의 완성에만 골몰하고 있었고, 과정의 끔찍함은 눈에 들어오지도 않았습니다. 그러나 이제 마음이 식어버렸습니다. 내 손으로 하는 작업에 나 자신도 속이 메스꺼워졌습니다.

가장 혐오스러운 일에 시간을 쓸 수밖에 없는 처지, 지금 하는 일로부터 주의를 환기해줄 게 아무것도 없는 고독한 상황에 있다 보니 나의 정신은 점점 감당할 수가 없었습니다. 나는 매일 제대로 쉬지 못하고 불안해했습니다. 매 순간 나를 학대하는 그자를 만나게 될까 봐 두려워했습니다. 때로는 땅바닥에만 눈을 고정한 채 앉아 있었어요. 고개를 들었다가 내가 너무나 두려워하는 그 대상과 맞닥뜨리게 될까 봐 두려워서요. 나는 혼자 있으면 그가 나타나 배우자를 내놓으라고 할까 봐 무서워 사람들이 보이지 않는 곳은 걸어 다니는 것도 피했습니다.

그러는 사이에도 나는 계속 작업했고, 상당히 많은 진전이 있었습니다. 나는 간절한 마음으로 초조하게 완성을 기대했습니다. 감히 나 자신에 의문을 품지는 않았지만, 내 마음을 병들게 하는 사악하고도 불길한 예감이 자꾸만 끼어드는 것도 사실이었습니다.

20장

어느 날 저녁 실험실에 앉아 있었습니다. 해가 지고 달이 막 바다 위로 떠오르고 있었습니다. 작업하기에는 충분히 밝지 않았기에 가만히 앉아서, 밤에 할 일을 남겨둘지 아니면 끊임없이 몰두하여 일을 서둘러 끝낼지 잠시 고민했습니다. 앉아 있다 보니 생각이 꼬리에 꼬리를 물다, 지금 내가 하는 일의 결과에 대해서도 떠올리게 되었습니다. 3년 전 나는 이와 같은 방식으로 연구에 몰두하여 악마를 만들어냈습니다. 그의 비할 데 없는 잔혹함이 나의 마음을 황량하게 만들었고 통탄스러운 후회로 가득 채웠지요. 지금 나는 어떤 성격을 갖게 될지 전혀 모르는 또 다른 존재를 만들어내는 중이었습니다. 그녀는 자신의 배우자보다 만 배는 더 사악할 수도 있었습니다. 아무 이유 없는 살인과 참혹한 행동에 기쁨을 느낄 수도 있었습니다. 그는 인간들을 떠나 황량한 곳에 몸을 숨기겠다고 맹세했었지요. 하지만 그녀는 하지 않았습니다. 생각하고 사고하는 동물이 될 가능성이 높은 그녀이기에 자기가 탄생하기도 전에 했던 약속을 따르지 않으려 할 수도 있었습니다. 어쩌면 서로를 미워할 수도 있었습니다. 이미 자신의 추한 모습에 혐오를 느끼며 살아왔던 그의 눈앞에 똑같이 생긴 여자가 나타난다면 훨씬 더 큰 혐오감을 가지지 않을까요? 그녀 역시 상대에게 혐오를 느끼며 훨씬 아름다운 남자에게 관심을 가질지도 모릅니다. 그러면 남자 괴물은 다시 혼자가 될 것이고 같은 종족에게마저 버림받았다는 사실에 몹시 격분할 수도 있습니다.

비록 그들이 유럽을 떠나 새로운 세계의 사막에 산다고 해도, 악마가 열렬히 원하던 공감의 결과로 아이가 태어날 수도 있을 겁니다. 그러면 악마의 종족이 지구상에 번식하여 인간종의 존재 자체를 불안정하게 만들고 공포에 떨게 할 수 있을 겁니다. 오로지 나의 이익을 위해 인간에게 끝없는 저주를 내리는 게 맞는 걸까요? 내가 만들어낸 존재의 궤변에 내가 설득당한 게 분명했습니다. 사악한 협박에 분별력을 잃어버린 게 분명했습니다. 그러다 이제 처음으로 내가 했던 약속이 얼마나 못된 것인지 깨닫게 되었고, 미래의 세대가 나를 그들의 원흉으로 생각하며 저주할 걸 생각하니 몸이 떨렸습니다. 어쩌면 자기 자신의 평화를 지키기 위해 거리낌 없이 인류 전체의 생존을 내건 이기적인 사람으로 생각할 것 같았습니다.

나는 심장이 내려앉고 온몸이 떨렸습니다. 고개를 들자, 여닫이 창 옆에 서 있는 악마의 모습이 달빛을 통해 보였거든요. 그가 나를 보면서 입술을 찌푸리며 유령처럼 웃었습니다. 그렇습니다. 그는 나를 따라온 것입니다. 숲속을 어슬렁거리다 동굴 안에 숨어 있었거나 버려진 황야를 은신처 삼아 지냈을 겁니다. 그러다가 내

진행 상황을 확인하고 약속을 지키라는 말을 하려고 찾아온 것입니다.

그는 극도의 악의와 배반감을 표정으로 표현하고 있었습니다. 나는 그와 닮은 누군가를 만들어주기로 한 내 약속을 생각하며 미칠 것 같은 감정을 느꼈습니다. 나는 격렬하게 몸을 떨며 내가 만들던 그것을 갈기갈기 찢어버렸습니다. 그 비참한 존재는 내가 자기 미래의 행복을 책임질 존재를 내가 파괴하는 걸 보더니, 끔찍한 절망과 복수의 울부짖음을 내지르고 사라졌습니다.

나는 방에서 나와 문을 잠그고 절대 이 일을 다시 시작하지 않겠노라 혼자 엄숙한 다짐을 했습니다. 그리고 떨리는 발걸음으로 숙소에 갔습니다. 나는 혼자였어요. 내 곁에서 우울함을 달래주고 세상 끔찍한 공상 때문에 생겨나는 끔찍한 압박감을 덜어줄 이는 아무도 없었습니다.

몇 시간이 흘렀습니다. 나는 창가에서 계속 바다를 보고 있었습니다. 바람이 잔잔히 불어오고 온 자연이 조용한 달빛 아래 휴식을 취하는 듯 잠잠했습니다. 몇몇 고깃배만이 물 위에 점점이 떠 있었고, 서로를 부르는 어부들의 목소리가 이따금 부드러운 바람을 타고 전해졌습니다. 나는 정적을 느꼈지만, 그 극도의 심오함은 의식하지 못했습니다. 그러던 중 바닷가 근처에서 노 젓는 소리가 들려왔습니다. 그러더니 누군가가 내 집 근처에 배를 댔습니다.

몇 분 후, 우리 집 문을 열려고 하는 건지 문에서 삐그덕대는 소리가 들렸습니다. 나는 머리끝부터 발끝까지 덜덜 떨렸어요. 누구인지 예상이 됐기 때문에, 우리 집에서 멀지 않은 오두막에 사는 농부들 중 한 명이라도 깨우고 싶은 심정이었습니다. 하지만 나는 무력감에 압도당했습니다. 마치 무서운 꿈을 꿀 때 느꼈던 것 같은 감정이었어요. 눈앞에 닥친 위험에서 달아나려고 애를 쓰지만 발이 떨어지지 않아 그러지 못하는 느낌 말입니다.

순간 길을 따라 걷는 발소리가 들렸습니다. 문이 열리고 내가 두려워하던 그 비참한 존재가 나타났습니다. 그는 문을 닫고 내게 다가오더니 목멘 소리로 말했습니다.

"이미 시작했던 작업을 망쳐버린 거야? 도대체 무슨 의도인 거야? 감히 약속을 깨려는 건가? 나는 끔찍한 고통을 견디며 힘들게 살아왔어. 너와 함께 스위스를 떠나, 라인강 언저리를 따라, 버드나무 섬을 지나, 언덕 꼭대기를 넘어 몰래 왔다고. 잉글랜드의 황야에서 또 스코틀랜드의 사막에서 몇 달을 보냈어. 극심한 피로와 추위, 배고픔을 견뎠어. 그런데 감히 나의 희망을 파괴해버린 거야?"

"썩 꺼져라! 나는 약속을 깰 거다. 너처럼 흉하고 사악한 존재를 또 하나 더 만들 수는 없어."

"노예 같은 인간, 예전에 다 설득한 줄 알았건만, 넌 공손하게 대할 가치가 없는 사람이라는 걸 스스로 증명해버렸어. 내게는 힘이 있다는 걸 기억해. 넌 스스로가 비참하다고 생각하겠지만, 나는 대낮의 밝은 빛마저도 널 싫어할 정도로 널 비참하게 만들어버릴 수 있어. 넌 나의 창조자이지만 너의 주인은 나야. 내게 복종해!"

"나의 우유부단한 시절은 끝나고 네가 힘을 발휘할 시기가 왔군. 네가 아무리 협박해도 나는 사악한 짓을 할 수 없어. 네가 협박할수록 너의 배우자를 만들어주지 말아야겠다는 결심만 더 굳어질 뿐이야. 내가 죽음과 비참함에서 즐거움을 느끼는 악마를 이 세상에 풀어놓을 만큼 냉혈한으로 보이나? 썩 꺼져! 난 확고해. 네가 아무리 떠들어봤자 내 분노만 부추길 뿐이야."

괴물은 단호한 내 얼굴을 보더니 화를 뿜어내며 이를 갈았습니다.

"사람은 누구나 자기 아내를 얻고, 짐승마저 자기 짝을 갖는데, 왜 나는 혼자여야 하지? 나도 애정이라는 감정이 있었지만, 돌아온 건 혐오와 경멸뿐이었어. 이봐! 나를 싫어해도 좋아, 하지만 조심해! 너의 남은 시간은 두려움과 고통 속에 흘러갈 거야. 그리고 곧 벼락이 떨어져 너에게서 영원히 행복을 앗아 갈 거야. 내가 비참하게 고통받는 동안 너는 행복했나? 네가 내게 다른 열정은 앗아 갈 수 있을지 모르겠지만 복수심만은 남아 있을 거야. 이젠 이 복수심이 빛이나 음식보다 더 소중한 때가 올 거야! 그러다 나도 죽을 수 있겠지. 하지만 너, 나의 폭군이자 나를 괴롭히는 네가 먼저 태양을 저주하게끔 만들겠어. 조심해, 나는 두려움이 없고 그래서 강력해. 나는 독침을 쏠 기회를 노리는 독사 같은 의지를 가지고 너를 지켜볼 거야. 네가 내게 상처 입힌 것을 후회하게 할 거야."

"악마야, 멈춰. 이런 악의 가득한 말로 공기를 더럽히지 마라. 나는 이미 내 결심을 말했다. 그런 말에 굽히고 들어갈 겁쟁이가 아니야. 그러니 어서 여길 떠나라. 난 끄떡하지 않을 테니."

"그렇다면 가주지. 하지만 기억해. 난 네 결혼식 날 밤에도 너와 함께 있을 테니까."

나는 앞으로 달려들어 소리 질렀습니다.

"이 악당! 내 사형 집행 영장에 서명하기 전까지는 너도 몸조심하는 게 좋을 거야."

나는 그를 붙잡으려고 했지만, 그는 나를 피해 급히 집을 나섰습니다. 몇 분 후 그는 배에 올라타더니 쏜살같이 내달려 곧 파도 사이로 사라졌습니다.

다시 주위가 조용해졌지만, 그의 말이 계속 귓가에 맴돌았어요. 나는 분노에 휩싸여 내 평화를 깨트린 자를 쫓아가 그를 바다에 처넣고 싶었습니다. 나는 방 안을 초조하게 걸으며 불안해했고, 그 사이 머릿속에서 수천 가지 이미지가 떠올라 나를 괴롭혔습니다. 왜 나는 그를 쫓아가 필사적인 결투를 벌이지 않았던 걸까요? 그가 떠나가게 놔두었으니 이제 그는 곧장 본국으로 돌아갈 수도 있었습니다. 나는 과연 누가 그의 복수의 희생양이 될지 생각하며 몸서리를 쳤습니다. 그리고 그의 말을 다시 떠올렸습니다.

"난 너의 결혼식 날 밤에도 너의 함께 있을 테니까."

그리고 바로 그때가 내 운명의 순간이 되겠지요. 그때 나는 죽고 그의 원한은 그제야 풀릴 겁니다. 그런 상상을 한다고 해서 두렵지는 않았습니다. 하지만 사랑하는 엘리자베스, 눈앞에서 사랑하는 사람을 잔인하게 빼앗길 엘리자베스의 눈물과 끝없는 슬픔을 생각하니 몇 달 만에 처음으로 눈물이 흘러내렸습니다. 그리고 격렬한 몸부림도 쳐보지 못하고 적 앞에서 쓰러지는 일은 없어야겠다고 다짐했습니다.

밤이 지나고 다시 바다에서 해가 떠올랐습니다. 내 기분도 좀 차분해졌습니다. 들끓는 분노가 깊은 절망 속으로 가라앉은 것도 차분함이라고 할 수 있다면 말이죠. 나는 지난밤 끔찍한 논쟁의 현장이었던 집을 나와, 해변을 걸었습니다. 바다가 마치 나와 다른 사람들 사이를 가로막는 장벽처럼 느껴졌습니다. 아니, 그런 장벽이 실제로 있었으면 좋겠다는 바람이 슬쩍 생기기도 했습니다. 나는 저 척박한 바위 위에서 갑작스러운 비극의 고통에 방해받지 않은 채 겨우겨우 남은 생을 보내고 싶었습니다. 만약 내가 다시 저곳으로 돌아간다면, 나 자신을 희생시키기 위해서 혹은 내가 창조한 악마의 손아귀에 내가 가장 사랑하는 사람들이 죽는 것을 보기 위해서일 것입니다.

나는 사랑하는 모든 것과 결별하여 그 헤어짐에 괴로워하는 유령처럼 가만히 있지 못하고 섬을 걸어 다녔습니다. 정오가 되어 해가 높이 떠오르자, 나는 풀밭에 누워 나도 모르게 깊은 잠에 빠져들었습니다. 지난밤 한숨도 자지 못했기 때문에 신경이 너무 곤두서 있었고 눈도 너무 충혈되어 있었거든요. 잠을 자고 나니 한결 상쾌했습니다. 정신을 차리고 보니 다시 인간이 된 것 같은 기분이 들었습니다. 그래서 나는 평정심을 가지고 지난 일을 회상하기 시작했습니다. 그러나 여전히 악마의 목소리가 종말을 알리는 종소리처럼 귓가에 울려 퍼졌습니다. 한편으로는 마치 꿈만 같았지만, 또 현실처럼 선명하게 나를 억누르는 기분도 들었습니다.

해가 떨어졌지만 나는 여전히 바닷가에 앉아서, 귀리 케이크를 게걸스럽게 먹으며 허기를 채웠습니다. 근처에 도착한 고깃배가 있어서 보고 있자니 어부 한 명이 내게 소포 꾸러미를 건넸습니다. 제네바에서 온 편지들과 함께, 내게 돌아오라고 요청하는 클레르발의 편지도 한 통 있더군요. 그는 지금 그곳에서 별다른 보람도 없이 시간을 허비하는 중이라고 했습니다. 또 런던에서 사귀었던 친구들이 자기에게 편지를 보내왔다는 이야기도 해주었습니다. 어서 돌아와서 인도 사업과 관련한 협상을 빨리 마무리 짓길 원한다면서 말이죠. 그는 더 이상 출발을 미룰 수 없다고 했습니다. 그리고 생각보다 더 빨리, 그리고 더 오래 여행해야 할 것 같으니 저더러 빨리 와서 최대한 오래 같이 시간을 보내자고 부탁했습니다. 제발 그 고독한 섬에서 나와 퍼스에서 만난 후 같이 남쪽을 가자고 간청하더군요. 이 편지에 어느 정도 기운을 차린 나는 이틀 후에 섬을 떠나기로 결심했습니다.

하지만 그 전에 해야 할 일이 있었습니다. 생각만 해도 소름 끼치는 일이었지요. 나는 화학 도구들을 다시 싸서 챙겨야 했고, 그러려면 그 혐오스러운 작업을 하던 그 방에 다시 들어가야만 했고, 보기만 해도 속이 메스꺼워지는 도구들에 손을 대야만 했습니다. 다음 날 새벽녘, 나는 용기를 끌어모아 실험실 문 자물쇠를 풀었습니다. 내가 파괴해버린 반쯤 완성된 피조물의 흔적이 바닥에 널브러져 있었습니다. 마치 살아 있는 인간의 살을 난도질한 것 같은 느낌이었습니다. 나는 잠시 마음을 추스르고 방으로 들어갔습니다. 그리고 떨리는 손으로 방에 있는 도구들을 가지고 나왔습니다. 그런데 내 작업물을 그대로 두고 가버리면 섬에 사는 농부들이 놀라거나 의심할 것 같았습니다. 그리하여 나는 그 잔해를 커다란 양동이에 담아서 그날 밤, 바다에 던져버리기로 했습니다. 그리고 밤이 올 때까지 바닷가에 앉아서 화학 장치들을 씻고 정리했습니다.

악마가 모습을 드러낸 그날 밤 이후로 내 감정에는 너무나 또렷한 변화가 일어났습니다. 전에는 악마와의 약속을 무슨 일이 생겨도 반드시 지켜야 할 것이라 여기며 우울한 절망감에 빠져 있었지만, 이제는 내 눈앞을 가로막고 있던 얇은 막이 벗겨져 처음으로 눈앞이 선명하게 보이는 기분이었습니다. 일을 다시 시작해야 한다는 생각은 단 한순간도 들지 않았습니다. 전에 들었던 그의 위협이 나의 마음을 짓누르기는 했지만 내가 자발적으로 행동하더라도 그의 위협을 피할 수는 없을 거라는 생각이 들었습니다. 나는 내가 처음으로 만든 악마와 같은 존재를 또 만드는 것은 가장 비도덕적이고 이기적인 행동이라고 다짐했습니다. 그리고 다른 결론으로 이어질 수 있는 모든 생각은 마음속에서 미리 제거했습니다.

　새벽 2시에서 3시 사이에 달이 떴습니다. 나는 작은 배에 양동이를 싣고 해안가에서부터 6킬로미터 남짓 나갔습니다. 완벽하게 고독한 풍경이었습니다. 배 두어 척이 육지로 돌아오고 있었지만, 나는 그들을 피해서 배를 몰았습니다. 나는 끔찍한 범죄라도 저지른 것 같은 기분이 들었기에 다른 사람들과 마주치는 것을 불안해하며 거부했습니다. 선명하게 보이던 달이 갑자기 두꺼운 구름에 가려지자, 나는 캄캄한 순간을 틈타 양동이를 바다에 던져버렸습니다. 양동이가 가라앉으며 꿀렁거리는 소리가 들렸고 나는 그 지점에서 얼른 벗어났습니다. 하늘엔 구름이 가득했고, 북쪽에서 불어오는 바람이 거세져 춥기는 했지만 공기는 상쾌했습니다. 추웠으나 기분이 편안해져서 물 위에 더 오래 머무르고 싶었습니다. 나는 키를 똑바로 놓고 배 바닥에 드러누웠습니다. 구름이 달을 가리니 모든 게 희미했습니다. 오로지 배의 용골이 파도를 가로지르는 소리만 들렸습니다. 그 소리에 마음이 진정된 나는 순식간에 깊은 잠에 빠졌습니다.

　그 상태가 얼마나 오래 지속되었는지는 모르겠지만 다시 깨어났을 땐 이미 해가 상당히 높이 떠올라 있었습니다. 바람이 심했고 파도는 끊임없이 내 작은 배의 안전을 위협했지요. 북동풍이 부는

걸 보니 내가 처음 배를 탔던 해변에서 멀리 떨어져 있는 게 분명
했습니다. 나는 방향을 바꿔보려고 애를 썼지만 그러다가 배 안에
물이 들이칠 수도 있다는 걸 깨달았습니다. 지금 이 상황에서는 그
저 바람이 이끄는 방향대로 갈 수밖에 없었습니다. 솔직히 좀 무서
웠습니다. 나에겐 나침반도 없었고 이 지역의 지리에 대해서는 아
는 것도 거의 없었기 때문에 해를 봐도 별로 도움이 되지 않았습
니다. 이러다가 대서양으로 가버릴 수도 있었고, 심각한 굶주림에
고통받을 수도 있었으며, 거친 소리를 내며 배를 뒤흔드는 거대한
파도에 휩쓸릴 수도 있었습니다. 나는 이미 너무 오랜 시간 배를 탔
기에 목구멍이 타 들어가는 듯한 갈증을 느끼고 있었습니다. 하지
만 이것도 내가 겪게 될 고통의 전주곡일 뿐이겠지요. 나는 하늘을
바라보았습니다. 바람에 밀려온 구름이 또 새로운 구름에 밀려 나
가고 있었습니다. 이번엔 바다를 보았습니다. 내 무덤이 될 바다를
말이지요. 내가 소리쳤습니다.

"악마야, 너의 임무는 이미 완수되었어!"

나는 괴물의 피비린내 나고 무자비한 열정의 희생자가 될 수도
있을 엘리자베스, 아버지, 클레르발을 생각했습니다. 이 생각은 나
를 절망적이고 두려운 공상으로 밀어 넣었습니다. 지금이면 영원
히 잊힐 법도 한데, 지금 이 시점에서도 그 생각만 하면 몸이 떨립
니다.

몇 시간이 흐르고 태양이 수평선을 향해 기울자, 바람도 부드러
운 산들바람처럼 잦아들고 바다도 잔잔해졌습니다. 하지만 그러자
파도가 너무 심하게 굽이쳤습니다. 나는 멀미가 나서 키를 잡고 있
기도 힘들었어요. 그때 남쪽으로 높이 솟은 육지가 보였습니다.

몇 시간 동안 끔찍한 긴장감과 피로에 시달리느라 기진맥진하고 있었는데, 갑자기 살 수도 있겠다는 확신이 따뜻한 기쁨의 홍수처럼 밀려왔고 눈에서는 눈물이 쏟아졌습니다.

우리의 감정은 얼마나 변덕스러운지요, 그리고 극도의 불행 속에서도 이토록 삶에 집착한다는 것이 얼마나 신기한지요! 나는 옷으로 돛을 하나 더 만들어 세우고 육지를 향해 열심히 배를 몰았습니다. 육지는 거칠고 바위도 많아 보였지만 가까이 다가가자, 농사의 흔적이 보였습니다. 해안가에는 배도 보였습니다. 갑자기 문명화된 인간들이 사는 지역으로 돌아오게 된 것입니다. 나는 육지를 유심히 훑어보다가 야트막한 곳 뒤쪽에 솟아 있는 첨탑을 보고 만세를 불렀습니다. 극도로 쇠약한 상태였기 때문에 먹을 걸 쉽게 구할 수 있는 마을을 향해 곧장 배를 몰고 가기로 했습니다. 다행히 내게는 돈이 있었습니다. 곶을 돌아 나가자, 작지만 정돈된 마을과 멀끔한 항구가 나왔습니다. 항구로 들어가자, 예상치 못한 탈출의 기쁨에 가슴이 마구 뛰었습니다.

열심히 배를 고정하고 돛을 정리하는 사이 몇 명의 사람들이 내가 있는 곳으로 다가왔습니다. 그들은 나의 출현에 상당히 놀란 듯 보였지만 내게 도움을 주는 대신 다른 때였으면 약간 놀랄 수도 있을 법한 몸짓을 섞으며 자기들끼리 무어라 속삭였습니다. 그들이 영어로 말하는 걸 눈치챈 나는 다가가서 그들의 언어로 말을 걸었습니다.

"친구들이여, 이 마을의 이름이 무엇인지, 내가 지금 어디에 있는 것인지 알려주시겠습니까?"

"곧 알게 될 겁니다."

한 남자가 거친 목소리로 대답했습니다.

"당신의 취향에 맞지 않은 곳에 온 것 같습니다. 장담하건대 묵을 곳도 찾지 못할 겁니다."

난 낯선 이의 너무나 무례한 대답에 상당히 놀랐습니다. 동료들의 화난 듯 찡그린 얼굴도 당황스러웠습니다.

"왜 그렇게 험하게 대답하는 거지요? 낯선 이들을 그렇게 불친절하게 대하는 것이 잉글랜드의 관습은 아닐 텐데요."

"잉글랜드의 관습이 어떤지는 나도 모르오. 다만 범죄자를 싫어하는 건 아일랜드의 관습이오."

이상한 대화가 이어지는 동안 구경하는 사람들이 급속도로 늘어났습니다. 그들의 얼굴엔 호기심과 화가 뒤섞여 있었습니다. 그걸 보는 나 역시 짜증이 나고 어느 정도 불안하더군요. 나는 여관에 가는 길을 물었지만 아무도 대답하지 않았습니다. 내가 그냥 앞으로 걸어가자, 사람들은 나를 둘러싼 채 뒤따라오며 웅성거렸습니다. 그중에서 인상이 험한 남자가 내 어깨를 툭툭 치더니 말했습니다.

"여보시오, 날 따라오시오. 커윈 씨에게 가서 본인에 대해 설명을 좀 해야 할 것 같습니다."

"커윈 씨가 누굽니까? 내가 왜 거기 가서 내 설명을 합니까? 여기는 자유 국가 아니오?"

"아, 정직한 사람들에겐 충분히 자유롭지요. 커윈 씨는 치안판사입니다. 그를 찾아가서 어젯밤 여기서 살해당한 채 발견된 신사의 죽음에 대해 설명하란 말입니다."

그의 대답에 나는 깜짝 놀랐지만 얼른 정신을 차렸습니다. 나는 결백하기에 쉽게 증명해낼 수 있으리라 생각했습니다. 그리하여 나는 조용히 안내원을 따라, 마을에서 가장 좋은 집 한 곳으로 가게 되었습니다. 피로와 허기로 곧 쓰러질 것 같았지만 사람들에 둘러싸여 있는 이상 온 힘을 다 끌어모아 정신을 차리고 있어야겠다고 생각했습니다. 신체적인 쇠약함도 범죄에 대한 죄책감이나 불안으로 해석될 수 있는 상황이었기 때문입니다. 나는 잠시 후 재앙이 닥치리라는 것을 전혀 눈치채지 못했습니다. 너무 절망적이고 무서워서 불명예나 죽음에 대한 공포마저 사라지게 만들 재앙이었는데 말이죠.

여기서 잠시 이야기를 멈춰야겠습니다. 끔찍한 사건의 기억을 세세하게 떠올리려면 배짱이 두둑해야 할 것 같습니다.

21장

나는 곧 치안판사 앞에 서게 되었습니다. 그는 차분하고 온화한 태도를 지닌 자애로운 노인이었습니다. 그는 어느 정도 엄격한 눈빛으로 나를 쳐다보더니, 나를 데려다준 사람들을 바라보며 누가 이 사건의 증인으로 나올 것인지 물었습니다.

대여섯 명 정도가 앞으로 나오자, 치안판사가 한 명을 선택했습니다. 그는 어젯밤 아들 그리고 처남인 다니엘 뉴전트와 함께 낚시하러 나갔다가, 10시쯤 북쪽에서 강한 돌풍이 불어오는 걸 목격하고 배 댈 곳을 찾아 나섰다고 증언했습니다. 아직 달이 뜨지 않아 매우 컴컴한 밤이었습니다. 그들은 항구에 배를 대지 않고 평소처럼 대략 3킬로미터 아래 작은 만으로 향했습니다. 낚시 도구 일부를 들고 앞장섰고 나머지가 좀 떨어져서 그를 따라갔습니다. 모래밭을 따라 걷던 그는 무언가에 발이 걸려 넘어지고 말았습니다. 아들과 처남이 와서 그를 부축한 뒤 랜턴 불빛을 비춰보니 그가 한 남자의 시체 위로 넘어진 것을 알게 되었습니다. 그는 누가 봐도 죽

232

은 자의 모습이었습니다. 처음엔 물에 빠져 죽은 시체가 파도에 의해 해안으로 떠밀려 온 것이라고 추측했습니다. 하지만 살펴보니 옷이 젖지 않았고 시체도 그다지 차갑지 않았습니다. 그들은 그 부근에 있는 늙은 여인의 오두막으로 시체를 옮긴 뒤 그를 살려내려고 열심히 노력했지만 부질없는 짓이었습니다. 그는 스물다섯 살쯤 되어 보이는 잘생긴 젊은 청년이었습니다. 목에 시커먼 손가락 자국이 있는 것만 빼고는 다른 폭력의 흔적이 없는 걸로 보아 교살을 당한 듯 보였습니다.

증언의 앞부분은 듣고 나서도 딱히 관심이 가지 않았습니다. 하지만 손가락 자국 이야기를 듣자, 내 남동생의 죽음이 생각나면서 극도로 불안해졌습니다. 팔다리가 떨리고 눈앞이 흐릿해져 나는 어쩔 수 없이 의자에 몸을 기댔습니다. 치안판사는 날카로운 눈빛으로 나를 관찰했고, 당연하게도 나의 태도에서 불길한 조짐을 느꼈습니다.

아들은 그의 증언이 맞는다고 확인해주었습니다. 하지만 다니엘 뉴전트는 매형이 넘어지기 직전 해안가로부터 조금 떨어진 곳에서 남자 한 명이 타고 있는 배를 분명히 보았다고 진술했습니다. 그리고 몇 개 안 되는 별빛으로 판단할 수밖에 없지만 내가 타고 왔던 배와 똑같은 배였다고 말했습니다.

바닷가 근처에 살던 여인도 증언했습니다. 그는 시체가 발견되었다는 소식을 듣기 한 시간 전, 어부들이 돌아오는 것을 기다리며 오두막 문 앞에 서 있었다고 했습니다. 그녀 역시 나중에 시체가 발견된 곳 근처에서 남자 혼자 타고 있는 배를 목격했다고 했습니다.

어부들이 시체를 가지고 들어갔던 집의 여인이 그 증언을 확인해주었습니다. 시체가 차갑지 않았기 때문에 사람들은 그를 침대에 눕히고 몸을 문질렀습니다. 다니엘이 약제사를 데리러 마을까지 갔지만 결국 그는 깨어나지 못했습니다.

내가 배를 댄 것과 관련하여 또 몇몇이 조사를 받았습니다. 그들은 밤사이 심한 북풍이 불었기 때문에, 내가 몇 시간 동안 바람 때문에 고생하다가 결국 출발한 곳 근처로 돌아올 수밖에 없었을 거라고 증언했습니다. 게다가 그들은 내가 시체를 다른 곳에서 가지고 온 것처럼 보였고, 내가 이 해안을 잘 모르기 때문에 시체를 유기한 장소와 항구까지의 거리도 알지 못한 채 항구로 들어온 것 같다고 말했습니다.

커윈 씨는 이 모든 증언을 들어보더니, 매장 전 시체를 보관해놓은 방으로 나를 데리고 가고 싶어 했습니다. 그 광경을 보고 내가 어떤 반응을 보일지 관찰하고 싶었던 겁니다. 살인 방법에 대한 묘사를 듣자, 내가 극도로 불안해하는 모습을 보고 이런 아이디어를 낸 것 같았습니다. 나는 치안판사, 몇몇 사람과 함께 여관으로 갔습니다. 나는 지난밤 일어났던 이상한 우연의 일치 때문에 충격을 받지 않을 수 없었습니다. 하지만 시체가 발견되었던 시간에 나는 원래 살던 섬의 몇몇 사람과 대화를 나누고 있었다는 것을 알고 있었기 때문에, 이 일이 어떤 결과를 낳을지 전혀 걱정하지 않았습니다.

나는 시체가 누워 있는 방으로 들어가 관 쪽으로 다가갔습니다. 그것을 본 나의 감정을 어떻게 설명할 수 있을까요? 그때의 공포에 아직도 입이 타들어 가는 느낌입니다. 그 끔찍한 순간을 생각하면 몸이 떨리고 고통스럽습니다. 내가 조사를 받고 있다는 사실도, 내 옆에 치안판사와 증인들이 있다는 사실도 기억 속에서 꿈처럼 사라져버렸습니다. 죽은 앙리 클레르발이 내 눈앞에 누워 있는 걸 보았기 때문입니다. 숨이 턱 막힌 나는 시체로 몸을 던지고 소리를 질렀습니다.

"나의 잔인한 계략이 내 소중한 앙리의 목숨마저 빼앗아 간 것이냐? 나는 벌써 두 명을 죽여버렸어. 그리고 나머지 희생자들도 운명을 기다리고 있지. 하지만 너, 클레르발, 내 친구, 나의 은인이 이럴 줄은……."

인간으로서 도저히 견딜 수 없는 고통을 느꼈습니다. 나는 심각한 경련을 일으키는 바람에 방 밖으로 끌려 나왔습니다.

더불어 열병까지 났습니다. 나는 거의 목숨이 간당거리는 상태로 두 달을 누워 지냈습니다. 나중에 듣기로 헛소리도 무섭게 했다고 합니다. 나는 자신을 윌리엄, 유스틴, 클레르발의 살인자라고 불렀습니다. 때로는 나를 간호하는 사람들에게 내게 고통을 주는 악마를 죽일 수 있도록 도와달라고 간청했습니다. 또 어떨 때는 괴물의 손가락이 나의 목을 붙잡고 있는 것 같은 느낌이 들어 고통과 공포에 큰 소리로 비명을 지르기도 했습니다. 다행히도 나의 모국어를 알아듣는 사람은 커윈 씨뿐이었습니다. 하지만 나의 몸짓과 끔찍한 비명은 다른 증인들을 공포로 몰아가기에 충분했지요.

난 왜 죽지 않았을까요? 그 누구보다 더 비참한 내가 왜 망각과 안식에 빠져들지 않았을까요? 죽음은 부모들이 애지중지하는 유일한 희망, 꽃다운 아이들의 목숨은 숱하게 앗아 갔습니다. 한때는 건강하고 희망에 차 있던 젊은 연인들과 신부들이 바로 다음 날 벌레들의 먹잇감이 되어 무덤 안에서 썩어가는 일이 얼마나 많습니까! 나는 도대체 무엇으로 만들어졌기에 이토록 큰 충격에도 견딜 수 있는 건가요? 빙글빙글 돌아가는 바퀴처럼 끊임없이 새로운 고통을 받는데도 말입니다.

나는 살 운명이었나 봅니다. 두 달 동안 꿈을 꾸다 깨어난 나는 감옥 안 초라한 침대 위에 누워 있었습니다. 주변에는 다른 죄수들, 간수들, 빗장들, 지하 감옥의 온갖 끔찍한 시설들이 보였습니다. 일어나서 상황을 파악하던 그날 아침이 생각납니다. 무슨 일이 있었던 건지 자세한 건 기억나지 않았지만 내게 엄청난 불행이 닥친 것은 느낄 수 있었습니다. 그러다 주위를 둘러보고 창살 달린 창과 더러운 감옥 안을 보자, 모든 기억이 번쩍 떠올랐고 나는 고통스럽게 신음했습니다.

내 신음 때문에 옆에 있는 의자에서 자고 있던 여인이 깼습니다. 그녀는 감옥에 고용된 간호사이자 간수의 아내라고 했습니다. 그녀의 얼굴에서는 그런 계층 사람들의 특징이 되는 안 좋은 점들이 모두 느껴졌습니다. 얼굴의 주름이 너무 진하고 거슬려서 끔찍한 광경을 보고도 전혀 동정심을 가지지 않는 것처럼 보였습니다. 목소리에서도 무관심함이 느껴졌습니다. 영어로 말을 걸어오는 걸 듣자, 내가 앓는 동안에 들었던 목소리 같았습니다.

"이제 좀 괜찮으십니까?"

나는 가냘픈 목소리로, 영어로 대답했습니다.

"그런 것 같습니다. 하지만 이게 모두 사실이라면, 내가 꿈을 꾸고 있는 게 아니라면, 아직도 살아남아서 이 고통과 공포를 느끼고 있다는 게 너무 안타깝군요."

"당신이 죽인 신사 이야기를 하는 거라면, 그냥 죽는 편이 나았을 거라고 생각합니다. 앞으로 힘든 일이 남아 있다고 생각하거든요! 하지만 내가 상관할 일은 아니죠. 나는 당신을 간호하고 낫게 하려고 보내진 사람이니까요. 나는 양심을 가지고 내 할 일을 합니다. 모두가 나와 같다면 참 좋을 텐데요."

나는 죽음의 문턱까지 갔다가 겨우 목숨을 구한 사람에게 그토록 냉정한 말을 할 수 있는 그 여자에게 혐오감을 느끼며 고개를 돌렸습니다. 하지만 기운이 없어서 지난 과거를 떠올리는 것조차 불가능했습니다. 나의 모든 인생이 꿈처럼 느껴졌습니다. 때로는 정말 사실인지 의심이 들 때도 있었습니다. 도대체가 또렷하게 떠오르지 않았기 때문입니다.

내 눈앞에 떠오르는 이미지들이 점점 또렷해지면서 나는 다시 열병이 났습니다. 어둠이 나를 둘러싸고 짓눌렀습니다. 내 주변 그 누구도 온화한 사랑의 목소리로 나를 위로해주지 않았고, 따뜻한 손길로 나를 도와주지 않았습니다. 의사는 와서 약을 처방해주었고 늙은 여인은 날 위해 약을 준비해주었지만, 의사의 얼굴에는 철저한 부주의함이 느껴졌고 여인의 얼굴에서는 악랄함이 느껴졌습니다. 요금을 받고 교수형을 집행하는 사람이 아니라면, 누가 살인자의 운명에 관심을 가질 수 있겠습니까?

처음엔 이렇게 생각했습니다만, 나는 곧 커윈 씨가 내게 극도의 친절함을 베풀었다는 것을 알게 되었습니다. 그는 감옥에서 가장 좋은 방을 마련해주었고(그렇게 끔찍한 방이 최고라니요), 내게 의사와 간호사를 보내준 것도 그였습니다. 사실 그가 나를 만나러 거의 오지 않은 게 사실입니다. 모든 인간의 고통을 덜어주고 싶었더라도 살인자의 고통스러운 모습과 끔찍한 헛소리를 직접 보고 싶지는 않았겠지요. 그래서 그는 내가 방치되고 있는 건 아닌지 가끔 보러 오긴 했어도 아주 가끔 와서 잠깐만 머물다 갔습니다.

점차 회복되고 있던 어느 날 나는 반쯤 눈을 뜬 채로 앉아 있었습니다. 두 뺨은 죽은 사람처럼 핏기가 없었죠. 나는 우울과 고통에 휩싸인 채 이렇게 끔찍한 사람들이 가득한 세상에 남아 있느니 죽는 게 더 낫겠다는 생각을 종종 했습니다. 한 번은 결백함을 주장하지 말고 그냥 법의 심판을 받는 게 어떨까, 고민하기도 했습니다. 나는 불쌍한 유스틴보다도 결백하지 못한 사람이니까요. 그런 생각을 하고 있는데 감방문이 열리며 커윈 씨가 들어왔습니다. 그의 표정엔 동정심과 연민이 드러났습니다. 그는 내 옆으로 의자를 끌고 오더니 프랑스어로 말했습니다.

"당신에게 이곳이 너무 충격적일까 봐 두렵습니다. 더 편안하게 지낼 수 있게 내가 도와드릴 건 없을까요?"

"감사합니다. 하지만 당신이 말한 건 내게 아무 의미가 없습니다. 이 세상 그 무엇으로도 나는 편안해질 수 없는걸요."

"당신처럼 기이한 불운을 겪은 사람에게는 낯선 이의 동정이 아무런 위로가 되지 않는다는 거 압니다. 하지만 당신도 곧 이 우울한 거주지에서 나가게 되지 않겠습니까. 당신을 범죄 혐의에서 벗어나게 할 명백한 증거만 있으면 가능합니다."

"그런 것엔 별 관심이 없습니다. 이상한 사건들을 겪고 보니 나는 인간 중에 가장 불행한 존재가 되어 있었습니다. 지금도 이미 핍박과 고통을 받고 있는데 죽음이 무슨 의미가 있을까요?"

"최근에 일어난 이상한 우연들보다 더 불행하고 고통스러운 일은 없을 것 같습니다. 당신은 놀라운 우연을 통해 이곳 해안에 내던져졌고, 살인 혐의로 즉시 체포되었습니다. 당신 눈앞에 제일 먼저 나타난 것은 친구의 시체였지요. 당신의 앞길을 가로질러 나타난 악마가 알 수 없는 방법으로 살해하여 가져다 둔 시체 말이지요."

커윈 씨가 이 이야기를 하는 동안 나는 고통을 회상하며 불안함을 억눌러야 했습니다. 동시에 그가 나와 관련해 많은 지식을 가진 것 같아 상당히 놀라기도 했습니다. 내 표정에 놀라움이 드러났는지 커윈 씨가 서둘러 이렇게 말했습니다.

"당신이 몸져눕자마자 당신과 관련된 모든 서류를 전달받았습니다. 나는 당신의 친척들에게서 당신의 불행과 병에 대해 알아볼 방법을 찾을 수 있을까 싶어 그것들을 검토했습니다. 그 결과 편지 몇 통을 찾았습니다. 그중 하나는 시작부터 당신의 아버지에게서 온 것이라는 걸 알 수 있더군요. 나는 곧장 제네바로 편지를 썼습니다. 하지만 편지를 부치고 두 달이 다 되어갑니다만 당신은 아직 아프군요. 심지어 지금도 떨고 있지 않습니까. 지금은 어떤 식으로도 불안해하면 안 될 것 같습니다."

"아무리 끔찍한 사건이 벌어져도 지금의 긴장감과는 비교가 안 될 겁니다. 그러니 빨리 말해주세요. 도대체 어떤 새로운 죽음의 장면이 연출된 겁니까, 이제 나는 누구의 죽음을 애도하면 되는 겁니까?"

"당신의 가족은 아무 문제 없습니다. 당신 친구가 당신을 찾아왔어요."

커윈 씨가 차분하게 말했습니다.

어떤 일련의 사고 과정을 통해 그렇게 생각했는지는 모르겠지만, 순간 나는 클레르발을 죽인 살인자가 나의 고통을 조롱하고 나를 비웃기 위해 찾아온 게 분명하다고 생각했습니다. 자신의 지옥 같은 욕망을 따르게 하려고 나를 자극하러 온 것일 수도 있었습니다. 나는 두 손으로 눈을 가리고 고통스러워하며 소리쳤습니다.

"오! 돌려보내세요! 난 그를 볼 수 없습니다. 제발 그가 들어오지 못하게 해주세요!"

커윈 씨는 걱정스러운 얼굴로 나를 바라보았습니다. 그는 나의 외침을 유죄 추정으로 여기지 않을 수가 없었습니다. 그래서 다소 엄격한 목소리로 말했습니다.

"젊은이, 아버지가 오셨다고 하면 이렇게 격렬한 반감을 표현하는 대신 반갑게 맞아줄 줄 알았습니다만."

"아버지라고요!"

갑자기 고통이 기쁨으로 변하며 긴장했던 온몸의 근육이 풀어졌습니다.

"정말 아버지가 오신 건가요? 정말 감사합니다, 정말 친절하시군요! 그런데 어디 계시죠? 왜 빨리 오시지 않는 건가요?"

나의 태도 변화에 치안판사는 놀라기도 하고 기쁘기도 했습니다. 그는 아까 내가 소리를 지르던 게 순간적인 정신 착란 증상이라고 생각한 듯 보였습니다. 그는 다시 아까처럼 자애로운 모습을 보이더니 간호사와 함께 방을 나갔습니다. 그리고 잠시 후 아버지가 들어왔습니다.

그 순간 아버지의 방문만큼 더 기쁜 일은 없었습니다. 나는 그를 향해 손을 뻗고 소리쳤습니다.

"무사하신 건가요, 아버지? 엘리자베스는요? 에른스트는요?"

아버지는 다들 잘 있다며 나를 진정시켰습니다. 그리고 내가 관심을 가질 만한 주제를 이야기함으로써 낙담에 빠진 나의 기운을 돋워주려고 애썼습니다. 하지만 아버지는 감옥에서 이런 즐거운 이야기를 하는 게 가당찮다고 느꼈습니다.

"도대체 어찌 이런 곳에서 지내고 있느냐, 아들아!"

아버지는 빗장 걸린 창문과 끔찍한 방 상태를 안타깝게 바라보았습니다.

"행복을 찾아서 여행을 떠나더니 불운이 너를 쫓아왔나 보다. 그리고 불쌍한 클레르발까지……."

불행하게 살해당한 친구의 이름을 들으니 내 쇠약한 상태로는 견디기 힘들 정도로 불안해졌습니다. 나는 눈물을 흘렸습니다.

"아아, 아버지, 가장 지독한 운명이 내게 드리워졌습니다. 나는 그 운명대로 살아가야 하나 봅니다. 아니면 저도 그냥 앙리의 관 위에서 죽어버렸어야 했어요."

우리는 오래 이야기할 수 없었습니다. 건강이 위태로운 상황이었기에 안정을 위해서는 예방책이 필요했습니다. 커윈 씨가 들어오더니 너무 애를 써서 체력을 고갈시키면 안 된다고 말렸습니다. 하지만 아버지의 등장은 내게 천사의 등장이나 마찬가지였고, 나도 점차 건강을 회복하게 되었습니다.

병이 낫자 나는 그 무엇으로도 없앨 수 없는 울적한 우울함에 빠졌습니다. 끔찍하게 살해당한 클레르발의 모습이 눈앞에서 사라지지 않았습니다. 그러다 불안에 빠진 게 한두 번이 아니었고, 그럴 때마다 식구들은 병이 재발할까 봐 두려워했습니다. 아아! 그들은 왜 이렇게 비참하고 혐오스러운 생명을 살려줬을까요? 분명 나의 생이 막바지에 치닫고 있고 내 운명대로 이루어지리라는 뜻이겠지요. 어서, 하루빨리, 죽음이 이 고통을 없애주기를. 죽을 때까지 나를 따라다니는 엄청난 고통의 무게를 덜어주기를. 그럼 나도 정의의 심판을 통해 편히 눈감을 수 있을 텐데요. 나는 항상 이런 바람을 품고 있었지만 죽음은 멀기만 했습니다. 나는 몇 시간 동안 꿈쩍 않고 말없이 앉아 있곤 했습니다. 그러면서 속으로는 강력한 대격변이 일어나서 나와 내 파괴자가 폐허 속에 묻혀버렸으면 좋겠다고 생각했지요.

순회재판의 계절이 다가왔습니다. 감옥에서 지낸 지 벌써 3개월이 되었습니다. 나는 여전히 허약하고 재발의 위험도 있었지만, 재판이 열리는 이웃 도시까지 거의 160킬로미터를 이동해야 했습니다. 커윈 씨는 책임지고 목격자도 모아주고 세심하게 변론도 준비해주었습니다. 나는 범죄자로서 공개적으로 대중에 모습을 드러내는 불명예를 피할 수 있었습니다. 이 사건은 사형 여부를 결정하는 법정에 회부된 것이 아니었기 때문입니다. 내 친구의 시체가 발견되던 때 내가 오크니 제도에 있었다는 것이 증명되자, 대배심은 기소를 기각했습니다. 그리고 그로부터 2주 후 나는 감옥에서 풀려나왔습니다.

아버지는 내가 범죄 혐의의 원통함에서 해방되자 매우 기뻐했습니다. 나는 다시 고국으로 돌아가 신선한 공기를 마실 수 있게 되었습니다. 나는 아버지의 감정에 동조하지 않았습니다. 나에게는 지하 감옥의 벽이나 궁전의 벽이나 똑같이 혐오스러웠으니까요. 내 삶이 담겨 있는 컵에는 이미 독이 퍼져 있었습니다. 아무리 태양이 밝고 행복하게 비추어도 내 주변엔 무섭고 짙은 어둠밖에 보이지 않았습니다. 나를 노려보는 번득이는 눈동자 두 개 말고는 그 어떤 빛도 통과할 수 없는 어둠 말입니다. 때로 그 눈은 죽어가는 앙리의 의미심장한 눈이었습니다. 눈꺼풀이 검은자를 거의 다 덮고, 길고 검은 속눈썹이 드리워져 있었습니다. 때로 그 눈은 축축하고 뿌연 괴물의 눈이 되기도 했습니다. 잉골슈타트의 내 방에서 처음 보았던 그 눈이었습니다.

아버지는 내 안에 있는 애정이라는 감정을 일깨우려고 노력했습니다. 그는 이제 곧 제네바에 갈 수 있을 거라고, 거기엔 엘리자베스와 에른스트도 있다고 말했습니다. 하지만 그런 이야기를 들어봤자 내게서는 깊은 한숨만 나올 뿐이었습니다. 솔직히 어떨 때는 나도 행복을 느끼고 싶었고 사랑하는 사촌을 생각하며 우울한 기쁨을 느끼기도 했습니다. 또 아주 어린 시절 소중했던 푸른 호수와 거센 론강을 한 번 더 보고 싶은 격렬한 향수병에 빠지기도 했습니다. 하지만 나의 기본적인 감정 상태는 무기력이었어요. 무기력한 상태에서는 멋진 자연경관이나 감옥이나 별 차이가 없었습니다. 이러다 말고 가끔 비통함과 절망이 발작처럼 찾아오는 경우가 있었습니다. 그럴 때면 나는 혐오스러운 이 인생 자체를 끝내버리려고 애썼습니다. 그러다 보니 끔찍한 폭력 행위를 제지하기 위하여 누군가 끊임없이 나를 지켜보며 경계해야 했습니다.

하지만 내게는 할 일이 하나 남아 있었습니다. 나는 그 일을 계속 떠올리며 이기적인 절망을 극복해냈습니다. 나는 서둘러 제네바로 돌아가야 했어요. 내가 그토록 사랑하는 사람들을 지켜보며 살인자가 나타나기를 기다려야 했습니다. 혹시나 그가 숨어 있는 곳을 찾아내거나, 그가 갑자기 내 눈앞에 나타난다면, 그동안 한결같이 목표했던 것처럼 그 괴물을 죽일 수도 있을 것입니다. 아버지는 내가 여행의 피로를 견디지 못할까 두려워하며 출발을 늦추고 싶어 했습니다. 내 상태가 아주 말이 아니었기 때문입니다. 나는 힘이 하나도 없었고 피골이 상접한 모습이었습니다. 밤낮으로 나는 열이 쇠약한 몸을 더욱 괴롭혔습니다.

내가 불안해하고 조바심 내며 아일랜드를 떠나자고 설득하자 아버지도 양보하기로 했습니다. 우리는 아브르 드 그라스를 향해 출발하는 배를 탔습니다. 아일랜드 해변에서부터 순풍이 불어오더군요. 한밤중이었습니다. 나는 갑판에 누워 별을 바라보며 파도 소리를 듣고 있었습니다. 나는 아일랜드와 나 사이를 가로막은 어둠을 향해 작별 인사를 했습니다. 곧 제네바에 갈 수 있다고 생각하자 흥분되고 기뻐서 가슴이 뛰었습니다. 지난 과거가 무서운 꿈속의 장면처럼 느껴졌습니다. 내가 타고 있는 배, 아일랜드의 끔찍한 해변에서 불어오는 바람, 나를 둘러싼 바다 모두 또렷하게 느껴졌습니다. 나의 친구이자 사랑하는 동료 클레르발이 내가 만든 괴물과 나의 희생자라는 사실이 다시금 생각났습니다. 나는 내 인생을 되돌아보았습니다. 제네바에서 가족들과 함께 살 때의 조용한 행복과 어머니의 죽음, 잉골슈타트로 떠났던 일까지 모두요. 미친 열정에 빠져 그 흉측한 괴물을 만들어내던 때를 떠올리며 몸을 떨었습니다. 그가 처음으로 생명을 얻었던 밤도 기억해냈습니다. 그러자 더 이상 생각을 이어갈 수가 없었습니다. 수천 가지 감정이 나를 짓눌렀고 나는 격렬하게 눈물을 흘렸습니다.

열병이 나은 이후 나는 매일 밤 소량의 아편 팅크를 먹는 버릇

이 생겼습니다. 목숨을 지키는 데 필요한 최소한의 휴식을 취할 수 있었던 것은 바로 이 약 덕분이었습니다. 나는 갖가지 불행을 회고하다 우울해져서는 평소 양의 두 배를 먹고 깊은 잠에 빠졌습니다. 하지만 잠을 자도 고민과 고통이 덜어지지는 않았습니다. 나를 괴롭히는 온갖 것이 꿈에 나왔거든요. 꿈속에서 괴물이 내 목을 붙잡는 게 느껴졌지만, 나는 그의 손아귀에서 벗어나지 못했습니다. 신음 소리와 비명 소리가 귓가에 울렸습니다. 지켜보던 아버지는 내가 깊이 잠들지 못하는 걸 보고는 나를 깨웠습니다. 파도가 밀려오고 구름 낀 하늘이 보였지만 괴물은 옆에 없었습니다. 안전하다는 느낌, 거부할 수 없는 처참한 미래와 현재 사이에 휴전 협정이 맺어졌다는 느낌이 들자, 나는 일종의 차분한 망각에 빠질 수 있었습니다. 인간의 마음이란 참 신기하게도 원래 망각에 잘 빠지는 편이니까요.

22장

항해가 끝났습니다. 우리는 하선하여 파리로 향했습니다. 나는 체력을 많이 소모했기에 여정을 이어가려면 휴식을 취해야 한다는 걸 알게 되었습니다. 아버지의 관심과 보살핌은 지칠 줄 몰랐지만, 그는 내 고통의 근원을 알지 못했기에 잘못된 방법으로 나을 수 없는 병을 고치려 했습니다. 그는 내가 사람들과 어울리며 즐거움을 찾기를 바랐습니다. 하지만 나는 사람들과 대면하는 것이 너무 싫었어요. 아니, 싫은 건 아니었어요! 그들은 형제이자 동료였습니다. 나는 그중에서도 가장 역겨운 인간에게서도 천사 같은 성품과 천상의 마음을 가진 존재에게 느끼는 것처럼 매력을 느꼈습니다. 하지만 나는 그들과 교류할 권한이 없다고 느꼈습니다. 그들의 피를 흩뿌리고 그들의 신음 소리를 듣는 데서 즐거움을 느끼는 괴물을 내가 그들 사이에 풀어놓았기 때문입니다. 나의 부정한 행동과 나 때문에 벌어진 범죄를 알게 된다면 그들은 내가 얼마나 혐오스러울까요! 얼마나 나를 이 세상에서 내쫓고 싶을까요!

아버지도 결국은 사람들을 피하고 싶어 하는 나의 요구를 들어주었습니다. 그리고 다양한 논쟁을 통해 내 절망을 없애주려 애썼습니다. 그는 내가 살인 혐의로 기소가 되었다는 사실 때문에 심각하게 모멸감을 느꼈다고 생각하는지, 자존심이 얼마나 쓸모없는 것인지 알려주려고 애썼습니다.

"아아, 아버지, 저에 대해 정말로 모르시는군요. 저같이 비참한 존재가 자존심을 가진다면 인간과 그들의 감정, 열정이야말로 정말 굴욕을 당하는 겁니다. 유스틴, 불쌍한 유스틴은 나만큼 결백했고 똑같은 혐의를 받았지만 죽고 말았습니다. 내가 원인이에요. 내가 그 아이를 죽였다고요. 윌리엄, 유스틴, 앙리, 모두 내 손에 죽은 겁니다."

아버지는 내가 감옥에서도 똑같은 주장을 하는 걸 종종 들었습니다. 내가 이렇게 내 탓을 하면 때때로 아버지는 설명을 듣고 싶어 하는 듯했지만, 또 어떨 때는 내가 이러는 게 정신착란의 후유증이라고 여기는 것 같았습니다. 병에 걸렸을 때 이런 종류의 생각을 상상했었는데, 회복하자 그때의 기억이 떠오르는 거라고 여겼습니다. 나는 설명을 피했고 내가 만들어낸 비참한 존재에 대해서는 계속 침묵을 지켰습니다. 어차피 미친 사람 취급을 당할 게 뻔했기에 영원히 입을 다물 수밖에 없었습니다. 듣는 사람을 실망하게 하고 그들을 비정상적인 공포와 두려움에 떨게 할 비밀을 차마 털어놓을 수가 없었습니다. 그래서 나는 동정심을 향한 갈망을 억누르며, 세상에 치명적인 비밀을 털어놓고 싶을 때도 침묵을 지켰습니다. 그러다가 이런 식으로 걷잡을 수 없이 생각해두었던 말이 튀어나오곤 했습니다. 더 이상 설명을 할 수는 없지만 부분적으로나

마 사실을 털어놓으니 불가사의한 슬픔의 짐을 덜어놓을 수 있었습니다.

아버지는 무척 놀란 표정으로 말했습니다.

"사랑하는 빅토르, 이 무슨 허황한 소리냐? 아들아, 다시는 그런 주장을 하지 말아달라고 부탁했잖니."

나는 힘껏 소리쳤습니다.

"난 미친 게 아닙니다. 내가 하는 짓을 다 지켜보았던 태양과 하늘은 내 진실의 증인이 되어줄 겁니다. 나는 세상에서 가장 무고한 희생자들의 암살범입니다. 그들은 내 교묘한 책략 때문에 죽었습니다. 그들의 목숨을 구할 수만 있다면 나는 내 피를 천 번이라도 더 흘렸을 겁니다. 하지만 아버지, 나는 그럴 수 없습니다. 나는 전체 인류를 위해 희생할 수 없었습니다."

이 말을 들은 아버지는 내가 제정신이 아니라고 확신했습니다. 그래서 곧장 이야기의 주제를 바꾸고 내 생각의 흐름을 다른 방향으로 돌리려 애썼습니다. 아버지는 아일랜드에서 있었던 사건에 대한 기억을 최대한 지우길 바랐습니다. 그래서 절대로 그 이야기를 언급하지도 않았고, 내가 나의 불행에 대해 말하는 것도 막았습니다.

시간이 흐르자, 나는 좀 더 차분해졌습니다. 가슴속엔 이미 고통이 자리 잡았지만 더 이상 내 범죄에 대해 알아들을 수 없는 말을 떠들지는 않게 되었습니다. 내가 한 짓에 대해 자각하고 있는 것만으로도 충분했습니다. 온 세상을 향해 비밀을 털어놓고 싶은 욕구가 종종 생겼지만, 극도의 자기 학대를 통해 그 비참한 목소리를 자제했습니다. 나의 태도는 얼음 바다로 여행을 다녀온 이후 그 어느 때보다도 더 차분하고 침착했습니다.

파리에서 스위스로 떠나기 며칠 전, 나는 엘리자베스로부터 다음과 같은 편지를 받았습니다.

사랑하는 친구,

너무나 기쁘게도 파리에서 삼촌이 보낸 편지를 받았어. 더 이상 끔찍이 먼 곳에 있지 않게 되었구나. 이제 2주 안에 오빠를 볼 수 있기를 바라. 불쌍한 오빠, 얼마나 고생이 많았을까! 제네바를 떠날 때보다 훨씬 쇠약한 모습이 되어 있겠지. 이번 겨울은 너무 고통스럽게 지나갔어. 불안한 긴장감 때문에 너무 힘들었거든. 그래도 오빠의 얼굴에서 평화를 볼 수 있기를 바라. 오빠의 마음에도 편안함과 고요함이 전혀 없는 건 아니라는 사실을 알았으면 좋겠어.

1년 전 오빠를 비참하게 만들었던 감정이 시간이 지난 지금까지도 남아 있을까 봐서 걱정이야. 지금 같은 때엔 나도 오빠를 방해하지 않을 거야. 오빠는 이미 수많은 불행을 겪었으니까. 삼촌이 출발하기 전에 했던 이야기가 우리가 만나기 전에 필요한 설명을 어느 정도 대신해주는 것 같아.

오빠는 이렇게 말할지도 모르겠어. 설명? 엘리자베스가 무엇을 설명할 수 있지? 오빠가 정말로 이렇게 말한다면 내 질문에 대한 답이 되었고 나의 궁금증도 모두 해결되었어. 하지만 오빠는 내게서 멀리 떨어져 있고, 이 설명이 두려울 수도 아니면 기쁠 수도 있을 거야. 그럴 것 같아서 더 이상 편지 쓰기를 미룰 수가 없었어. 오빠가 없는 동안 종종 내 마음을 표현하고 싶었지만, 그럴 용기가 나지 않았거든.

빅토르 오빠도 잘 알 거야. 우리의 결혼은 어릴 적부터 부모님의 즐거운 계획이었다는 것을. 우리는 어릴 때부터 늘 이 이야기를 들으며 자랐고, 언젠가 이 일이 실제로 벌어지리라는 걸 기대하도록 가르침을 받았어. 우린 어릴 때부터 사이좋은 놀이 친구였어. 나이가 들면서도 서로에게 소중하고 가치 있는 친구가 되었다고 믿어. 하지만 오빠와 여동생이 서로에게 애정을 품고 있기는 하지만 더 친밀한 결혼 상대로는 바라지 않는 경우가 있잖아. 우리도 그런 경우가 아닐까? 사랑하는 빅토르, 대답해줘. 혹시 다른 사람을 사랑하는 건 아니야?

오빠는 계속 여행했잖아. 잉골슈타트에서도 몇 년을 살았지. 솔직히 고백할게. 지난가을 오빠의 행복하지 않은 모습, 다른 사람들에게서 벗어나 고독을 즐기는 모습을 보고 오빠가 우리의 관계를 후회하는 게 아닐까, 하는 생각을 하지 않을 수가 없었어. 결혼을 후회하는데 그저 부모님의 바람을 충족시키기 위하여 억지로 이러는 건 아닐까, 하고 말이야. 그냥 내 멋대로 추론해본 거야. 고백할게, 오빠. 나는 오빠를 사랑하고 내 미래를 꿈꿀 때마다 오빠는 늘 변함없는 친구이자 동반자였어. 하지만 나는 내 행복을 바라는 만큼 오빠의 행복을 바라기 때문에 이런 말을 하는 거야. 이 결혼이 오빠의 자유 의지로 인한 것이 아니라면 나는 영원히 고통받을 거야. 그토록 가혹한 불행을 겪은 오빠가 오로지 '명예'라는 말 때문에, 오빠를 회복시킬 수 있는 사랑과 행복에 대한 희망을 다 억누르고 있을지도 모른다고 생각하면 지금도 난 눈물이 나. 내가 너무 무관심한 바람에 오빠의 소망을 가로막는 걸림돌이 되어 오빠의 고통을 열 배나 더 키울까 봐 걱정이야. 아, 빅토르, 안심해도 돼. 오빠의 사촌이자 소꿉친구는 오빠를 진지하게 사랑하고 있기 때문에 이런 추정 정도로는 우울해지지 않으니까. 행복해, 나의 친구. 오빠가 이 부탁 하나만 들어준다면 난 만족할 거야. 오빠만 행복하다면 세상 그 무엇도 나의 평정심을 깨트리지 못할 거야.

이 편지, 너무 신경 쓰지는 마. 이 편지 때문에 오빠가 고통스럽다면 내일, 그다음 날, 아니 돌아오는 그날까지 답장하지 않아도 돼. 오빠의 건강에 대해서는 삼촌이 편지를 보내주시니까. 그리고 다시 만났을 때 오빠의 입가에서 미소를 볼 수만 있다면 다른 행복은 필요하지도 않아.

엘리자베스 라벤자

17××년 5월 18일, 제네바에서

이 편지를 읽자, 그동안 잊고 지냈던 기억이 떠올랐습니다. "난 너의 결혼식 날 밤에도 너와 함께 있을 테니까" 하던 악마의 협박 말이지요. 그것은 내게 사형 선고였습니다. 그날 밤 악마는 무슨 수를 써서라도 나를 죽일 것이고, 내 고통을 위로해줄 행복을 잠깐 경험하자마자 나를 거기서 끄집어내겠지요. 그날 밤 그는 나의 죽음을 통해 자신의 범죄를 완벽하게 만들겠다고 결심했었습니다. 뭐, 그러라지요. 틀림없이 목숨을 건 싸움이 일어날 겁니다. 그가 이기면 나는 죽을 것이고, 나를 향한 그의 영향력도 끝이 나겠지요. 내가 그를 쳐부순다면 그때는 내가 자유의 몸이 될 겁니다. 아아! 어떤 자유냐고요? 가족이 눈앞에서 몰살당하고, 오두막은 불타고, 땅은 초토화되었을 때, 돈 한 푼 없고, 갈 곳 없는 외로운 농부가 느낄 수 있는 자유입니다. 내가 누리게 될 자유가 그런 거겠죠. 다만 내게는 보물처럼 소중한 엘리자베스가 있었습니다. 죽을 때까지 나를 쫓아올 죄책감, 회한의 공포와 상쇄될 만한 존재였지요.

착하고 사랑스러운 엘리자베스! 나는 그녀의 편지를 읽고 또 읽었습니다. 그랬더니 누그러진 감정이 마음속으로 스며 들어와 내게 사랑과 즐거움이 가득한 천국 같은 꿈 이야기를 속삭였습니다. 하지만 사과는 이미 먹어 치웠고, 천사는 나를 모든 희망에서 끌어내기 위해 팔을 내밀었습니다. 그렇다 해도 나는 엘리자베스를 행복하게 만들기 위해서라면 죽을 수도 있었습니다. 만약 괴물이 협박을 실제로 실행한다면 죽음을 피할 수 없을 겁니다. 그래서 나는 결혼이 나의 운명을 재촉할 것인지 다시 고민했습니다. 결혼하면 몇 달 더 일찍 죽을 수도 있었습니다. 하지만 내가 결혼을 연기했다는 사실을 괴물이 의심한다면, 그는 훨씬 더 끔찍한 방법을 찾아내 복수할 게 분명했습니다. 그는 결혼식 날 밤에도 나와 함께 있겠다고 맹세했습니다. 하지만 그렇다고 해서 그날까지 평화를 지키겠다는 뜻은 아니었습니다. 협박한 직후에도 클레르발을 살해하여 자신은 이 정도로 만족하지 않는다는 걸 보여주었으니까요. 그래서 나는 빨리 결혼하여 엘리자베스와 아버지가 행복할 수만 있다면, 그들의 계획을 단 한 시간도 지체시켜서는 안 된다고 생각했습니다.

나는 이런 마음가짐으로 엘리자베스에게 편지를 썼습니다. 내 편지는 차분하고 애정이 담겨 있었어요.

'사랑하는 엘리자베스, 이 세상에 우리를 위해 남아 있는 행복이 거의 없는 것 같아 두려워. 하지만 언젠가는 모든 행복이 다 너를 향할 거야. 쓸데없는 두려움은 내쫓아버려. 나는 내 삶과 만족을 위한 노력을 모두 너에게만 바칠 거야. 나에겐 비밀이 하나 있어, 엘리자베스, 아주 끔찍한 비밀이지. 내가 비밀을 말하면 넌 공포에 온몸을 떨게 될 거야. 그리고 내 고통에 더 이상 놀라지도 않고 내가 그런 일을 겪고도 살아남았다는 사실에 경이로워할 거야. 결혼식을 올린 다음 날 이 모든 고통과 고통의 이야기를 들려주겠어. 사랑하는 엘리자베스, 너와 나 사이에는 완벽한 신뢰가 있으니까. 하지만 그때까지는 그 이야기에 대해 언급하거나 넌지시 묻지 말아줘. 간절하게 부탁하는 것이니 들어줄 거라 믿어.'

엘리자베스의 편지가 도착한 지 일주일 후 우리는 제네바로 돌아갔습니다. 사랑스러운 소녀는 따뜻한 애정으로 우리를 반겨주었고, 내 수척해진 몸과 열 오른 뺨을 보고는 눈물을 흘렸습니다. 그녀 역시 변한 점이 있었습니다. 전보다 야위었고 그 옛날 나를 사로잡았던 발랄함이 많이 사라졌더군요. 하지만 온화함과 연민이 가득한 부드러운 눈빛 덕분에 그녀는 나처럼 비참하게 망가진 사람에게는 더 잘 어울리는 동료가 될 수 있었습니다.

그러나 내가 즐기던 평온함은 오래가지 못했습니다. 과거를 떠올리면 미칠 것 같았습니다. 지나간 일을 생각하면 진짜 광기가 나를 사로잡았습니다. 때로는 너무 화가 나고 분노가 치밀었고, 때로는 힘없이 실의에 빠졌습니다. 누군가와 대화를 나누지도, 눈을 맞추지도 않은 채 나에게 닥친 온갖 고통에 당황한 채 꼼짝 못 하고 앉아 있기만 했습니다.

오로지 엘리자베스만이 이런 발작 상태로부터 나를 끄집어내 줄 수 있었습니다. 흥분해서 무아지경인 상태가 되면 그녀의 부드 러운 목소리가 나를 달래주었고, 무기력에 빠져 있으면 내 안의 감 정을 끌어내줬습니다. 내가 이성을 되찾으면 그녀는 내게 고칠 점 을 알려주며 지금 상황을 받아들이게 하려고 애썼습니다. 아! 불행 한 사람이 체념하는 것은 괜찮습니다. 하지만 죄를 지은 사람에게 는 평화란 있을 수 없죠. 과도한 슬픔을 탐닉하다 가끔 드문 호사 를 누리게 되더라도, 회한의 고통이 그 즐거움을 앗아 가 버립니다.

도착 직후 아버지는 엘리자베스와 바로 결혼하라고 말했습니다. 나는 조용히 있었습니다.

"다른 사람을 좋아하는 것이냐?"

"절대 아닙니다. 나는 엘리자베스를 사랑하고 행복하게 결혼할 날을 기다리고 있습니다. 그러니 날짜를 정하시지요. 그러면 엘리 자베스의 행복을 위하여 죽어서나 살아서나 나 자신을 바칠 것입 니다."

"사랑하는 빅토르, 그렇게 말하지 말거라. 우린 이미 엄청난 불 행을 겪었다. 그러니 남아 있는 사람들에게 더 집중하자. 우리가 잃 은 사람들을 향한 사랑까지도 지금 살아 있는 사람들에게 전해주 자꾸나. 남아 있는 사람은 적지만 서로를 향한 애정과 함께 겪은 불행이 우리를 똘똘 뭉치게 하고 있단다. 언젠가 너의 절망이 누그 러지는 때가 오면, 소중한 새 존재가 태어나 우리가 끔찍하게 빼앗 긴 그 존재들을 대신해줄 것이야."

아버지는 이렇게 교훈을 주었습니다. 하지만 나는 협박의 기억 이 되살아났습니다. 악마가 전지전능한 상태로 피의 악행을 저지른 이상 나는 그가 거의 천하무적이라고 생각할 수밖에 없습니다. 그리고 그가 "결혼식 날 밤에도 너와 함께 있을 거야"라고 말한 이상 내 운명이 위협당하는 일도 피할 수 없으리라 생각했습니다. 하지만 엘리자베스를 잃는 것과 비교하면 내가 죽는 것쯤은 아무것도 아니었습니다. 그래서 나는 만족스럽고 심지어 기쁜 얼굴로 아버지의 제안에 동의했습니다. 엘리자베스만 허락한다면 열흘 뒤에 결혼식을 올리겠다고요. 그렇게 나는 상상했던 대로 나의 운명을 결정했습니다.

젠장! 내가 사악한 상대의 지독한 의도를 한 번이라도 생각했다면, 이 비참한 결혼에 찬성하지 않고 차라리 영영 고국을 떠나 친구 하나 없는 외톨이 상태로 세상을 방황했을 겁니다. 하지만 마법에 걸리기라도 한 듯이 나는 괴물의 진짜 의도를 제대로 보지 못했습니다. 그동안 내 죽음만을 준비해왔다고 생각했는데, 사실 훨씬 소중한 사람의 희생을 재촉하고 말았던 겁니다.

결혼 예정일이 다가오자, 겁이 나서인지 불길한 예감 때문인지 심장이 무겁게 내려앉는 느낌이 났습니다. 하지만 나는 즐거운 표정으로 내 감정을 숨겼고 아버지는 나의 이런 모습에 기뻐하며 미소를 지었습니다. 하지만 늘 나를 눈여겨보던 엘리자베스의 날카로운 눈은 피할 수가 없었습니다. 그녀는 차분한 안도감을 느끼며 결혼을 기다리고 있었지만, 약간의 두려움도 피할 수 없었습니다. 지금은 확실하고 만질 수 있을 것처럼 보이는 행복도 곧 공허한 꿈처럼 흩어져 끊임없는 후회만 남긴 채 흔적도 없이 사라질 수 있다는 것을 지난 불행을 통해 배웠기 때문입니다.

결혼식 준비가 한창이었습니다. 축하하려는 손님들이 모두 웃는 얼굴로 찾아왔습니다. 나는 내 마음을 좀먹는 불안감을 최대한 겉으로 드러내지 않았습니다. 그리고 결혼식이 나의 비극을 장식하는 역할밖에 하지 못하더라도, 아버지의 계획에 겉으론 열심히 참여했습니다. 아버지의 노력 덕분에 엘리자베스는 오스트리아 정부로부터 유산 일부를 돌려받았습니다. 코모 호숫가에 있는 작은 땅도 그녀에게로 돌아갔습니다. 그래서 결혼 직후 빌라 라벤자로 가서 아름다운 호숫가에서 행복한 신혼을 보내기로 했습니다.

한편 나는 악마가 대놓고 날 공격할 경우를 대비해 방어를 빈틈없이 했습니다. 늘 권총과 단검을 가지고 다녔고 악마의 계략을 막기 위해 매 순간 경계 상태였습니다. 그 덕분에 마음이 상당히 안정되었습니다. 결혼식이 다가오자, 그의 협박은 나의 평화를 방해할 가치조차 없는 망상처럼 느껴졌습니다. 결혼식을 거행할 날짜가 정해지고 결혼식은 무슨 사고가 일어나도 막을 수 없는 사건이라는 이야기를 끊임없이 듣다 보니, 내가 결혼생활을 통해 바라는 행복 역시 더욱 확실하게 보였습니다.

엘리자베스는 행복해 보였습니다. 나의 안정된 태도가 그녀의 마음을 진정시키는 데 큰 역할을 했지요. 하지만 나의 소원을 성취하고 운명을 충족시킬 그날이 되자 어쩐지 그녀는 우울해 보였습니다. 불길한 예감이 드리운 것 같았어요. 아마도 내가 다음 날 밝히겠다고 약속했던 끔찍한 비밀을 생각하는 것 같았습니다. 한편 아버지는 매우 기뻐했습니다. 결혼식 준비로 바쁘게 움직이느라 그랬는지 조카의 우울함을 그저 신부의 망설임으로 여기는 것 같았습니다.

결혼식이 거행되고 아버지의 집에서 성대한 파티가 열렸습니다.

하지만 엘리자베스와 나는 배를 타고 여행을 시작하기로 합의했습니다. 에비앙에서 첫날밤을 보내고, 다음 날부터 여행을 이어가기로 했지요. 날씨는 맑았고 바람의 방향도 좋았습니다. 신혼여행을 떠나는 우리를 향해 모두가 미소를 지었습니다.

내 인생에서 행복의 감정을 느끼는 것은 그때가 마지막이었습니다. 우리 배는 빠르게 나아갔습니다. 태양은 뜨거웠지만 지붕 모양 덮개가 있어서 그늘에서 아름다운 풍경을 즐길 수 있었습니다. 호수 한쪽으로 살레브산, 몬탈레그르강둑이 보였습니다. 저 멀리에는 아름다운 몽블랑이 솟아 있었고, 몽블랑을 흉내 내려 하지만 거기에 미치지 못하는 눈 덮인 산들도 잔뜩 보였습니다. 반대편 호숫가로 다가가면 거대한 쥐라산이 고국을 떠나려는 야망 있는 사람들에게 시커먼 옆구리를 보여주며 막아서고 있었고, 산을 정복하려는 침략자들에게는 도저히 넘을 수 없는 장벽을 만들어내고 있었습니다.

나는 엘리자베스의 손을 잡았어요.

"슬퍼하는구나, 내 사랑. 아! 내가 어떤 일을 겪었고 앞으로 어떤 것을 견뎌야 하는지 알게 된다면, 적어도 오늘 하루만큼은 내가 절망에서 벗어나 이 고요함과 자유를 맛볼 수 있도록 해주려고 노력했을 거야."

"행복해야 해, 빅토르 오빠. 오빠를 괴롭히는 것이 아무것도 없기를 바라. 비록 내 얼굴에 활기 넘치는 즐거움이 보이지 않는다고 해도 내 마음은 만족스럽다는 것을 알아줘. 누군가 내 귓가에 속삭이는 것 같아. 우리 앞에 펼쳐진 미래의 가능성에 너무 많이 의존하지 말라고. 하지만 난 그런 불길한 목소리는 듣지 않을 거야.

우리 배가 얼마나 빨리 여기까지 왔는지를 봐. 그리고 저 구름을 좀 봐. 때로는 흐릿하다가도 또 어떨 때는 몽블랑 꼭대기 위로 솟아서 이 아름다운 경치를 더욱 흥미롭게 만들어주지. 깨끗한 물속에서 헤엄치고 있는 수많은 물고기도 좀 봐. 바닥에 깔린 조약돌들도 하나하나 다 보여. 정말 훌륭한 날이야! 어쩜 모든 자연이 이토록 행복하고 평화로워 보일 수 있는지!"

엘리자베스는 본인과 내가 우울한 생각을 떨쳐버릴 수 있게 노력했습니다. 하지만 그녀의 기분은 변덕스러웠어요. 잠시 기뻐하며 눈을 반짝이다가도, 끊임없이 딴생각으로 빠져서 상념에 잠겼습니다.

해가 기울자, 우리는 드랑스강을 지나며, 강이 높고 낮은 언덕 사이 계곡으로 흘러가는 모습을 보았습니다. 이곳에선 알프스가 호수와 더 가깝게 느껴졌습니다. 우리는 호수 동쪽, 산으로 둘러싸인 둥근 지형으로 다가갔습니다. 에비앙의 뾰족한 꼭대기가 그것을 둘러싼 숲과 겹겹이 이어진 산 아래에서 빛을 받아 반짝였습니다.

해가 지자, 우리를 놀라운 속도로 여기까지 이끌어준 바람이 가벼운 산들바람으로 바뀌었습니다. 부드러운 바람에 호수에 잔물결이 일었고 숲의 나무들이 살랑살랑 흔들렸습니다. 호숫가로 다가가자, 기분 좋은 꽃향기와 건초 냄새가 숲에서부터 퍼져 나왔습니다. 육지에 다다르자 해도 수평선 아래로 사라졌습니다. 호숫가에 발을 내딛자, 나를 붙잡고 영원히 날 놓아주지 않을 근심과 공포가 되살아나는 느낌을 받았습니다.

23장

육지에 도착하니 8시였습니다. 우리는 잠깐의 빛을 만끽하며 잠시 산책한 뒤 여관에 들어갔습니다. 그리고 어둠 속에 어슴푸레했으나 검은 윤곽선만은 여전히 잘 보이는 호수, 숲, 산의 아름다운 경치를 바라보았습니다.

남쪽으로 불어오던 바람이 이제는 서쪽에서 거세게 일었습니다. 달이 하늘 가장 높은 곳에 다다랐다가 점점 지고 있었습니다. 구름은 독수리보다 더 빠르게 달을 가로지르며 달빛을 가렸습니다. 한편 호수는 부산한 하늘의 풍경을 그대로 비추고 있었지요. 점점 높아지기 시작한 쉼 없는 물결 때문에 호수는 더욱 바빠졌습니다. 갑자기 거센 폭풍우가 내리쳤습니다.

낮 동안은 차분한 상태를 유지했습니다. 하지만 밤이 와서 사물의 형태가 모호해지자마자 갑자기 엄청난 공포가 밀려왔습니다. 나는 초조해하며 경계를 늦추지 않았습니다. 오른손으로는 가슴팍에 숨겨놓은 권총을 꼭 쥐고 있었지요. 모든 소리가 나를 겁먹게 했습니다. 하지만 나는 절대 당하고만 있지 않을 것이며, 내가 죽든 적이 죽든 한 사람이 죽을 때까지 절대 싸움을 피하지 않을 거라고 다짐했습니다.

엘리자베스는 소심하고 무서운 침묵 속에서 한동안 나의 불안을 지켜보았습니다. 하지만 내 눈빛에서 공포를 읽었는지 떨리는 목소리로 이렇게 물었습니다.

"무엇이 오빠를 불안하게 만드는 거야, 빅토르? 오빠가 무서워하는 게 뭔데?"

"아! 괜찮아, 걱정하지 마, 내 사랑. 모든 게 다 무사할 테지만 오늘 밤, 오직 오늘 밤만이 너무 두려울 뿐이야."

이런 마음 상태로 한 시간을 보낸 나는 갑자기 곧 있을 싸움이 내 아내에게 얼마나 무섭게 느껴질지 생각하게 되었습니다. 그래서 엘리자베스에게 어서 들어가서 쉬라고 간곡히 부탁했습니다. 그 대신 나는 적의 상태를 파악할 때까지 방에 들어가지 않기로 결심했습니다.

그녀는 방으로 들어갔습니다. 나는 계속해서 집의 통로를 이리저리 걸으며 나의 적이 숨어 있을 법한 곳을 샅샅이 살폈습니다. 하지만 그의 흔적은 좀처럼 찾을 수 없었고, 나는 운 좋게도 그에게 무슨 일이 생겨 그가 위협을 실행할 수 없게 되었다는 추측을 하기 시작했습니다. 바로 그때 끔찍한 비명 소리가 들렸습니다. 엘리자베스가 자러 들어간 방에서 난 소리였습니다. 그 소리를 듣자, 나는 모든 진실을 한 번에 파악할 수 있었습니다. 팔에 힘이 쑥 빠지면서 모든 근육과 조직의 움직임이 내 마음 같지 않았습니다. 피가 혈관 속을 지나가는 게 다 느껴지고 팔다리 끝이 찌릿찌릿했습니다. 이런 상황에서 다시 한번 비명 소리가 반복되었습니다. 나는 급히 방으로 달려갔습니다.

세상에! 나는 어째서 그때 죽지 않았던 걸까요! 왜 이곳에서 세상에서 가장 순수한 존재, 최고의 희망이 맞이한 죽음에 관해 이야기하고 있는 걸까요? 엘리자베스가 거기 있었습니다. 꼼짝없이 죽어서 침대에 누워 있었습니다. 그녀의 머리는 침대 밖으로 늘어져 있었고 창백하게 일그러진 얼굴은 머리카락에 반쯤 가려져 있었습니다. 지금도 고개를 돌릴 때마다 그 모습이 보입니다. 신부용 들것 위에 내던져진 그 핏기 없는 팔과 늘어진 몸이요. 이걸 보고도 살 수 있을까요? 아아! 하지만 삶은 자신이 가장 미움받는 곳으로 가서 집요하게 달라붙습니다. 나는 잠시 기억을 잃었습니다. 나는 정신을 잃고 바닥에 쓰러졌습니다.

정신을 차리니 여관 사람들에 둘러싸여 있더군요. 그들의 표정에서 숨 쉴 수 없는 두려움이 드러났습니다. 하지만 다른 사람들의 공포는 나를 억누르는 감정에 비교하면 그저 흉내 내기, 그림자에 불과해 보였습니다. 나는 그들에게서 도망쳐, 내 사랑, 내 아내, 조금 전만 해도 살아 있던, 너무나 소중한 엘리자베스가 누워 있는 방으로 들어갔습니다. 그녀는 내가 처음 발견했던 것과는 다른 자세를 취하고 있었습니다. 팔베개한 채 누워서 얼굴과 목에 손수건을 덮고 있더군요. 얼핏 잠을 자는 것처럼 보였습니다. 나는 그녀에게로 달려가 그녀를 꼭 안았습니다. 하지만 나른하게 늘어진 싸늘한 팔다리가 내가 지금 안고 있는 사람이 내가 그토록 사랑하고 아꼈던 엘리자베스가 아니라고 말해주었습니다. 목에는 악마의 잔인한 손자국이 있었고 입술에서는 더 이상 숨결이 느껴지지 않았습니다.

절망스러운 고통 속에서 그녀를 안고 있던 나는 문득 고개를 들어보았습니다. 나는 덜컥 겁이 났습니다. 아까는 방 창문이 시커먼 상태였는데 지금은 방 안을 비추는 노란 달빛이 희미하게 보였던 겁니다. 창의 덧문이 활짝 열려 있었습니다. 그리고 말로 표현할 수 없는 공포감과 함께, 열린 창으로 가장 흉측하고 혐오스러운 인물이 보였습니다. 그는 괴물처럼 웃었습니다. 그리고 그 사악한 손가락으로 내 아내의 시체를 가리키며 야유를 보내는 것 같았습니다. 나는 창가로 달려가며 가슴팍에서 권총을 꺼냈습니다. 하지만 그는 숨어 있던 곳에서 나와 빛의 속도로 달려가더니 호수에 몸을 던졌습니다.

총소리에 사람들이 방으로 몰려왔습니다. 나는 그가 사라진 위치를 가리켰습니다. 우리는 배를 타고 그의 뒤를 쫓고 그물도 던져보았지만 허사였습니다. 몇 시간이 흐른 뒤 우리는 낙담하여 돌아왔습니다. 같이 갔던 사람 대부분이 내가 말한 괴물이 내 상상이 만들어낸 허상이라고 믿는 눈치였습니다. 호숫가에 착륙한 사람들은 수색을 이어갔습니다. 여럿이 무리를 지어 숲과 포도밭을 향해 사방으로 흩어졌지요.

나도 그들과 동행하려고 했지만 집에서 조금 떨어진 곳까지 갔을 때쯤, 머리가 어지럽고 발이 술에 취한 사람처럼 꼬이는 게 아니겠습니까. 나는 결국 완전히 기진맥진한 상태로 쓰러지고 말았습니다. 눈앞에 막이 있는 것처럼 뿌연 느낌이었고, 피부는 열이 나서 바짝 말라버렸습니다. 나는 무슨 일이 일어나고 있는 건지 거의 의식하지 못한 채로 침실로 옮겨졌습니다. 내 눈은 무언가 잃어버린 것을 찾는 듯 방 안을 헤맸습니다.

　잠시 후 일어난 나는 본능적으로 사랑하는 그녀의 시체가 놓여 있는 방으로 기어갔습니다. 여자들이 둘러싼 채 울고 있더군요. 나도 거기에 달려들어 슬픈 눈물을 보탰습니다. 이때까지 내 마음엔 명확한 생각이 떠오르지 않았습니다. 내 생각은 다양한 주제로 옮겨 다녔고, 나의 불행과 그 원인에 대해서도 뒤죽박죽 기억을 떠올렸습니다. 나는 놀라움과 공포의 먹구름 속에서 어리둥절한 느낌을 받았습니다. 윌리엄의 죽음, 유스틴의 처형, 클레르발의 살해, 마지막으로 아내의 죽음까지. 바로 그 순간에도 남아 있는 가족들이 악마의 원한에서 안전한 것인지 알 수 없었습니다. 지금쯤 아버지가 그의 손아귀 안에서 온몸을 비틀고 있을 수도 있었습니다. 에른스트가 그의 발치에서 죽어 있을 수도 있었습니다. 이런 생각에 나는 몸이 떨렸고 가만히 있을 수가 없었습니다. 나는 당장 일어나 최대한 빠른 속도로 제네바에 돌아가야겠다고 다짐했습니다.

　말을 구할 수가 없어 호수를 이용해야 했습니다. 하지만 바람이 협조를 해주지 않았고 비도 거세게 내렸습니다. 그래도 아직 아침이 오진 않았으니, 밤까지는 제네바에 도착할 수 있을 것 같았습니다. 나는 노를 저을 사람을 고용했고 나도 같이 노를 저었습니다. 몸을 쓰면서 정신적인 고통에서 해방되는 경험을 많이 해보았기 때문입니다. 하지만 내가 느끼는 과도한 고통, 내가 견뎌야 하는 엄청난 불안감 때문에 힘을 쓰는 게 불가능했습니다. 나는 노를 집어던지고 팔베개를 한 채 누웠습니다. 온갖 우울한 생각들이 떠오르더군요. 고개를 드니 행복하던 시절에 익숙하던 풍경이 보였습니다. 어제만 해도 이 풍경을 그녀와 함께 보았는데, 이제 그녀는 그림자이자 추억일 뿐이었습니다. 눈물이 줄줄 흐르더군요. 잠시비가 멈추자, 몇 시간 전처럼 물고기들이 다시 헤엄을 쳤습니다. 엘리자베스가 보았던 그 물고기들이겠지요. 갑작스럽고 큰 변화만큼인간의 마음을 고통스럽게 하는 것은 없을 겁니다. 해가 빛나고 구름이 낮게 드리울 수 있겠지만, 그 무엇도 전날과는 같지 않을 겁니다. 괴물이 미래의 행복에 대한 희망을 모조리 앗아 갔으니까요. 그 어떤 존재도 나만큼 괴롭진 않을 겁니다. 인간 역사상 이런 끔찍한 사건은 단 한 번뿐이었을 거예요.

이런 강력한 사건 뒤에 연이어 일어난 일들을 내가 왜 자세히 설명해야 할까요? 내가 겪은 일들은 공포였습니다. 이미 이야기의 절정에 다다랐기 때문에 이제부터 내가 해야 하는 이야기들은 지루하게 들릴 수도 있을 겁니다. 내 가족들이 차례로 살해당한 뒤 나는 혼자 남게 되었습니다. 지금 힘이 다 빠진 관계로 남은 이야기는 몇 마디로 줄여서 해야겠습니다.

나는 제네바에 도착했습니다. 아버지와 에른스트는 아직 살아있었지만 내가 전한 소식을 듣고 쓰러지셨습니다. 훌륭하고 덕망있는 아버지의 모습이 지금도 눈에 선합니다! 딸 이상으로 그의 기쁨이자 즐거움이 되어주었던 엘리자베스를 잃게 되자 그의 눈은 멍하니 허공만 응시했습니다. 아버지는 정말 온 마음을 다해서 엘리자베스를 아꼈거든요. 말년이 되어 애정을 줄 사람이 거의 없어지니 그나마 남아 있는 사람에게 더 매달리기도 했습니다. 백발의 노인에게 고통을 안겨주고 비참하게 죽음을 맞게 만든 그 악마에게 저주를! 아버지는 자신에게 계속해서 닥치는 공포를 견디지 못했습니다. 생명의 샘이 갑자기 바닥나버렸습니다. 아버지는 자리에서 일어나지 못하고 내 품에 안겨 며칠 만에 세상을 떠났습니다.

그럼 나는 어떻게 되었을까요? 나도 모르겠습니다. 나는 아무것도 느끼지 못했습니다. 쇠사슬과 어둠만이 나를 짓눌렀습니다. 때때로 어린 시절 친구들과 함께 꽃이 핀 초원과 예쁜 계곡을 거니는 꿈을 꾸었습니다. 하지만 깨어보면 지하 감옥이었죠. 우울감이 따라왔지만 서서히 내 고통과 상황에 대해 명확히 인식할 수 있게 되었고, 얼마 후에는 감옥에서 풀려나게 되었습니다. 사람들은 나를 보며 미쳤다고 했습니다. 오랫동안 독방에 갇혀 지냈으니 그럴 수도 있을 것 같았습니다.

하지만 내가 이성을 되찾는 동시에 복수심에도 눈을 뜨지 않는 이상, 자유는 내게 쓸모없는 선물이었습니다. 과거의 불행에 대한 기억이 나를 억누르자, 나는 불행의 원인을 되돌아보기 시작했습니다. 그리고 내가 만들어낸 괴물, 내가 이 세상에 내보낸 끔찍한 악마가 내 파멸의 원인이라는 걸 알게 되었습니다. 그만 생각하면 미칠듯한 분노에 사로잡혔습니다. 그리고 내 손으로 그를 잡아서 그의 저주받은 머리에 엄청난 복수를 해주겠다고 간절히 바랐습니다.

나의 증오는 헛된 바람에 그치지 않았습니다. 그를 잡기 위한 최선책을 생각하기 시작했거든요. 감옥에서 나온 지 한 달쯤 후, 나는 마을의 형사 재판 판사를 찾아가, 우리 가족의 살인범을 알고 있다며 그를 고발하겠다고 말했습니다. 그리고 그의 체포를 위해 모든 권한을 다 행사해달라고 요구했습니다.

치안판사는 친절한 태도로 집중해서 내 이야기를 들었습니다. 그가 말했습니다.

"걱정하지 마십시오. 범인을 찾아내기 위해 어떤 고통과 노력도
아끼지 않겠습니다."

내가 대답했습니다.

"감사합니다. 그러면 저의 증언을 들어주십시오. 너무 이상한 이
야기라 유죄임을 확신할 수 있는 진실이 포함되어 있지 않다면 혹
여 믿지 않으실까 봐 두렵습니다. 하지만 이 이야기는 너무 일관되
기 때문에 꿈으로 착각할 수는 없을 겁니다. 그리고 저는 누군가를
속일 이유가 없습니다."

그에게 이야기를 전하는 나의 태도는 인상적이지만 차분했습
니다. 나는 마음속으로 내 파괴자를 죽음에 이르게 하겠다고 이미
결심한 상태였기 때문에 오히려 고통을 잊을 수 있었습니다. 그리
고 잠시 삶의 희망도 생겼습니다. 나는 간단하지만 확실하고 정확
하게 내 이야기를 전해주었습니다. 정확한 날짜도 이야기하고 욕설
이나 절규로 빠지지도 않았습니다.

처음엔 치안판사도 내 이야기를 절대 믿지 못하는 것 같았습
니다. 하지만 내가 이야기를 계속 이어갈수록 그도 더 주의를 기울
이며 흥미를 보였습니다. 그는 때로 공포에 몸을 떨기도 했습니다.
또 어떨 때는 무척 놀라는 표정을 짓기도 했습니다. 그는 이제 내
이야기를 완전히 믿었습니다.

이야기를 끝내고 내가 말했습니다.

"내가 고발하는 사람이 이런 사람입니다. 그러니 온 힘을 다하
여 그를 체포하고 벌주시길 요청합니다. 그게 치안판사의 의무이
지 않습니까. 당신도 사람이라면 이런 일을 저지른 자를 처형하는
데 반대하지 않을 거라 믿습니다."

이 이야기를 듣자, 청중의 표정에 상당한 변화가 일어났습니다. 지금까지는 유령이나 초자연적인 사건 이야기를 들을 때처럼 반신 반의하며 듣고 있었지만, 내가 공식적으로 행동해달라고 부탁하자 불신의 표정이 되살아난 것입니다. 하지만 그는 부드럽게 말했습니다.

"범인을 잡을 때 도움이 필요하면 기꺼이 도움을 드리겠습니다. 하지만 당신이 말하는 그 존재는 내가 아무리 애를 써서 저항하려 해도 그럴 수 없는 힘을 가진 것 같군요. 얼음 바다를 건널 수 있고, 그 누구도 감히 다가갈 수 없는 동굴에서 사는 짐승을 어떻게 쫓을 수 있겠습니까? 게다가 그가 범죄를 저지른 뒤로 몇 달이 흘렀으니, 그가 지금 어느 곳을 헤매고 있는지 어느 지역에서 살고 있는지 그 누구도 추측할 수 없을 겁니다."

"그는 내가 사는 곳 근처를 맴돌고 있는 게 분명합니다. 그가 알프스에서 숨어 지내고 있다면 샤모아처럼 사냥해서 맹수처럼 죽이면 될 겁니다. 하지만 나는 당신의 생각을 알 것 같습니다. 당신은 내 이야기를 믿지 않는군요. 나의 적을 쫓아서 그가 받아 마땅한 벌을 내릴 의지가 없지 않습니까."

이렇게 말하는 나의 눈에 분노가 번뜩였습니다. 치안판사는 겁을 먹었습니다.

"그렇지 않습니다. 저는 최선을 다할 것입니다. 그리고 제게 그 괴물을 잡을 수 있는 능력이 있다면 그가 지은 죄에 합당한 벌을 내릴 것이니 안심하십시오. 하지만 그의 특징에 대한 당신의 설명을 듣고 보니 무슨 수를 써도 그를 잡지 못할 것 같아 겁이 납니다. 그러니 실망할 수도 있다는 것을 알아두십시오."

"그럴 수 없습니다. 내가 무슨 말을 해도 소용이 없는 것 같군요. 나의 복수는 당신에게 전혀 중요하지 않으니까요. 복수는 악덕일지 모르겠지만, 솔직히 말해 오직 복수만이 내 영혼의 열정을 불러일으킨다는 점을 고백합니다. 내가 사회에 풀어놓은 살인자가 아직도 살아 있다는 것을 생각하면 이루 말로 다 할 수 없는 분노가 차오릅니다. 당신이 나의 요구를 거절했으니 내게는 방법이 하나밖에 없습니다. 내가 죽든 살든 그의 파괴를 위해 나를 바치겠습니다."

이 말을 하며 나는 극도의 불안감에 몸을 떨었습니다. 나의 태도에서 광기가 느껴졌습니다. 옛날 순교자들이 가졌을 것으로 여겨지는 거만한 맹렬함도 분명 섞여 있었을 겁니다. 하지만 헌신과 영웅적 행위 말고 다른 데 정신이 팔린 제네바의 치안판사에게는 이런 정신의 고양이 그저 광기 어린 모습으로 보였을 겁니다. 그는 유모가 아이를 달래듯 나를 진정시키려 했습니다. 그리고 나의 이야기를 정신착란 때문이라고 여겨버렸습니다. 나는 소리쳤습니다.

"지혜를 자랑한다는 자가 어찌 이리 무지한 건가요! 그만두세요. 당신은 지금 자기가 무슨 말을 하는지도 모르잖아요."

나는 매우 불안한 상태로 화를 내며 그의 집을 나와버렸습니다. 그리고 이제 어떻게 해야 할지 고민하기 시작했습니다.

24장

   당시 나의 자발적인 생각은 모두 집어삼켜져 사라진 상태였습니다. 나는 격분하여 달아났습니다. 내게 힘과 평정심을 줄 수 있는 건 오로지 복수뿐이었습니다. 복수는 나의 감정에 많은 영향을 주었고, 내가 정신착란에 빠지거나 죽을 뻔한 때도 신중하고 차분할 수 있게 해줬습니다.

   나는 먼저 영영 제네바를 떠나기로 결심했습니다. 행복하고 사랑받던 시절에는 내게 소중한 조국이었지만, 역경에 빠진 지금은 이 나라가 혐오스러웠습니다. 나는 어머니 것이었던 보석 몇 개와 돈을 챙겨 제네바를 떠났습니다.

   그렇게 하여 나는 죽어서야 끝날 방황을 시작했습니다. 나는 광활한 땅을 가로지르고, 사막이나 야만적인 국가의 여행객이 만날 법한 온갖 고난을 겪었습니다. 도대체 어떻게 살았는지 기억도 잘 나지 않습니다. 모래 평원에서 힘없는 팔다리를 늘어뜨린 채 제발 죽게 해달라고 기도하던 게 한두 번이 아니었습니다. 하지만 복수심이 나를 살게 해주었습니다. 나의 원수를 살려둔 채 죽을 수는 없었으니까요.

제네바를 떠나고 가장 먼저 할 일은 악마 같은 적의 발자취를 좇을 수 있도록 그에 대한 단서를 얻는 것이었습니다. 하지만 아직 나의 계획이 불확실한 상태였고, 어느 길로 가야 할지 확신이 없어 제네바 주변을 몇 시간이나 헤매고 있었습니다. 밤이 오자 나는 윌리엄, 엘리자베스, 그리고 아버지가 묻혀 있는 공동묘지 입구에 와 있었습니다. 난 안으로 들어가 그들의 묘지로 다가갔습니다. 나뭇잎이 바람에 바스락거리는 소리 말고는 사방이 고요했고 주변도 거의 캄캄했습니다. 관심 없는 사람이 보기에도 엄숙하고 애처로운 광경이었습니다. 세상을 떠난 영혼들이 주위를 맴돌며 애도하는 자의 머리 위에 그림자를 드리우는 것 같았습니다. 눈에 보이진 않지만 그렇게 느껴졌습니다.

이 광경을 보고 처음 느꼈던 깊은 슬픔이 어느 순간 분노와 절망으로 바뀌었습니다. 그들은 죽었고 나는 살았습니다. 그리고 그들의 살인자도 살아 있었습니다. 살인자를 없애기 위해서는 이 지친 삶을 계속 끌고 갈 수밖에 없었습니다. 나는 잔디밭에 무릎을 꿇고 땅바닥에 입을 맞추며 떨리는 입술로 소리쳤습니다.

"내가 무릎 꿇고 있는 이 땅을 걸고, 내 주변을 방황하는 영혼들을 걸고, 내가 느끼는 이 깊고 영원한 슬픔을 걸고 맹세합니다. 그리고 이 밤과 밤을 주관하는 영혼들을 걸고 맹세합니다. 나는 이 고통을 일으킨 악마를 쫓아갈 겁니다. 그리고 목숨을 건 싸움에서 둘 중 하나가 죽을 때까지 멈추지 않을 겁니다. 이 목적을 위하여 나는 내 목숨을 지킬 겁니다. 이 소중한 복수를 실행하기 위하여 나는 다시 태양을 보고, 초록 목초를 밟을 것입니다. 죽으면 다시는 보지 못할 그것들을요. 그리고 죽은 자의 영혼에게, 방황하는 복수의 대행자에게 부탁드립니다. 나를 도와주세요. 저주받은 끔찍한 괴물이 깊은 고통을 느낄 수 있게 해주십시오. 지금 나를 괴롭히는 절망감을 그가 느낄 수 있게 해주십시오."

이야기를 시작할 때만 해도 살해당한 가족들의 영혼이 내 이야기를 들어주고 나를 허락해줄 거라는 믿음을 가지고 진지하게 시작했습니다만, 이야기를 끝내고 보니 어느새 분노에 휩싸여 있었습니다. 나는 너무 화가 나서 말을 이어갈 수가 없었습니다.

밤의 정적을 뚫고 시끄럽고 악마 같은 웃음소리가 들려왔습니다. 귓가에 그 소리가 오랫동안 울려 퍼졌고, 산에서도 메아리쳤습니다. 지옥이 나를 둘러싸고 조롱하고 웃는 것만 같았습니다. 그때 나의 다짐이 들려오지 않았더라면, 내가 복수를 꿈꾸지 않았더라면, 나는 광기에 사로잡혀 내 끔찍한 목숨을 끊어버렸을 게 분명합니다. 잠시 후 웃음소리가 잦아들더니 익숙하고 혐오스러운 목소리가 내 귓가에 대고 분명하게 속삭였습니다.

"나는 만족해, 이 끔찍한 인간! 네가 살기로 했으니 난 만족해."

소리가 나는 쪽으로 급히 몸을 틀었지만, 악마는 내 손아귀에서 벗어나고 말았습니다. 갑자기 커다란 달이 모습을 드러내고 그의 유령처럼 일그러진 모습을 비추었습니다. 그는 도저히 사람이 흉내 낼 수 없는 속도로 달아났습니다.

나는 그를 쫓았습니다. 지난 몇 달 동안 하려고 벼르던 일이었으니까요. 나는 얼마 없는 단서를 이용해 구불구불 이어진 론강을 따라 쫓아갔지만, 소용이 없었습니다. 그러다 푸른 지중해가 나타났습니다. 공교롭게도 악마가 흑해로 떠나는 배에 몸을 숨기는 걸 목격했습니다. 나 역시 같은 배에 올라탔지만, 그는 배에 없었습니다. 어떻게 한 건지는 나도 모르겠습니다.

그는 계속 나를 피해 다녔지만 나는 그를 쫓아 타타르와 러시아의 황야까지 갔습니다. 때로는 그의 흉측한 외모에 겁먹은 농부들이 내게 그가 도망친 길을 알려주기도 했습니다. 때로는 그를 완전히 놓쳐버린 내가 절망하며 죽어버릴까 봐 그 스스로 약간의 흔적을 남겨놓기도 했습니다. 머리 위로 눈이 내리고 있는데 하얀 평원 위에 그의 거대한 발자국이 보였습니다. 처음 자신의 삶을 살기 시작한 당신, 근심과 고통이 무엇인지도 모르는 당신이 내가 느꼈고 지금도 느끼고 있는 것을 어떻게 이해할 수 있겠습니까? 추위, 빈곤, 피로는 내가 견뎌야 할 고통 중 가장 약한 것이었습니다. 나는 악마의 저주를 받아 영원한 지옥을 품고 다녀야 했습니다. 물론 아직도 수호천사가 날 따라오며 길을 알려주기도 했습니다. 내가 투덜거릴 때면 갑자기 극복할 수 없는 어려움에서 나를 구원해주기도 했습니다. 때로는 굶주림에 지쳐 꼼짝도 못 하고 있는데 사막에 식사가 준비된 바람에 그걸 먹고 힘을 내기도 했습니다. 솔직히 음식은 그 나라 농부들이 먹는 것처럼 거칠었지만, 내가 도와달라고 불러들인 영혼들이 준비해주었다는 사실은 의심하지 않을 것입니다. 모든 게 바짝바짝 마르고 하늘엔 구름 한 점 없고 갈증에 고통받고 있을 때, 옅은 구름이 나타나더니 몇 방울의 비로 나를 살려내고는 다시 사라진 적도 있었습니다.

강이 있을 때는 가능한 한 강을 따라갔습니다. 하지만 사람들이 대부분 강 주변에 모여 살았기 때문에 악마는 보통 이곳을 피했습니다. 인간이 거의 보이지 않는 외딴곳에서는 내 앞길을 가로막는 야생 동물을 잡아먹으며 근근이 살아냈습니다. 내게는 돈이 있었기에 돈을 나눠주며 사람들의 관심을 얻었습니다. 또는 내가 직접 잡은 동물을 가지고 다니다가 내게 요리를 위한 불과 도구를 제공해준 사람들에게 내 몫만 빼고 나눠주기도 했습니다.

솔직히 그렇게 흘러가는 삶이 너무 혐오스러웠습니다. 즐거움을 맛볼 수 있는 때는 오로지 잘 때뿐이었죠. 오, 소중한 잠이여! 가끔 너무 고통스러울 때는 휴식에 빠져들었고 그럴 땐 황홀한 꿈이 나를 위로해주었습니다. 나를 지켜주는 정령들이 내가 순례를 이어갈 힘을 지킬 수 있도록 이런 순간들, 아니 시간을 주었던 것 같습니다. 이렇게 한숨 돌릴 시간이 없었더라면 나는 이런 역경을 견디지 못했을 겁니다. 낮에는 밤에 대한 희망으로 힘을 내서 여정을 이어갈 수 있었습니다. 자면서는 나의 가족들, 아내, 사랑하는 조국을 볼 수 있었으니까요. 자애로운 아버지의 얼굴을 볼 수 있었고, 엘리자베스의 맑은 목소리를 들을 수 있었으며, 건강과 젊음을 즐기는 클레르발을 마주할 수 있었습니다. 고된 행군으로 지쳤을 때 밤이 올 때까지는 꿈을 꾸는 것이고 실제로는 소중한 가족들의 품에서 현실을 즐기는 것이라며 나 자신을 거짓으로 설득하기도 했습니다. 그들을 보며 얼마나 고통스러운 애틋함을 느꼈는지요! 그들의 사랑스러운 모습에 내가 얼마나 매달렸는지요! 그들은 깨어 있는 시간에도 내 주위를 떠나지 않았고 여전히 살아 있다고 나를 설득했습니다. 그럴 때면 마음속에 불타던 복수심이 사라졌습니다. 분명 악마를 파괴하기 위하여 길을 가고 있었지만, 내 영혼의 열렬한 욕망 때문이 아니라 나도 의식하지 못하는 힘에 이끌린 기계적인 충동에 따라서, 하늘이 명을 내려준 임무로써 그런 행동을 하고 있었던 겁니다.

내가 쫓던 그자의 감정이 어땠는지는 나도 모르겠습니다. 때때로 그는 나무껍질에 글을 써놓거나 돌멩이에 글씨를 새겨서 나를 자기가 가는 길로 이끌면서 나의 분노를 부추기기도 했습니다. 그런 글 중에는 이런 것도 있었습니다.

'나의 군림은 아직 끝나지 않았어. 너는 살아 있고 내 능력은 완전하지. 나를 따라와. 나는 영원히 녹지 않는 북쪽의 얼음을 찾아가고 있어. 너는 그곳에서 지독한 추위를 느끼겠지만 난 아무렇지 않아. 너무 늦지 않게 날 쫓아왔다면 이 근처에서 죽은 토끼를 찾을 수 있을 거야. 먹고 힘을 내. 자, 어서 와, 나의 적! 언젠가 우리는 목숨을 걸고 싸워야만 해. 물론 그날이 올 때까지 너는 힘들고 비참한 시간을 견뎌야겠지.'

나를 비웃는 악마! 나는 다시 한번 복수를 맹세했습니다. 끔찍한 악마가 고통받으며 죽을 수 있게 내 온 마음을 다할 것입니다. 둘 중 하나가 죽을 때까지 추적을 포기하지 않을 겁니다. 그런 다음 황홀해하며 엘리자베스 그리고 헤어진 가족들과 만날 겁니다. 그들은 심지어 지금도 나의 지루한 고생과 끔찍한 순례를 보상하기 위하여 준비하고 있을 겁니다!

계속해서 북쪽으로 진행하다 보니 눈발이 굵어지고 추위도 견디기 힘들 정도로 심해졌습니다. 소작농들은 집에 들이박혀 나오지 않았고, 몇몇 굉장히 모험심이 큰 사람들만 배고픔을 이기지 못하고 먹이를 찾아 나온 동물들을 사냥하러 다녔습니다. 강에는 얼음이 뒤덮여 있어 물고기를 구할 수도 없었습니다. 나는 먹을거리를 차단당했습니다.

내가 점점 더 힘들어질수록 내 적의 승리감은 커졌습니다. 한번은 이런 글을 남겨놓았더군요.

'마음의 준비를 해! 너의 고생은 이제 시작되었으니까. 짐승 털로 몸을 감싸고 먹을 걸 준비해. 이제 우리는 여정을 시작할 거야. 너의 고통이 내 영원한 증오를 만족시킬 여정을.'

그의 비웃는 말에 나의 용기와 인내심이 차올랐습니다. 나는 목적 달성에 실패하지 말아야겠다고 다짐했습니다. 그리고 하늘에게 날 도와달라고 요청하며, 절대 수그러들지 않는 열정으로 드넓은 황무지 횡단을 이어갔습니다. 그러다 보니 결국 저 멀리 넓은 바다가 보이고 지평선 최극단 경계가 나타났습니다. 오! 남쪽의 푸른 바다와는 어찌나 다르던지요! 온통 얼음으로 뒤덮여 있어서 훨씬 황량하고 울퉁불퉁한 점 말고는 육지와 구분이 힘들었습니다. 그리스인들이 아시아의 언덕 위에서 지중해를 보며 고생이 끝난 것에 기뻐하며 즐거움의 눈물을 흘렸다지요. 하지만 나는 울지 않았습니다. 그저 이곳까지 안전하게 나를 인도해준 수호신들에게 무릎을 꿇고 온 마음으로 감사를 드렸습니다. 그 모든 고난을 겪었지만 이제 이곳에서는 그를 만나 싸울 수 있으니까요.

몇 주 전 나는 썰매와 개를 구했습니다. 그래서 상상도 못 할 속도로 눈 위를 달릴 수 있게 되었습니다. 악마도 썰매를 구했는지는 알 수 없었습니다. 하지만 전에는 매일 뒤처졌는데 지금은 그에게 점점 가까워져서, 바다를 처음 본 날은 그가 하루치 거리만큼만 앞서 있다는 것을 알 수 있었습니다. 나는 그가 해변에 도착하기 전에 그를 따라잡기를 바랐습니다. 그래서 나는 용기를 내어 열심히 달렸고, 이틀 만에 해안가 초라한 작은 마을에 다다를 수 있었습니다. 나는 마을 사람들에게 괴물에 대해 질문했고 정확한 정보를 얻어냈습니다. 그들이 말하기를, 전날 밤 엽총 하나와 권총 여러 개로 무장한 거대한 괴물이 이곳에 도착했고, 그의 끔찍한 외모에 공포를 느낀 외딴 오두막 사람들이 도망을 쳤다고 말했습니다. 그는 겨울용 음식 저장 창고를 털어서 자기 썰매에 실었습니다. 썰매는 훈련된 개 여러 마리가 끌고 있었다더군요. 겁에 질린 마을 사람들에게는 참 다행스럽게도, 그날 밤 그는 더 이상 육지가 없는 방향으로 바다를 가로질러 떠났습니다. 사람들은 그가 얼음이 깨져 죽거나 추운 땅에서 얼어 죽을 거라고 추측했습니다.

이 정보를 들은 나는 잠시 절망감을 느꼈습니다. 그가 나를 피해 달아난 것입니다. 나는 산처럼 쌓여 있는 얼음 바다를 가로질러 힘들고 끝도 없는 여정을 새롭게 시작해야만 했습니다. 원래 그곳에 살던 사람도 오래 견디기 힘들 정도로 추운 곳이었고, 나처럼 온난하고 맑은 기후 출신인 사람은 생존조차 힘들 곳이었습니다. 하지만 악마가 살아서 기세등등할 것을 생각하니 나의 분노와 복수심이 되살아났습니다. 더불어 거대한 파도가 밀려오는 것처럼 온갖 감정에 압도되었습니다. 잠시 휴식을 취하는 동안 죽은 자들의 영혼이 내 주위를 맴돌며 힘을 내서 복수하라고 부추겼고, 결국 나는 다시 떠날 준비를 했습니다.

나는 육지용 썰매를 얼음 바다용으로 교환하고 예비 식량을 충분히 구매한 후 육지를 출발했습니다.

그로부터 며칠이 흘렀는지 모르겠습니다. 악마에게 정당한 응징을 해주겠다는 감정이 끊임없이 가슴속에서 불타오르지 않았더라면 도저히 견딜 수 없었을 고통을 견뎌왔습니다. 울퉁불퉁하고 거대한 얼음산이 종종 내 앞길을 가로막았습니다. 바다 밑에서 천둥소리가 들릴 때면 목숨이 위태롭기도 했습니다. 하지만 그럴 때마다 다시 눈이 내려 바다를 안전하게 건널 수 있게 되었습니다.

그동안 내가 소비한 비상식량의 양을 계산해보니 이 여정을 시작한 지 3주는 된 것으로 추측할 수 있었습니다. 끊임없이 희망의 날이 연기되자 눈에서는 낙담과 슬픔의 비통한 눈물이 흐르기도 했습니다. 실제로 절망에 사로잡혀서 이제 곧 고통 속에 주저앉을 법한 상황이었습니다. 한번은 썰매를 끌어준 불쌍한 개들이 믿기 힘들 정도로 열심히 노력하여 얼음산 비탈 정상에 오른 적이 있었습니다. 그런데 한 마리가 너무 지쳐 쓰러져 죽고 말았습니다. 너무 괴로워하며 주변을 둘러보는데 갑자기 어스름한 평원 위에 검은 점 하나가 보였습니다. 나는 눈을 비비며 그게 무엇인지 다시 확인하다가 환희의 비명을 질렀습니다. 그건 썰매였고 그것에는 내가 잘 아는 흉측한 외모의 괴물이 타고 있었기 때문입니다. 오! 다시 솟구치는 감정의 분출과 함께 희망이 샘솟았습니다! 뜨거운 눈물이 흘렀지만, 그것 때문에 악마가 잘 보이지 않을까 봐 얼른 닦아냈습니다. 그렇지만 뜨거운 눈물은 계속 눈앞을 가렸습니다. 나는 억누르던 감정을 참지 못하고 큰 소리로 울었습니다.

하지만 지체할 시간이 없었습니다. 나는 개들을 죽은 동료와 떼어놓고 충분한 양의 음식을 주었습니다. 그리고 한 시간 정도 휴식 시간을 주었습니다. 개들에게는 휴식 시간이 꼭 필요했지만, 나로서는 그 시간이 상당히 견디기 힘들었지요. 그런 다음 다시 여정을 이어갔습니다. 썰매는 여전히 보였습니다. 험준한 바위 때문에 잠시 썰매가 가려졌을 때를 제외하고는 잠시도 썰매를 놓치지 않았습니다. 확실히 느껴질 정도로 거리가 좁혀졌습니다. 그런 후 이틀 정도가 되자, 나와 적과의 거리는 거의 2킬로미터에 지나지 않았습니다. 가슴이 터질 것만 같았습니다.

하지만 지금, 나의 적이 손아귀에 들어오기 직전, 희망이 갑자기 사라졌습니다. 그의 흔적이 그 어느 때보다도 감쪽같이 사라진 것입니다. 바다 밑에서는 소리가 들렸습니다. 물이 흘러가며 점점 큰 물결을 이루자, 천둥소리가 났고 매 순간 불길하고 무서웠습니다. 참고 앞으로 나아가려 했지만, 소용이 없었습니다. 바람이 거세지고 바다가 포효했습니다. 지진 같은 엄청난 충격을 받은 것처럼 압도적인 소음과 함께 얼음에 금이 가고 깨졌습니다. 순식간에 일어난 일이었습니다. 몇 분 안에 나와 적 사이에 바다가 들이쳤습니다. 나는 깨진 얼음 조각 위에 둥둥 떠다니게 되었습니다. 얼음은 점점 작아질 테니 나는 끔찍한 죽음을 맞을 준비를 해야 했지요.

이런 상태로 끔찍한 시간이 흘렀습니다. 개 여러 마리가 죽었고, 나 역시 너무 지친 나머지 물속에 빠지려 하던 그때 당신의 배가 정박해 있는 것을 보게 되었고, 나는 다시 도움을 받아 살 수 있으리라는 희망을 품게 되었습니다. 나는 배가 이렇게 최북단까지 올 줄은 몰랐기에 그 광경을 보고 상당히 놀랐습니다. 난 얼른 썰매 일부를 떼어다가 노를 만들고는 온 힘을 다해 당신 배 쪽으로 얼음 뗏목을 움직였습니다. 배가 만약 남쪽으로 간다면 나의 목적을 포기하느니 바다의 자비에 나를 내맡기기로 했습니다. 그리고 적

278

을 계속 쫓아갈 수 있도록 배를 한 척 빌려달라고 부탁하고 싶었습니다. 하지만 이 배는 북쪽으로 가고 있더군요. 그리고 완전히 지친 나를 배 위로 끌어 올려줬지요. 만약 이 배를 만나지 못했더라면 나는 숱한 고난을 겪고 결국 죽고 말았을 겁니다. 나의 임무도 완수하지 못한 채 말입니다.

오! 나를 악마가 있는 곳으로 인도하는 나의 수호천사는 언제쯤 내가 그토록 갈망하는 휴식을 허락해줄까요? 아니면 나는 죽고 그 악마만 살아남는 걸까요? 만약 그렇다면 내게 맹세해주세요, 월튼 씨. 그를 절대 놓치지 않을 거라고, 반드시 그를 찾아내어 그의 죽음으로 내 복수를 대신해달라고요. 그리고 감히 이런 부탁을 해도 될까요? 당신이 내 순례를 대신 맡아 지금까지 내가 겪었던 고난을 견디라고요? 아닙니다. 나도 그 정도로 이기적이지는 않습니다. 하지만 내가 죽은 후 그가 나타나거든, 복수의 사역자들이 그를 당신에게로 인도했다면, 그를 절대 살려두진 않겠다고 맹세해주십시오. 내가 겪은 고통을 보며 의기양양하도록 놔두지 않겠다고, 계속 살면서 끔찍한 범죄를 저지르게 하지 않겠다고 맹세해주세요. 그는 말을 잘하고 설득력도 있습니다. 그래서 저도 한때 그의 말에 넘어간 적이 있습니다만, 절대 그를 믿어선 안 됩니다. 그의 영혼은 그의 외모만큼이나 지독합니다. 악마 같은 악의와 기만으로 가득 차 있습니다. 그의 말을 들어선 안 됩니다. 윌리엄, 유스틴, 클레르발, 엘리자베스, 아버지 그리고 불쌍한 빅토르의 이름을 부르면서 그의 심장에 칼을 꽂으십시오. 내가 이 주변을 맴돌다가 칼이 정확하게 꽂히도록 도와주겠습니다.

이어지는 월튼의 편지

17××년 8월 26일

마거릿, 지금까지 이 이상하고 끔찍한 이야기를 읽고 보니 공포심에 피가 굳는 느낌이 들지 않아? 나는 지금도 몸이 얼어붙는 느낌이야. 그는 종종 갑작스러운 고통에 사로잡혀 이야기를 제대로 이어가지 못했어. 또 어떨 때는 고통이 가득한 단어를 힘겹게, 하지만 날카롭게 띄엄띄엄 말하기도 했지. 그는 아름답고 사랑스러운 눈을 분노로 번득이다가도 다시 분노를 가라앉히고 지독한 비참함에 빠져들곤 했어. 때때로 그는 불안감을 억누르고 평온한 목소리로 끔찍한 이야기들을 전해줬어. 하지만 그러다가도 갑자기 화산이 폭발하는 것처럼 얼굴이 확 바뀌어 격렬한 분노를 표현했어. 그리고 날카로운 목소리로 괴물을 향해 욕설을 퍼부었지.

그의 이야기는 일관됐고 단순한 진실을 전하고 있었어. 그리고 그가 보여준 펠릭스와 사피의 편지, 내가 배에서 본 괴물의 겉모습 때문에 나는 그의 이야기가 사실임을 더욱 확신할 수 있었어. 그런 괴물이 실제로 존재하다니! 의심할 수 없는 사실인데도 나는 여전히 놀랍고 경이로웠어. 때로는 프랑켄슈타인에게 그 괴물을 만든 과정에 관하여 상세히 알고자 했지만, 이 점에 관해서 그는 절대 입을 열지 않았어.

"제정신입니까, 친구? 무분별한 호기심에 이끌려 무슨 생각을 하고 있는 겁니까? 당신도 당신 자신과 세상을 위하여 악마 같은 적을 만들 셈입니까? 진정하세요! 내가 겪은 고통에서 배우십시오. 그리고 굳이 당신의 고통을 키우려 하지 마십시오."

프랑켄슈타인은 내가 그의 이야기를 받아 적었다는 걸 알게 되었어. 그는 그걸 보고 싶다고 하더니 직접 여러 부분을 수정해주고 자세히 설명도 해주었어. 주로 적과 나눈 대화에 생동감과 활기를 불어넣었어. 그가 말했어.

"당신이 내 이야기를 기록해준 이상, 불완전한 상태로 후세에 전할 수는 없지 않겠습니까."

그렇게 일주일이 흘렀어. 그동안 나는 상상력으로 만들어낼 가장 기이한 이야기를 들었지. 나의 모든 생각과 감정은 손님에 대한 관심으로 가득했어. 그가 해준 이야기와 그의 온화하고 고상한 태도가 만들어낸 관심이었지. 나는 그를 달래주고 싶었어. 그토록 비참하고 기댈 곳 없는 사람에게 어떻게 계속 살아가라고 위로할 수 있을까. 오, 그럴 순 없지! 지금 그가 느낄 수 있는 유일한 즐거움은 산산조각 난 영혼으로 평화와 죽음을 만들어내는 것뿐일 거야. 물론 지금 그도 즐기는 게 딱 하나 있기는 해. 바로 고독과 정신착란의 산물이라고 할 수 있지. 그는 꿈속에서 친구들과 대화를 나눌 때 그들과의 교감에서 자신의 복수심을 자극받고 자신의 불행을 위로받는다고 믿고 있어. 그는 그 친구들이 상상 속 존재가 아니며 아주 먼 지역에서 그를 방문한 존재들이라고 믿고 있어. 이런 믿음이 그의 공상에 엄숙함을 전해주며, 나 역시 그걸 진실만큼이나 인상적이고 흥미로운 것으로 받아들이게 해.

우리의 대화가 언제나 그의 이야기와 불행에만 국한되지는 않았어. 그는 문학 일반에 무한한 지식을 뽐냈으며 빠르고 날카로운 판단력을 가지고 있었거든. 그의 언변은 설득력 있고 감동적이었으며,

그가 슬픈 이야기를 하거나 연민이나 사랑의 열정을 불러일으키려고 작정하면 눈물 없이는 이야기를 들을 수가 없었어. 한창때 그는 얼마나 눈부시게 아름다운 사람이었을까! 파멸을 맞은 지금도 고상하고 위엄 있으니 말이야. 그는 자신의 가치가 어떠한지, 그리고 자신이 지금 얼마나 크게 몰락했는지 다 느끼고 있는 듯 보였어.

그가 말했어.

"어릴 땐 내가 위대한 일을 할 운명이라고 믿었습니다. 지금은 감정에 깊이 빠져 있지만, 그때 나는 걸출한 업적에 걸맞은 냉정한 판단력을 갖추고 있었습니다. 내 본성의 가치를 이렇게 생각하고 있었기에 다른 사람들이 억압받을 때도 나는 자신을 지킬 수 있었습니다. 다른 사람들에게는 유용할 수도 있는 이 재능을 쓸모없는 슬픔 속에 던져버리는 것은 범죄라고 생각했기 때문입니다. 내가 이뤄낸 업적, 자그마치 감성과 이성을 갖춘 피조물을 만들어낸 나의 업적을 생각하면, 나는 평범한 계획자 무리와 어깨를 나란히 할 수는 없습니다. 그러나 일을 시작할 때는 나를 지탱해주던 이런 생각들이 이제는 나를 저 아래 먼지 구덩이 속으로 밀어 넣는 역할을 할 뿐입니다. 나의 성찰과 희망은 아무 의미가 없습니다. 전능한 존재가 되고 싶었던 대천사처럼 나는 영원한 지옥에 갇혀버렸습니다. 나의 상상력은 생생했고 나의 분석력과 응용력은 대단했습니다. 이런 특성들을 잘 결합하여 나는 아이디어를 구상하고 인간의 창조를 실행에 옮겼습니다. 지금도 작업이 미완성일 상태의 내 공상을 떠올리면 오로지 그 열정만이 생각납니다. 나는 내가 가진 능력에 기뻐하고, 결과를 생각하며 불타오르기도 하면서 내 생각 속에서 천국을 걸어 다녔습니다. 나는 어릴 때부터 높은 기대와 고상한 야망으로 가득한 사람이었습니다. 그런 내가 지금은 얼마나 몰락했는지요! 오, 나의 친구여, 당신이 과거의 내 모습을 알았더라면 지금 타락한 상태의 나를 알아보지도 못했을 겁니다. 예전엔 낙담이라는 걸 모르고 살았습니다. 크나큰 사명감을 품고 살았습니다. 그런데 지금은 쓰러져, 다시는 일어서지도 못할 것 같습니다."

그렇다면 나는 이 훌륭한 친구를 잃어야 할까? 나는 전부터 친구를 간절히 원했잖아. 나를 사랑해주고 공감해줄 사람을 찾고 있었잖아. 봐, 이런 황량한 바다에서 그런 친구를 드디어 한 명 찾았다고. 그런데 그의 가치를 알자마자 그를 잃을까 봐 두려워. 나는 그를 삶과 화해시키고 싶지만, 그가 그 생각을 거부하고 있어.

그가 말했어.

"고마워요, 월튼. 이 끔찍하고 비참한 인간에게 친절하게 대해주어서요. 다만 당신은 새로운 유대관계와 새로운 애정을 이야기하지만, 그런 것들이 이미 죽은 사람들을 대신할 수 있다고 생각하나요? 어떤 사람이 내게 클레르발 같을 것이며, 어떤 여자가 내게 엘리자베스 같겠습니까? 어린 시절의 친구들은 그들의 탁월함에 이끌려 애정을 느낀 게 아닌데도 다 커서 사귄 친구들한테서는 도무지 찾을 수 없는 힘이 있지요. 그들은 우리의 어린 시절 성향을 알고 있습니다. 이후 어느 정도는 바뀌더라도 절대 사라지지는 않는 성향이지요. 그리고 그들은 우리가 어떤 동기를 가지고 그런 행동을 하는지 알고, 그 결말까지 파악한 채 우리의 행동을 판단합니다. 자매나 형제는 일찍이 그런 징후를 보여준 게 아니라면, 우리의 거짓이나 잘못을 의심하지 않습니다. 반면 친구는 아무리 친한 사이일지라도 다른 친구를 의심스럽게 볼 수 있습니다. 하지만 나는 친구를 좋아합니다. 그저 원래 그래왔기 때문이기도 하고 그들에게 장점이 있기 때문이기도 합니다. 내가 어디에 있든 마음을 달래주는 엘리자베스의 목소리와 클레르발의 말소리가 귓가에 속삭일 겁니다. 그들은 죽었습니다. 하지만 그러한 고독 속에서도 오직 한 가지 감정이 내게 삶을 지속하라고 설득할 수 있습니다. 이를테면 내가 만약 다른 사람들이 광범위하게 사용할 수 있는 대단한 일이나 계획에 참여하고 있다면 나는 그걸 성공시키기 위해서라도 삶을 지속할 수 있을 겁니다. 그러나 내 운명은 그렇지 못합니다. 난 내가 생명력을 부여해준 존재를 쫓아가서 그를 파괴해야 합니다. 그것으로 이 땅에서의 내 운명은 다 실현될 것이고 나는 죽음을 맞게 될 것입니다."

사랑하는 누이에게,
9월 2일

소중한 잉글랜드와 그곳에 사는 더 소중한 친구들을 다시 볼수 있을지 알 수 없는 위험한 상태로 편지를 써. 나는 탈출을 허락하지 않는, 언제라도 배를 부술 것처럼 위협적인 얼음산에 둘러싸여 있어. 내 동료가 되어달라고 설득해서 데려온 용감한 선원들이 내게 도움을 요청하고 있지만, 나도 도와줄 수가 없어. 우리 상황이 심각한 것은 사실이지만, 아직도 나는 용기와 희망을 버리지 않았어. 선원들의 목숨이 나 때문에 위험해졌다고 생각하면 끔찍하긴 해. 이러다 길을 잃는다면 그건 다 나의 정신 나간 계획 때문일 테니까.

그렇다면 마거릿, 누이의 마음 상태는 어떨까? 내가 죽었다는 소식도 듣지 못한 채 내가 돌아오기만을 노심초사 기다릴까? 몇 년이 지나면 절망이 찾아올 것이고 희망에 고문당하겠지. 오! 나의 사랑하는 누이, 누이의 가슴 아픈 기대가 무너지는 것이, 예상컨대 나의 죽음보다 더 끔찍하게 느껴져. 하지만 누이에겐 남편과 사랑하는 아이들이 있으니 행복할 거야. 부디 하늘의 축복이 있기를!

나의 불행한 손님은 나를 아주 다정하게 대해줘. 계속 희망을 품게 하려고 노력하고, 스스로 삶을 소중하게 생각하는 것처럼 말하지. 그는 이 바다를 건너려고 시도했던 다른 항해자들에게 똑같은 사고가 얼마나 자주 일어났었는지 일러줘. 그러면 나도 모르게 일이 잘 풀릴 것 같은 느낌이 들어. 선원들도 그의 말에서 힘을 얻고. 그가 말하면 선원들은 더 이상 절망하지 않아. 그는 선원들의 에너지를 끌어 올려주지. 그의 목소리를 듣고 있으면 이 거대한 얼음산들이 인간의 결단력 앞에서 곧 사라져버릴 흙더미처럼 느껴진다니까. 하지만 이런 감정들도 일시적일 뿐이야. 기대했던 날들이 점차 미뤄지자, 사람들이 공포를 느끼기 시작했거든. 나 역시 선원들이 절망감을 이기지 못하고 반란을 일으킬까 봐 두려울 정도야.

9월 5일

조금 전 흔치 않게 흥미를 끄는 일이 있었어. 이 편지가 누이에게 절대 닿지 않을 가능성이 매우 크지만, 그래도 기록할 수밖에 없네.

우리는 여전히 얼음산에 둘러싸여 있고, 금방이라도 그곳에 충돌하여 배가 부서질 위험에 처해 있어. 말도 못 하게 추운 데다 불쌍한 동료 중 많은 수가 이미 이 황량한 땅 한 가운데서 목숨을 잃었어. 프랑켄슈타인은 날마다 건강이 나빠지고 있어. 그의 눈엔 여전히 뜨거운 불길이 번득이지만, 이미 완전히 지쳤어. 갑자기 무언가를 하려고 일어났다가도 다시 꼼짝 못 하고 쓰러지곤 해.

지난 편지에서 반란이 일어날까 봐 걱정이라고 했잖아. 오늘 아침, 나는 앉아서 창백한 동료의 얼굴을 바라보고 있었어. 그는 눈을 반쯤 감은 채 팔다리를 힘없이 늘어뜨렸어. 그때 선원 여섯이 내 선실로 들어오겠다고 하는 바람에 나는 자리에서 일어섰어. 그들은 선실로 들어왔고, 그중 우두머리가 내게 다가왔어. 그는 자신이 다른 선원들에 의해 대표로 선출되었고, 내가 거부하지 못할 요구사항을 요청하러 왔다고 했어. 지금은 얼음 안에 갇혀 있고 절대 탈출하지 못하는 상황이지만, 혹시나 얼음이 깨져 자유롭게 오갈 통로가 생겼을 때 내가 경솔하게 여정을 계속 이어가 지금 막 위험에서 벗어난 그들을 또 새로운 위험에 빠트릴까 봐 두렵다고 했어. 그러면서 배가 자유로이 움직일 수 있게 되면 즉시 남쪽으로 항로를 바꾸기로 약속해달라고 했어.

그들의 말에 나는 곤란해졌어. 나는 아직 절망하지 않았을 뿐만 아니라 배가 자유로워지더라도 돌아갈 생각은 한 적이 없었으니까. 하지만 공정성과 가능성을 생각했을 때, 내가 그들의 요구를 거부할 수 있을까? 내가 대답을 망설이자, 이야기를 들을 힘도 없는 모습으로 침묵을 지키던 프랑켄슈타인이 몸을 일으켰어. 그의 눈은 반짝였고 두 뺨은 순간적인 열정에 생기가 돌았어. 그가 선원들을 보며 말했어.

"그게 무슨 말입니까? 선장에게 뭘 요구하는 겁니까? 당신들은 그리 쉽게 원래 계획을 바꾸려는 겁니까? 당신들은 이걸 영광스러운 탐험이라고 부르지 않았습니까? 왜 영광스럽다고 했나요? 가는 길이 남쪽 바다만큼 평탄하고 잔잔해서가 아니잖아요. 위험과 공포로 가득 찼기 때문이지요. 새로운 사건이 생길 때마다 불굴의 정신과 용기가 필요하기 때문입니다. 위험과 죽음이 둘러싸고 있어도 당신들이 용감하게 극복할 것이기 때문입니다. 그래서 영광스러웠던 것이에요. 그래서 명예로운 임무였던 것이라고요. 앞으로 여러분은 인류의 은인으로 칭송을 받을 겁니다. 여러분의 이름은 인류의 이익과 명예를 위해 죽음에 맞선 용감한 사람들로서 받들어질 것입니다. 그런데 지금, 보십시오. 첫 번째 위험이 닥치자, 아니, 여러분의 용기를 시험할 강력하고 끔찍한 상황이 생기자, 당신들은 위험을 피하고만 있습니다. 추위와 위험을 견딜 만한 힘이 없었던 사람들로 이름을 남기는 데 만족하고 있습니다. 너무 추워서 따뜻한 불가로 돌아가버린 불쌍한 영혼들로 남게 될 텐데 말이지요. 이러려고 지금까지 준비한 건가요? 단순히 당신들이 겁쟁이라는 걸 증명하기 위해 이렇게 멀리까지 와서 당신들의 선장을 수치스러운 패배의 자리로 끌어내리는 건가요? 오! 용기를 내세요. 보통 남자보다 더 남자다워지세요. 명확한 목적을 가지고 바위처럼 단단해지라고요. 이 얼음은 당신들의 마음과는 같은 재료로 만들어지지 않았습니다. 얼음은 쉽게 변하기에, 당신들이 이기겠다고 마음만

먹으면 이길 수 있습니다. 이마에 불명예의 오명을 낙인찍은 채 가족들에게 돌아가지 마십시오. 싸우고 정복한 영웅, 적에게 등을 돌릴 줄 모르는 영웅이 되어 돌아가십시오."

그는 감정에 따라 목소리를 바꿔가며 연설했어. 그의 눈엔 고귀한 목적의식과 영웅심이 가득했어. 그렇다면 선원들이 감동했는지 궁금해? 그들은 서로의 얼굴을 쳐다보며 대답하지 못했어. 나는 돌아가서 프랑켄슈타인이 한 말을 잘 생각해보라고 말했어. 그리고 정말로 간절히 반대를 원한다면 북쪽으로 억지로 끌고 가지는 않겠다고 했어. 그 대신 잘 생각해보고 용기를 되찾으면 좋겠다고 말했어.

그들이 돌아가고 나는 친구를 바라보았어. 그는 완전히 지쳐서 쓰러지기 일보 직전이었어.

이 모든 게 어떻게 끝날지 나도 모르겠어. 하지만 목적을 성취하지 못한 채 수치스럽게 돌아가느니 죽음을 택할 거야. 정말 그것이 나의 운명일까 봐 두렵기도 해. 이후에 얻게 될 영광과 명예를 생각하지 않으면 그 누구도 지금의 고난을 견뎌낼 수 없을 정도니까.

9월 7일

주사위는 던져졌어. 우리가 죽지 않는 한 다시 돌아가기로 동의했어. 비겁함과 우유부단함에 나의 희망이 무너지고 말았어. 나는 무지하고 실망한 채로 돌아가. 이런 부당함을 참을성 있게 견디려면 지금보다 철학적인 정신이 더 많이 필요할 것 같아.

9월 12일

다 끝났어. 나는 잉글랜드로 돌아가는 중이야. 유용한 목적을 이루고 영광을 찾으려던 나의 희망은 사라졌어. 친구도 잃었고. 하지만 이 비참한 상황을 누이에게 자세히 전해주려고 해. 잉글랜드를 향해, 누이를 향해 떠밀려 가는 동안에도 낙담하지 않을 거야.

9월 9일부터 얼음이 움직이기 시작했어. 멀리서 천둥소리 같은 으르렁거림과 함께 섬이 깨지며 사방으로 금이 갔지. 우리는 금방이라도 위험이 닥칠 법한 곳에 있었지만 그렇다고 수동적으로 있을 수만은 없었기에, 나의 주된 관심사는 불행한 손님에게 집중되어 있었어. 그의 병세는 점점 더 나빠져 완전히 침대에서 벗어날 수 없는 상태가 되었거든. 우리 뒤쪽에서 얼음이 깨지며 우리를 북쪽으로 밀어냈어. 서쪽에서는 산들바람이 불어오기 시작했고. 11일이 되자, 남쪽으로 가는 길이 완전히 열렸어. 이를 본 선원들은 고국으로 돌아갈 수 있게 되었다며 떠들썩한 기쁨의 환호성을 질렀어. 시끄러운 외침이 오래도록 계속되자 꾸벅꾸벅 졸고 있던 프랑켄슈타인이 깨어나 왜 그러는지 물었어.

"곧 잉글랜드로 돌아갈 거라서 소리를 지르는 겁니다."

내가 대답했어.

"정말 그러기로 한 건가요?"

"아아! 맞습니다. 그들의 요구에 버틸 수가 없었습니다. 본의 아니게 그들을 위험으로 이끌 수는 없기에 돌아가야만 합니다."

"그럼 그래야지요. 하지만 당신은 그런 선택을 했을지 몰라도 나라면 그러지 않았을 겁니다. 당신은 목표를 포기할 수 있지만 내 목표는 하늘이 정해준 것이라 함부로 포기할 수가 없습니다. 나는 쇠약하지만, 내 복수를 도와주는 정령들이 충분한 힘을 줄 거라 믿습니다."

그는 이렇게 말하며 침대에서 일어나려 했어. 하지만 너무 힘이 들었는지, 그는 다시 쓰러져 기절하고 말았어.

한참이 지나고서야 그는 다시 기운을 차렸어. 나는 그가 완전히 죽은 게 아닐까 여러 번 생각했지. 마침내 그가 눈을 떴어. 하지만 힘겹게 숨을 내쉬느라 말하지도 못했어. 의사가 그에게 안정제를 주며 나에게는 그를 방해하지 말라고 말했어. 그리고 내 친구가 이제 몇 시간밖에 살지 못할 거라고 했어.

선고가 내려진 이상 내가 할 수 있는 건 슬퍼하며 기다리는 것뿐이었어. 나는 침대 옆에 앉아 그를 바라보았어. 눈을 감고 있어서 자는 줄 알았는데, 갑자기 그가 힘없는 목소리로 가까이 다가오라고 했어.

"아아! 이제 내게 남은 힘이 없네요. 곧 죽을 것 같습니다. 나의 적이자 가해자는 아직도 살아 있을 텐데 말입니다. 월튼, 내가 삶의 마지막 순간에도 불타는 증오와 복수심을 느낄 거라고 생각하지 말아주십시오. 하지만 내가 적의 죽음을 바라는 건 당연하다고 생각합니다. 지난 며칠 동안 나는 과거의 내 행동들을 곰곰이 생각해봤습니다. 딱히 비난받을 만한 일은 찾지 못했습니다. 나는 열정적인 광기에 사로잡혀 이성적인 존재를 만들어냈습니다. 그리고 내 능력이 허락하는 한 그의 행복과 안녕을 보장해줘야 했습니다. 그게 내 의무였지요. 하지만 나에게는 그것보다 더 중요한 게 있었습니다. 인간을 향한 나의 임무가 나의 관심을 더 많이 끌었습니다. 그들의 행복이나 불행이 더 큰 부분을 포함하고 있었기 때문입니다. 이런 견해에 의해 나는 내 첫 피조물에게 배우자를 만들어주겠다는 약속을 거절했습니다. 그리고 거절하는 게 옳았습니다. 그는 비할 데 없는 악의와 이기심을 보여주었습니다. 그는 내 친구들을 죽였습니다. 그는 행복, 지혜 같은 아름다운 감정을 가진 존재를 파괴하는 데 전념했고, 나 역시 복수를 위한 그의 갈망이 언제 끝날지 알 수 없었습니다. 더 이상 비참하게 만들 사람이 없어져 우울해지면 그는 죽을 것입니다. 그를 죽이는 것이 내 임무였지만, 나는 실패하고 말았습니다. 이기적이고 잔인한 동기에 휩싸여 내가 끝내지 못한 일을 맡아달라고 당신께 부탁드렸던 겁니다. 그러나 지금은 이상과 미덕에 이끌려 다시 부탁드리려 합니다.

다만, 당신의 나라와 친구들을 포기하면서까지 이 임무를 완수해달라고 부탁하진 못하겠습니다. 이제 잉글랜드로 돌아가면 그를 만날 기회가 거의 없을 테니까요. 하지만 이런 점들을 잘 고려하고, 무엇이 당신의 임무인지 잘 헤아리길 바랍니다. 나의 판단력과 생각은 이미 근처까지 다가온 죽음 때문에 많이 망가졌습니다. 차마 내가 옳다고 생각하는 일을 당신에게 하라고 부탁하지는 못하겠습니다. 바로 그 열정 때문에 아직도 내가 잘못된 길에 들어선 건지도 모르기 때문입니다.

그가 계속 살아서 악행을 저지른다고 생각하면 마음이 괴롭습니다. 어떻게 생각하면 모든 것에서 벗어날 수 있는 바로 이 순간이 지난 몇 년 중 가장 행복한 순간일지도 모르겠네요. 사랑하는 죽은 자들의 모습이 눈앞에 어른거립니다. 서둘러 그들의 품으로 달려가야겠습니다. 잘 계십시오, 월튼! 평온 속에서 행복을 찾으십시오. 야망을 피하십시오. 과학과 발견 분야에서 눈에 띄고 싶다는 야망은 겉으로 보기엔 아무 잘못이 없어 보이지만, 그래도 피하십시오. 내가 왜 이런 말을 하는 걸까요? 나 스스로는 이런 희망 때문에 실패했지만, 다른 사람은 성공할 수도 있는데 말입니다."

그의 목소리는 점점 희미해졌고, 마침내 완전히 지쳐버린 그는 침묵에 빠졌어. 30분쯤 지나서 그는 다시 말하려고 시도했지만, 그러지 못했어. 그가 내 손을 힘없이 잡더니 영영 눈을 감았어. 그러는 사이 그의 입가에 은은한 미소가 번졌다 사라졌어.

마거릿, 이 영광스러운 영혼의 때 이른 소멸에 대해 내가 무슨 말을 할 수 있을까? 누이에게 내 슬픔의 깊이를 이해시키기 위해 무슨 말을 할 수 있을까? 내가 하는 모든 표현이 부적절하고 미약할 거야. 눈물이 흘러. 나의 마음엔 실망감의 구름이 드리워져 있어. 하지만 나는 잉글랜드로 가고 있으니, 그곳에서는 위안을 얻을 수 있겠지.

갑자기 무슨 소리가 들려. 이게 무슨 소리일까? 지금은 한밤중이야. 산들바람이 약하게 불고 있고 갑판에서 망보는 사람도 꼼짝하지 않고 있는데 말이지. 다시 들어보니 사람의 목소리 같지만, 더 거친 것 같아. 프랑켄슈타인의 시신이 누워 있는 선실에서 나는 거네. 일어나서 확인을 해봐야겠어. 잘 자, 누이.

세상에! 방금 무슨 일이 있었는지 알아? 아까를 생각하니 아직도 어지러워. 내가 이 일을 간단하게 전할 능력이 있는지 모르겠어. 다만 이 마지막 놀라운 결말을 빼놓으면 지금까지 내가 기록해온 모든 이야기가 불완전해질 거야.

나는 불운을 맞았지만, 존경스러운 친구의 시신이 누워 있는 선실로 들어갔어. 그의 머리 위에 뭐라 묘사할 단어를 찾을 수 없는 형체가 서 있었어. 덩치는 무척 크지만, 전체적으로 기묘하고 균형이 맞지 않는 모습이었어. 관을 들여다보고 있는 그의 얼굴이 치렁치렁한 머리카락 때문에 잘 보이지 않았어. 그가 거대한 손을 내밀었는데, 그 색깔과 질감이 마치 미라의 손 같았어. 내가 다가오는 소리를 듣고는 그는 슬픔과 공포의 절규를 멈추고 창문으로 튀어나갔어. 그의 얼굴만큼 끔찍하고, 혐오스러우면서도 괴이한 흉측함은 여태 본 적이 없었어. 나는 나도 모르게 눈을 질끈 감고 이 파괴자를 어떻게 처리하는 게 나의 임무일지 기억을 더듬었어. 그리고 그를 불러 세웠어.

그는 멈춰 서더니 놀란 얼굴로 나를 쳐다보았어. 그리고 꼼짝없이 누워 있는 자신의 창조자를 돌아보았어. 그는 내 존재를 잊은 듯했어. 그의 표정과 몸짓은 통제할 수 없는 격렬한 분노로 움직이는 것 같았지.

그가 소리쳤어.

"저 사람 또한 나의 희생자입니다! 그의 죽음으로 나의 범죄가 완성되었군요. 비참함의 연속이었던 내 존재도 끝날 때가 되었군요! 오, 프랑켄슈타인! 관대하고 헌신적인 존재여! 이제야 나를 용서해 달라고 부탁해봐야 무슨 소용이 있겠습니까? 당신이 파괴하는 모든 것을 파괴함으로써 당신을 돌이킬 수 없을 정도로 파괴해버린 나. 아아! 그는 이제 차갑게 식어 내게 대답해줄 수도 없군요."

그의 목소리가 메인 것 같았어. 나는 처음엔 죽어가던 내 친구의 요청에 따라 그의 적을 없애버려야겠다고 생각했어. 하지만 곧 호기심과 연민이 뒤섞인 감정에 그 생각을 잠시 미뤘어. 나는 이 엄청난 존재에게 다가갔어. 그러나 고개를 들어 그의 얼굴을 바라볼 수는 없었어. 그의 추한 모습에서 뭔가 무섭고 섬뜩한 게 느껴졌기 때문이야. 나는 말하려고 했지만, 도저히 입이 떨어지지 않았어. 그러는 동안 괴물은 계속 알아들을 수 없는 자책을 늘어놓았어. 나는 그의 열정의 폭풍이 잠시 잦아들었을 때, 마침내 용기를 내 말을 걸었어.

"뉘우침은 이 정도로 충분한 것 같습니다. 당신이 이토록 극단적으로 사악한 복수를 행하기 전에 양심의 목소리에 귀를 기울이고 후회할 일을 만들지 않았더라면, 프랑켄슈타인도 아직 살아 있었을 겁니다."

그러자 괴물이 물었어.

"무슨 말이죠? 내가 고통과 회한도 모르는 사람이었다고 생각하는 겁니까?"

그가 시체를 가리키며 계속 말했어.

"그는 자신이 저지른 일 때문에 고통받지는 않았습니다. 오! 그는 내가 느낀 고통의 만분의 일도 느끼지 않았습니다. 나는 내가 저지른 일들의 세세한 부분이 그대로 마음속에 남아 괴로운데 말입니다. 무서운 이기심이 나를 재촉하는 사이에도 내 심장은 깊은 후회로 중독되고 있었습니다. 클레르발의 신음이 내 귀에 음악처럼 들렸다고 생각합니까? 내 심장은 사랑과 연민에 민감하게끔 만들어졌습니다. 그래서 악과 증오로 인해 마음이 뒤틀릴 때는 당신이 상상조차 할 수 없는 고통을 겪으며 그 변화의 격렬함을 견뎌내야 했습니다.

클레르발을 죽인 뒤 나는 비탄에 잠겨 몸을 제대로 가누지도 못한 채 스위스로 돌아갔습니다. 나는 프랑켄슈타인에게 연민을 느꼈습니다. 나의 연민은 공포에 가까웠고, 나는 나 자신을 혐오했습니다. 하지만 내 존재를 만들어낸 사람, 그래서 이루 말로 할 수 없는 고통을 내게 안겨준 사람이 감히 행복해지려는 희망을 품고 있다는 사실을 알게 되었습니다. 나에게는 비참함과 절망감만 계속 안겨주면서, 그 자신은 내게 영원히 금지된 탐닉에서 감정과 열정을 즐기려 하다니요. 무력한 시기심과 쓰라린 분노 때문에 나는 복수를 향한 채울 수 없는 갈증으로 가득 찼습니다. 나는 프랑켄슈타인에게 했던 협박을 생각해내고 그걸 실현하기로 다짐했습니다. 이 일은 나 자신에게도 치명적인 고통이 되리라는 걸 알고 있었습니다. 하지만 나는 그토록 혐오하면서도 거역할 수 없는 충동의 노예이지, 주인이 아니었습니다. 그렇게 엘리자베스는 죽었습니다! 그때까지만 해도 그렇게 괴롭진 않았습니다. 나는 과도한 절망감 속에서 폭동을 일으키기 위해 모든 감정을 떨쳐버리고 모든 고통을 억눌렀습니다. 그때부터 악이 나의 선이 되었습니다. 이렇게 된 이상 나는 내가 선택한 쪽에 내 본성을 적응시킬 수밖에 없었습니다. 악마와 같은 계획을 완성하는 것이 채워지지 않는 내 열정이 되었습니다. 그리하여 지금 이렇게 끝이 났군요. 여기 내 마지막 희생자가 있습니다!"

그의 비참한 이야기를 듣자, 처음에는 나도 감동했어. 그러나 괴물에게 말주변과 설득력이 있다는 프랑켄슈타인의 이야기를 떠올리고, 또 죽은 채 누워 있는 친구의 모습을 다시 바라보니, 분한 마음이 다시 일었어.

"이 괴물아! 네가 저지른 불행에 눈물을 흘리겠다고 여기까지 찾아온 거냐. 건물 더미에 횃불을 던져 넣고는 다 타고 나니 잔해 사이에 앉아 붕괴를 애도하고 있는 꼴이구나. 위선적인 악마! 네가 애도하고 있는 그 사람이 아직 살아 있더라도 그는 저주받은 너의 복수심 때문에 또다시 희생자가 될 거야. 네가 느끼는 건 연민이 아니야. 너는 그저 네 원한의 희생자가 네 힘이 닿지 않는 곳으로 사라져서 슬퍼하고 있는 거야."

"오, 그렇지 않아요, 그런 게 아닙니다."

그자가 끼어들었어.

"내 행동의 의미로 보이는 것 때문에 당신이 그런 인상을 받은 게 분명합니다. 하지만 나는 내 고통을 함께 느껴줄 동료를 찾는 게 아닙니다. 공감을 구하는 게 아니라고요. 처음에는 미덕에 대한 사랑, 내 안에서 넘쳐흐르는 행복과 애정의 감정을 찾고 그것들을 함께하고 싶었습니다. 하지만 지금 미덕은 내게 그림자가 돼버 렸고, 행복과 애정은 쓰라리고 혐오스러운 절망으로 변해버렸습 니다. 이런데 무슨 공감을 구하겠습니까? 고통이 지속되는 한 나 는 혼자 고통을 겪는 것에 만족합니다. 내가 죽을 때 내 기억 속에 혐오와 불명예만 남는다고 해도 나는 이해할 것입니다. 한때는 나 의 미덕, 명예, 즐거움이 나의 환상을 누그러뜨렸습니다. 한때는 내 표면적인 외모에 굴하지 않고 내가 펼칠 수 있는 뛰어난 장점들을 사랑해주는 존재를 만날 수 있을 거라고 헛된 꿈을 꾸었습니다. 나 는 명예와 헌신이라는 고상한 생각들을 자양분 삼았습니다. 하지 만 지금은 범죄가 나를 비열한 동물 그 이하로 전락시켰어요. 그 어떤 죄, 나쁜 짓, 악의, 고통도 나의 것과 비교할 수 없습니다. 나 의 끔찍한 죄악들을 쭉 돌이켜 생각해보면 한때는 내 생각이 아름다움에 대한 초월적인 환영, 선의 위엄으로 가득 찼었다는 걸 믿을 수 없습니다. 하지만 지금은 타락한 천사가 원한에 찬 악마가 되었습니다. 신과 인간의 적이었던 자에게도 친구가 있고 외로움 속에서도 함께할 동료가 있는데, 나는 혼자입니다.

프랑켄슈타인을 친구라 부르는 당신은 나의 범죄와 내 불행에 대해 이미 알고 있는 것 같군요. 하지만 그가 아무리 자세히 알려줬다 해도 내가 무력한 열정 때문에 낭비했던 수많은 시간을 다 요약할 수는 없었을 겁니다. 나는 그의 희망을 파괴했지만 그렇다고 내 욕망이 충족되지는 않았습니다. 그것들은 오히려 더 강력해졌지요. 나는 여전히 사랑과 우정을 갈망했으나 계속해서 퇴짜를 맞았습니다. 부당하지 않습니까? 모든 인류가 내게 죄를 가하고 있는데도 왜 나만 범죄자로 여겨져야 합니까? 자기 친구를 불손하게 몰아낸 펠릭스는 왜 싫어하지 않는 건가요? 자기 아이의 구원자를 죽이려는 농부는 왜 비난하지 않는 겁니까? 참으로 도덕적이고 나무랄 데 없는 존재들이군요! 끔찍하게 버림받은 나는 쫓겨나고, 발에 차이고, 짓밟혀도 되는 실패자이고 말이지요. 이런 부당함을 생각하면 바로 이 순간도 피가 끓어오릅니다.

물론 내가 비열한 존재인 것도 사실입니다. 나는 사랑스러운 사람, 무력한 사람을 죽였으니까요. 나는 잠들어 있는 무고한 사람의 목을 졸랐습니다. 나뿐만 아니라 다른 살아 있는 동물들에게 해를 끼쳐본 적 없는 사람들의 목을 졸랐습니다. 나는 다른 사람들의 사랑과 존경을 받아 마땅한 엄선된 존재, 나의 창조자를 고통에 빠트리기 위해 노력했습니다. 당신은 내가 싫겠지요. 하지만 당신의 혐오가 나 자신을 향한 나의 혐오에는 비할 수 없을 겁니다. 나는 살인을 저지른 내 손을 바라봅니다. 살인을 상상했던 내 마음을 생각합니다. 그리고 내 손으로 내 눈을 찌르는 때가 오기를, 나의 상상이 더 이상 그런 생각을 품지 않을 때가 오기를 갈망합니다.

내가 미래에도 나쁜 짓을 저지르지는 않을지 걱정하지는 마십시오. 나의 일은 거의 완성되었습니다. 지금까지의 내 존재를 완전하게 하고, 해야 할 일을 완수하기 위하여 당신이나 다른 사람의 목숨은 필요하지 않습니다. 오로지 내 목숨이 필요할 뿐입니다. 내가 이 희생을 천천히 할 거라고 생각하지 마십시오. 나는 당신의 배를 떠나 지금 이곳까지 나를 데리고 와준 얼음 뗏목에 오를 겁니다. 그리고 이 지구의 최북단을 찾아갈 겁니다. 나는 화장용 장작을 모은 다음 끔찍한 이 몸을 재로 만들 겁니다. 나와 같은 존재를 창조하려는 호기심 많고 부정한 인간에게 아무런 흔적도 남기지 않을 겁니다. 나는 죽을 겁니다. 지금 나를 사로잡은 고통을 더 이상 느끼지 않을 겁니다. 충족되지 못한 그러나 꺼지지도 않은 감정의 희생양이 되지 않을 겁니다. 내가 더 이상 존재하지 않게 되면 우리의 기억도 급히 사라지겠지요. 나는 더 이상 해와 별을 보지 못할 것이며 뺨을 스치는 바람을 느끼지 못할 것입니다. 빛, 느낌, 감각이 다 사라지겠지요. 이런 속에서도 나는 행복을 찾을 수 있어야 합니다. 몇 해 전, 내 눈앞에 세상이 처음으로 펼쳐졌을 때, 여름의 활기찬 온기를 느끼고, 나뭇가지가 바스락거리는 소리, 새들이 지저귀는 소리를 처음 들었을 때, 그것들이 내 전부였을 때, 나는 울다가 죽었어야 했습니다. 지금은 나의 유일한 위안이 죽음입니다. 죄로 오염되고 비통한 회한으로 갈기갈기 찢긴 지금, 죽음 말고 어디에서 위안을 찾을 수 있겠습니까?

안녕히 계십시오! 나는 당신을 떠납니다. 이 눈이 마지막으로 보게 될 인간이 바로 당신이군요. 안녕, 프랑켄슈타인! 당신이 아직 살아서 나에 대한 복수를 갈망한다면, 내가 죽지 않고 살아 있는 편이 더 만족스럽겠지요. 하지만 그러지 못하게 되었습니다. 당신은 내가 더 비참한 일을 저지를까 봐 내가 죽기를 원했습니다. 그러나 내가 알지 못하는 어떤 방법에 의해 당신이 생각하고 느끼는 것을 멈춘 상태에서 벗어난다 해도, 나에 대한 당신의 복수심은 내가 느끼는 것보다 더 대단하지 않을 것입니다. 당신이 아무리 고통을 받았다고 해도 나의 고통이 당신의 그것보다 한 수 위입니다. 죽음으로 상처가 영원히 사라질 때까지 회한의 날카로운 침은 내 상처를 계속해서 들쑤실 테니까요.”

그는 슬프고 엄숙한 열정에 휩싸인 채 소리쳤어.

“하지만 곧, 나는 죽을 겁니다. 지금 내가 느끼는 것을 더 이상 느낄 수 없겠죠. 곧, 이 불타는 고통이 사라질 겁니다. 나는 자랑스럽게 내 장례용 장작 위로 올라가서 타는 불길의 고통 속에서 기뻐할 겁니다. 그 큰 불빛도 곧 사그라들겠지요. 나의 재는 바람에 날려 바다에 흩어질 겁니다. 나의 영혼은 평화롭게 잠들 겁니다. 만약 영혼이 생각이라는 걸 한다면 분명 그렇게 생각하지 않겠지만요. 그럼, 안녕히.”

그는 이렇게 말하며 선실 창문으로 튀어 나가 배 옆에 있던 얼음 뗏목에 올랐어. 그는 곧 파도에 떠밀려 저 멀리 어둠 속으로 사라졌어.

작가 연보

1797년   8월 30일 영국 런던에서, 정치평론가인 아버지 윌리엄 고드윈과 여
         권운동가인 메리 울스턴크래프트 사이에서 태어나다. 어머니는 메
         리 출산 직후 산욕열로 사망하다.
1801년   아버지 윌리엄 고드윈의 재혼으로 메리 제인 클레어몬트를 새어머
         니로 맞이하다.
1812년   아버지의 제자 퍼시 셸리의 방문으로 운명적인 첫 대면을 하다.
1814년   유부남 퍼시 셸리와 다시 만나고 결국 사랑에 빠지다. 이복자매 클
         레어 그리고 퍼시 셸리와 유럽 동반 여행을 가다.
1815년   2월, 첫딸 클라라가 태어나지만 2주를 못 넘기고 사망하다.
1816년   1월, 아들 윌리엄이 태어나다. 6월, 가족과 여행하던 중 스위스에서
         유명 시인 바이런을 만나다. 괴담을 써보자는 바이런의 제안을 계
         기로 《프랑켄슈타인》을 구상, 집필을 시작하다. 퍼시 셸리의 본부
         인이 자살하자, 12월에 런던에서 퍼시 셸리와 정식으로 결혼식을
         올리다. 이때부터 메리 셸리로 불리다.
1817년   9월, 딸 클라라 에버리나가 태어나다. 퍼시 셸리와 같이한 공저
         《6주간의 여행기》를 발표하다.
1818년   《프랑켄슈타인》을 발표하다. 이탈리아로 건너가 생활하던 중 9월,
         딸 클라라가 이질에 걸려 사망하다.

1819년 6월, 아들 윌리엄이 말라리아에 걸려 사망하다. 8월, 사후 작품인
       《마틸다》 집필을 시작하다. 11월, 아들 퍼시 플로렌스가 태어나다.
1820년 신화를 다룬 시극 〈페르세포네〉, 〈미다스〉를 집필하다.
1822년 7월, 배를 타고 바다로 나간 퍼시 셸리가 해양사고로 사망하다.
1823년 중세 이탈리아를 다룬 역사소설 《발페르가》를 발표하다.
1824년 퍼시 셸리의 유작 시를 모아 《유고 시집》을 발표하다.
1826년 인류 멸망을 다룬 소설 《최후의 인간》을 발표하다.
1830년 역사소설 《퍼킨 워벡》을 발표하다.
1831년 《프랑켄슈타인》 개정판을 새로 발표하다.
1835년 자전적 소설 《로도어》를 발표하다. 아버지 윌리엄 고드윈이 사망
       하다.
1837년 소설 《포크너》를 발표하다.
1844년 여행기 《1840, 1842 그리고 1843년 독일과 이탈리아 산책》을 발표
       하다.
1851년 2월 1일, 뇌종양으로 생을 마감하다.

프랑켄슈타인

초판 1쇄 인쇄 2024년 3월 25일
초판 1쇄 발행 2024년 3월 29일

지은이 메리 셸리
옮긴이 윤영
펴낸이 이효원
편집인 송승민
마케팅 추미경
디자인 문인순(표지), 이수정(본문)
펴낸곳 올리버
출판등록 제395-2022-000125호
주소 경기도 고양시 덕양구 삼송로 222, 101동 305호(삼송동, 현대헤리엇)
전화 070-8279-7311   **팩스** 02-6008-0834
전자우편 tcbook@naver.com

ISBN 979-11-93130-51-3 03840

올리버 세계교양전집 목록